Doris Lessing

Ein Kind der Liebe

Aus dem Englischen von
Barbara Christ

HOFFMANN UND CAMPE

Die Originalausgabe erschien 2003
unter dem Titel »The Grandmothers«
im Verlag Flamingo/HarperCollins, London

1. Auflage 2004
Copyright © 2003 by Doris Lessing
Für die deutschsprachige Ausgabe
Copyright © 2004 by Hoffmann und Campe Verlag, Hamburg
www.hoffmann-und-campe.de
Schutzumschlaggestaltung: Katja Maasböl unter Verwendung des
Originalschutzumschlagdesigns
Foto: Tim O'Leary/Millennium LOOK
Satz: Dörlemann Satz, Lemförde
Druck und Bindung: GGP Media GmbH, Pößneck
Printed in Germany
ISBN 3-455-04386-0

HOFFMANN
UND CAMPE

Ein Unternehmen der
GANSKE VERLAGSGRUPPE

Inhalt

Die Großmütter

*A*uf beiden Seiten einer kleinen Landzunge voller Cafés und Restaurants lag das Meer, das ziemlich lebhaft, aber im Grunde recht manierlich war – im Gegensatz zum offenen Ozean, denn der brüllte und toste jenseits der Bucht hinter den vorgelagerten Felsen, die jeder nur »Baxter's Teeth« nannte: Baxters Zähne, und so waren sie auch auf den Karten verzeichnet. Wer war Baxter gewesen? Eine gute Frage, die oft gestellt und auf einem Bogen Papier beantwortet wurde, der, kunstvoll auf alt getrimmt und gerahmt, an der Wand des Restaurants am Ende der Landzunge hing, des Restaurants in der besten, höchsten und prestigeträchtigsten Lage. Es hieß sogar Baxter's, und man behauptete dort, dass der Innenraum mit den dünnen Backsteinwänden und dem Schilfrohrdach einmal Bill Baxters Hütte gewesen war, die er eigenhändig gebaut hatte. Baxter war immer rastlos herumgereist, ein See-mann, der zufällig auf diese paradiesische Bucht mit dem klei-nen, felsigen Kap gestoßen war. In früheren Versionen der Geschichte war auch von friedfertigen, freundlichen Einge-borenen die Rede gewesen. Aber was hatte es mit den »Zäh-nen« auf sich? Baxter hatte die nahe gelegenen Küstenstriche und Inseln unermüdlich erforscht, und als er sich einmal einem kleinen Boot, einer aus nichts als Treibholz und Sach-verstand gefertigten Nussschale, anvertraut hatte, erlitt er in einer mondhellen Nacht Schiffbruch an jenen sieben schwar-zen Felsen, in Sichtweite seines kleinen Hauses, an dem eine Sturmlaterne so zuverlässig wie ein Leuchtturm jene Schiffe begrüßte, die so klein waren, dass sie in die Bucht einfahren konnten, wenn sie das Riff passiert hatten.

Baxters Anwesen war inzwischen mit großen Bäumen bepflanzt, die den Tischen und Stühlen Schatten spendeten, und unterhalb davon lag an drei Seiten das friedliche Meer. Ein Pfad führte durch Gebüsch nach oben und endete in Baxter's Gardens, und eines Nachmittags stiegen sechs Personen den sanften Hang hinauf, vier Erwachsene und zwei kleine Mädchen, deren Freudengeschrei wie ein Echo der Möwenrufe war.

Zuerst kamen zwei gut aussehende, nicht mehr ganz junge Männer, aber nur böse Zungen hätten sie als Männer mittleren Alters bezeichnen können. Einer hinkte. Dann kamen zwei ebenso gut aussehende Frauen um die sechzig, aber niemand wäre auf die Idee gekommen, ältere Frauen in ihnen zu sehen. An einem Tisch, den sie offenbar öfter besetzten, legten sie Taschen, Wickeltücher und Spielzeug ab – gepflegte, strahlende Menschen, die offensichtlich mit der Sonne umzugehen wussten. Sie ließen sich nieder; die braunen, seidigen Beine der Frauen endeten in bequemen Sandalen, und ihre zupackenden Hände konnten eine Weile ruhen. Die Frauen saßen auf der einen, die Männer auf der anderen Seite, und die kleinen Mädchen zappelten herum. Sechs blonde Köpfe – sie waren sicher verwandt? Die Frauen waren offenkundig die Mütter der Männer; die Männer mussten ihre Söhne sein. Die kleinen Mädchen wollten, wie sie lautstark betonten, zum Strand, den man über einen steinigen Pfad erreichen konnte, aber sie wurden von ihren Großmüttern und dann auch von ihren Vätern ermahnt, sich zu benehmen und schön zu spielen. Sie hockten sich hin und zeichneten mit den Fingern und mit kleinen Stöcken Muster in den Staub. Hübsche kleine Mädchen, kein Wunder bei so gut aussehenden Angehörigen.

Aus einem Fenster des Baxter's rief ein Mädchen ihnen zu: »Wie immer? Soll ich dasselbe bringen wie immer?« Eine der Frauen gab ihr ein Zeichen zur Bestätigung, und kurz darauf brachte das Mädchen ein Tablett mit frischem Fruchtsaft und Vollkorn-Sandwiches für diese offenbar gesundheitsbewussten Leute.

Theresa verbrachte hier gerade ein Auslandsjahr, nachdem sie in England die Schule abgeschlossen hatte, wo sie später auch studieren wollte. Davon hatte sie vor Monaten erzählt, und im Gegenzug hielt man sie über die Fortschritte der kleinen Mädchen in der Grundschule auf dem Laufenden. Jetzt fragte sie nach der Schule, und beide Mädchen verkündeten, dass die Schule cool sei. Die hübsche Kellnerin lächelte den beiden Männern zu und eilte dann zurück an ihren Platz im Baxter's. Daraufhin lächelten die Frauen erst einander und dann ihren Söhnen zu, und einer, Tom, bemerkte: »Sie schafft es nie zurück nach England, alle Jungen versuchen sie zum Bleiben zu bewegen.«

»Sie wäre ja schön dumm, alles hinzuwerfen und zu heiraten«, sagte eine der Frauen: Roz, die eigentlich Rozeanne hieß, die Mutter von Tom. Aber die andere Frau, Lil (oder Liliane), Ians Mutter, sagte: »Ach, ich weiß nicht«, und lächelte Tom dabei an. Das war immerhin ein Zugeständnis an ihre Existenzberechtigung oder sogar ein Kompliment, also nickten die Männer einander mit zusammengepressten Lippen verschmitzt zu, als hätten sie diesen oder einen ähnlichen Wortwechsel schon öfter gehört.

»Also«, sagte Roz, »für meine Begriffe ist neunzehn zu jung.«

»Aber wer weiß, was sich noch ergibt«, sagte Lil und wurde rot. Weil sie spürte, wie ihr Gesicht heiß wurde, zog sie eine Grimasse, durch die sie ungezogen und geradezu dreist wirkte, und das lag ihrem Wesen so fern, dass die anderen Blicke tauschten, die unergründlich waren.

Alle seufzten, hörten die anderen seufzen und mussten dann lachen, ein lautes, offenes Lachen, das sich wohl auf etwas Unausgesprochenes bezog. Eins der kleinen Mädchen, Shirley, fragte: »Worüber lacht ihr denn?«, und Alice, das andere: »Was ist denn so komisch? Ich weiß gar nicht, was so komisch ist«, und ahmte den Gesichtsausdruck ihrer Großmutter nach, den diese ganz unbeabsichtigt aufgesetzt hatte. Lil fühlte sich unwohl und wurde wieder rot.

Shirley ließ nicht locker und forderte Aufmerksamkeit: »Was ist denn der Witz dabei, Daddy?«, woraufhin beide Väter anfingen, mit ihren Töchtern zu rangeln und sie zu zausen, während die Mädchen protestierten und ihnen auswichen und dann doch wieder kamen, um weiterzumachen, aber schließlich Schutz suchend in die Arme und auf den Schoß ihrer Großmütter flohen. Dort blieben sie sitzen und lutschten am Daumen, ihre Lider wurden schwer, und sie gähnten. Es war ein heißer Nachmittag.

Ein Bild der Schläfrigkeit und des Behagens. An anderen Tischen unter den riesigen Bäumen faulenzten Leute, die ähnlich viel Glück hatten. Das Meer, das sie umgab, seufzte und zischte und plätscherte gleich unterhalb von ihnen, und die Stimmen klangen gedämpft und träge.

Am Fenster des Baxter's stand Theresa mit einem Tablett voll kalter Getränke, das sie kurz abgesetzt hatte, und sah zu dieser Familie hinüber. Tränen liefen ihr über die Wangen. Sie war zuerst in Tom und dann in Ian und dann wieder in Tom verliebt gewesen, weil sie so gut aussahen und so unbefangen waren und weil ihnen so etwas Sattes anhaftete, als hätten sie ihr ganzes Leben lang nur Schönes erfahren, das sie jetzt ausstrahlten wie unsichtbare Wellen der Zufriedenheit.

Und wie sie mit den kleinen Mädchen umgingen, so ungezwungen und gekonnt. Und dass die Großmütter immer Zeit hatten, sodass sie zu sechst waren und nicht zu viert ... aber wo waren die Mütter? Kinder hatten schließlich Mütter, und die Mütter der beiden kleinen Mädchen hießen Hannah und Mary und sahen überraschend anders aus als die blonde Familie, in die sie eingeheiratet hatten, denn sie waren klein und dunkel, und sie waren zwar ganz hübsch, aber Theresa wusste genau, dass beide nicht gut genug für diese Männer waren. Sie gingen arbeiten. Sie besaßen ein Geschäft. Deswegen waren die Großmütter so häufig hier. Arbeiteten die Großmütter nicht? Doch, schon, aber sie konnten durchaus sagen: »Lasst uns zu Baxter's gehen« – und dann kamen sie hierher ins Baxter's, manchmal zusammen mit den Müttern, und dann waren sie zu acht.

Theresa war in die ganze Familie verliebt. Das hatte sie schließlich begriffen. Die Männer, ja, nach denen sehnte sich ihr Herz, aber das war nicht so schlimm. Die Tränen kamen ihr, wenn sie sie alle dort sitzen sah und beobachtete, wie jetzt. Hinter ihr, an einem Tisch in der Nähe der Bar, saß Derek, ein junger Farmer, der sie heiraten wollte. Sie hatte nichts gegen ihn, sie mochte ihn sogar, aber sie wusste, dass dies hier, diese Familie, ihre wahre Leidenschaft war.

Die Sonne strahlte über dem Baum, der einen tiefen, von Sonnenlicht durchbrochenen Schatten warf; in der heißen blauen Luft schienen Seligkeit und Glück zu schimmern, und Theresa dachte, dass gleich so etwas wie goldener Tau in großen Tropfen herabfallen musste, den nur sie allein sehen konnte. Und in diesem Moment beschloss sie, dass sie den Farmer heiraten und hier bleiben würde, auf diesem Kontinent. Sie konnte ihn nicht verlassen und zu den wetterwendischen Reizen Englands beziehungsweise Bradfords zurückkehren, obwohl das Moor eigentlich ganz in Ordnung war, wenn ausnahmsweise einmal die Sonne schien. Nein, sie wollte hier bleiben, unbedingt. »Ich will es so, ich will es«, sagte sie sich und ließ den Tränen endlich freien Lauf. Sie wollte diese körperliche Leichtigkeit spüren, diese Ruhe, die in den trägen Bewegungen der langen braunen Arme und Beine Ausdruck fand und in dem goldenen Schimmer auf blonden, sonnengebleichten Haarschöpfen.

Während sie gerade über ihre Zukunft entschied, sah sie, dass eine der Mütter den Pfad hinaufkam. Mary – ja, das war sie. Eine kleine, dunkle, zappelige Frau, die von der Haltung und dem Stil dieser Familie gar nichts hatte.

Sie kam langsam näher. Sie blieb stehen, starrte, ging weiter, blieb stehen, und sie bewegte sich mit einer Bedächtigkeit, die gezwungen wirkte.

»Was ist denn in *die* gefahren?«, grübelte Theresa und ging endlich von ihrem Fenster weg, um das Tablett zu den Gästen zu bringen, die sicher schon ungeduldig wurden. Mary Struthers rührte sich kaum. Sie stand da und starrte mit finsterem

Gesicht ihre Familie an. Roz Struthers sah sie und winkte, dann noch einmal, aber schließlich ließ sie die Hand langsam sinken, als hätte man sie gewarnt, und der Glanz und das Leuchten wichen aus ihrem Gesicht. Sie sah ihre Schwiegertochter an, aber gewissermaßen indirekt, und als ihr Sohn Tom ihren Gesichtsausdruck sah, drehte auch er sich um, schaute und winkte dann. Ian winkte ebenfalls. Die Hände der Männer sanken herab wie die von Roz – und es lag etwas Verhängnisvolles darin.

Mary war stehen geblieben. In ihrer Nähe stand ein Tisch, und sie sank auf einen Stuhl. Sie starrte immer noch Lil an, und dann Tom, ihren Mann. Der vorwurfsvolle Blick aus den zusammengekniffenen Augen wanderte von einem Gesicht zum anderen. Augen, die etwas suchten. In der Hand hatte sie ein Paket. Briefe. Sie saß vielleicht drei Meter von den anderen entfernt und starrte sie an.

Theresa war mit den anderen Tischen fertig und stand wieder an ihrem Fenster. Sie machte Mary, der Frau des einen Sohnes, in Gedanken Vorwürfe, und sie wusste, dass es Eifersucht war. Aber sie verteidigte sich: Wenn sie gut genug für ihn wäre, hätte ich ja nichts gegen sie. Sie ist einfach ein Nichts im Vergleich zu ihnen.

Nur ein von Eifersucht getrübter Blick konnte Mary so sehen, denn sie war eine interessante, attraktive, dunkelhaarige junge Frau. Aber jetzt sah sie nicht hübsch aus; ihr Gesicht war ganz klein und aschfahl, und ihre Lippen waren dünn. Theresa sah das Bündel Briefe. Sie sah die vier Personen am Tisch. Als würden sie Statuen darstellen, dachte sie. Sie strahlten nicht mehr. Der Nachmittag war immer noch herrlich, aber alle saßen da wie erstarrt und rührten sich nicht. Und Mary stierte immer noch Lil oder Liliane an, und dann Roz oder Rozeanne; und dann Tom, und dann Ian, und dann wieder von vorn.

Aus einem Impuls heraus, den Theresa selbst gar nicht bewusst wahrnahm, goss sie Wasser aus dem Krug im Kühlschrank in ein Glas und eilte damit zu Mary. Mary wandte langsam den Kopf und sah Theresa finster ins Gesicht, nahm ihr das Glas aber nicht ab. Theresa stellte es auf den Tisch. Dann sah Mary das Wasser glitzern und griff nach dem Glas, zog die Hand aber gleich wieder zurück: Sie zitterte so heftig, dass sie das Glas nicht halten konnte.

Theresa ging zurück zu ihrem Fenster. Der Nachmittag hatte sich für sie verdunkelt. Auch sie zitterte. Was war los? Was stimmte da nicht? Da war irgendetwas ganz Schreckliches, etwas, das verhängnisvoll war.

Schließlich stand Mary mit Mühe auf, ging das kleine Stück zu dem Tisch, an dem ihre Familie saß, und ließ sich auf einen Stuhl sinken, der abseits stand: Sie gehörte nicht dazu.

Jetzt nahmen die vier das Bündel mit den Briefen in Marys Hand wahr.

Alle saßen still da und sahen Mary an. Sie warteten.

Es war an ihr, etwas zu sagen. Aber war das nötig? Ihre Lippen zitterten, sie zitterte, sie schien gleich in Ohnmacht zu fallen, und der vorwurfsvolle Blick aus den jungen, klaren Augen wanderte noch immer von einem Gesicht zum anderen. Tom. Lil. Roz. Ian. Ihr Mund war verzerrt, als hätte sie in etwas Saures gebissen.

»Was ist los mit denen, was ist bloß los?«, dachte Theresa und starrte die Familie vom Fenster aus an, und obwohl sie noch vor weniger als einer Stunde beschlossen hatte, dass sie diesen Küstenstrich niemals verlassen würde, diese Landschaft voller Liebreiz und Fülle, dachte sie jetzt: Ich muss hier weg. Ich sage Derek ab. Ich will hier raus.

Alice, das Kind auf Roz' Schoß, erwachte mit einem Aufschrei, sah die Mutter und streckte die Arme aus: »Mummy, Mummy!« Es gelang Mary aufzustehen, und sie stützte sich an den Rückenlehnen der Stühle ab, ging um den Tisch herum und nahm Alice auf den Arm.

Jetzt wurde das andere kleine Mädchen auf Lils Schoß wach. »Wo ist meine Mummy?«

Mary streckte die Hand nach Shirley aus, und wenig später saßen beide Kinder auf ihren Knien.

Die kleinen Mädchen spürten Marys Panik und ihre Wut, sie merkten, dass etwas Verhängnisvolles in der Luft lag, und wollten zu ihren Großmüttern zurück. »Granny, Granny. Ich will zu Granny.«

Mary hielt sie beide fest.

Auf Roz' Gesicht trat ein kleines, bitteres Lächeln, als würde sie sich tief in ihrem Inneren mit jemandem darüber austauschen, dass es schlechte Nachrichten gab.

»Granny, holst du mich morgen ab und wir gehen an den Strand?«, fragte Shirley.

Und Alice: »Granny, du hast versprochen, dass wir an den Strand gehen.«

Und dann sagte Mary endlich etwas, mit zitternder Stimme. Sie sagte nur: »Nein, ihr geht nicht an den Strand.« Und an die älteren Frauen gerichtet: »Ihr geht nicht mit Shirley und Alice an den Strand.« Das war Urteil und Strafmaß zugleich.

Lil sagte vorsichtig, geradezu demütig: »Wir sehen uns bald wieder, Alice.«

»Nein, bestimmt nicht«, sagte Mary. Sie stand auf und nahm ein Kind an jede Hand; das Bündel Briefe hatte sie in die Hosentasche gesteckt. »Nein«, sagte sie heftig, und die Gefühle, die sie vergiftet hatten, strömten endlich aus ihr heraus. »Nein. Nein, bestimmt nicht. Ihr werdet sie nie wieder sehen.«

Sie drehte sich um und ging mit den Kindern davon.

Ihr Mann Tom sagte: »Warte, Mary.«

»Nein.« Und sie lief so schnell sie konnte, stolpernd den Pfad entlang und zog die Kinder mit sich.

Jetzt mussten die vier, die zurückgeblieben waren, die Frauen und ihre Söhne, doch miteinander reden, alles aufklären, die Dinge klarstellen? Kein einziges Wort. Erschöpft, erniedrigt, düster blieben sie sitzen, bis endlich jemand das Wort ergriff. Es war Ian, der sich mit einer leidenschaftlichen Vertrautheit und mit wildem Blick an Roz wandte. Sein Mund sah verkniffen und wütend aus.

»Du bist schuld«, sagte er. »Ja, du bist schuld. Ich hab's dir gesagt. Es ist ganz allein deine Schuld, dass es dazu gekommen ist.«

Roz reagierte genauso wütend. Sie lachte. Ein hartes, wütendes, bitteres Lachen, das stoßweise kam. »Meine Schuld«, sagte sie. »Natürlich. Wessen sonst.« Und sie lachte. Auf der Bühne hätte es gut funktioniert, dieses Lachen, aber die Tränen strömten über ihr Gesicht.

Außer Sichtweite, am Ende des Pfads, war Mary jetzt zu Hannah gestoßen, zu Ians Frau, die nicht in der Lage gewesen war, den Schuldigen gegenüberzutreten, jedenfalls nicht zusammen mit Mary, deren Zorn ihr nicht entsprach. Sie hatte Mary allein gehen lassen und gewartet, während Zweifel, Kummer und Vorwürfe langsam in ihr aufstiegen und überzuquellen drohten. Aber Zorn lag ihr nicht – nein, sie brauchte Erklärungen. Sie nahm Mary Shirley ab, und die beiden jungen Frauen standen auf dem Pfad dicht neben einer Bleiwurzhecke, die ein weiteres Café begrenzte, und hielten die Kinder im Arm. Sie sagten nichts, sahen einander aber ins Gesicht, und Hannah suchte nach einer Bestätigung, die sie auch erhielt. »Es stimmt, Hannah.«

Und jetzt dieses Gelächter. Roz lachte. Mary und Hannah hörten hartes, stoßweises Gelächter, triumphierendes Gelächter, und jedes harsche, laute Auflachen peinigte sie, und sie zuckten zusammen, weil es so grausam klang. Sie zitterten, wenn das Lachen wie eine Peitsche niedersauste.

»Böse«, brachte Mary schließlich hervor, und ihre Lippen waren auf einmal wie aus Teig oder aus Lehm. Und als Roz' gellendes Gelächter allmählich verebbte, brachen die beiden jungen Frauen in Tränen aus und rannten den Pfad entlang, weg von ihren Männern und den Müttern der Männer.

Zwei kleine Mädchen kamen am selben Tag und zur selben Stunde in der großen Schule an, lernten einander rasch kennen und wurden beste Freundinnen. Die Kleinen stellten sich mutig der riesigen Schule, die so voll und betriebsam war wie ein Supermarkt und in der es, wie sie schon wussten, Hierarchien unter den Mädchen gab, die sie als feindselig empfanden – aber jetzt waren die beiden Verbündete, und sie standen da und hielten sich an den Händen und zitterten, weil sie Angst hatten und weil sie sich so sehr bemühten, tapfer zu sein. Eine riesige Schule, die dem englischen Stil entsprechend in einem Park auf einem Hügel stand und über der sich ein höchst unenglischer Himmel wölbte, vor dem die kleinen Mädchen zu verschwinden schienen – im Grunde waren sie noch Babys, wie alle vier Elternteile dachten, und dabei traten ihnen Tränen in die Augen.

Die Mädchen waren tapfer und schlagfertig und brachten die Schikanen schnell hinter sich, mit denen neue Mädchen empfangen wurden; sie traten füreinander ein und schlugen die eigenen Schlachten und die der anderen. »Wie Schwestern«, sagten die Leute, oder sogar: »Wie Zwillinge.« Die blonden Haare trugen sie als ordentliche, schimmernde Pferdeschwänze; sie hatten blaue Augen und waren wendig wie Fische, alle beide, aber wenn man genauer hinsah, war die Ähnlichkeit gar nicht so groß. Liliane – oder Lil – war dünn und hatte einen sehnigen kleinen Körper und zarte Gesichtszüge, aber Rozeanne – Roz – war stämmiger, und während Lil die Welt mit klarem, scharfem Blick betrachtete, sah Roz an allem die komische Seite. Aber es ist schön, wenn man denken und sagen kann: »Wie Schwestern«, und: »Sie könnten Zwillinge sein« – man sieht gern Ähnlichkeiten, wo vielleicht gar keine sind, und so ging es über die Schulsemester und über die Jahre weiter: Zwei Mädchen waren zur Freude ihrer Familien, die in derselben Straße wohnten, unzertrennlich, und ihre Eltern freundeten sich miteinander an, wie es häufig vorkommt, und wussten, dass dieser Bund der Mädchen ein Glücksfall war und allen das Leben leichter machte.

Aber dieses Leben war ohnehin leicht. Nicht viele Menschen auf der Welt führen ein so angenehmes, unproblematisches, unbeschwertes Leben: An dieser gesegneten Küste lag niemand wach und weinte wegen seiner Sünden oder wegen des Geldes und schon gar nicht, weil es nichts zu essen gab. Lauter gut aussehende Leute, deren Haut von der Sonne, vom Sport und vom guten Essen glatt war und schimmerte. Kaum jemand kennt eine Küste wie diese, außer vielleicht durch kurze Ferien oder aus traumhaften Reiseerzählungen. Sonne und Meer, Meer und Sonne, und ständig das Rauschen der Wellen am Strand.

Es war eine blaue Welt, in der die kleinen Mädchen aufwuchsen. Am Ende jeder Straße sah man das Meer, das so blau war wie ihre Augen, was man ihnen ziemlich oft sagte. Der blaue Himmel über ihren Köpfen wurde kaum einmal finster und grau, und man konnte solche Tage genießen, weil sie so selten waren. Ebenfalls selten ging ein rauer Wind, der ein angenehm salziges Brennen mit sich brachte, während die Luft immer salzig war. Die kleinen Mädchen leckten das Salz von den eigenen Händen und Armen und von denen der anderen, ein Spiel, das sie »Hündchen spielen« nannten. Das Bad vor dem Schlafengehen war immer salzig, und sie mussten das Badewasser mit Wasser abduschen, das tief aus der Erde kam und nach anderen Mineralien schmeckte und nicht nach Salz. Wenn Roz bei Lil übernachtete oder Lil bei Roz, standen die Eltern da und lächelten auf die kleinen, hübschen Racker hinab, die sich aneinander gekuschelt hatten wie Kätzchen oder kleine Hunde und jetzt, im Schlaf, nicht nach Salz rochen, sondern nach Seife. Und ihre ganze Kindheit über rauschte ständig das Meer, Tag und Nacht, die sanften, gezähmten Wellen in Baxters Bucht, beschwichtigend und beruhigend wie Atemzüge.

Schwestern oder Zwillinge und sogar beste Freundinnen müssen leidenschaftliche Rivalitäten erdulden, die sie oft verbergen, sogar voreinander. Aber Roz wusste, wie schwer es für Lil war, als ihrer Freundin Roz plötzlich ein Busen wuchs, und das ein gutes Jahr vor Lil, ganz zu schweigen von anderen Anzeichen des Erwachsenwerdens. Roz verteilte großzügig Bestätigung und Trost, denn sie wusste sehr gut, dass ihr eigener tiefer Neid auf die Freundin nicht durch die Zeit zu heilen war. Sie hätte so gern einen Körper gehabt, der so sehnig und dünn war wie Lils, die ihre Kleidung so stilvoll und lässig trug, während unfreundliche Stimmen sie schon als mollig bezeichneten. Sie musste aufpassen, was sie aß, während Lil essen konnte, was sie wollte.

So wurden rasch Teenager aus ihnen, Lil, die Athletin, die in jeder Sportart glänzte, und Roz, die im Schultheater große Rollen spielte, mit denen sie die Leute zum Lachen brachte: extrovertiert, massig, vital, laut. Sie ergänzten einander, während sie sich früher ähnlich gewesen waren wie ein Ei dem anderen. »Man kann sie kaum auseinander halten.«

Beide gingen zur Universität, Lil wegen des Sports, Roz wegen der Theatergruppe, und sie blieben beste Freundinnen, tauschten Nachrichten über ihre Siege aus und gingen leichthin über Rivalitäten hinweg. Und weil sie sich so nahe standen, wurden ihre Namen immer miteinander in Verbindung gebracht, auch wenn sie die Stars in unterschiedlichen Manegen waren. Keine ließ sich auf große, ausschließliche Leidenschaften ein, auf gebrochene Herzen und Eifersucht.

Dann hatten sie zu Ende studiert und traten in die Erwachsenenwelt ein, und in diesem Kulturkreis heirateten die Mädchen jung. »Zwanzig und *immer* noch nicht verheiratet!«

Roz war mit Harold Struthers zusammen, der Akademiker und irgendwie auch ein Dichter war; und Lil lernte Theo Western kennen, der einen Laden für Sportausrüstung und Kleidung besaß. Oder besser gesagt: mehrere Läden. Er war wohlhabend. Die Männer verstanden sich gut – das war den Frauen sehr wichtig, und es gab eine Doppelhochzeit.

So weit, so gut.

Aus diesen Krabben, den Silberfischen, den Elritzen, waren wunderschöne junge Frauen geworden, und das Hochzeitskleid der einen (Liliane) sah aus wie eine Calla-Lilie, und Roz' Kleid sah aus wie eine silberne Rose. So befand die ausschlaggebende Modeseite der großen Zeitung.

Sie wohnten in zwei Häusern an einer Straße, die zum Meer führte, nicht weit von dem kleinen Fleckchen Land, auf dem das Baxter's stand. Die Gegend war nicht besonders attraktiv, aber künstlerisch angehaucht und würde sicher bald in Mode kommen, gemäß dem Gesetz, dass man schauen muss, ob die frühen Schwalben, die Künstler, schon da sind, wenn man wissen will, ob ein Viertel sich im Aufschwung befindet. Sie wohnten einander gegenüber.

Lil war eine auf dem ganzen Kontinent und auch in Übersee bekannte Schwimmmeisterin, und Roz war nicht nur Schauspielerin und Sängerin, sie inszenierte auch Stücke und fing gerade an, Shows und Varieté-Abende zu entwickeln. Beide hatten viel zu tun. Trotzdem gaben Liliane und Theo Western die Geburt von Ian bekannt, und Rozeanne und Harold Struthers folgten innerhalb einer Woche mit Thomas.

Zwei kleine, blonde, entzückende Jungen, und die Leute sagten, dass man sie für Brüder halten könnte. In Wirklichkeit war Tom ein kräftiger kleiner Junge, dem der Überschwang seiner Mutter schnell peinlich wurde, und Ian war zart und nervös und »schwierig« auf eine Art, die man von Tom gar nicht kannte. Er schlief nicht gut und hatte manchmal Alpträume.

Die beiden Familien verbrachten die Wochenenden und die Ferien zusammen, eine große, glückliche Familie, wie Roz tönte, um der Situation einen Namen zu geben, und die beiden Männer fuhren manchmal zusammen in die Berge oder zum Fischen oder zum Wandern. Jungs sind nun mal so, wie Roz sagte.

So ging es weiter, und alles, was nicht so war, wie es sein sollte, wurde weit weggeschoben. »Bloß nichts verändern, solange es funktioniert«, sagte Roz gern. Aus Gründen, die noch zutage treten sollten, machte sie sich Gedanken um Lil, aber nicht um sich selbst. Lil hatte vielleicht Probleme, aber sie nicht, sie und Harold und Tom nicht. Alles lief prächtig.

Aber dann passierte etwas.

Der Schauplatz: das eheliche Schlafzimmer, als die Jungen ungefähr zehn Jahre alt waren. Roz lümmelte auf dem Bett herum, und Harold saß auf einer Sessellehne und betrachtete seine Frau lächelnd, aber entschlossen. Er hatte gerade gesagt, man habe ihm eine Professur angeboten, an einer Universität in einem anderen Bundesstaat.

Roz sagte: »Dann kannst du doch bestimmt am Wochenende kommen, oder wir kommen zu dir.«

Es war typisch für Roz – was er als Bedrohung für ihre Ehe empfand, nahm sie gar nicht zur Kenntnis. Er lachte kurz und durchaus liebevoll auf und sagte nach einer Pause: »Ich möchte, dass ihr mitkommt.«

»Von *hier* wegziehen?« Und Roz setzte sich auf, damit sie ihn besser ansehen konnte, und schüttelte ihren blonden, inzwischen lockigen Kopf. »*Umziehen?*«

»Sprich's doch einfach aus! Von Lil wegziehen, darum geht es doch!«

Roz verschränkte in theatralischer Bestürzung die Hände vor der Brust. Aber sie war wirklich erstaunt und empört.

»Was willst du damit andeuten?«

»Ich deute gar nichts an. Ich sage es. Es klingt vielleicht seltsam« – auf diese Formulierung folgt meistens ein Streit –, »aber ich hätte gern eine Ehefrau. Eine richtige.«

»Du bist verrückt.«

»Nein. Ich will, dass du dir etwas ansiehst.« Er zog eine Filmdose hervor. »Bitte, Roz. Ich meine es ernst. Ich will, dass du mit mir nach nebenan gehst und dir das ansiehst.«

Und Roz stand unter komisch übertriebenem Protest vom Bett auf.

Sie war fast nackt. Mit einem tiefen, an die Götter oder an einen unparteiischen Zuschauer gerichteten Seufzer zog sie ein rosafarbenes Negligé mit Federbesatz an, das sie aus dem Fundus eines Theaterstücks gerettet hatte: Es passte so gut zu ihr, wie sie fand.

Sie setzte sich ins Nebenzimmer, dorthin, wo sie ein weißes Stück Wand sehen konnte, an dem keine Bilder hingen. »Ich möchte wirklich wissen, was du vorhast«, sagte sie liebenswürdig. »Du großer Trottel, Harold. *Ehrlich*, ja, ich frage dich!«

Harold fing an, den Film abzuspulen: einen Amateurfilm. Er zeigte sie alle vier, zwei Männer und zwei Frauen. Sie waren am Strand gewesen, und die Frauen trugen Wickeltücher über den Bikinis. Die Männer hatten noch die Badehosen an. Roz und Lil saßen auf einem Sofa, genau da, wo Roz jetzt saß, und die Männer saßen auf harten, geraden Stühlen und beugten sich vor, um sie zu beobachten. Die Frauen unterhielten sich. Worüber? Spielte das eine Rolle? Sie sahen einander ins Gesicht und tauschten rasch ihre Argumente aus. Die Männer versuchten immer wieder, sich einzumischen und mitzureden, aber die Frauen hörten sie buchstäblich nicht. Zuerst wurde Harold wütend und dann Theo, und sie wurden laut, aber die Frauen hörten immer noch nicht zu, und als die Männer schließlich nachdrücklich wurden und schrien, hob Roz eine Hand, um sie zum Schweigen zu bringen.

Roz erinnerte sich undeutlich an diese Diskussion. Sie war belanglos gewesen. Die Jungen wollten übers Wochenende zum Zelten zu einem Freund fahren. Die Eltern sprachen darüber, weiter nichts. Eigentlich sprachen die Mütter darüber, und die Väter waren überflüssig.

Die Männer waren jetzt still; sie saßen da und schauten zu und tauschten sogar Blicke. Harold war wütend, aber Theos Haltung sagte nur: »*Frauen – was soll man schon erwarten?*«

Und dann ließen sie das Thema – die Jungen – fallen, und Roz sagte: »Ich muss dir was erzählen …«, und sie beugte sich vor und senkte dabei unwillkürlich die Stimme, obwohl sie gar nichts Wichtiges zu sagen hatte.

Die Männer saßen dabei und schauten zu, Harold mit wachsamer Ironie, Theo gelangweilt.

So ging es weiter. Der Film war zu Ende.

»Willst du damit sagen, du hast das tatsächlich gefilmt – um mir eine Falle zu stellen? Du hast das vorbereitet, um mir eins auszuwischen!«

»Nein, weißt du das nicht mehr? Ich hatte einen Film von den Jungen am Strand gemacht. Danach hast du die Kamera genommen und mich und Theo gefilmt. Und dann hat Theo gesagt: ›Und was ist mit den Frauen?‹«

»Oh«, sagte Roz.

»Ja. Aber als ich den Film später abgespielt habe – gestern, um genau zu sein, da habe ich gesehen … Nicht, dass mich das überrascht hätte. So ist es immer. Mit dir und Lil. Immer.«

»Was willst du damit andeuten? Willst du damit sagen, dass wir Lesben sind?«

»Nein. Will ich nicht. Aber das wäre doch irgendwie auch egal.«

»Ich verstehe das wirklich nicht.«

»Sex spielt hier doch gar keine so große Rolle. Ich denke, Sex haben wir beide mehr als genug, aber die Beziehung hast du nicht mit mir.«

Roz saß von ihren Gefühlen hin und her gerissen da, rang die Hände und war den Tränen nahe.

»Also will ich, dass du mit mir in den Norden kommst.«

»Du bist wirklich verrückt.«

»Ach, ich wusste schon, dass du das nicht machst, aber du könntest wenigstens so tun, als würdest du darüber nachdenken.«

»Willst du, dass wir uns scheiden lassen?«

»Eigentlich nicht. Aber wenn ich eine Frau finde, für die ich an erster Stelle stehe …«

»Dann sagst du mir Bescheid!«, sagte sie und war jetzt ganz in Tränen aufgelöst.

»Ach Roz«, sagte ihr Mann. »Glaub nicht, dass es mir nicht Leid tut. Ich hab dich lieb, das weißt du doch. Du wirst mir fehlen wie verrückt. Du bist mein Kumpel. Und ich werde nie wieder eine finden, die im Bett so gut ist wie du, das weiß ich sehr wohl. Aber ich komme mir hier vor, als wäre ich gar nicht da. Ich spiele einfach keine Rolle. Weiter nichts.«

Und dann musste er zwinkern, damit ihm nicht die Tränen kamen, und er legte die Hände über die Augen. Er ging ins Schlafzimmer zurück und legte sich aufs Bett, und sie kam zu ihm. Sie trösteten einander. »Du bist verrückt, Harold, weißt du das? Ich liebe dich.« »Und ich liebe dich auch, Roz, das musst du mir glauben.«

Dann bat Roz Lil vorbeizukommen, und die beiden Frauen sahen sich den Film schweigend bis zu Ende an.

»Und deswegen verlässt mich Harold«, sagte Roz, die Lil die Situation kurz erklärt hatte.

»Ich verstehe das nicht«, sagte Lil schließlich und runzelte die Stirn, weil sie so angestrengt überlegte. Sie war todernst, wie Roz auch, die aber gleichzeitig lächelte und wütend war.

»Harold sagt, die Beziehung habe ich eigentlich mit dir und nicht mit ihm.«

»Was will er denn?«, fragte Lil.

»Er sagt, er fühlt sich von dir und mir ausgeschlossen.«

»*Er* fühlt sich ausgeschlossen! Ich war es doch, die sich immer zurückgesetzt gefühlt hat. All die Jahre habe ich dich und Harold beobachtet und mir gewünscht ...« Bis zu diesem Moment hatte die Loyalität ihre Zunge gelähmt, aber jetzt sprach sie es endlich aus: »Ich führe eine jämmerliche Ehe. Mir geht es nicht gut mit Theo. Ich habe nie ... aber das weißt du ja. Und du und Harold, ihr seid immer so glücklich ... Ich weiß nicht, wie oft wir uns hier von euch verabschiedet haben, und dann bin ich mit Theo nach Hause gegangen und hab mir gewünscht ...«

»Ich wusste nicht ... ich meine, ich wusste natürlich, dass Theo nicht der ideale Ehemann ist.«

»Das kann man wohl sagen.«

»Anscheinend solltet besser ihr die Scheidung einreichen.«

»Oh, nein, nein«, sagte Lil und wehrte den Gedanken mit einer heftigen Handbewegung ab. »Nein. Ich habe Ian einmal im Scherz gefragt – als Test –, was er denken würde, wenn ich mich von seinem Vater scheiden ließe, und er ist fuchsteufelswild geworden. Er hat ganz lange geschwiegen, du weißt ja, wie er verstummt, und dann hat er geschrien und angefangen zu weinen. ›Das kannst du nicht machen‹, hat er gesagt. ›Das geht nicht. Ich lasse dich nicht.‹«

»Der arme Tom wird in Zukunft jedenfalls vaterlos sein«, sagte Roz.

»Ian hat auch nicht viel von seinem«, sagte Lil. Und als das Gespräch zu Ende zu gehen schien, fragte sie: »Roz, hat Harold gesagt, dass wir Lesben sind?«

»Beinahe – nein, nicht ganz.«

»Aber hat er es gemeint?«

»Ich weiß nicht. Ich glaube, nicht.« Roz litt jetzt, weil diese ungewöhnliche und ungewohnte Selbstbetrachtung so anstrengend war. »»Ich verstehe das nicht. Ich verstehe nicht, worauf du hinauswillst‹, habe ich zu ihm gesagt.«

»Wir sind aber keine Lesben, oder?«, fragte Lil, die offenbar eine Bestätigung brauchte.

»Ich glaube, nicht«, sagte Roz.

»Aber wir sind immer Freundinnen gewesen.«

»Ja.«

»Wann hat es angefangen? Ich erinnere mich noch an den ersten Schultag.«

»Ja.«

»Und davor? Wie ist es passiert?«

»Ich weiß es nicht mehr. Vielleicht war es einfach – Glück.«

»Das kann man wohl sagen. Das Beste, was mir in meinem Leben passiert ist – bist du.«

»Ja«, sagte Roz. »Aber deswegen sind wir doch noch keine … Blöde Männer«, sagte sie, weil die Wut sie auf einmal energisch und lebhaft machte.

»Blöde Männer«, sagte Lil aus tiefstem Herzen, weil sie an ihren Mann dachte.

Als diese für die Zeit obligatorische Bemerkung einmal gefallen war, war das Gespräch beendet.

Und Harold fuhr zu seiner Universität, die nicht vom Ozean, von Seewinden und Liedern und Geschichten vom Meer umgeben war, sondern von Sand, Gestrüpp und Dornen. Roz besuchte ihn und fuhr dann noch einmal hin, um *Oklahoma!* zu inszenieren, was ein großer Erfolg war, und sie hatten Freude am Sex, mehr als genug. Sie sagte: »Ich weiß gar nicht, worüber du dich beklagst«, und er sagte: »Nein, vermutlich nicht.« Wenn er sie und die Jungen besuchte – von denen immer im Plural gesprochen wurde, weil sie immer zusammen waren –, schien sich nichts verändert zu haben. Sie traten als Familie auf, der liebenswürdige Harold und die überschwängliche Roz, das beliebte junge – vielleicht nicht mehr ganz so junge – Paar, als das sie so oft in den Klatschspalten beschrieben wurden. Es war angekündigt worden, dass die Ehe aufgelöst werden sollte, aber die beiden wirkten trotzdem wie ein Paar. Der Humor war ihnen nie ausgegangen, und sie scherzten: Wir sind wie diese Bäume, die in der Mitte verrottet sind und in denen Büsche wachsen, die wieder verschwinden, wenn der Baum neu austreibt. Es fiel den beiden sehr schwer, sich voneinander zu lösen. Überall, wo sie hingingen, grüßten ihn alte Schüler, und sie wurde von Leuten gegrüßt, die an einer Produktion beteiligt gewesen waren. Für Hunderte von Menschen waren sie Harold und Roz. »Kennt ihr mich noch – Roz, Harold?« Sie kannte die Leute immer, und auch Harold erkannte seine alten Schüler. Wie königliche Hoheiten, die den Anspruch haben, über ein gutes Gedächtnis für Gesichter und Namen zu verfügen. »Die Struthers trennen sich? Ach, komm! Das glaube ich nicht.«

Und das andere Paar stand nicht weniger im Rampenlicht. Lil war ständig Kampfrichterin bei Wettkämpfen im Schwimmen oder Laufen oder bei anderen Sportereignissen, verlieh Preise, hielt Reden. Und es gab den gut aussehenden Ehemann Theo, den man wegen seiner Ladenkette für Sportausrüstung und -kleidung kannte. Zwei schlanke, attraktive Menschen – genauso im Licht der Öffentlichkeit wie ihre Freunde, aber ganz anders im Stil. Sie hatten nichts Exzessives oder Überschwängliches, sie lächelten und waren freundlich und zugänglich, ein Ausbund guten Bürgertums.

Dass Roz und Harold sich trennten, hatte auf Theo und Lil keinen Einfluss. Ihre Ehe war seit Jahren nur noch Fassade. Theo hatte immer andere Frauen und konnte, wie er sich beklagte, nirgendwo ins Bett gehen, ohne dass ein junges Mädchen darin lag: Er war oft geschäftlich unterwegs.

Dann kam Theo bei einem Autounfall ums Leben, und Lil war eine wohlhabende Witwe mit ihrem Jungen Ian, der launisch und so ganz anders war als Tom. Jetzt gab es in dieser Stadt am Meer, in der alle Leute durch Klima und Lebensstil im Licht der Öffentlichkeit standen, zwei Frauen ohne Männer, und jede hatte einen kleinen Jungen.

Ein junges Paar mit Kindern: interessant, dieser Wendepunkt, der Moment der Veränderung. Eine Zeit lang werden sie beobachtet und beurteilt, sie sind ein Brennpunkt – junge Eltern, die per definitionem sexuelle Wesen sind, mit hübschen Kindern, die hinter ihnen hertrödeln und um sie herumrennen. »Ach, was für ein netter kleiner Junge, was für ein hübsches kleines Mädchen. Wie heißt du denn? Das ist aber ein schöner Name.« Und dann sind die Eltern auf einmal nicht mehr ganz so jung und verlieren ein bisschen an Höhe, sie schrumpfen geradezu und verlieren auf jeden Fall an Farbe und Glanz. »Was hast du gesagt, wie alt ist er, ist sie …?« Die Kleinen werden groß, und der Zauber verlagert sich. Die Blicke folgen eher ihnen als den Eltern. »Sie werden heute so schnell erwachsen, nicht?«

Die beiden gut aussehenden Frauen waren wieder zusammen, als hätte es in ihrer Beziehung nie Männer gegeben, und sie traten mit den beiden schönen Jungen auf, von denen einer eher zart und poetisch war, mit sonnengebleichten Locken, die ihm in die Stirn fielen, und der andere stark und sportlich – eng befreundet, wie ihre Mütter es in ihrem Alter gewesen waren. Es gab durchaus einen Vater in dieser Konstellation, Harold, im Norden, aber der war mit einer jungen Frau zusammengezogen, die vermutlich nicht an Roz' Unzulänglichkeiten litt. Er kam zu Besuch und wohnte bei Roz, schlief aber nicht im Schlafzimmer (was beiden irgendwie absurd vorkam), und Tom besuchte ihn an der Universität. Aber im Grunde lebten zwei Frauen Mitte dreißig mit zwei Jungen zusammen, die bald junge Männer sein würden. Die Häuser standen sich dicht gegenüber und schienen beiden Familien zu gehören. »Wir sind eine erweiterte Familie«, rief Roz, die gern jeder Situation einen Namen gab.

Die Schönheit heranwachsender Jungen, das ist keine einfache Angelegenheit. Ja, Mädchen, die viel versprechende Eizellen in sich tragen, unser aller Mütter – dass sie schön sein müssen, leuchtet ein, und das sind sie normalerweise auch, wenn auch nur für ein Jahr oder einen Tag. Aber Jungen – wieso? Wozu? Es gibt eine Zeit, eine kurze Zeit, wenn sie ungefähr sechzehn, siebzehn sind, in der sie eine poetische Aura haben. Dann sieht jeder aus wie ein junger Gott. Familie und Freunde sind geradezu ergriffen von diesen Wesen, die wie Besucher aus dem Äther sind. Der Junge selbst ist sich dessen oft nicht bewusst und kommt sich eher vor wie ein ungeschickt gepacktes Paket, das er zusammenhalten muss.

Roz und Lil lümmelten auf der kleinen Veranda mit Meerblick herum und sahen die beiden Jungen den Pfad hinaufsteigen. Beide runzelten ein wenig die Stirn und ließen die Schwimmsachen baumeln, die sie gleich zum Trocknen über die Verandamauer hängen würden, und sie waren so schön, dass beide Frauen sich aufrichteten und einander ungläubig ansahen. »Lieber Gott!«, sagte Roz. »Ja«, sagte Lil. »Das haben *wir* gemacht, *wir* haben sie gemacht«, sagte Roz. »Wer denn sonst?«, erwiderte Lil. Und als die Jungen ihre Handtücher und Badehosen abgelegt hatten und an ihnen vorbeigingen, sah man an ihrem Lächeln, dass sie mit ihren eigenen Angelegenheiten beschäftigt waren: Sie wollten nicht herbeizitiert werden, weil es Essen gab oder weil sie die Betten oder etwas ähnlich Unwichtiges machen sollten.

»Mein Gott!«, sagte Roz wieder. »Warte mal, Lil …« Sie stand auf und ging ins Haus, und Lil wartete ab und lächelte wie so oft in sich hinein, weil ihre Freundin so dramatisch war. Als Roz wieder herauskam, hatte sie ein Buch in der Hand, ein Fotoalbum. Sie schob ihren Stuhl an Lils heran, und gemeinsam blätterten sie die Seiten durch: zuerst Babys auf Decken, Babys in Badewannen: das waren sie selbst; und dann kamen »der erste Schritt« und »der erste Zahn«, und schließlich kam die Seite, nach der beide gesucht hatten, das wussten sie. Zwei Mädchen von ungefähr sechzehn.

»Mein Gott!«, sagte Roz.

»Wir waren gar nicht so schlecht damals«, sagte Lil.

Hübsche Mädchen, ja, sehr hübsch, wirklich reizend. Aber wenn man Ian und Tom jetzt fotografieren würde: Wäre der Zauber zu sehen, der einem den Atem nahm, wenn man sie durch ein Zimmer gehen oder aus den Wellen auftauchen sah?

Die Frauen betrachteten ausgiebig die Seiten in Roz' Album, auf denen sie zu sehen waren; bei Lils Album wäre es nicht anders gewesen. Fotos von Roz mit Lil. Zwei hübsche Mädchen.

Das, was sie suchten, fanden sie nicht. Nirgendwo fanden sie den überirdischen Glanz, in dem ihre beiden Söhne zu dieser Zeit erstrahlten.

So saßen sie in ihren Bikinis da und hatten das Album über die ausgestreckten braunen Beine gebreitet, als die Jungen nach draußen kamen, jeder mit einem Glas Fruchtsaft in der Hand.

Sie setzten sich auf die Mauer, die die Veranda begrenzte, und stellten Betrachtungen über ihre Mütter an, über Roz und Lil.

»Was machen die da?«, fragte Ian Tom ernsthaft.

»Was machen die da?«, echote Tom und guckte wie eine Eule. Er machte sich wie immer über sie lustig. Dann sprang er auf, warf einen Blick auf die aufgeschlagene Seite, die halb auf Roz' und halb auf Lils Knie lag, und kehrte an seinen Platz zurück. »Sie bewundern ihre Schönheit, als sie noch Nymphlein waren«, berichtete er. »Stimmt's, Ma?«, sagte er zu Roz.

»Genau«, sagte Roz. »Tempus fugit. Und zwar wie verrückt. Ihr habt ja keine Ahnung – noch nicht. Wir wollten wissen, wie wir vor all den Jahren gewesen sind.«

»So viele waren es gar nicht«, sagte Lil.

»Zähl sie lieber nicht«, sagte Roz. »Es waren einige.«

Jetzt schnappte sich Ian das Album von den Schenkeln der Frauen, und er und Tom starrten die Mädchen an, ihre Mütter.

»Gar nicht schlecht«, sagte Tom zu Ian.

»Überhaupt nicht schlecht«, sagte Ian zu Tom.

Die beiden Frauen lächelten einander zu, aber es war eher eine Grimasse.

»Aber jetzt seht ihr besser aus«, sagte Ian und wurde rot.

»Ach, wie charmant«, sagte Roz und nahm das Kompliment gern an.

»Ich weiß nicht«, sagte Tom, der Clown, und tat so, als würde er die alten Fotos mit den beiden Frauen vergleichen, die jetzt im Bikini vor ihm saßen. »Ich weiß nicht. Jetzt?« Er kniff die Augen zusammen und fixierte sie. »Und damals.« Er beugte sich vor und glotzte die Fotos an.

»Jetzt hat gewonnen«, verkündete er. »Ja, Jetzt ist besser.« Dann fingen die Jungen an, Schulter an Schulter miteinander zu ringen oder zu rempeln, was sie immer noch häufig taten, wie kleine Jungen, während alle Leute in ihnen nur die jungen Götter erblickten, deren Schritte und Gesten immer aussahen wie auf einer archaischen Vase oder aus einem antiken Tanz.

»Auf unsere Mütter«, sagte Tom und prostete ihnen mit Orangensaft zu.

»Auf unsere Mütter«, sagte Ian und lächelte Roz an, und zwar so, dass sie in ihrem Stuhl herumrutschte und die Beine verlagerte.

Roz hatte zu Lil gesagt, Ian schwärme für sie, Roz, und Lil hatte gesagt: »Mach dir nichts draus, er kommt drüber weg.«

Über eines kam Ian allerdings nicht hinweg, nicht einmal im Ansatz, nämlich über den Tod seines Vaters, der schon ein paar Jahre zurücklag. Als sein Vater gestorben war, hatte er sofort begonnen, sich innerlich zu verzehren, und war immer dünner geworden, geradezu transparent, sodass seine Mutter klagte: »Iss doch, Ian, iss etwas, du musst essen.«

»Ach, lass mich in Ruhe.«

Für Tom war es in Ordnung, dass sein Vater nur ab und zu auftauchte und dass er ihn in seiner landumschlossenen Universität besuchen konnte. Aber Ian hatte nichts, nicht einmal Erinnerungen, die ihn wärmten. Wo sein Vater trotz aller Unzulänglichkeiten, trotz der Affären und der häufigen Abwesenheit hätte sein sollen, war nichts als Leere, und Ian versuchte sich tapfer zu schlagen, aber er hatte böse Träume und tat den beiden Frauen von Herzen Leid.

Dieser große Junge kam mit verweinten Augen zu seiner Mutter, wenn sie auf dem Sofa saß, und sank neben ihr zusammen, und sie legte den Arm um ihn. Oder er ging zu Roz, und sie umarmte ihn: »Armer Ian.«

Und Tom beobachtete das sehr ernst und fand sich damit ab, dass ihm ein Schmerz, den er nicht selbst empfand, durch seinen Freund Ian, seinen Beinahe-Bruder, so nahe war. »Sie sind wie Brüder«, sagten die Leute. »Die beiden, die könnten auch Bruder sein.« Aber an dem einen nagte ein Unglück wie ein Krebsgeschwür, und der andere musste versuchen, sich diesen Kummer vorzustellen, und scheiterte daran.

Eines Nachts stand Roz auf, um sich aus dem Kühlschrank etwas zu trinken zu holen. Ian war im Haus; er übernachtete wie so oft bei Tom. Er schlief normalerweise in dem zweiten Bett in Toms Zimmer oder in Harolds Zimmer, wie heute. Roz hörte ihn weinen, und ohne zu zögern, ging sie hinein und nahm ihn in die Arme und knuddelte ihn wie einen kleinen Jungen, denn so hatte sie es schließlich sein ganzes Leben lang gemacht. Er schlief in ihren Armen ein, und am Morgen sah er sie hungrig, schmerzerfüllt und voller Verlangen an. Roz schwieg und dachte über das nach, was in der Nacht geschehen war. Sie erzählte Lil nichts davon. Was war denn geschehen? Nichts, was nicht schon hundert Mal zuvor geschehen war. Aber seltsam war es doch. »Ich will nicht, dass sie sich Sorgen macht!« Wirklich? Wann hätte sie jemals Hemmungen gehabt, Lil alles zu erzählen?

Es ergab sich, dass Tom in Lils Haus auf der gegenüberliegenden Straßenseite war und ein paar Nächte bei Ian verbrachte. Roz war allein und rief Harold an, und sie plauderten fast wie Eheleute miteinander.

»Wie geht's Tom?«

»Ach, prächtig. Tom geht's immer prächtig. Aber Ian geht's nicht so gut. Er nimmt Theos Tod wirklich sehr schwer.«

»Armer Junge, er kommt schon drüber weg.«

»Dabei nimmt er sich aber Zeit. Hör mal, Harold, wenn du das nächste Mal kommst – kannst du dann etwas mit Ian allein unternehmen?«

»Was ist mit Tom?«

»Tom versteht das. Er macht sich Sorgen um Ian, das weiß ich.«

»Gut, wird gemacht. Du kannst dich drauf verlassen.«

Und Harold kam, und er machte mit Ian einen langen Spaziergang am Meer, und Ian sprach mit Harold, den er sein ganzes Leben kannte und der wie ein zweiter Vater war.

»Er ist sehr unglücklich«, berichtete Harold Roz und Lil.

»Das weiß ich«, sagte Lil.

»Er glaubt, er taugt nichts. Er hält sich für einen Versager.«

Die Erwachsenen starrten auf diese Tatsache, als könnte man sie wirklich sehen.

»Wie kann man denn mit siebzehn ein Versager sein?«, sagte Lil.

»Haben wir uns auch so gefühlt?«, fragte Roz.

»Ich schon, das weiß ich noch«, sagte Harold. »Macht euch keine Sorgen.« Und er fuhr zurück in seine Wüstenuniversität. Er dachte daran, wieder zu heiraten.

»Okay«, sagte Roz. »Wenn du die Scheidung willst.«

»Ich denke, sie will Kinder haben«, sagte Harold.

»Weißt du's nicht?«

»Sie ist fünfundzwanzig«, sagte Harold. »Muss man da fragen?«

»Ah«, sagte Roz und begriff. »Du willst sie gar nicht erst auf die Idee bringen?« Sie lachte ihn aus.

»Kann schon sein«, sagte Harold.

Dann verbrachte Ian wieder eine Nacht bei Tom. Jedenfalls kam er zur Schlafenszeit. Er ging in Harolds Zimmer, und er warf Roz einen kurzen Blick zu, von dem sie hoffte, dass Tom ihn nicht gesehen hatte.

Als sie in der Nacht aufwachte und eigentlich zum Kühlschrank gehen und etwas trinken oder im Dunkeln im Haus herumwandern wollte, wie sie es häufig tat, stand sie nicht auf, denn sie hatte Angst, Ian weinen zu hören, Angst, sich nicht beherrschen zu können und zu ihm gehen zu müssen. Aber dann merkte sie, dass er im Dunkeln in ihr Zimmer getappt war und neben ihr lag, und er klammerte sich an sie wie an einen Rettungsring im Sturm. Und sie stellte sich die sieben schwarzen Felsen vor, die wie faule Zähne draußen in der schwarzen Nacht standen, während die Wellen dort in weißen Schaumkaskaden donnerten und tosten.

Am nächsten Morgen saß Roz am Tisch in dem Zimmer, das zur Veranda hin offen und von Seeluft und dem Wogen und Zischen und Wiegen des Meeres durchdrungen war. Tom kam direkt aus dem Bett hereingestolpert und roch nach jugendlichem Schlaf. »Wo ist Ian?«, fragte er. Normalerweise hätte er nicht gefragt – beide Jungen schliefen manchmal bis mittags.

Roz rührte ausgiebig in ihrem Kaffee und sagte, ohne ihn anzuschauen: »Er ist in meinem Bett.«

Dem hätte normalerweise niemand große Beachtung geschenkt, denn weil die erweiterte Familie so ungezwungen war, kam es durchaus vor, dass man sich gemeinsam zum Ruhen oder Plaudern niederließ, Mütter und Jungen oder beide Frauen oder jede Frau mit einem Jungen oder die beiden Jungen oder Harold mit einem von ihnen, wenn er gerade da war.

Tom starrte sie über seinen immer noch leeren Teller hinweg an.

Roz erwiderte seinen Blick und hätte ebenso gut nicken können.

»Lieber Gott«, sagte Tom.

»Genau«, sagte Roz.

Und dann vergaß Tom seinen Teller und den Orangensaft, nach dem er hatte greifen wollen, sprang auf, schnappte sich seine Badehose, die auf der Verandamauer lag, und stürmte davon zum Meer. Normalerweise hätte er nach Ian geschrien, dass er mitkommen solle.

Tom kam tagsüber nicht zurück. Es waren Schulferien, und offenbar nahm er an einer der Ferienveranstaltungen der Schule teil, die er normalerweise verschmähte.

Lil war unterwegs, als Kampfrichterin bei irgendeiner Sportveranstaltung, und kehrte erst am Abend zurück. Sie kam in Roz' Haus und sagte: »Roz, ich bin erledigt. Ist was zu essen da?«

Ian saß Roz am Tisch gegenüber, sah sie aber nicht an. Vor Tom stand ein Teller mit Essen. Und dann fing Tom an, mit Lil zu reden, als wäre sonst niemand da. Lil fiel das gar nicht auf, weil sie so müde war, aber den anderen beiden schon. Und so machte er weiter, bis nach dem Essen. Als Lil sagte, sie müsse ins Bett, sie sei erschöpft, stand Tom einfach auf und ging mit ihr hinaus in die Dunkelheit.

Am nächsten Morgen war es schon ziemlich spät für sie alle, als Tom über die Straße kam und Roz in ihrer üblichen lässigen, bequemen Pose mit lose gebundenem Wickeltuch am Tisch vorfand. Er sah sie nicht an, betrachtete aber das Zimmer, die Decke und alles, was sie umgab, in glücklichem Erfolgsdelirium. Roz musste nicht raten, was mit ihm los war; sie wusste es, denn Ians vergleichbarer Zustand hatte sie die ganze Nacht eingehüllt.

Jetzt streifte Tom durch das Zimmer und schlug im Vorübergehen auf alles ein: auf einen Sessel, den Tisch, eine Wand; schließlich kam er zurück, um dem Sessel neben ihrem einen Hieb zu versetzen, wie ein Schuljunge, der seinen Überschwang nicht beherrschen kann, und blieb endlich stehen und starrte mit gerunzelter Stirn nachdenklich vor sich hin – wie ein Erwachsener. Dann wirbelte er herum und kam zu seiner Mutter, ein richtiger Schuljunge, der Inbegriff des Kicherns und des anzüglichen Grinsens. Und plötzlich war er ganz beklommen, er war verunsichert und konnte auch seine Mutter nicht einschätzen, die puterrot und dann weiß wurde und aufstand und ihn heftig ohrfeigte, rechts und links.

»Wag es nicht«, flüsterte sie, zitternd vor Zorn. »Wie kannst du es wagen …«

Er kauerte sich zusammen, hielt die Hände schützend um den Kopf und spähte mit dem verzerrten Gesicht eines flennenden Schuljungen zu ihr hinauf, aber dann beherrschte er sich, stand auf und sagte ohne Umschweife zu ihr: »Es tut mir Leid«, obwohl keiner von beiden genau hätte sagen können, was ihm eigentlich Leid tat oder was er nicht wagen sollte. Durch Worte oder seinen Gesichtsausdruck zu verraten, was er in der Nacht zuvor über Frauen erfahren hatte, mit Lil?

Er setzte sich, legte das Gesicht in die Hände, sprang dann auf, packte seine Schwimmsachen und rannte los und ins Meer, das an diesem Morgen wie ein flacher blauer Teller aussah, umrandet von den bunten Häusern auf der anderen Seite der Bucht.

Tom kam an diesem Tag nicht wieder ins Haus seiner Mutter, sondern ging auf einem Umweg zurück zu Lil. Ian schlief lange – das war nichts Neues. Ihm fiel es schwer, sie anzusehen, aber sie wusste, dass es an ihrem Anblick lag, der so schrecklich vertraut und so schrecklich und auf neue Weise viel sagend war. Das war zu viel, also schnappte er das Bündel mit seinen Schwimmsachen und verschwand. Er kam erst im Dunkeln zurück. Sie hatte Kleinigkeiten erledigt, die üblichen Anrufe gemacht, gekocht und unauffällig das Haus gegenüber betrachtet, wo kein Lebenszeichen zu sehen war, und dann, als Ian zurückkam, machte sie für beide Abendessen, und sie gingen wieder ins Bett und schlossen das Haus vorn und hinten ab – etwas, woran man nicht immer dachte.

Eine Woche verging. Roz saß allein mit einer Tasse Tee am Tisch, als es klopfte. Ihr war klar, dass sie zur Tür gehen musste, obwohl sie gern länger in diesem Traum oder Zauber verweilt hätte, der sie so unerwartet verzehrte. Sie hatte Jeans und ein T-Shirt angezogen, also konnte sie sich wenigstens sehen lassen. Sie öffnete die Tür und blickte in das freundliche, fragende Gesicht von Saul Butler, der ein paar Häuser weiter neben Lil wohnte und ihr guter Nachbar war. Er war hier, weil er Lil verehrte und sie heiraten wollte.

Als er sich mit einer Tasse Tee gesetzt hatte, wartete sie ab.

»Man sieht euch in letzter Zeit nicht besonders oft, und bei Lil meldet sich keiner.«

»Ach, das liegt an den Schulferien.«

Aber normalerweise gingen sie und die Jungen oder Lil und die Jungen ein und aus, und oft winkten ihnen Leute von der Straße aus zu, wenn sie alle um den Tisch herum saßen.

»Der Junge, Ian, braucht einen Vater«, sagte er herausfordernd.

»Ja, das stimmt«, sagte Roz sofort. Sie hatte in der vergangenen Woche erfahren, wie sehr der Junge einen Vater brauchte.

»Ich bin mir ziemlich sicher, dass ich ein Vater für Ian sein könnte – wenn er mich lässt.«

Saul Butler lebte in guten Verhältnissen und war um die fünfzig, sah aber jünger aus. Er besaß eine Ladenkette für Künstlerbedarf, Farben, Leinwand, Rahmen und dergleichen, und er kannte Lil, weil er mit ihr im Handelsverband der Stadt gearbeitet hatte. Roz und Lil waren beide der Meinung, dass er einen guten Ehemann abgeben würde, aber keine von beiden konnte einen gebrauchen.

Wie schon so oft sagte sie: »Erzähl das doch besser Lil.«

»Tu ich ja. Sie hat mich sicher schon satt, weil ich so fordernd bin.«

»Und ich soll dich in deiner Forderung unterstützen?«

»So ungefähr. Ich bin doch sicher ein ganz guter Kandidat«, sagte er lächelnd, denn er machte sich lustig über seine eigene Prahlerei.

»Ich glaube auch, dass du ein guter Kandidat wärst«, sagte Roz lachend und genoss den Flirt, wenn es denn einer war. Sie hatte eine Woche lang Liebe gemacht und aalte sich in ihrer Flirtstimmung wie in einem Bett. »Aber das bringt dir gar nichts, denn du willst ja schließlich Lil.«

»Ja. Ich habe schon – schon lange ein Auge auf Lil geworfen.« Das hieß, schon bevor ihn seine Frau wegen eines anderen Mannes verließ. »Ja. Aber sie lacht mich immer aus. Und ich frage mich, woran das liegt. Ich bin ein sehr ernsthafter Typ. Wo sind eigentlich die Jungs heute Morgen?«

»Schwimmen, nehme ich an.«

»Ich wollte nur kurz vorbeikommen und nach dem Rechten sehen.« Er stand auf, trank im Stehen seinen Tee aus und sagte: »Wir sehen uns am Strand.«

Dann ging er, und Roz rief Lil an und sagte: »Wir müssen uns ein bisschen öfter sehen lassen. Saul war hier.«

»Ja, wahrscheinlich«, sagte Lil mit träger, gedämpfter Stimme.

»Wir sollten uns am Strand sehen lassen, alle vier.«

Ein heißer Vormittag. Das Meer strahlte im Licht. Der Himmel war so hell, dass es in den Augen wehtat, wenn man keine dunkle Brille trug, um sie zu schützen. Lil und Roz gingen, mit lose gebundenen Wickeltüchern über den Bikinis und dick mit Sonnenschutz eingecremt, hinter den Jungen zum Strand. Der Strand war normalerweise gut besucht, aber um diese Zeit an einem Werktag waren nicht viele Leute da. Zwei Stühle, die dicht an Roz' Zaun standen, waren ausgeblichen und von Wind und Sonne übel zugerichtet, aber noch brauchbar, und dort setzten die Frauen sich hin. Die Jungen waren schon ins Meer gerannt. Tom hatte seine Mutter kaum gegrüßt, und Ians Blick war an Lil einfach abgeglitten.

Die Brandung war so stark, dass man sich darin vergnügen konnte, aber hier, in der Bucht, waren die Wellen nie hoch genug zum Surfen, also wurde draußen gesurft, jenseits der »Zähne«. Die Jungen hatten in ihren Kinderjahren sicher an diesem Strand spielen können, aber jetzt war er ihnen gerade gut genug zum Schwimmen, und alles, was wirklich gefährlich und aufregend war, unternahmen sie draußen an den Surferstränden. Die beiden schwammen in einigem Abstand und beachteten einander nicht, und die Augen der Frauen waren hinter geheimnisvollen dunklen Gläsern versteckt; niemand wollte reden – niemand konnte es.

Ziemlich weit draußen sahen sie so etwas wie einen Seehundkopf, der allmählich größer wurde, doch dann erkannten sie Saul. Er kam aus dem Wasser und winkte ihnen zu, ging aber durch die vom Meer salzigen Büsche und an den Häusern vorbei zur Straße.

Die Jungen schwammen zum Strand. Als sie ins flache Wasser kamen, standen sie auf und sahen einander an. Sie fingen an zu rangeln. So hatten sie schon immer gekämpft, wie Jungen es eben tun, aber bald sah man, dass dieser Kampf nichts Kindliches hatte. Sie standen bis zur Taille im Wasser, die Wellen kamen hereingerauscht, brachen sich schäumend an ihnen und strömten davon, und dann war Ian verschwunden, denn Tom hielt ihn unter Wasser fest. Es kam eine Welle, dann noch eine, und Lil fuhr gepeinigt auf und sagte: »Oh mein Gott, er bringt Ian um. Tom bringt Ian …«

Ian tauchte wieder auf, schnappte nach Luft und klammerte sich an Toms Schulter fest. Der drückte ihn wieder hinunter.

»Ganz ruhig, Lil«, sagte Roz. »Wir dürfen uns nicht einmischen.«

»Er bringt ihn um … Tom will ihn …«

Dann war Ian lange unter Wasser, sicher eine Minute oder länger …

Tom stieß einen lauten Schrei aus und ließ Ian los, der nach oben schoss. Er konnte kaum stehen, fiel um, stand wieder auf und sah Tom nach, der durch die Wellen zum Strand schritt. Als Tom auf den Sand trat, floss Blut über seine Wade. Ian hatte ihn gebissen, als er tief unter Wasser war, und es war ein übler Biss. Ian stand schwankend in den Wellen und schnappte würgend nach Luft.

Roz kämpfte mit sich, dann rannte sie in die Wellen und half Ian an Land. Der Junge war blass und spuckte Meerwasser, aber er schüttelte Roz ab und setzte sich mit dem Kopf auf den Knien in den Sand. Roz kehrte zu ihrem Platz zurück. »Unsere Schuld«, flüsterte Lil.

»Hör auf, Lil. Das bringt doch nichts.«

Tom stand auf einem Bein, um seine Wade zu untersuchen, aus der reichlich Blut strömte. Er ging wieder ins Meer und wusch den Biss mit Meerwasser aus. Er kam wieder heraus, nahm sein Badetuch, riss es entzwei und band die eine Hälfte fest um sein Bein. Dann stand er da und zögerte. Er konnte zurück ins Haus gehen und von dort aus zu Lil. Er konnte auch in seinem Haus bleiben und es gegen Ian verteidigen. Er konnte sich dort, wo er stand, in den Sand plumpsen lassen, in der Nähe des Zauns, nicht weit weg von den Frauen. Stattdessen drehte er sich um und starrte Ian eindringlich und anscheinend neugierig an. Dann humpelte er auf Ian zu und setzte sich neben ihn. Niemand sagte etwas.

Die Frauen starrten die beiden jungen Helden an, ihre Söhne, ihre Liebhaber, die schönen jungen Männer, deren Körper vom Meerwasser und vom Sonnenöl glitzerten wie bei Ringern aus vergangener Zeit.

»Was machen wir jetzt, Roz?«, flüsterte Lil.

»Ich weiß, was ich jetzt mache«, sagte Roz und stand auf. »Mittagessen«, rief sie, genauso, wie sie es jahrelang getan hatte, und die Jungen standen gehorsam auf und folgten den Frauen ins Haus.

»Das solltest du besser verbinden«, sagte Roz zu ihrem Sohn. Und Ian holte für Tom die Schachtel mit Verbandszeug und Heftpflaster, gab Desinfektionsmittel auf den Biss und verband die Wunde.

Auf dem Tisch war das übliche Mahl aus Wurst und Käse, Schinken und Brot und einer großen Schale Obst angerichtet, und die vier setzten sich um den Tisch und aßen. Kein Wort fiel. Und dann sagte Roz ruhig und wohl überlegt: »Wir müssen uns alle normal benehmen. Denkt daran – alles muss ganz normal sein, wie immer.«

Die Jungen sahen einander an, fragend, wie es schien. Sie sahen Lil an. Sie sahen Roz an. Sie runzelten die Stirn. Lil lächelte, aber so, dass es kaum zu sehen war. Roz schnitt einen Apfel in vier Teile, schob jedem ein Viertel hin und biss anzüglich in ihres.

»*Sehr* witzig«, sagte Ian.

»Ja, nicht?«, sagte Roz.

Ian stand mit dem Apfelstück in der einen Hand auf, schnappte sich mit der anderen ein Salat-Sandwich und ging in Roz' Zimmer.

»*Aha*«, sagte Lil und lachte bitter.

»Genau«, sagte Roz.

Tom stand auf und ging hinaus und über die Straße in Lils Haus.

»Was sollen wir bloß machen?«, fragte Lil ihre Freundin, als würde sie auf der Stelle eine Antwort erwarten.

»Ich glaube, wir machen es schon«, sagte Roz. Sie folgte Ian in ihr Schlafzimmer.

Lil legte Medikamente und Verbandszeug wieder in die Schachtel und ging zu ihrem Haus. Unterwegs winkte sie Saul Butler zu, der auf seiner Veranda saß.

Die Schule fing an: Es war das letzte Jahr der Jungen. Beide waren Vertrauensschüler, und man bewunderte sie. Lil musste oft als Kampfrichterin herumreisen, vergab Preise, hielt Reden: eine bekannte Persönlichkeit, diese schlanke, hoch gewachsene, schüchterne Frau mit den hellen, perfekt sitzenden Leinensachen und dem weichen, gepflegten blonden Haar. Sie war bekannt für ihr freundliches Lächeln, ihr Mitgefühl, ihre Wärme. Mädchen und Jungen schwärmten für sie und schrieben Briefe, in denen oft auch stand: »Ich weiß, dass Sie mich verstehen würden.« Roz leitete Musical-Produktionen an mehreren Schulen und arbeitete an einem Stück, einer Farce über Sex – eine laute, unwiderstehliche Frau, die immer betonte, dass manche Hunde bellen und trotzdem beißen: »Also Vorsicht, reizt mich nicht!«

Die vier gingen gemeinsam oder getrennt ein und aus, und nichts schien sich verändert zu haben: Sie nahmen die Mahlzeiten am zur Straße hin offenen Fenster ein, und sie gingen schwimmen, und manchmal waren die Frauen allein am Strand, weil die Jungen ohne sie surfen gegangen waren.

Beide hatten sich verändert, Ian mehr als Tom. Er war zurückhaltend, schüchtern und ungeschickt gewesen, doch jetzt war er selbstbewusst und erwachsen. Roz erinnerte sich, wie er anfangs als gepeinigter Junge in ihr Bett gekommen war, und war heimlich stolz, aber das konnte sie natürlich niemandem sagen, nicht einmal Lil. Sie hatte einen Mann aus ihm gemacht, gut. Schaut ihn euch an ... Inzwischen kam es nicht mehr vor, dass er sich festklammerte und weinte, weil er so einsam und sein Vater verschwunden war. Er betrachtete sie im Stillen als seinen Besitz, und das amüsierte sie – und sie fand es wunderbar. Tom, der nie an Schüchternheit oder Selbstzweifeln gelitten hatte, war ein starker, nachdenklicher junger Mann geworden, und er war Lil gegenüber auf eine Weise fürsorglich, die Roz gar nicht an ihm kannte. Das waren keine Jungen mehr, sondern junge Männer, und sie sahen gut aus, also waren die Mädchen hinter ihnen her, und Lil und Roz alberten herum, dass ihre Häuser eine Festung gegen liebestolle junge Frauen im Delirium seien. Aber in diesen von Sonne, der Meeresbrise und dem Rauschen des Meeres durchdrungenen Häusern gab es Zimmer, in die niemand ging, außer Ian und Roz, Tom und Lil.

Lil sagte zu Roz, sie sei so glücklich, dass es ihr Angst mache. »Wie kann etwas nur so wunderbar sein?«, flüsterte sie und fürchtete, belauscht zu werden – aber von wem? Es war niemand in der Nähe. Wie Roz wusste, wollte sie eigentlich sagen, dass auf ein so großes Glück notwendigerweise die Strafe folgen musste. Roz wurde laut und lustig und sagte, dies sei *eine Liebe, die ihren Namen nicht zu nennen wage*, und sang: »I love you, yes I do, I love you, it's a sin to tell a lie ...«

»Ach, Roz«, sagte Lil, »manchmal hab ich solche Angst.«

»Unsinn«, sagte Roz. »Mach dir keine Sorgen. Bald finden sie die alten Frauen langweilig und laufen Mädchen in ihrem Alter hinterher.«

Die Zeit verging.

Ian ging aufs College und beschäftigte sich mit Wirtschaft, Geld und Computern, und er half Lil bei der Arbeit in der Sportartikelfirma: Bald würde er den Platz seines Vaters einnehmen. Tom entschied sich für Theater-Management. Der beste Studiengang im ganzen Land wurde an der Universität seines Vaters angeboten, und es sah aus, als müsste er einfach dorthin gehen. Harold schrieb und rief an und sagte, es sei genügend Platz in dem Haus, das er inzwischen mit seiner neuen Frau und der kleinen Tochter bewohnte. Harold und Roz hatten sich im Guten scheiden lassen. Aber Tom sagte, er werde dableiben, diese Stadt sei seine Heimat, er wolle nicht in den Norden gehen. Der Studiengang hier sei gut genug, und außerdem sei das Leben mit seiner Mutter ohnehin eine Art Ausbildung. Harold kam sogar angereist, um mit seinem Sohn zu streiten, und wollte eigentlich sagen, wenn Tom nicht von zu Hause weg wolle, sei das ein Zeichen, dass er zu einem richtigen Müttersöhnchen werde, aber Tom war ein beherrschter und entschiedener junger Mann, der viel älter wirkte, als er war, und als Harold ihm gegenüberstand, brachte er diesen offensichtlich ungerechten Vorwurf nicht über die Lippen. Harold blieb ein paar Tage, und Ian und Tom mussten zu Hause bleiben, was weder den Söhnen noch den Müttern gefiel. Harold merkte, dass sie es gern gesehen hätten, wenn er abgereist wäre; er war nicht willkommen. Er war befangen und fühlte sich unwohl, und er sagte zu Roz, die beiden Jungen seien doch wohl zu alt, um so oft mit den älteren Frauen zusammen zu sein. »Also, wir haben sie nicht angeleint«, sagte Roz. »Sie können tun und lassen, was sie wollen.«

»Ach, ich weiß nicht«, sagte Harold schließlich und gab es auf. Und dann fuhr er zu seiner neuen Familie zurück.

Tom schrieb sich für Theater-Management ein: Regie, Bühnenbild, Kostüm, Theatergeschichte. Das Studium sollte drei Jahre dauern.

»Wir arbeiten alle wie die Tiere«, sagte Roz am Telefon heftig zu Harold. »Ich weiß gar nicht, was du willst.«

»Du solltest wieder heiraten«, sagte ihr Exmann.

»Wenn du mich nicht ertragen konntest, wer dann?«, fragte Roz herausfordernd.

»Ach Roz, ich bin eben ein altmodischer Familienmensch. Und du musst zugeben, dass du dafür nicht ganz die Richtige bist.«

»Hör mal. Du hast mich abserviert. Und jetzt hast du doch deine ideale Ehefrau. Also lass mich in Ruhe. Verschwinde aus meinem Leben, Harold.«

»Ich hoffe, das ist nicht dein Ernst.«

Inzwischen machte Saul Butler Lil den Hof.

Irgendwie machten sich alle darüber lustig, auch Saul selbst. Er kam mit Blumen und Süßigkeiten, mit einer Zeitschrift oder einem Poster, wenn er gesehen hatte, dass Lil zu Roz hinübergegangen war, und rief: »Die treue Seele ist da!« Die Frauen machten ein Spiel daraus, und Roz tat manchmal so, als wären die Blumen für sie. Er besuchte auch Lil in ihrem Haus, aber wenn einer von den Jungen da war, ging er sofort wieder.

»Nein«, sagte Lil. »Es tut mir Leid, Saul. Ich glaube wirklich nicht, dass ich wieder heiraten werde.«

»Aber du wirst älter, Lil. Du wirst alt. Und in mir hast du eine treue Seele. Eines Tages wirst du froh darüber sein.« Oder er sagte zu Roz: »Lil wird irgendwann froh sein, wenn sie einen Mann im Haus hat.«

Eines Tages kam Saul mit Blumen für beide Frauen, als die Jungen beziehungsweise die jungen Männer gerade zum Surfen an den offenen Ozean aufbrachen. »Setzt euch mal hin, ihr beiden«, sagte er. Und die Frauen setzten sich hin, lächelten und warteten ab.

Die Jungen suchten auf der Veranda über dem Meer Surfbretter, Handtücher und Brillen zusammen. »Hi, Saul«, sagte Tom. Eine lange Pause folgte, bis Ian sagte: »Hallo, Saul.« Offenbar hatte Tom Ian geschubst, damit er Saul grüßte.

Ian mochte Saul nicht und hatte Angst vor ihm. Er hatte zu Roz gesagt: »Der will uns Lil wegnehmen.« »Du meinst, dir.«

»Ja. Und mich will er auch. Als Fertig-Sohn. Wieso macht er sich seine Kinder nicht selbst?«

»Ich dachte, ich habe dich«, sagte Roz.

Woraufhin Ian sich auf sie stürzte, um zu zeigen, wer hier wen hatte.

»Reizend«, sagte Roz.

»Und Saul kann uns alle mal«, hatte Ian gesagt.

Saul wartete, bis die beiden den Pfad hinunter zum Meer gegangen waren, und sagte dann: »Hört zu. Ich sage euch beiden jetzt Folgendes. Ich will wieder heiraten. Wenn es nach mir geht, bist du es, Lil. Aber das müsst ihr entscheiden.«

»Das führt doch zu nichts«, sagte Roz, und Lil zuckte nur mit den Schultern. »Uns ist schon klar, wie das aussieht. Du wärst durchaus eine gute Partie für jede Frau, die eine sucht.«

»Und du sprichst schon wieder für Lil.«

»Sie hat oft genug für sich selbst gesprochen.«

»Ihr wärt mit einem Mann aber alle beide besser dran«, sagte er. »Ihr zwei, ohne Mann, und die beiden Jungen. Das ist alles des Guten zu viel.«

Ein kurzer Schreck. Was sagte er da? Was wollte er andeuten?

Aber er sprach weiter. »Ihr zwei seid doch attraktiv«, sagte der galante Freier. »Ihr seid beide so …«, und dann schien er plötzlich zu erstarren; man sah ihm an, dass er mit Gefühlen zu kämpfen hatte, mit starken Gefühlen, und dann versteinerte seine Miene. Er murmelte: »Oh mein Gott …« Er starrte von einer zur anderen, von Lil zu Roz und wieder zurück. »Mein Gott«, sagte er wieder. »Ihr müsst mich für komplett bescheuert halten.« Seine Stimme war tonlos: Der Schock saß tief.

»Ich bin bescheuert«, sagte er. »So ist das also.«

»Was?«, fragte Lil. »Wovon redest du?« Das klang zaghaft, denn sie ahnte, wovon er sprach. Roz trat sie unter dem Tisch. Und Lil bückte sich, um sich den Knöchel zu reiben, und starrte Saul weiter an.

»Komplett bescheuert«, sagte er. »Ihr zwei habt euch auf

meine Kosten bestimmt kaputtgelacht.« Er stand auf und stolperte hinaus. Er war kaum in der Lage, über die Straße in sein eigenes Haus zu gehen.

»Oh, ich verstehe«, sagte Lil. Sie wollte ihm nachgehen, aber Roz sagte: »Bleib hier. Es ist gut so, verstehst du das nicht?«

»Und jetzt macht es die Runde, dass wir Lesben sind«, sagte Lil.

»Na und? Das ist wahrscheinlich nicht das erste Mal. Wenn man sich überlegt, wie die Leute so reden.«

»Das gefällt mir nicht«, sagte Lil.

»Sollen sie reden. Je mehr, desto besser. Dadurch sind wir in Sicherheit.«

Bald gingen sie alle zu Sauls Hochzeit mit einer attraktiven jungen Frau, die aussah wie Lil.

Die beiden Söhne freuten sich. Und die Frauen sprachen miteinander. »So einen wie Saul kriegt keine von uns beiden mehr.« Das sagte Lil.

»Nein«, pflichtete Roz ihr bei.

»Und was machen wir, wenn die Jungen uns alte Frauen leid sind?«

»Dann heule ich mir die Augen aus. Dann geht es bergab mit mir.«

»Wir werden mit Würde alt«, sagte Lil.

»Kommt gar nicht in Frage«, sagte Roz. »Ich werde um jeden Zentimeter kämpfen.«

Sie waren noch nicht alt, keineswegs. Aber über vierzig, und die Jungen waren eindeutig keine Jungen mehr, und die Zeit ihrer wilden Schönheit war vorbei. Wenn man die beiden starken, selbstbewussten, gut aussehenden jungen Männer jetzt sah, kam man nicht auf die Idee, dass die Blicke, die sie einmal auf sich gezogen hatten, nicht nur voller Verlangen und Liebe gewesen waren, sondern auch voller Ehrfurcht. Und als sich die beiden Frauen eines Tages daran erinnerten, dass ihre Söhne wie junge Götter ausgesehen hatten, kramten sie in alten Fotos und fanden nichts von dem wieder, was sie einmal gesehen hatten: genauso, wie sie beim Betrachten ihrer Fotos hübsche Mädchen gesehen hatten und weiter nichts.

Ian leitete schon zusammen mit seiner Mutter die Sportgeschäfte und war ein aufstrebender prominenter Bürger. Im Theater war es schwieriger, sich einen Namen zu machen: Tom arbeitete noch immer an seiner Karriere, als Ian schon fast auf dem Gipfel war. Diese Position war neu für Tom, denn er war immer der Erste gewesen und Ian derjenige, der zu ihm aufsah.

Aber er hielt durch. Er arbeitete. Und wie immer war er reizend zu Lil, und er kam so oft in ihr Bett, wie es die langen und unberechenbaren Arbeitszeiten im Theater erlaubten.

»Na bitte«, sagte Lil zu Roz. »So fängt es an. Er hat mich allmählich satt.«

Aber Ian machte keine Anstalten, Roz aufzugeben, im Gegenteil. Er war aufmerksam, anspruchsvoll, besitzergreifend, und als er eines Tages beobachtete, wie sie kurz nach der Liebe auf ihren Kissen lag und die alternde, erschlaffende Haut an ihren Unterarmen glatt strich, schrie er auf, umklammerte sie und rief: »Nein, nicht, nicht, denk nicht mal dran. Ich lasse nicht zu, dass du alt wirst.«

»Es passiert aber trotzdem«, sagte Roz.

»Nein.« Und er weinte genau wie damals, als ein verängstigter, verlassener Junge in ihren Armen gelegen hatte. »Nein, Roz, bitte, ich liebe dich.«

»Also darf ich nicht alt werden, stimmt's, Ian? Das ist mir nicht gestattet? Verrückt, der Junge ist verrückt«, sagte Roz zu unsichtbaren Zuhörern, wie man es tut, wenn der gesunde Menschenverstand offenbar keine Ohren hat.

Und als sie allein war, fühlte sie sich unwohl, und sie empfand so etwas wie Ehrfurcht. Es *war* verrückt, dass er so einen Anspruch hatte. Offenbar hatte er wirklich verdrängt, dass sie alt werden könnte. Verrückt! Aber vielleicht gehört der Irrsinn zu den großen, unsichtbaren Rädern, die dafür sorgen, dass unsere Welt sich dreht.

Toms Vater hatte sein Ziel, Tom zu retten, keineswegs aufgegeben. Er hielt damit nicht hinter dem Berg. »Ich rette dich vor diesen *femmes fatales*«, sagte er am Telefon. »Komm her, und dein alter Vater kümmert sich um dich.«

»Harold wird mich vor euch retten«, sagte Tom auf dem Weg in Lils Bett zu seiner Mutter. »Ihr habt einen schlechten Einfluss.«

»Ein bisschen spät«, sagte Roz.

Tom verbrachte vierzehn Tage in der Universitätsstadt. Jeden Abend führte ihn ein kurzer Spaziergang in heißes, sandiges Gestrüpp, wo Falken kreisten und ihn beobachteten. Er freundete sich mit Molly an, Roz' Nachfolgerin, und mit seiner achtjährigen Halbschwester und dem kleinen Baby.

Es war ein geräuschvoller Haushalt, in dem die Kinder im Mittelpunkt standen, aber Tom sagte zu Ian, er finde das erholsam.

»Schön, dich endlich kennen zu lernen«, sagte Molly.

»Aber jetzt«, sagte Harold, »wartest du nicht wieder so lange.«

Und Tom wartete nicht. Er nahm das Angebot an, am Universitätstheater *West Side Story* zu inszenieren, und sagte, er werde im Haus seines Vaters wohnen.

Wie immer scharten sich die jungen Frauen um ihn. »Dein Vater meint, es wird Zeit, dass du heiratest«, sagte Molly.

»Ach, meint er das?«, sagte Tom. »Ich heirate, wenn ich es für richtig halte.«

Er war Ende zwanzig. Seine Klassenkameraden und seine Kommilitonen waren verheiratet oder hatten »Partnerinnen«.

Es gab ein Mädchen, das ihm gefiel, vielleicht, weil sie so anders war als Lil und Roz. Sie war ganz hübsch, klein, dunkelhaarig und hatte eine gesunde Gesichtsfarbe, und sie flirtete auf unverbindliche Weise mit ihm. Und weil er so weit von zu Hause, von seiner Mutter und von Lil entfernt war, wurde ihm klar, wie viele Ansprüche und Bande ihn dort fesselten. Er bewunderte seine Mutter, auch wenn sie ihn zur Verzweiflung brachte, und er liebte Lil. Er konnte sich nicht vorstellen, mit einer anderen ins Bett zu gehen. Aber sie engten ihn ein, oh ja, das taten sie, und Ian auch, der in Wahrheit sein Bruder war, wenn auch nicht in Wirklichkeit. Da unten – so bezeichnete er die Stadt, in der er zu Hause war und die so sehr zum Meer gehörte, dass er sogar hier die Wellen zu hören glaubte, wenn der Wind in die Büsche fuhr. »Da unten bin ich nicht frei.«

Hier oben schon. Er beschloss, das Angebot für eine weitere Produktion anzunehmen. Also würde er noch drei Monate »hier oben« bleiben. Inzwischen nahm man allgemein an, dass er und Mary Lloyd zusammen waren, eine »Beziehung« hatten. Tom reagierte nicht, wenn man so von ihm und Mary sprach. Er sagte nicht nein und sagte nicht ja, sondern lachte nur. Aber es war Mary, die mit ihm ins Kino ging und mit ihm nach Hause zu seinem Vater kam, wenn es ein besonderes Essen gab.

»Du könntest es viel schlimmer treffen«, sagte Harold zu seinem Sohn.

»Ich treffe gar nichts, soweit ich das sehe«, sagte Tom.

»Ach ja? Ich glaube nicht, dass sie das so sieht.«

Später sagte Harold zu Tom: »Mary hat mich gefragt, ob du schwul bist.«

»Schwul?«, sagte Tom. »Nicht, dass ich wüsste.«

Es war Frühstückszeit, die Familie saß am Tisch, das Mädchen beobachtete alles, was vorging, wie kleine Mädchen es eben tun, und das niedliche Kleinkind plapperte in seinem Kinderstuhl vor sich hin. Ein hübsches Bild. Etwas in Tom sehnte sich schmerzlich danach, wenn er an seine eigene Zukunft dachte. Sein Vater hatte sich ein ganz normales Familienleben gewünscht, und jetzt hatte er es.

»Also, was ist los?«, fragte Harold. »Hast du zu Hause ein Mädchen, ist es das?«

»Das könnte man so sagen«, erwiderte Tom und bediente sich seelenruhig weiter.

»Dann solltest du Mary gehen lassen«, sagte Harold.

»Ja«, sagte Molly im Namen ihres Geschlechts. »Das ist nicht fair.«

»Mir war nicht klar, dass ich sie festhalte.«

»Tom«, sagte sein Vater.

»Das geht *wirklich* nicht«, sagte die Frau seines Vaters.

Tom sagte nichts. Dann war er mit Mary im Bett. Er hatte nur mit Lil geschlafen, mit keiner sonst. Dieser frische, junge, elastische Körper war wunderbar, er gefiel ihm sehr, und als Mary sagte: »Ich dachte wirklich, du bist schwul«, fand er das insgeheim befriedigend. Sie war eindeutig angenehm überrascht.

So war es jetzt also. Mary kam oft und übernachtete bei Tom in Harolds und Mollys Haus, und alles war sehr behaglich und *en famille.* Über das Heiraten wurde nicht ausdrücklich gesprochen, aber nur, weil alle beschlossen hatten, taktvoll zu sein. Und weil es noch etwas gab, das unklar war. Im Bett hatte Mary die Bissnarbe an Toms Wade gesehen und aufgeschrien. »Gott«, sagte sie. »Was war das? Ein Hund?« »Das war ein Liebesbiss«, sagte er nach einiger Überlegung. »Wer hat dich denn bloß …?« Und Mary versuchte spielerisch, ihren Mund so auf den Biss zu legen, dass es passte, aber Tom riss das Bein weg und zog sich dann zurück. »Lass das«, sagte er, was nur recht und billig war. Und in einem Ton, den sie gar nicht an ihm kannte, fügte er hinzu: »Mach das bloß nicht noch mal.«

Sie starrte ihn an und fing an zu weinen. Er erhob sich einfach vom Bett und ging ins Badezimmer. Er kam angezogen zurück und sah sie nicht an.

Irgendetwas war da … etwas Schlimmes … etwas, an das sie nicht rühren durfte. Mary begriff das. Sie war so erschrocken über den Vorfall, dass sie beinahe mit Tom gebrochen hätte, auf der Stelle.

Tom überlegte, ob er nach Hause fahren sollte. An seinem Aufenthalt »hier oben« hatte er die Freiheit geliebt, und dieser wunderbare Zustand hatte sich in Luft aufgelöst.

Die Stadt war wie ein Gefängnis für ihn. Sie war nicht besonders groß, aber darum ging es gar nicht. Sie gefiel ihm, diese Stadt, in der sich um Universität und Geschäftsviertel herum die Vorstädte mit den Bungalows erstreckten und die umgeben war von einer Wüste voller Büsche und Gestrüpp. Er konnte nach der Probe am Universitätstheater losgehen und stand zehn Minuten später zwischen lauter stark duftenden Dornenbüschen auf grobem gelbem Sand, in dem herabgefallene Dornen hell und warnend schimmerten: Vorsicht, nicht auf uns treten, wir bohren uns durch die dicksten Sohlen. Nachts, nach der Probe oder der Vorstellung, ging er sofort hinaus in die Dunkelheit, stand da und hörte den Grillen zu, und über ihm glitzerte und funkelte buntes Feuer am Himmel, der durch nichts getrübt war. Wenn er zurück zu seinem Vater kam, wartete Mary manchmal auf ihn.

»Wo warst du denn?«

»Ich war spazieren.«

»Warum sagst du mir das nicht? Ich gehe auch gern spazieren.«

»Ich bin nun mal ein einsamer Wolf«, sagte Tom. »Ein Kater, der gern allein herumstreunt. Und wenn das nicht dein Stil ist, dann tut es mir Leid.«

»Hey«, sagte Mary. »Du musst mir nicht gleich den Kopf abreißen.«

»Es ist besser, wenn du weißt, worauf du dich einlässt.«

Daraufhin tauschten Harold und Molly Blicke: Damit hatte er sich doch verpflichtet? Und Mary sah das Versprechen darin und sagte: »Ich mag Katzen. Glücklicherweise.«

Aber insgeheim war sie den Tränen nahe und voller Angst.

Tom war unruhig, er war launisch. Er war sehr unglücklich, ohne es zu wissen. Er war noch nie in seinem Leben unglücklich gewesen. Er kannte den Schmerz nicht und wusste nicht, was ihm fehlte. Es gibt Leute, die nie krank sind, die einfach gesund sind, ohne darüber nachzudenken, und wenn sie dann erkranken, sind sie so brüskiert und beschämt und verängstigt, dass sie vielleicht sogar daran sterben. So reagierte Tom auf der Ebene der Gefühle.

»Was ist das? Was ist los mit mir?«, stöhnte er, wenn er mit einer schweren Last auf der Brust erwachte. »Ich würde am liebsten im Bett bleiben und mir die Decke über den Kopf ziehen.«

Aber warum? Es war doch alles in Ordnung mit ihm.

Als er dann eines Abends unter den Sternen stand und so traurig war, dass er sie beinahe angeheult hätte, sagte er sich: »Mein Gott, ich bin einfach unglücklich. Ja, das ist es.«

Er sagte zu Mary, er fühle sich nicht wohl. Als sie Besorgnis zeigte, bat er: »Lass mich in Ruhe.«

Vom Stadtrand aus führten Straßen, aus denen bald Pisten wurden, in die Wüste hinein, zu den Plätzen, die die Studenten für ihre Picknicks und Ausflüge nutzten. Zwischen den befahrenen Wegen führten beinahe unsichtbare Pfade an duftenden Büschen entlang, in denen tagsüber Schmetterlinge saßen und die nachts Gerüche verströmten, um Fledermäuse anzulocken. Tom ging auf der asphaltierten Straße los, bog in die staubige Piste ein, verließ diese und nahm einen kaum erkennbaren Pfad, der zu einem kleinen Hügel führte, auf dem Felsbrocken lagen, unter anderem ein großer, flacher Stein, der die Sonnenwärme bis weit in die Nacht hinein hielt. Tom legte sich auf diesen warmen Stein und gab sich ganz seinem Unglück hin.

»Lil«, flüsterte er. »Lil.«

Endlich wusste er, dass er Lil vermisste, das war das Problem. Warum überraschte ihn das? Vage hatte er schon die ganze Zeit daran gedacht, dass er eines Tages ein Mädchen in seinem Alter finden würde, und dann … aber das war so vage gewesen. Lil gab es schon immer in seinem Leben. Er lag bäuchlings auf dem Stein und roch daran, ein schwach metallischer Geruch, heißer Staub und die Aromen der kleinen Pflanzen, die in den Rissen wuchsen. Er dachte an Lils Körper, der immer nach Salz roch, nach Meer. Sie war wie ein Meerestier, durch und durch, denn das Meerwasser trocknete oft an ihr, und dann schwamm sie schon wieder darin. Er biss in seinen Unterarm und dachte daran, dass es seine erste Erinnerung war, Salz von Lils Schultern geleckt zu haben. Es war ein Spiel, das sie spielten, der kleine Junge und die beste

Freundin seiner Mutter. Seit er auf die Welt gekommen war, hatte Lil jeden Zentimeter seines Körpers mit ihren starken Händen berühren können, und Lils Körper war ihm so vertraut wie sein eigener. Er sah Lils Brüste vor sich, die nur durch ein Bikinioberteil bedeckt waren, und den zarten Hauch schimmernden Sandes in der Spalte zwischen den Brüsten und den Glanz der winzigen Sandkörner auf ihren Schultern.

»Ich habe immer das Salz an ihr abgeleckt«, murmelte er. »Wie ein Tier an einem Salzstein.«

Er ging sehr spät zurück, das Haus war schon dunkel, aber er ging nicht schlafen, sondern setzte sich hin und schrieb an Lil. Er hatte noch nie besonders gern Briefe geschrieben. Er fand seine Handschrift unleserlich, aber ihm fiel ein, dass unter seinem Bett eine alte Reiseschreibmaschine stand, also zog er sie hervor und tippte, während er versuchte, das durchdringende Geräusch zu dämpfen, indem er die Maschine auf ein Handtuch stellte. Aber Molly hatte es gehört und klopfte an und sagte: »Kannst du nicht schlafen?« Tom entschuldigte sich und hörte auf.

Am Morgen schrieb er den Brief zu Ende, warf ihn ein und schrieb noch einen. Sein Vater versuchte, die Anrede zu entziffern, und sagte: »Du schreibst nicht an deine Mutter?«

Tom sagte: »Nein. Wie du siehst.« Er stellte fest, dass das Familienleben auch seine Nachteile hatte.

Danach schrieb er seine Briefe an Lil in der Universität und warf sie eigenhändig ein.

Molly fragte ihn, was los sei, und er sagte, er fühle sich nicht ganz fit, und sie sagte, er solle zum Arzt gehen.

Mary fragte, was los sei, und er sagte: »Alles in Ordnung.«

Und trotzdem fuhr er nicht wieder nach »da unten«; er blieb hier oben, und das hieß, bei Mary.

Er schrieb täglich an Lil und beantwortete die Briefe oder vielmehr Zettel, die sie ihm manchmal schrieb; er rief seine Mutter an, er ging so oft wie möglich hinaus in die Wüste und sagte sich, dass er darüber hinwegkommen werde. Kein

Problem. Inzwischen war sein Herz ein Klumpen aus kalter Einsamkeit, und er träumte sehr schlecht.

»Hör mal«, sagte Mary. »Wenn du das hier abblasen willst, dann sag mir das.«

Er verkniff sich die Bemerkung: »*Was* abblasen?«, und sagte: »Gib mir einfach Zeit.«

Zu seinem Vater sagte er: »Ich fahre heim« – aus einem Impuls heraus oder auch nur, weil er bald entscheiden musste, ob er einen weiteren Vertrag annehmen wollte.

»Was ist mit Mary?«, fragte Molly.

Er gab keine Antwort. Zu Hause angekommen, war er innerhalb einer Stunde bei Lil und in ihrem Bett. Aber es war nicht mehr dasselbe. Er konnte jetzt Vergleiche ziehen, und das tat er auch. Nicht, dass Lil *alt* gewesen wäre – sie war schön, wie er ihr immer wieder flüsternd versicherte: »Du bist so schön.« Aber jemand erhob Anspruch auf ihn, Mary, und es lag gar nicht an ihrer Person. Ob Mary oder eine andere Frau – spielte das eine Rolle? Eines Tages, schon bald, würde er, musste er … alle erwarteten es von ihm.

Unterdessen schien es Ian mit Roz sehr gut zu gehen. Mit seiner, Toms, Mutter. Ian wirkte nicht unglücklich und schien nicht zu leiden, keineswegs.

Mary kam an, als die vier gerade ans Meer gehen wollten. Man suchte Flossen und eine Brille für sie und sogar ein Surfbrett. Eine halbe Stunde nach ihrer Ankunft war sie schon im Begriff, mit den beiden jungen Männern hinaus auf den weiten, gefährlichen, wilden Ozean jenseits der sicheren Bucht zu fahren. Ein kleines Motorboot sollte sie hinbringen. Also alberte und scherzte dieses hübsche junge Ding, das so glatt und glänzend war wie ein Fisch, mit Tom und Ian herum, während die beiden älteren Frauen auf ihren Stühlen saßen, alles durch ihre dunklen Brillen beobachteten und zusahen, wie das Motorboot kam, um die drei zu holen.

»Sie ist wegen Tom gekommen«, sagte Toms Mutter.

»Ja, ich weiß«, sagte Toms Geliebte.

»Sie ist ganz nett«, sagte Roz.

Lil sagte nichts.

Roz sagte: »Lil, ich glaube, wir sollten uns jetzt zurückziehen.«

Lil sagte nichts.

»Lil?« Roz spähte zu ihr hinüber und schob die dunkle Brille hoch, um sie besser zu sehen.

»Ich glaube, das kann ich nicht ertragen«, sagte Lil.

»Es muss sein.«

»Ian hat kein Mädchen.«

»Nein, sollte er aber. Lil, sie gehen auf die dreißig zu.«

»Ich weiß.«

Weit weg, dort, wo die schroffen schwarzen Felsen an der Mündung der Bucht in der weißen Brandung standen, winkten ihnen drei winzige Gestalten zu, bevor sie auf den großen Strand zuhielten und außer Sicht gerieten.

»Wir müssen zusammenhalten und Schluss machen«, sagte Roz.

Lil weinte leise. Dann auch Roz.

»Es muss sein, Lil.«

»Ich weiß ja.«

»Komm, gehen wir schwimmen.«

Die Frauen schwammen kraftvoll und schnell einige Runden, und als sie wieder am Strand waren, gingen sie gleich in Roz' Haus, um Mittagessen zu machen. Es war Sonntag. Vor ihnen lag ein langer, schwieriger Nachmittag.

Lil sagte: »Ich muss arbeiten«, und ging in einen ihrer Läden.

Roz servierte das Mittagessen, entschuldigte Lil und verkündete dann, auch sie habe zu tun. Ian sagte, er werde mit ihr kommen. So blieben Tom und Mary allein, und es kam zu einer Kraftprobe. »Fisch oder Fleisch«, sagte Mary. »Ja oder nein.« »Andere Mütter haben auch schöne Söhne.« »Es wird Zeit, dass du erwachsen wirst.« All diese Dinge, die man in dergleichen Situationen eben sagt.

Als die anderen zurückkamen, verkündete Mary, dass sie und Tom heiraten würden, und alle gratulierten, und es folgte ein lebhafter Abend. Roz sang eine Menge Lieder, Tom stimmte mit ein, alle sangen. Und als es Schlafenszeit war, blieb Mary bei Tom, und Ian ging mit Lil nach Hause.

Dann fuhr Mary zurück, um die Hochzeit zu planen.

Und jetzt musste es sein. Die beiden Frauen sagten zu den jungen Männern, das sei es gewesen. »Es ist vorbei«, sagte Roz.

Ian schrie auf: »Wie meinst du das? Wieso? Ich heirate schließlich nicht.«

Tom saß still und mit zusammengebissenen Zähnen da und trank. Er füllte sein Glas mit Wein, trank es aus, füllte es wieder, trank, sagte nichts.

Schließlich sagte er zu Ian: »Sie haben Recht, siehst du das nicht ein?«

»Nein«, schrie Ian. Er ging in Roz' Zimmer und rief nach ihr, und Tom ging mit zu Lil. Ian weinte und flehte. »Warum, wozu? Wir sind doch so glücklich! Warum willst du alles verderben?« Aber Roz blieb standhaft. Sie war ganz herzlose Entschlossenheit, und erst, als sie und Lil miteinander allein waren, weil die Männer sich zurückgezogen hatten, um sich zu beraten, weinten sie und sagten, sie könnten es nicht ertragen. Sie sagten, es breche ihnen das Herz, wie sie damit leben sollten, es sei unerträglich.

Als die Männer zurückkkamen, waren die Frauen tränenüberströmt, aber unerschütterlich.

Lil sagte zu Tom, er dürfe in dieser Nacht nicht mit ihr kommen, und Roz sagte Ian, er müsse mit Lil nach Hause gehen.

»Du hast alles ruiniert«, sagte Ian zu Roz. »Es ist alles deine Schuld. Warum konntest du es nicht so lassen, wie es war?«

Roz scherzte: »Kopf hoch. Wir werden jetzt ehrbare Damen, ja, eure verrufenen Mütter wollen Säulen der Tugend werden. Wir werden perfekte Schwiegermütter abgeben, und später wunderbare Großmütter für eure Kinder.«

»Das werde ich dir nie verzeihen«, sagte Ian zu Roz.

Und Tom sagte ganz leise zu Lil und nur zu ihr: »Ich werde dich niemals vergessen.«

Das waren geradezu konventionelle Abschiedsworte. Und es bedeutete doch, dass Toms Herz keine bleibenden Schäden davontragen würde, oder?

Überflüssig zu erwähnen, dass die Hochzeit eine größere Sache war. Mary war fest entschlossen gewesen, sich von ihrer dramatischen Schwiegermutter nicht die Schau stehlen zu lassen, aber sie stellte fest, dass Roz ein Ausbund an Takt und sehr zurückhaltend gekleidet war. Lil war elegant und blass und lächelte, und nachdem das glückliche Paar in die Flitterwochen abgereist war, ging sie auf der Stelle unten in der Bucht schwimmen, während Roz sich als gute Gastgeberin um die Gäste kümmern musste. Später ging Roz über die Straße, um zu sehen, wie es Lil ging, aber ihre Schlafzimmertür war verschlossen, und sie reagierte nicht auf Roz' Klopfen und Fragen. Ian hatte als Trauzeuge eine lustige und liebenswerte Rede gehalten, und als Roz von Lil zurückkam und ihn auf der Straße traf, sagte er: »Na? Bist du jetzt zufrieden mit dir?« Und auch er rannte hinunter zum Meer.

Nun war Roz in ihrem leeren Haus, und sie legte sich auf ihr Bett und konnte endlich weinen. Es klopfte an der Tür, und weil sie wusste, dass es Ian war, wälzte sie sich vor Qual herum und biss in ihre Faust.

Als die Flitterwochen vorbei waren, sagte Mary zu Tom, dass Roz ihrer Meinung nach ausziehen und ihnen das Haus überlassen solle, und Tom sagte es seiner Mutter. Das klang einleuchtend. Es war ein großes Haus, ideal für eine Familie. Das Problem war das Geld. Die ganze Gegend war vor Jahren noch alles andere als attraktiv gewesen und das Haus somit erschwinglich, aber mittlerweile galt sie als schick, und nur reiche Leute konnten sich solche Häuser leisten. In einer Anwandlung von Leichtsinn und Großzügigkeit schenkte Roz das Haus dem jungen Paar zur Hochzeit. Aber wo wollte sie wohnen? So ein Haus konnte sie sich kein zweites Mal leisten. Sie ließ sich in einem kleinen Hotel an der Küste nieder, und das hieß, dass sie zum ersten Mal in ihrem ganzen Leben mehr als ein paar Meter von Lil entfernt wohnte. Zuerst verstand sie gar nicht, warum sie so unruhig, so traurig und verlassen war, und schob alles darauf, dass sie Ian verloren hatte, aber dann wurde ihr klar, dass es Lil war, die sie vermisste, beinahe so sehr wie Ian. Sie hatte das Gefühl, alles verloren zu haben, und zwar buchstäblich von einer Woche zur anderen. Aber Nachdenklichkeit entsprach nicht ihrem Wesen: Sie war wie Tom, der sich immer über seine Gefühle wunderte, wenn er gezwungen war, sie zur Kenntnis zu nehmen. Um mit dem Gefühl von Leere und Verlust zurechtzukommen, nahm sie eine Vollzeit-Stelle an der Universität an, wo sie Theater unterrichtete, und sie arbeitete hart, ging zweimal täglich schwimmen und nahm Tabletten, um schlafen zu können.

Bald wurde Mary schwanger. Die Leute machten die üblichen Witze auf Ians Kosten, unter anderem Saul: »Du wirst doch nicht zulassen, dass dein Kumpel dich überholt? Wann heiratest du?«

Ian arbeitete auch hart. Er versuchte, sich keine Zeit zum Nachdenken zu gestatten. Obwohl ihm das Nachdenken, das Reflektieren und die Selbstbetrachtung nicht fremd waren, empfand er dergleichen als eine Art Feind, der ihn vernichten wollte. In der Stadt, in der Harold wohnte, wurde ein neuer Laden eröffnet. Harolds Familie erwartete wieder ein Kind. Also wohnte Ian nicht bei ihnen, sondern in einem Hotel, aber er besuchte Harold natürlich, der wie ein Vater zu ihm gewesen war, was Ian häufig betonte. Und dort lernte er eine Freundin von Mary kennen, die sich auf der Hochzeit für ihn interessiert hatte. Sie hieß Hannah. Es war nicht so, dass er sie nicht mochte, im Gegenteil, sie gefiel ihm mit ihrer angenehmen Art, die durchaus mütterlich wirkte, aber er befand sich in einem leeren Raum, in dem ein Echo hallte, und er konnte sich nicht vorstellen, mit einer anderen als Roz Liebe zu machen. Er schwamm jeden Morgen an »ihrem« Strand, und manchmal sah er Roz und grüßte sie, wandte sich dann aber ab, als würde ihr Anblick ihn verletzen – und so war es auch. Er nahm öfter das kleine Motorboot zu den Surferstränden.

Tom und er waren immer zusammen gefahren, aber Tom war zu sehr mit Mary und dem kleinen Baby beschäftigt.

Eines Tages steuerte der Führer des Bootes die Bucht an. Als er Roz sah, die sich gerade abtrocknete, stellte er den Motor ab und ließ das Boot auf den sanften Wellen zum Ufer gleiten. Dann sprang er ins Wasser, zog das Boot wie einen Hund an der Leine hinter sich her und kam zu ihr. »Mrs. Struthers, Ian macht da draußen ziemlich gefährliche Sachen. Es sieht fabelhaft aus, aber er macht mir Angst. Wenn Sie seine Mutter sehen – oder könnten Sie vielleicht …«

Roz sagte: »Also wirklich. Einem Mann wie Ian zu sagen, dass er auf Nummer sicher gehen soll – das steht einer Mutter nicht zu. Und mir genauso wenig.«

»Jemand muss ihn warnen. Es ist wirklich riskant. Die Wellen da draußen, vor denen muss man Respekt haben.«

»Haben Sie ihn gewarnt?«

»Ich hab mein Bestes getan.«

»Danke«, sagte Roz. »Ich sag's seiner Mutter.«

Sie erzählte es Lil, und die sagte ihrem Sohn, er spiele mit dem Feuer. Wenn der alte Bootsführer sich Sorgen mache, dann bedeute das etwas. Ian sagte: »Danke.«

Eines Abends bei Sonnenuntergang kam der Bootsführer an Land, um Roz oder jemand von den anderen am Strand zu suchen, aber er musste zum Haus hinaufgehen, wo er Mary antraf, und ihr sagte er, dass Ian übel zugerichtet an einem der äußeren Strände liege.

Dann kam Ian ins Krankenhaus. Als der Doktor ihm sagte: »Sie werden es überleben«, zeigte sein Gesichtsausdruck eindeutig, dass er gern etwas anderes gehört hätte. Er hatte sich an der Wirbelsäule verletzt. Aber das würde vermutlich heilen. Und er hatte eine Verletzung am Bein, und das würde nie wieder so werden wie zuvor.

Er kam aus dem Krankenhaus und lag nun zu Hause im Bett, in einem Zimmer, das er jahrelang nur zum Umziehen benutzt hatte, um dann über die Straße zu Roz zu gehen. Aber in diesem Haus wohnten jetzt Tom und Mary. Er drehte das Gesicht zur Wand. Seine Mutter wollte ihn zum Aufstehen bewegen, konnte ihn aber nicht dazu bringen, seine Gymnastik zu machen. Lil konnte es nicht, aber Hannah hatte schließlich Erfolg. Sie kam auf Besuch zu ihrer alten Freundin Mary und schlief in deren Haus, aber sie verbrachte die meiste Zeit damit, an Ians Bett zu sitzen und ihm die Hand zu halten, oft unter Tränen des Mitleids.

»Für einen Sportler ist das sicher furchtbar schwer«, sagte sie immer wieder zu Lil, zu Mary, zu Tom. »Ich kann verstehen, dass er so mutlos ist.«

Ein gutes Wort, ein treffendes. Sie brachte Ian dazu, dass er ihr das Gesicht zuwandte, und schließlich stand er sogar auf, ging wie verordnet quer durchs Zimmer, dann auf die Veranda und schon bald über die Straße und hinunter zum Schwimmen. Aber er würde nie wieder surfen. Er würde immer hinken.

Hannah küsste das arme Bein, küsste ihn, und Ian weinte mit ihr: Ihre Tränen erlaubten ihm, selbst zu weinen. Und bald gab es noch eine Hochzeit, eine noch größere, weil Ian und seine Mutter Liliane so bekannt und ihre Sportgeschäfte für jede Stadt, in der es sie gab, so einträglich waren, und beide waren berühmt dafür, dass sie für jeden guten Zweck zu haben und überhaupt wohltätig waren.

Und jetzt wohnte das neue junge Paar, Ian und Hannah, mit Lil in einem Haus. Und Roz' altes Haus auf der anderen Straßenseite gehörte Tom und Mary. Lil fühlte sich in ihrer neuen Rolle als Schwiegermutter nicht wohl, und es machte sie jedes Mal traurig, wenn sie sah, wie sich das Haus gegenüber verändert hatte. Aber im Gegensatz zu Roz war sie immerhin reich. Sie kaufte eines der Häuser in Strandnähe, nur ein paar hundert Meter von den beiden jungen Paaren entfernt, und Roz zog mit ein. Die Frauen waren wieder zusammen, und als Saul Butler sie traf, gestattete er sich einen gewissen Sarkasmus und sagte: »Ah, wieder vereint, wie ich sehe!« »Wie du siehst«, sagte Roz oder Lil. »Wir können dir nichts vormachen, was, Saul?«, sagte Lil oder Roz.

Dann wurde Hannah schwanger, und Ian war entsprechend stolz.

»Es hat sich alles gut entwickelt«, sagte Roz zu Lil.

»Ja, sieht so aus«, sagte Lil.

»Was wollen wir mehr?«

Sie saßen am Strand in ihren alten Stühlen, die jetzt vor einem neuen Zaun standen.

»Ich will gar nicht mehr«, sagte Lil.

»Aber?«

»Ich habe nur nicht erwartet, dass ich so empfinde«, sagte Lil. »Ich …«

»Schon gut«, sagte Roz schnell. »Lass. Ich weiß schon. Aber sieh es mal so, wir hatten …«

»Das Beste«, sagte Lil. »Diese ganze Zeit kommt mir mittlerweile vor wie ein Traum. Ich kann es gar nicht glauben, so ein Glück, Roz«, flüsterte sie und drehte den Kopf und beugte sich ein bisschen vor, obwohl im Umkreis von fünfzig Metern kein Mensch war.

»Ich weiß«, sagte Roz. »Tja – so war's.« Und sie lehnte sich zurück und schloss die Augen. Hinter ihrer dunklen Brille tropften Tränen hervor.

Ian war ziemlich oft mit seiner Mutter unterwegs, um die Läden zu besuchen. Er wurde überall mit freundschaftlicher, respektvoller Anerkennung empfangen. Jeder wusste, warum er hinkte. Tollkühn wie ein Held vom Mount Everest, mutig wie – nun, wie ein Mann, der es mit einer Welle aufnahm, die so groß war wie ein Berg. Und er sah so gut aus, war so höflich, ein Gentleman, so nett. Er war wie seine Mutter.

Auf einer dieser Reisen saßen sie kurz vor dem Schlafengehen in ihrer Hotelsuite, und Lil sagte, sie werde die kleine Alice tagsüber nehmen, wenn sie zurück seien, damit Mary die Möglichkeit habe, einkaufen zu gehen.

Ian sagte: »Ihr zwei seid dermaßen selbstzufrieden.«

Das war gehässig und passte gar nicht zu ihm, und sie dachte, dass sie diesen Ton noch nie von ihm gehört hatte.

»Ja«, sagte er. »Für euch ist es in Ordnung.«

»Wie meinst du das, Ian, was sagst du da?«

»Ich mache dir keinen Vorwurf. Ich weiß, es war Roz.«

»Wie meinst du das? Wir waren es beide.«

»Roz hat dir den Floh ins Ohr gesetzt. Ich weiß es. Du wärst nie auf die Idee gekommen. Schade um Tom. Schade um mich.«

Daraufhin musste sie lachen, aber das Lachen klang schwach und defensiv. Sie dachte an die Jahre mit Tom, in denen sie zugesehen hatte, wie er sich von einem schönen Jungen in einen Mann verwandelte, sie hatte gesehen, was die Jahre aus ihm machten, hatte gewusst, wie es enden würde, dass es enden würde, irgendwann enden musste, dass sie es beenden musste ... sie und Roz ... aber es war so schwer, so schwer ...

»Ian, ist dir klar, dass es wahnsinnig klingt, wenn du so etwas sagst?«

»Warum? Das verstehe ich nicht.«

»Was hast du denn gedacht? Dass das alles ewig so weitergeht, und dann seid ihr zwei Männer in den besten Jahren, du und Tom, Junggesellen, und Roz und ich sind alt, und dann seid ihr beide alt und habt keine Familie, und Roz und ich, alt, alt, alt ... wir werden allmählich alt, verstehst du das denn nicht?«

»Nein, das werdet ihr nicht«, sagte ihr Sohn ruhig. »Überhaupt nicht. Du und Roz, ihr schlagt die Mädchen doch um Längen.«

Meinte er Hannah und Mary? Wenn ja ... dieser Anflug des reinen, absoluten Irrsinns machte ihr Angst, und sie stand auf. »Ich gehe ins Bett.«

»Es war Roz, die dich dazu verleitet hat. Ich verzeihe dir nicht, dass du damit einverstanden warst. Und sie braucht gar nicht zu denken, dass ich ihr verzeihe, ihr, die alles verdorben hat. Wir waren so glücklich.«

»Gute Nacht. Wir sehen uns beim Frühstück.«

Hannah bekam ihr Baby, Shirley, und die beiden jungen Frauen waren oft zusammen. Die beiden älteren Frauen und

die Männer warteten darauf, von einer weiteren Schwanger-
schaft zu hören, weil das schließlich zu erwarten war. Und
dann verkündeten Mary und Hannah überraschend, dass sie
zusammen ein Geschäft aufziehen wollten. Sofort schlug man
ihnen vor, in den Sportgeschäften zu arbeiten: Dort würden
sie flexible Arbeitszeiten haben, könnten nach Belieben kommen und gehen, ein bisschen Geld verdienen ... Und als lo-
gische Folge würde ein zweites Baby in diesen bequemen
Zeitplan passen.

Sie lehnten ab, denn sie wollten ein neues Geschäft aufma-
chen, beide zusammen.

»Ich denke, in Sachen Geld können wir euch helfen«, sagte
Ian, und Hannah sagte: »Nein, danke. Marys Vater kann uns
aushelfen. Er hat Geld wie Heu.« Wenn Hannah sprach, hörte
man oft Marys Gedanken. »Wir wollen unabhängig sein«,
sagte Hannah mit einem leicht entschuldigenden Unterton,
denn sie wusste, dass sie schroff geklungen hatte, mehr als
schroff.

Die Frauen fuhren übers Wochenende zu ihren Familien
und nahmen die Babys mit, um mit ihnen anzugeben.

Die vier, Lil und Roz, Ian und Tom, saßen zusammen am
Tisch in Roz' Haus – in Roz' früherem Haus. Das Rauschen
der Wellen sagte ihnen, dass sich nichts verändert hatte, gar
nichts ... nur, dass die Utensilien der kleinen Alice überall herumlagen, wie es dem modernen Familienleben entsprach.

»Es ist schon seltsam, was sie da vorhaben«, sagte Roz.
»Versteht das jemand? Was soll das alles?«

»Wir sind zu belastend für sie«, sagte Lil.

»Wir. Sie«, sagte Ian. »Sie. Wir.«

Alle sahen ihn an, um zu begreifen, was er meinte.

Dann platzte Roz heraus: »Wir haben uns so viel Mühe gegeben. Lil und ich, wir haben unser Bestes getan.«

»Das weiß ich«, sagte Tom. »Wir wissen das.«

»Aber wir sind auch noch da«, sagte Ian. »*Wir* sind auch
noch da.«

Und dann beugte er sich zu Roz hinüber, leidenschaftlich

und vorwurfsvoll – und völlig anders als der gewandte, umgängliche Mann, den alle kannten. »Und nichts hat sich verändert, was? Roz? Sag mir die Wahrheit, sag's mir, hat sich was verändert?«

Roz hatte Tränen in den Augen, als sie ihn ansah, und dann stand sie auf, um sich in ihr Ritual zu retten, das darin bestand, kalte Getränke aus dem Kühlschrank zu holen.

Lil sah Tom unverwandt und ruhig an und sagte: »Das nutzt doch nichts, Roz. *Nicht, nicht* ...« Denn Roz weinte leise, und man konnte es sehen, weil ihre dunkle Brille auf dem Tisch lag. Dann verbarg sie ihre Augen wieder hinter der Brille und richtete die dunklen Kreise auf Ian und sagte: »Ich verstehe nicht, was du eigentlich willst, Ian. Warum fängst du immer wieder davon an? Es ist alles zu Ende. Es ist vorbei.«

»Du verstehst das eben nicht«, sagte Ian.

»Hört auf«, sagte Lil und fing auch an zu weinen. »Was soll das denn? Wir müssen doch nur entscheiden, was wir ihnen sagen, sie wollen unsere Unterstützung.«

»*Wir* sagen *ihnen, dass wir sie* unterstützen«, sagte Ian und fügte hinzu: »Ich gehe jetzt schwimmen.«

Alle vier rannten in die Wellen, Ian hinkte, aber nicht besonders stark.

Interessant, dass die vier im Lauf ihrer Diskussion an diesem Nachmittag eine bestimmte Schlüsselfrage gar nicht berührt hatten. Wenn die beiden jungen Frauen ein Geschäft aufbauen wollten, dann würden die Großmütter dabei eine Rolle spielen.

In einer zweiten Diskussion, an der alle sechs teilnahmen, ging es um genau diesen Punkt.

»Berufstätige Großmütter«, sagte Roz. »Mir gefällt das, was meinst du, Lil?«

»Arbeiten ist meine Welt«, sagte Lil. »Ich gebe die Läden nicht auf. Wie bringen wir die Kinder da unter?«

»Kein Problem«, sagte Roz. »Wir bringen das unter einen Hut. Ich habe an der Universität lange Ferien. Ian steht dir bei den Läden voll und ganz zur Verfügung. Es gibt Wochenenden. Und ich schätze, die Mädchen wollen ihre Engelchen auch ab und zu sehen.«

»Willst du etwa andeuten, dass wir sie vernachlässigen werden?«, sagte Mary.

»Nein, Liebling, nein, gar nicht. Außerdem, Lil und ich hatten immer Kindermädchen, die uns bei unseren kleinen Schätzen geholfen haben, stimmt's, Lil?«

»Aber sicher. Wenn auch nicht sehr.«

»Oh, gut«, sagte Mary, »wenn das so ist, dann könnten wir ja ein Au-pair-Mädchen einstellen.«

»Musst du so aufbrausen?«, sagte Roz. »Natürlich können wir uns ein Au-pair-Mädchen holen, wenn eins gebraucht wird. In der Zwischenzeit stehen die Großmütter zu euren Diensten.«

Es war wie ein richtiges Ritual, als die Kinder das erste Mal mit dem Meer vertraut gemacht wurden. Alle sechs Erwachsenen waren am Strand. Decken waren ausgebreitet. Die Großmütter, Roz und Lil, saßen in ihren Bikinis mit den Kindern zwischen den Knien da und rieben sie mit Sonnencreme ein. Winzige, zarte Wesen, blond und hellhäutig, und um sie herum hoch und breit und schützend die großen Erwachsenen.

Die Mütter gingen mit ihnen ins Meer, unterstützt von Tom und Lil. Es gab viel Geplantsche, Angst- und Freudenschreie der Kleinen, beruhigende Worte der Erwachsenen – all das war ziemlich laut. Und Roz und Ian blieben bei den Decken, auf denen schon Sand in kleinen Verwehungen schimmerte. Ian sah Roz lange und eindringlich an und sagte: »Nimm deine Brille ab.« Roz tat es.

Er sagte: »Ich mag es nicht, wenn du deine Augen vor mir versteckst.«

Sie setzte die Brille rasch wieder auf und sagte: »Lass das, Ian. Du musst das lassen. Das *geht* einfach nicht.«

Er griff nach ihrer Brille und wollte sie ihr abnehmen. Sie schlug nach seiner Hand. Lil stand bis zur Taille im Wasser und hatte es gesehen. Der Schlag war durchaus heftig gewesen, geradezu erbittert … hatte Hannah etwas gemerkt? Oder Mary? Ein kleines Mädchen schrie laut auf – Alice. Eine große Welle hatte sich aufgetürmt und … »Es hat mich gebissen«, kreischte sie. »Das Meer hat mich gebissen.« Und Ian sprang auf und rannte zu Shirley, die jetzt auch Theater machte. »Du siehst doch, dass du ihr Angst machst«, schrie er Hannah über das Tosen des Meeres an. »Sie haben Angst!« Mit einem winzigen Kind auf jeder Schulter hinkte er aus den Wellen heraus. Er fing an, die Kinder in einer Art Tanz zu rütteln und zu schütteln, aber weil er bei jedem Schritt wegen des Hinkens zusammensank, weinten sie nur noch mehr. »Granny«, heulte Alice. »Ich will zu meiner Granny«, schluchzte Shirley. Die Kinder wurden auf den Decken abgesetzt, Lil kam zu Roz, und die Großmütter trösteten und streichelten die Kinder, während die anderen vier schwimmen gingen.

»Hier, mein Schätzchen«, flötete Roz, die Alice hielt.

»Armer kleiner Liebling«, gurrte Lil Shirley zu.

Wenig später hatten die beiden jungen Frauen ihre neuen Büroräume, die der Schauplatz ihrer zukünftigen Triumphe sein würden – davon waren sie überzeugt. »Wir machen eine kleine Feier«, hatten sie gesagt, und es hatte geklungen, als wären Partner, Sponsoren und Freunde dabei. Aber sie waren allein, tranken Champagner und waren schon angesäuselt.

Es war das Ende ihres ersten Jahres. Sie hatten hart gearbeitet, härter als erwartet. Alles hatte sich so gut entwickelt, dass sie schon von Expansion sprachen. Dann würden sie noch länger arbeiten müssen, und die Großmütter würden mehr zu tun haben.

»Das macht ihnen bestimmt nichts aus«, sagte Hannah.

»Ich denke, doch«, sagte Mary.

Es lag etwas in ihrer Stimme, und Hannah sah Mary an, um herauszufinden, was sie andeuten wollte. Dann sagte Hannah: »Es geht nicht darum, dass wir uns kaputtschuften oder dass sie sich kaputtschuften – die wollen, dass wir wieder schwanger werden.«

»Genau«, sagte Mary.

»Ich hätte nichts dagegen«, sagte Hannah. »Ich hab's Ian schon gesagt, aber es hat keine Eile. Wir können unser Geschäft etablieren, und dann sehen wir weiter. Aber du hast Recht, genau das wollen die.«

»Die«, sagte Mary. »*Die* wollen das. Und was *die* wollen, kriegen sie normalerweise auch.«

Jetzt wurde Hannah allmählich nervös. Weil sie von Natur aus verträglich und fügsam war, hatte sie begonnen, sich Marys starkem Charakter zu beugen, aber jetzt behauptete sie sich. »Ich finde, sie sind sehr gut zu uns.«

»Sie«, sagte Mary. »Wer zum Teufel sind *sie*, dass sie gut zu *uns* sind?«

»Ach, komm! Wir hätten überhaupt nicht mit dem Geschäft anfangen können, wenn die Großmütter uns nicht ständig geholfen hätten.«

»Roz ist die ganze Zeit so verdammt taktvoll«, brach es aus Mary hervor, die der Champagner kühn gemacht hatte. Sie schenkte sich noch etwas ein. »Beide sind so taktvoll.«

»Du brauchst anscheinend immer etwas, worüber du dich beklagen kannst.«

»Ich habe das Gefühl, die beobachten uns die ganze Zeit, weil sie wissen wollen, ob wir den Anforderungen auch genügen.«

»Welchen Anforderungen?«

»Was weiß ich«, sagte Mary und war den Tränen nahe. »Wenn ich das nur wüsste. Irgendwas *ist* da.«

»Sie wollen keine Schwiegermütter sein, die sich einmischen.«

»Manchmal hasse ich sie.«

»*Hass.*« Hannah tat das mit einem Lächeln ab.

»Die haben sie doch voll im Griff, siehst du das nicht? Manchmal habe ich das Gefühl …«

»Das ist so, weil sie keine Väter haben – die Jungen. Ians Vater ist gestorben, und Toms ist weggegangen und hat eine andere geheiratet. Deswegen sind die vier sich so nah.«

»Ist mir egal. Manchmal fühle ich mich wie das fünfte Rad am Wagen.«

»Ich finde, du bist unfair.«

»Tom ist es egal, mit wem er verheiratet ist. Ich könnte ebenso gut eine Möwe sein oder ... oder ... ein Wombat.« Hannah warf sich in ihrem Sessel zurück und lachte.

»Wirklich. Ach, und er ist so verdammt gut. Er ist so nett. Ich schreie ihn an und breche einen Streit vom Zaun, irgendwas, nur, damit er mich sieht. Und als Nächstes liegen wir im Bett und vögeln wild.«

Aber Hannah empfand nichts dergleichen. Sie wusste, dass Ian sie brauchte. Es war nicht nur die kleine Abhängigkeit wegen des lahmen Beins; er klammerte sich manchmal wie ein Kind an sie. Ja, hier und da hatte er etwas Kindliches. Eines Nachts hatte er im Schlaf nach Roz gerufen, und Hannah hatte ihn geweckt. »Du hast von Roz geträumt«, sagte sie ihm.

Plötzlich war er hellwach und sagte: »Kein Wunder. Ich kenne sie schon mein ganzes Leben. Sie war wie eine zweite Mutter für mich.« Und er vergrub das Gesicht an ihrem Busen. »Ach, Hannah, ich weiß nicht, was ich ohne dich machen würde.«

Jetzt, wo Hannah eine eigene Position vertrat, fühlte Mary sich noch einsamer. Zuvor hatte sie das Gefühl gehabt: Hannah ist da, wenigstens habe ich Hannah.

Als Mary später über dieses Gespräch nachdachte, wusste sie, dass es etwas gab, das ihr verborgen blieb. Und genau das spürte sie immer. Aber trotzdem, worüber wollte sie sich denn beklagen? Hannah hatte Recht. Wenn sie ihre Situation von außen betrachtete – verheiratet mit zwei so begehrenswerten Männern, wohl bekannt, wohlhabend, wohl geordnet, allseits beliebt –, worüber wollte sie sich denn *beklagen*? Ich habe doch alles, stellte sie fest. Aber dann sagte eine Stimme tief im Inneren: Ich habe gar nichts. Es mangelte ihr an allem. »Ich habe gar nichts«, sagte sie sich, wenn die Leere sie in Wellen überrollte. Im innersten Kern ihres Lebens – nichts als Verlassenheit.

Und trotzdem konnte sie nicht genau benennen, was falsch war, was fehlte. Also stimmte doch sicher mit ihr etwas nicht. Sie, Mary, war schuld. Aber warum? Was war es? So zerbrach sie sich den Kopf, und manchmal war sie so unglücklich, dass sie am liebsten für immer vor dieser Situation geflohen wäre.

Als Mary in einem alten Gepäckstück das vergessene Bündel Briefe fand, glaubte sie zuerst, dass sie alle von Lil und an Tom gerichtet waren, konventionelle Briefe, wie man sie von einer alten Freundin oder zweiten Mutter erwartet. Sie fingen an: Lieber Tom, und endeten mit: Alles Liebe, Lil, und manchmal waren ein, zwei Kreuzchen für einen Kuss dabei. Und dann war da dieser andere Brief, von Tom an Lil, den er nicht aufgegeben hatte. »Warum soll ich dir nicht schreiben, Lil, warum nicht, ich muss einfach, ich denke die ganze Zeit an dich, oh mein Gott, Lil, ich liebe dich so sehr, ich träume von dir, ich halte es nicht aus, von dir getrennt zu sein, ich liebe dich, ich liebe dich ...«, und so weiter, seitenlang. Also las sie Lils Briefe noch einmal und verstand sie anders. Und dann begriff sie alles. Und als sie mit Hannah auf dem Pfad unterhalb von Baxter's Gardens stand und Roz lachen hörte, wusste sie, dass es Hohngelächter war. Roz verhöhnte sie, Mary, und endlich begriff sie alles. Ihr war alles klar.

Victoria und die Staveneys

*E*s nieselte kalt, und Dunkelheit senkte sich schon auf den Schulhof herab. Alle, die an das große Tor kamen, erkannten die Kinder, die sich auf zwei Gruppen verteilten, an ihren Stimmen und wussten so, wo sie suchen mussten. Einzelne Kinder konnte man kaum noch sehen. Durch irgendein Gefühl der Verbundenheit wussten die Kinder aus der größeren Gruppe, wer von den Eintreffenden zu ihnen gehörte, und einzeln oder zu zweit rannten sie los, weil sie abgeholt und nach Hause gebracht werden wollten. Zwei Kinder standen allein mitten im Hof, dessen Mauer oben mit Glassplittern versehen war. Sie machten Lärm. Der kleine Junge trat und schlug um sich und rief: »Er hat's vergessen, ich hab's ihr doch gesagt, dass er's vergisst«, während das Mädchen versuchte, ihn zu trösten und zu beruhigen. Er war kräftig, und sie war dünn und trug spitze, abstehende Zöpfchen, deren rosa Bänder feucht und schlaff herunterhingen. Sie war älter als er, aber nicht größer. Trotzdem ermahnte sie ihn mit der Überlegenheit ihrer zwei zusätzlichen Lebensjahre: »Thomas, lass das jetzt, brüll nicht so, sie kommen gleich.« Aber er ließ sich nicht beruhigen. »Lass mich los, lass mich *los* – ich *will* nicht, er hat's vergessen.« Gleichzeitig kamen mehrere Leute ans Tor, auch ein großer blonder Junge von ungefähr zwölf, der stehen blieb und in die Dunkelheit spähte. Andere betraten schon den Schulhof und nahmen Kinder an die Hand, da erst entdeckte er seinen Schützling, seinen Bruder Thomas. Es kam zu lautstarkem Gerangel. Der große Junge, Edward, packte Thomas an der Hand und hielt ihn fest, während der kleine Junge weiter um sich schlug und schimpfte: »Du hast mich vergessen; ja, hast du.« Edward sah zu, wie die anderen Kinder auf die Straße liefen und verschwanden, dann drehte er sich um und ging mit Thomas davon, bis die beiden nicht mehr zu sehen waren.

Es war kalt. Victorias Kleider waren nicht besonders warm. Jetzt, wo kein aufsässiges Kind mehr da war, das sie auf Trab hielt, zitterte sie. Sie hatte die Arme um sich geschlungen und stand einfach da und weinte leise. Der Hausmeister der Schule tauchte aus dem Dunkel auf, zog die Torflügel zu und schloss sie ab. Auch er hatte sie nicht gesehen. Sie trug dunkelbraune Hosen und eine schwarze Jacke und war bloß ein dunkler Fleck in der wirbelnden Düsternis des Schulhofs: Der Wind frischte auf.

Der Tag, der damit begonnen hatte, dass ihre Tante überstürzt ins Krankenhaus gebracht worden war, und jetzt darin gipfelte, dass man sie ganz vergessen hatte, zwang sie in die Knie, und sie wiegte sich mit tränenblinden Augen hin und her, aber dann sah sie sich wieder um, weil sie solche Angst vor dem Alleinsein hatte. Sie starrte auf das große, schwarze, verschlossene Tor. Der Abstand zwischen den Gitterstäben war groß. Sie schlich ganz vorsichtig zum Tor, als wäre sie im Begriff, etwas Ruchloses zu tun, und sah nach, ob sie sich zwischen den Stäben hindurchwinden konnte. Sie war dünn und hörte ziemlich oft, dass sie zu wenig auf den Rippen habe. Dieser Meinung war ihre Mutter immer gewesen, und bei dem Gedanken an ihre tote Mutter musste Victoria weinen und dann laut heulen. Kurz zuvor hatte sich Thomas noch wie ein Baby benommen, und sie hatte das große Mädchen gespielt, aber jetzt fühlte sie sich selbst wie ein Baby, und die Reife ihrer neun Jahre löste sich in Tränen auf. Dann steckte sie zwischen den Stäben fest. Auf dem Gehweg liefen unentwegt Leute vorbei, aber keiner sah sie, weil sich alle unter ihre Regenschirme duckten; der Schulhof hinter ihr war riesengroß, dunkel und voller Gefahren. Aus Mr. Pats Café mit dem angeschlossenen Süßigkeiten- und Zeitungsladen auf der anderen Straßenseite drang wunderbares, sanftes

Licht. Die Straßenlaternen malten weiche gelbe Flecken auf das Pflaster, und als Victoria gerade noch einmal versuchte, sich durch die Stäbe zu winden, trat Mr. Patel auf den Gehsteig, weil er dort Orangen aus den Obstkisten holen wollte, und sah sie. Sie kam an jedem Schultag in seinen Laden, aber normalerweise mit vielen anderen Kindern, und sie wusste, dass sie ihn mögen durfte, denn ihre Tante hatte gesagt: »Der ist in Ordnung, dieser Inder« – und ihre Mutter auch, bevor sie starb.

Mr. Patel hob die Hände, um den Verkehr anzuhalten, der nur aus einem Auto und einem Fahrrad bestand, und lief eilig zu ihr hin. Als er vor ihr stand, hatte sie sich gerade befreit und fiel direkt in seine Arme mit den großen, guten Händen, die sie sicher hielten. »Victoria, bist du das?«

Sie war gerettet und gab sich ihrem Elend hin. Er hievte sie hoch und hob wieder die Hand – nur eine, denn die andere hielt Victoria, und wieder mussten ein Auto und ein Motorrad halten. Als sie in dem hellen, warmen Café angekommen waren, setzte Mr. Patel sie auf den hohen Tresen und sagte: »Was machst du denn ganz allein hier, Kleines?«

»Ich weiß nicht«, schluchzte Victoria, und das stimmte. Im Unterricht war jemand in die Klasse gekommen und hatte gesagt, man werde sie vom Schulhof abholen, zusammen mit Thomas Staveney, den sie kaum kannte: Er war zwei Klassen unter ihr. Es waren Kunden da, die von Mr. Patel bedient werden wollten. Er blickte sich Hilfe suchend um und sah, dass ein paar Mädchen an einem Tisch saßen. Es waren Oberstufenschülerinnen, die sich auf dem Nachhauseweg stärkten, und er sagte: »Hier, passt doch mal kurz auf das arme Kind auf.« Er setzte sie vorsichtig auf einen Stuhl am Tisch. Die großen Mädchen hatten natürlich keine Lust, sich um ein rotznäsiges kleines Kind zu kümmern, aber sie lächelten Victoria freundlich an und sagten, sie solle aufhören zu weinen. Victoria schluchzte weiter. Mr. Patel wusste nicht, was er machen sollte. Er servierte Süßigkeiten und Brötchen und brachte noch etwas zu trinken für die Mädchen. Wie üblich tat er zwanzig Dinge auf einmal und dachte währenddessen daran, dass er die Polizei rufen sollte, als plötzlich auf dem Gehweg gegenüber wie ein Geist, der das Gedächtnis verloren hat, der große Junge erschien, der seinen widerspenstigen kleinen Bruder weggeschleppt hatte. Er sah sich hektisch um, und dann packte er mit beiden Händen die oberen Stäbe des Tores und wollte offenbar hinaufklettern. »Entschuldigung«, rief Mr. Patel und rannte zur Tür. »Komm mal her«, schrie er, und Edward wandte Mr. Patel und den einladenden Lichtern des Cafés sein bestürztes Gesicht zu. Ohne auf den Verkehr zu achten, rannte er mit ein paar Sätzen über die Straße, wobei ihn ein Motorrad nur knapp verfehlte, dessen Fahrer ihn lauthals verwünschte.

»Ein kleines Mädchen«, keuchte Edward. »Ich suche ein kleines Mädchen.«

»Und hier ist sie, gesund und wohlbehalten«, und Mr. Patel kam wieder herein, stellte sich hinter den Tresen und behielt den großen Jungen im Auge, der sich neben Victoria gesetzt hatte und ihr das Gesicht mit Papierservietten abwischte, die gefaltet in einem Ständer klemmten. Offenbar war er selbst kurz davor, in Tränen auszubrechen. Die beiden Mädchen waren viel zu alt für den Jungen, aber sie stellten trotzdem ihre Weiblichkeit zur Schau, schoben den Busen vor und machten einen Schmollmund. Er merkte es nicht. Victoria weinte immer noch, und er war selbst äußerst bewegt.

»Ich hab Durst«, platzte Victoria heraus, und Mr. Patel brachte ein Glas Orangensaft, mit einer Geste, die Edward zeigte, dass an Bezahlung nicht einmal im Traum zu denken war.

Edward hielt das Glas für Victoria, und sie war empört – sie, ein großes Mädchen, wurde wie ein Baby behandelt, aber eigentlich war sie dankbar, denn in diesem Moment wäre sie nur zu gern ein Baby gewesen.

Edward sagte: »Es tut mir so Leid. Ich sollte dich abholen, mit meinem Bruder.«

»Hast du mich nicht gesehen?«, fragte Victoria vorwurfsvoll.

Und jetzt wurde Edward puterrot und wand sich förmlich. Das traf genau den wunden Punkt seiner Selbstvorwürfe. Er hatte tatsächlich ein kleines schwarzes Mädchen gesehen, aber man hatte ihm gesagt, er solle ein kleines Mädchen abholen, und irgendwie war er gar nicht auf die Idee gekommen, dass dieses schwarze Kind sein Schützling sein könnte. Ihm fielen alle möglichen Entschuldigungen ein: das Chaos, als die anderen Kinder zum Tor rannten, der Lärm, Thomas' schlechtes Benehmen, aber Tatsache und absolut entscheidend war, dass er Victoria nicht wahrgenommen hatte, weil sie schwarz war. Gesehen hatte er sie schon. Den meisten Leuten, die durch die großen Tore ein und aus gingen, wäre das alles ganz egal gewesen, aber Edward stammte aus einem liberalen Haus, und außerdem war er gerade in einer Phase, in der er sich leidenschaftlich mit allen Problemen der Dritten Welt identifizierte. Seine Schule war sehr viel besser als diese hier, die er vor langer Zeit auch besucht hatte, und man klärte ihn und seine Mitschüler dort durch alle möglichen »Projekte« auf. Er sammelte Geld für die Opfer von Hungersnöten und Aids, er schrieb Aufsätze über diese und viele andere Ungerechtigkeiten auf der Welt, und seine Mutter Jessy war für jeden guten Zweck »zu haben«. Für das, was er getan hatte, gab es keine Entschuldigung, und ihm war ganz schlecht vor Scham.

»Kommst du jetzt mit mir nach Hause?«, fragte er kläglich, weil ihm das Kind so Leid tat, und Victoria stand wortlos auf und hob die Hand, damit er sie führte.

»Arme Kleine«, sagte eins der Mädchen sichtlich berührt.

»Ach, ich weiß nicht, das wird schon wieder«, sagte das andere.

»Es ist gar nicht weit«, sagte Edward zu dem Kind, das halb so groß war wie er. Er musste sich bücken, um mit ihr zu sprechen. Und sie reckte sich, weil ihr klar war, dass sie sich wie ein großes Mädchen benehmen musste, wimmerte aber trotzdem bei jedem Atemzug und starrte zu seinem Gesicht hinauf, in dem die Sorge um sie geschrieben stand.

»Wiedersehen, Victoria«, sagte Mr. Patel ernst und mahnend, was auf den weißen Jungen gemünzt war, der ihn an ein bestimmtes Sommerinsekt mit lauter fliegenden Beinen und Fühlern erinnerte, an eine Art Weberknecht. »Wir sehen uns morgen«, rief er den beiden hinterher, denn ihm wurde klar, dass er über den Jungen nichts wusste – und der sollte merken, dass Victoria durchaus Freunde hatte. Aber die beiden waren schon auf der Straße und stapften achtlos durch nasse Blätter und Pfützen.

»Wo? Wohin?«, fragte das Kind flehentlich, und so ein Stimmchen hatte er noch nie gehört. Er bückte sich immer wieder, um sie anzulächeln, und hatte keine Ahnung, dass sein Lächeln gequält aussah.

Als Victoria gerade dachte, dass sie offenbar weitertrotten musste, bis ihr die Füße abfielen, bogen sie durch ein Tor und gingen auf ein Haus zu, dessen Fenster hell erleuchtet waren und das zwischen ähnlichen Häusern stand, die zusammen wie eine Felswand wirkten.

Dann drehte Edward einen Schlüssel im Schloss, und sie standen in einem großen Raum, der Victoria wie ein Laden vorkam, wie einer von denen, die sie manchmal auf der High Street anstarrte. Farbe, Licht und Wärme: Sie fror, denn der Wind war ihr bis ins Mark gedrungen, und in einem großen Spiegel auf einem Gestell sah sie neben einem vom Wind ganz zerzausten Edward sich selbst, ja, das war sie, Victoria, dieses verängstigte Ding, das mit offenem Mund in den Spiegel starrte, und dann zog Edward ihr die Jacke aus und warf sie über die Lehne eines roten Sessels. Er ging vor, und sie rannte ihm nach und ließ ihr Spiegelbild zurück. Jetzt standen sie in einem Raum, der größer war als alle, die sie je gesehen hatte, bis auf die Schulaula. Edward griff nach einem Wasserkocher, den er am Spülbecken füllte, und Victoria dachte, dass dieser Teil des Zimmers wohl eine Art Küche war. Spielzeug lag herum. Demnach musste Thomas hier wohnen, aber wo war er?

»Wo ist er?«, flüsterte sie, und Edward hörte auf, mit Tassen und Untertassen herumzuklappern, weil er verstehen wollte, was sie meinte. »Ach, Thomas? Der schläft heute bei einem

Freund«, sagte Edward. »Jetzt setz dich hin.« Als sie stehen blieb, hob er sie hoch und setzte sie auf einen Sessel, der wie eine Liebkosung war, weil er sie so weich und warm umfing. Sie sah sich vorsichtig um, denn sie hatte Angst, mehr zu sehen, als sie aufnehmen konnte. Dieses Zimmer war so groß, dass die ganze Wohnung ihrer Tante hineingepasst hätte. Und während sie starrte und staunte, sank sie in sich zusammen und schlief ein: Es war alles zu viel gewesen.

Edward war kleine Kinder gewöhnt – dafür hielt er Victoria immer noch, weil sie so winzig klein und so dünn war. Also bettete er sie einfach bequem in die Polster und fing dann an, in einem riesigen Kühlschrank nach etwas zu essen zu suchen. Er wusste nicht, wo seine Mutter war, aber er wünschte sie sich herbei. Er hatte sich mit seinen Schulfreunden zum Ausgehen verabredet, und jetzt saß er fest mit diesem Kind, das er so schrecklich schlecht behandelt hatte ... Man sollte besser vorausschicken, dass seine Pubertät unmittelbar bevorstand, an deren Ende Jessy Staveney ungefähr acht Jahre nach diesem Abend zu ihm und den anderen Anwesenden sagen sollte: »Deine verdammte Pubertät, mein Gott, mein *Gott*, die hat mich zwanzig Jahre meines Lebens gekostet« – so sehr hatte ihn in dieser Zeit sein Gewissen gequält, so skeptisch war er seiner eigenen Welt gegenüber gewesen, so leidenschaftlich hatte er alles Nicht-Britische bewundert, sich jedem guten Zweck gewidmet, Wut auf seine Mutter gehabt, die für ihn in gewisser Weise alle reaktionären Kräfte verkörperte, seinen Vater verabscheut, der für ihn Frivolität und Gleichgültigkeit gegenüber dem Leid symbolisierte. Denn nur so konnte man seine unerschütterliche gute Laune verstehen.

Wie gewöhnlich setzte Edward sich hin, als hätte er eigentlich gar keine Zeit für diesen Müßiggang – er löffelte Joghurt, fettarmen Joghurt mit Vitamin-D-Zusatz, und dachte stirnrunzelnd über sein Dilemma mit Victoria nach. Victoria schlief weiter.

Wenn sie geträumt hätte – sie neigte zu Alpträumen und

zum Schlafwandeln –, wäre ihr vielleicht ihre tote Mutter erschienen, die immer lächelte, aber immer unerreichbar war und Victorias ausgestreckten Armen entwich. Sie war fünf Jahre zuvor gestorben. Victoria hatte einige Onkel gehabt, aber keinen Vater, jedenfalls keinen, den ihre Mutter auch so nennen wollte. Kein »Onkel« meldete sich, um sich zu ihr zu bekennen oder Verantwortung zu übernehmen. Victorias Tante, ihre richtige Tante, die Schwester ihrer Mutter, hatte selbst keine Kinder. Sie war gerade erst zu dem Schluss gekommen, dass sie Glück hatte, weil Kinder so viel Mühe machten – und stand auf einmal mit einem vierjährigen Waisenkind da. Sie war Sozialarbeiterin. Sie bewohnte eine kleine Wohnung mit Schlafzimmer, Wohnzimmer, Küche und Dusche in den Francis Drake Buildings, die zu einer Siedlung mit Sozialwohnungen gehörten (die anderen drei Wohnblöcke hießen Frobisher, Walter Raleigh und Nelson), und die Kinder aus der Siedlung gingen in Victorias Schule. Sie hatte ihr Leben ganz nach ihrer Arbeit eingerichtet, die sie liebte, aber dann musste sie Victoria zu sich nehmen, und das tat sie und zeigte dabei keinen Widerwillen, nur eine gewisse Resignation.

An diesem Morgen war sie krank geworden. Im Krankenwagen fiel ihr Victoria ein, und sie sagte dem Sanitäter, Victoria warte nach der Schule auf dem Schulhof darauf, dass sie abgeholt werde. Solche Situationen waren ihm durchaus vertraut. Er rief in der Schule an, was nicht ganz einfach war, denn Victorias Tante wurde immer wieder ohnmächtig, weil die Krankheit, die sie umbringen sollte, bevor sie fünfzig wurde, so große Schmerzen verursachte. Der Sanitäter bekam von der Vermittlung die Nummer der Schule, rief im Schulsekretariat an und erklärte das Problem. Die Sekretärin ging in das Klassenzimmer, wo Victoria, das gute kleine Mädchen, Sätze von der Tafel abschrieb und offenbar nicht mitbekam, wie viel Lärm die anderen Kinder machten, die nicht den Ehrgeiz hatten, gut in der Schule zu sein. Die Lehrerin sagte oder schrie: Kein Problem, Victoria könne mit Dickie Nicholls nach Hause gehen, und sicher werde sie dort jemand abholen. Die Sekretärin sagte: Kein Problem, ging zurück in ihr Büro, schlug die Nummer der Nicholls nach und rief an, aber niemand nahm ab. Berufstätige Mutter, diagnostizierte die Sekretärin, die selbst eine war. Sie versuchte es bei verschiedenen Müttern, und schließlich sagte eine, sie könne nicht helfen, aber man solle doch versuchen, Thomas Steevey in der Namensliste zu finden: So sprach man Staveney aus. Die stellvertretende Sekretärin wählte die Nummer der Staveneys und sprach mit Jessy Staveney, die ihrem Sohn sagte, er solle zusammen mit Thomas ein kleines Mädchen abholen. Die stellvertretende Sekretärin hatte nicht erwähnt, dass Victoria schwarz war, warum auch? Auf dieser Schule gab es mehr schwarze oder braune Kinder als weiße, und sie war selbst braun, denn ihre Eltern waren aus Uganda gekommen, als man dort alle Inder ausgewiesen hatte.

Es war ganz normal, dass hektisch telefoniert und organisiert wurde, denn die Mütter waren berufstätig, also dachte die stellvertretende Sekretärin nicht weiter daran: Victoria war ja versorgt.

Als Victoria aus einem kurzen, kummervollen Schlaf an diesem fremden Ort erwachte, saß Edward an einem sehr großen Tisch, und eine hoch gewachsene Frau, deren Gesicht von langem blondem Haar umrahmt wurde, saß ihm gegenüber und stützte die Arme auf den Tisch. Victoria hatte sie auf dem Schulhof gesehen, als sie Thomas abholte.

Victoria hielt eine Weile still, weil sie Angst hatte, sich bemerkbar zu machen, aber Edward hatte sie im Auge behalten und rief: »Ach, Victoria, du bist wach, komm und iss zu Abend. Das ist Victoria«, sagte er zu seiner Mutter, und die sagte: »Hallo, Victoria«, und führte dann zu Ende, was sie ihrem Sohn gerade erzählte. Sie äußerte sich gar nicht dazu, dass ein kleines Mädchen, das sie nicht kannte, in ihrer Küche schlief. Edwards und auch Thomas' Freunde gingen in ihrem Haus ein und aus, je nachdem, wie es mit den Freundschaften oder in der Schule gerade stand, und sie waren ihr alle willkommen. Thomas' Freundschaften waren ein bisschen anstrengend, denn er war schließlich erst sieben und konnte nicht kommen und gehen wie der zwölfjährige Edward, und die Besuche irgendwelcher Sehenswürdigkeiten, das Planetarium, die Museen, die Bootsfahrten auf dem Fluss, die Freunde, Übernachtungen, Übernachtungsgäste und Essenseinladungen stellten ein kompliziertes Netzwerk dar. Es war eine organisatorische Meisterleistung, alles andere mit den Kindern und ihren Verabredungen unter einen Hut zu bringen. Sie freute sich aber, dass das kleine Mädchen schwarz war, denn sie beklagte sich ständig bei Edward darüber, dass er viel zu viele weiße Freunde habe, wo man doch in einer multikulturellen Gesellschaft lebe.

Warum Thomas auf eine dermaßen schlechte Schule ging? Aus rein ideologischen Gründen – vor allem, weil sein Vater Lionel ein altmodischer Sozialist war. Später, wenn der richtige Zeitpunkt gekommen war, wollte man Thomas natürlich von dieser Schule nehmen und auf eine gute schicken, aber zunächst musste er sich in den tiefsten Abgründen erproben. So drückte Jessy sich aus, wenn sie gerade in eine Auseinandersetzung mit ihrem Exmann verwickelt war. »Es gibt Neuigkeiten aus den tiefsten Abgründen«, sagte sie dann weinend und verkündete, dass die Masern ausgebrochen waren oder dass es Probleme mit einer Rechnung gab, die sie nicht bezahlen konnte. Aber sie machte das Beste aus der Situation, die sie beklagte, denn sie konnte ihren weniger prinzipientreuen Freundinnen in die Augen sehen und sagen: »Es tut mir Leid, aber er muss wissen, wie andere Leute leben. Lionel besteht darauf.«

Victoria wurde hochgehoben und auf einen Stuhl gesetzt, aber sie konnte kaum über die Tischkante sehen, und Edward löste das Problem mit dicken, großen Kissen. »Und, worauf hast du Lust, Victoria?«

Victoria war es nicht gewohnt, gefragt zu werden, und weil ihr nichts auf dem Tisch bekannt vorkam, sah sie sich hilflos um und hätte beinahe wieder geweint. Edward verstand und häufte einfach das auf einen Teller, was er selbst aß, und zwar

Thai-Essen, das Jessy von unterwegs mitgebracht hatte, gefüllte Tomaten vom Abendessen am Vortag und ein übrig gebliebenes Reisgericht. Victoria hatte Hunger, und sie probierte von allem, konnte aber anscheinend nur den Reis vertragen. Edward hatte sie beobachtet – wie ein älterer Bruder, so, wie er Thomas beobachtet hätte – und holte Kuchen für sie. Das war besser, und sie aß ihn auf.

Jessy rührte ihren Teller nicht an und verfolgte alles schweigend, wobei sie sich ihre Teetasse mit den langen Fingern unter den Mund hielt und der Dampf vor ihrem Gesicht aufstieg. Ihre Augen waren groß und grün, und Victoria fand, dass es Hexenaugen waren. Ihre Mutter hatte im Gegensatz zu ihrer Tante oft von Hexen erzählt, und dieser beschwörende Singsang, in dem sie die schlimmen Dinge erklärte, die passierten, war dem Kind im Gedächtnis geblieben. Und schlimme Dinge passierten oft.

»Was machen wir denn mit dir, Victoria?«, fragte Jessy Staveney endlich einigermaßen beiläufig, wie sie es wohl bei jedem kleinen Kind getan hätte, das auftauchte und um das man sich kümmern musste.

Daraufhin kamen Victoria sofort die Tränen, und sie heulte auf. Was mache ich … wie sollen wir … was mache ich bloß mit Victoria: Das war die ewige Leier gewesen, Tag und Nacht, seit sie denken konnte, sogar als ihre Mutter noch lebte, und das war noch schlimmer als die Hexenaugen. Sie war so oft im Weg gewesen, wenn die Onkel bei ihrer Mutter waren. Sie war im Weg gewesen, wenn ihre Mutter zur Arbeit gehen wollte und nicht wusste, wohin mit ihr, mit ihrem Kind Victoria. Und sie wusste, dass ihre Tante Marion sie eigentlich nicht gewollt hatte, obwohl sie immer gut zu ihr war.

»Arme Kleine, sie ist müde«, sagte Jessy. »Also, ich muss los. Einer meiner Autoren hat sein erstes Stück im Comedy, und da muss ich hin. Victoria kann doch einfach über Nacht bleiben, oder?«, sagte sie zu Edward, dem auch die Tränen in den Augen standen, weil er sich so schrecklich, so unverzeihlich schuldig fühlte.

Victoria setzte sich aufrecht hin, ballte die Fäuste und richtete ihr Gesicht nach oben zur Decke, von der ein klares und wahrhaftiges Licht auf ihre hoffnungslose Verzweiflung schien. Sie schluchzte mit fest geschlossenen Augen.

»Armes Kind«, sagte Jessy abschließend und verschwand.

Edward hatte noch nicht begriffen, dass dieses Kind keine sechs oder sieben mehr war, und er kam zu ihr, nahm sie auf den Schoß und hielt sie ganz fest. Ihre Tränen machten seine Schulter nass, und weil von dem kleinen, angespannten Körper so eine Hitze und Panik ausging, fühlte er sich nicht viel besser als ein Mörder.

»Victoria«, sagte er in die Pausen zwischen ihren Schluchzern hinein, »soll ich irgendwo anrufen und sagen, dass du hier bist?«

»Meine Tante ist im Krankenhaus.«

»Wo gehst du sonst noch hin?« Er dachte an die Netzwerke, die ihm und Thomas zur Verfügung standen.

»Zur Freundin von meiner Tante.«

Schließlich hörte Victoria auf zu schluchzen, weil es nun einmal nötig war. Sie sagte, die Freundin ihrer Tante heiße Mrs. Chadwick, ja, sie habe Telefon.

Edward rief verschiedene Chadwicks an, bis er ein Mädchen erreichte, das ihm sagte, die Mutter sei nicht da. Sie hieß Bessie. Ja, es sei schon in Ordnung, wenn Victoria über Nacht bleibe. Heute Abend sei sowieso kein Bett für sie frei – Bessie hatte ihre Freundinnen da, um Videos anzusehen.

»Also gut«, sagte Edward und gab seine eigenen Pläne für den Abend auf. Das erforderte noch einige Anrufe.

Inzwischen spazierte Victoria in dem großen Raum herum, ohne wirklich begriffen zu haben, dass das die Küche war, sah sich um, berührte aber nichts und fragte sich: Wo sind die Betten?

Es waren keine Betten da.

»Wo schläfst du denn?«, fragte sie Edward.

»In meinem Zimmer.«

»Ist das nicht dein Zimmer?«

»Das ist die Küche.«

»Wo sind die ganzen anderen Leute?«

Er hatte keine Ahnung, was sie meinte. Er saß vor dem stummen Telefon, hatte den Kopf auf eine Faust gestützt und dachte über das Mädchen nach.

Schließlich sagte er: »Meine Mutter hat ihr Zimmer ganz oben im Haus, und ich hab ein Zimmer gleich die Treppe hoch, und Thomas auch«, und er hoffte, dass es ihr darum gegangen war.

Eine ungeheuerliche Wahrheit suchte einen Zugang zu Victorias ohnehin überstrapazierten Gehirn. Das klang, als wollte er damit sagen, dass ihr Zuhause nicht nur aus diesem Raum bestand. Victoria schlief auf einem ausziehbaren Bett im Wohnzimmer ihrer Tante. Sie begriff das nicht – unbegreiflich. Sie zog sich in den großen Sessel zurück, der wie eine Umarmung war, und steckte tatsächlich den Daumen in den Mund, obwohl sie sich sagte: Lass das, du bist kein Baby mehr.

Wer wohnt denn noch hier?, wollte sie fragen, aber sie traute sich nicht. Wo sind die ganzen anderen Leute?

Edward schaute sie ununterbrochen an und hoffte auf eine Erleuchtung. Dieses gequälte kleine Gesicht ... diese brennenden Augen ... Er folgte seinem Instinkt, ging zu ihr, hob sie auf, hielt sie fest.

»Ich erzähl dir eine Geschichte«, sagte er.

Und er fing an mit der Geschichte von Goldilock und den drei Bären, die Victoria schon im Fernsehen gesehen hatte. Sie war noch nie auf die Idee gekommen, dass man eine Geschichte auch hören konnte, ohne Bilder zu sehen. Eine Stimme ohne Bilder, das war neu für sie und gefiel ihr, die Stimme des freundlichen Jungen über ihrem Kopf, die er immer wieder verstellte, damit sie zu Vater Bär, Mutter Bär und dem kleinen Bären und auch zu Goldilock passte, während er sie wiegte, und sie dachte: Ich bin doch gar kein Baby, er glaubt, dass ich ein Baby bin. Was ihn anging, so wusste er ganz genau, was er da hielt: Das war es, wofür er eintrat, worüber er bei den Schuldebatten Reden hielt, dem er sein Leben widmen wollte, wie er kürzlich verkündet hatte: dem Leid der Welt.

Als er mit der Geschichte fertig war, hätte er ihr beinahe angeboten, ein Bad zu nehmen, aber er hatte Angst, dass sie das missverstehen würde.

»Bist du satt?«

»Ja, danke.«

»Dann bring ich dich rauf ins Bett.« Es war für sie noch keineswegs Schlafenszeit: Zu Hause blieb sie lange auf, weil sie vor ihrer Tante nicht schlafen gehen konnte. Oder sie schlief ein, während ihre Tante fernsah, und wenn sie dann wach wurde, lag sie in ihren Kleidern vom Tag mit einer Decke auf dem Schlafsofa. Sie hielt die Hand des großen Jungen fest und wurde rasch die Treppe hinaufgezogen, Absatz für Absatz, und dann stand sie in einem Zimmer, das mit Spielzeug voll gestopft war. War das ein Spielzeugladen?

»Das ist Thomas' Zimmer. Aber er hat nichts dagegen, wenn du in seinem Bett schläfst heute Nacht.«

Niemand hatte ihr gesagt, wo das Klo war, und Victoria war in Bedrängnis. Sie stand vor ihm, und ihr Blick sagte stumm: Bitte!, aber dann verstand er sie endlich und sagte: »Ich zeig dir die Toilette.«

Sie wusste nicht, was eine Toilette war, aber kurz darauf saß sie auf einem glatten weißen Toilettensitz ohne Sprünge in einem weiteren Zimmer, das so groß war wie das Schlafzimmer in der Wohnung ihrer Tante. Es gab sogar eine große Badewanne. Sie wäre zu gern hineingestiegen, sie kannte nur Duschen. Edward wartete vor der Tür auf sie.

Sie wurde über den Treppenabsatz zurück in das Spielzeugladen-Zimmer geführt.

»Wenn ich ins Bett gehe, bin ich auf demselben Stockwerk«, sagte Edward.

Panik. Sie wurde allein gelassen. Über und unter ihr gab es nur dieses riesengroße, leere Haus.

»Ich bin unten in der Küche«, sagte Edward.

Ihr Gesicht zeigte schieres Entsetzen. Endlich verstand Edward das Problem. »Hör mal. Es ist alles in Ordnung. Du bist in Sicherheit. Das ist unser Haus. Niemand außer uns kann hier rein. Du bist in Thomas' Zimmer – dort, wo er schläft. Na ja, wenn er nicht bei einem Freund ist. Ihr Kinder habt ja eine ganze Menge Freunde ...« Er unterbrach sich, weil er zweifelte. Dieses Kind doch sicher auch? Dann stotterte er weiter herum. »Ich bin hier. Du kannst mich jederzeit rufen. Und wenn meine Mutter irgendwann mal nach Hause kommt, ist sie auch da.«

Victoria war auf Thomas' Bett gesunken und wäre am liebsten mit Edward hinunter in die Küche gegangen. Aber sie traute sich nicht zu fragen. Sie hatte noch nicht ganz begriffen, dass in diesem riesigen Haus nur eine Familie wohnte. Manchmal wohnte eine ganze Familie in zwei Zimmern oder sogar nur in einem.

»Zieh lieber deinen Pulli und die Hose aus«, sagte Edward.

Sie entkleidete sich hastig und stand in ihrem kleinen weißen Schlüpfer und dem Hemdchen da.

Er dachte: Wie hübsch auf der dunklen Haut. Er wusste nicht, ob das ein politisch korrekter Gedanke war.

»Hier ist das Licht«, sagte er und schaltete es ein und aus, wodurch das Zimmer kurz unheimlich wirkte, weil überall die Umrisse von Tieren und riesigen Teddys waren. »Und an deinem Bett ist eine Lampe. Ich zeig's dir.« Er zeigte es ihr. »Ich lasse die Tür offen. Dann höre ich dich.«

Er wusste nicht, ob er ihr einen Gutenachtkuss geben sollte. Wenn man sie ohne die Hülle ihrer Kleider sah, war sie ein zähes, drahtiges kleines Ding und nicht mehr das zarte Kind, und er sagte: »Wie alt bist du, Victoria?«

»Ich bin neun«, sagte sie und fügte heftig hinzu: »Ich weiß, ich bin klein, aber deswegen bin ich kein Baby mehr.«

»Verstehe«, sagte er und wusste, dass er einen weiteren Fehler gemacht hatte. Wieder wurde er puterrot vor Verlegenheit, und er lungerte noch ein Weilchen an der Tür herum und sagte dann: »Ich mach das Licht hier aus«, tat es und ging die Treppe hinunter.

Victoria lag im Halbdunkel unter einer Bettdecke, auf der lauter Mickeymäuse abgebildet waren. Das gefiel ihr, denn als kleines Kind hatte sie Mickeymaus-Pantoffeln gehabt. Aber dieses Zimmer, dieses Halbdunkel – sie heulte doch noch einmal auf und hielt sich dann mit beiden Händen den Mund zu. Überall diese Tiere, sie hatte noch nie so viele Stofftiere gesehen, sie türmten sich in den Ecken und häuften sich auf einem Tisch, ein paar Teddys lagen auf ihrem Bett. Sie zog einen großen Teddy an sich, als Schutzschild gegen lauernde Löwen und Tiger und geheimnisvolle Tier- und Menschenfiguren, deren Augen im Licht funkelten, das von draußen hereinfiel. Sie konnte hier nicht bleiben, sie konnte nicht … vielleicht sollte sie die Treppe hinunterschleichen und wieder in das Zimmer gehen, das sie Küche nannten, und Edward fragen, ob sie bei ihm bleiben dürfe? Er war gut zu ihr, das wusste sie. Sie konnte spüren, wie seine Arme sie fest umschlangen, und dann lauschte sie in der Erinnerung seiner Stimme, die eine Geschichte erzählte.

Es gab noch etwas Schreckliches, womit sie zu kämpfen hatte. Angenommen, sie machte ihr Bett nass? Das passierte ihr manchmal. Angenommen, sie schlafwandelte und fiel die Treppe hinunter? Ihre Tante Marion hatte ihr erzählt, dass sie schlafwandelte, und man hatte sie fest schlafend auf dem Treppenabsatz vor dem Aufzug ertappt. Wenn sie hier ins Bett machte, in diesem Haus, dann würde sie vor Scham sterben … und mit diesem Gedanken schlief sie ein und wachte erst auf, als Licht durch ein Fenster schien, das sie in der Nacht gar nicht bemerkt hatte. Rasch befühlte sie das Bett – nein, sie hatte es nicht nass gemacht. Aber jetzt musste sie wieder auf die Toilette. Sie schlich aus dem Zimmer und rannte in Schlüpfer und Hemdchen über den Treppenabsatz zum Bad. Sie fühlte sich wie ein Einbrecher und blickte immer wieder verängstigt die Treppe hinauf und hinunter. Überall brannte Licht. Wie spät war es? Oh, womöglich kam sie zu spät zur Schule, womöglich … in Pulli und Hose ging sie die Treppe hinunter und sah Edward, der am Tisch saß und

Toast aß. Die Frau mit dem vielen Goldhaar war nicht zu sehen. Edward lächelte freundlich, machte ihr Toast, bot ihr Tee an, gab Milch und Zucker dazu, wie sie es mochte, und sagte dann, er werde sie zur Schule bringen.

Sie hätte eigentlich Sandwiches oder etwas anderes mitnehmen sollen, aber sie wollte nicht fragen. Vielleicht würde Mr. Pat ... sie wusste, dass ihre Lippen gleich wieder zittern würden, aber sie presste sie zusammen, lächelte und ging mit Edward die Treppe hinunter aus dem Haus, das in ihrer Vorstellung lauter Zimmer hatte, die so groß wie Läden waren. Sie trippelte neben Edward durch die vielen nassen Blätter auf dem Gehweg. Er brachte sie bis zu dem großen Tor, das am Abend zuvor so grausam verschlossen gewesen war, und von dort rannte sie zu ihrem Klassenzimmer. Unterwegs sah sie Thomas.

»Ich hab in deinem Zimmer geschlafen«, verkündete sie stolz, überlegen und ruhig. Sie hatte jetzt wieder ihr richtiges Alter, und er war bloß ein kleines Kind.

»Warum denn?«

»Dein Bruder hat's mir erlaubt.«

»Hoffentlich hast du nichts von meinen Spielsachen kaputtgemacht. Hast du mit meinem Dangerman gespielt?«

Sie hatte keinen Dangerman gesehen.

»Dann ist ja gut«, sagte Thomas und ging in seine Klasse.

Sie dachte daran, dass dieser kleine Junge, der so viel jünger war, in einem fremden Haus übernachtet hatte, und es hatte ihm gar nichts ausgemacht. Was sie anging, so war diese Nacht wie eine Tür gewesen, die ihr Aussichten und Orte eröffnete, von denen sie nicht einmal gewusst hatte, dass es sie gab. Sie dachte: »Ich will mein eigenes Zimmer haben. Ich will einen Platz für *mich*.« Sie wagte nicht zu denken: mein eigenes Haus, meine eigene Wohnung, das lag ihr fern, aber wenn sie ein eigenes Zimmer gehabt hätte, hätte sie sich darin verstecken können und wäre in Sicherheit gewesen. Diese wilden Tiere mit den funkelnden Augen in Thomas' Zimmer waren Gefahren, die sie verfolgten, die sie ereilen konnten.

Wenn sie ein eigenes Zimmer hätte, könnte sie zu Bett gehen, wann sie wollte, ohne darauf warten zu müssen, dass Tante Marion müde wurde. Sie konnte an ihrem Bett eine Lampe haben und sie ausschalten. »*Ein Platz für mich, für mich …*« – das nahm sie in ihr eigenes Leben mit aus dieser Nacht, die wie ein Märchenland gewesen war, in dem sie sich aber keineswegs geborgen oder auch nur wohl gefühlt hatte. Sie hatte sich nicht wie ein großes Mädchen benommen, sondern wie ein kleines, und sie schämte sich, wenn sie daran dachte, was Edward von ihr denken musste. Ihr war nicht entgangen, dass er überrascht gewesen war, als er hörte, dass sie schon neun war.

Als es an diesem Nachmittag dunkel wurde, stand sie am Tor zur Straße und wartete darauf, dass jemand kommen und sie nach Hause bringen würde. Sie hoffte, dass Edward Thomas abholte, und hatte sich vorgenommen, ihn anzulächeln wie ein großes Mädchen, ohne zu weinen und albern zu sein, und zu ihm zu sagen: »Hallo, Edward«, und dann würde er sagen: »Ach, da bist du ja, Victoria, du bist's.« Aber es kam eine Frau, die ein paar größere Kinder bei sich hatte, und Thomas stürzte mit lautem Geschrei auf sie zu. Victoria hatte solchen Hunger: In der Mittagspause war sie zu Mr. Pat gegangen, der ihr sicher eine große Tüte Chips gegeben und angeschrieben hätte, aber er war nicht da gewesen, nur ein Mädchen hinter dem Tresen, das sie nicht kannte. Wenn Phyllis kam, die Freundin ihrer Tante, würde sie ihr vielleicht ein bisschen Schokolade oder etwas anderes kaufen. Aber es kam Phyllis Chadwicks Tochter Bessie, die älter war als sie, und Victoria entschuldigte sich sofort für das Durcheinander, das andere angerichtet hatten, aber Bessie sagte: »Ein Jammer, du armes kleines Ding, deine Tante ist sehr krank, du bleibst bei uns, bis sie nach Hause kommt.«

Als Victoria neben dem großen Mädchen herrannte, sagte sie: »Bitte, hast du vielleicht Schokolade oder so?«

»Hast du nichts zum Mittagessen bekommen?«

»Sie haben nicht dran gedacht – sie wussten das nicht«,

sagte Victoria flehentlich, um den noblen Edward zu entlasten.

Bessie schwenkte ab in eine Imbissbude und kaufte Pommes frites für sie beide, und sie aßen im Gehen.

Mrs. Stevens, Tante Marion, kam pflegebedürftig aus dem Krankenhaus zurück, und ihr vormals kräftiger Körper war schon ganz ausgemergelt. Immer wieder wurde sie überstürzt dorthin gebracht und erhielt Behandlungen, die sie schwach und elend machten. Victoria kümmerte sich um sie. Nach der Schule ging sie nicht zum Spielen zu anderen Kindern, sondern kam gleich nach Hause, um die Kranke zu pflegen. In der Schule war sie fleißig und wurde oft gelobt. Ihre Abende verbrachte Victoria damit, die Hausaufgaben zu machen oder im Fernsehen Sendungen zu sehen, die von der Welt erzählten.

Eines Nachmittags hatte ihre Tante sie losgeschickt, um dringend benötigte Medikamente zu holen. Sie bog in die falsche Straße ein und stand plötzlich an einer Stelle, die ihr bekannt vorkam. Das Haus, in dem der große Junge an jenem Abend so gut zu ihr gewesen war und sich um sie gekümmert hatte, gehörte in den Bereich ihrer Erinnerung, aus dem ihre Träume sich speisten, es schwebte in anderen Dimensionen und hatte mit dem alltäglichen, dem gewöhnlichen Leben nichts zu tun. Sie erinnerte sich an Wärme und leuchtende Farben, an ein Zimmer voller Spielzeug. Manchmal blieb sie vor den Läden auf der High Street stehen und dachte: Ja, so war das, dieser Reichtum, dieser Überfluss.

Wenn das Haus überhaupt einen geographischen Ort für sie hatte, dann war es weit weg, in einem fernen Teil von London. Schließlich hatten ihr doch die Beine wehgetan? Edward hatte sie mit sich gezogen – ach, eine Ewigkeit. Aber war das nicht das Haus, direkt vor ihr, keine zehn Gehminuten von der Wohnung ihrer Tante entfernt? Ja, das war es, genau das da – oder? Ja – und in diesem Moment kam auf dem Gehweg ein Kind auf sie zugerannt, aber es bog durch ein Tor und lief die Treppe hinauf. Thomas. Er war inzwischen gewachsen und kein kleines Kind mehr. Er reckte sich nach der Klingel, woraufhin die Tür aufging und er hineinstürmte. Sie erhaschte einen Blick auf den Raum, der, wie sie wusste, die Diele war, denn inzwischen hatte sie solche Räume voller Licht und Farbe in Filmen gesehen. Danach ging sie oft zu dem Haus und blieb davor stehen oder ging auf und ab und hoffte, dass niemand sie bemerken würde, und genauso sehr wünschte sie sich das Gegenteil. In diesem Viertel wohnten keine Schwarzen, jedenfalls nicht in dieser Straße. Einmal sah sie Edward, der noch größer geworden war. Er ging mit großen Schritten so dicht an ihr vorbei, dass sie ihn hätte berühren können, sah aber weder sie noch sonst jemanden. Er sprang die Treppe hinauf und öffnete die Tür mit seinem eigenen Schlüssel. Sie, Victoria, hatte auch einen Schlüssel, der an einem Band um ihren Hals hing, damit die Tante ihretwegen nicht aufstehen und mühsam zur Tür gehen musste. Ab und zu sah sie die große Frau, die in ihrer Erinnerung Haar wie Goldilock hatte, aber jetzt trug sie es oben auf dem Kopf zusammengesteckt. Sie war ungepflegt. Sie wirkte immer angestrengt und hatte große Mühe, ihre Handtasche, die Einkaufstüten oder Pakete festzuhalten. Das gefiel Victoria nicht, denn eigentlich fand sie, dass alles, was aus diesem Haus kam, perfekt sein musste. Wenn sie solches Haar gehabt hätte, hätte sie es nicht als großen Knoten getragen, aus dem die Strähnen fielen. Dann sah sie Thomas noch einmal. Keiner erkannte sie. Und Victoria sagte sich: Die sehen mich nicht. Einmal war Edward mit großen Schritten an ihr vorbeigegangen und hatte in Victorias Augen nicht mehr wie ein Junge, sondern wie ein Mann ausgesehen – er war sechzehn, und sie hätte beinahe gerufen: Sieh doch, ich bin Victoria, kennst du mich nicht mehr? Dann sagte sie sich, dass Edward und Thomas dem Bild, das sie in Erinnerung hatte, entwachsen waren und dass es demnach bei ihr dasselbe war. Sie war groß für ihr Alter, hoch aufgeschossen, und ging nicht mehr in die Grundschule.

Besonders erstaunlich war für sie, dass das Haus ganz in der Nähe lag – nur ein kurzes Stück zu Fuß, wo es doch in ihren Träumen so weit weg gewesen war und sie nie erwartet hätte, es noch einmal zu sehen.

In der Wohnung ihrer Tante Marion schlief sie immer noch auf dem Schlafsofa im Wohnzimmer. Wenn es ihrer Tante nachts schlecht ging, zerrte sie das Sofa ins Schlafzimmer, damit sie da war, wenn die Kranke aufwachte und nach Wasser rief oder nach einer Tasse Tee oder wenn sie mit ihrer ängstlichen, belegten Stimme sagte: »Bist du da, Victoria?« Victoria hatte nachts keine Ruhe, und es fiel ihr schwer, dem Unterricht zu folgen. Die beste Freundin ihrer Tante, Phyllis Chadwick, Bessies Mutter, kam und sah nach dem Rechten. Im Auftrag der Behörden hatte sie die Aufsichtspflicht für Victoria, und Victoria hatte nichts dagegen. Sie sehnte sich nach Hilfe, von wem auch immer. Manchmal kam Bessie und setzte sich zu Tante Marion, während sie einkaufen oder einfach nach draußen ging. Wenn sie tagsüber in der Schule war, kam eine Haushaltshilfe oder Krankenschwester vorbei. Aber eigentlich gehörte Marion Stevens ins Krankenhaus, sie brauchte rund um die Uhr vernünftige Pflege – das sagte Phyllis Chadwick, und Victoria dachte es. »Wenn ich nicht da wäre, müssten sie was unternehmen, aber ich bin da, also kümmert sich keiner darum.«

Inzwischen waren vier Jahre vergangen seit der Nacht, in der der große Junge so gut zu ihr gewesen war – so stellte sich das Ereignis in Victorias Erinnerung und ihren Träumen dar. Ihre Tante war wirklich sehr krank, sie hatte Krebs. Es gab keine Hoffnung, das sagte Marion selbst. Die Krankenschwester, die auch aus Jamaika stammte, hatte zu ihr gesagt: »Es gibt eine Zeit zu leben, und es gibt eine Zeit zu sterben. Ihre Zeit ist bald gekommen, gelobt sei der Herr.«

Marion Stevens war immer zur Kirche gegangen, aber nicht in dieselbe wie diese Schwester. Trotzdem beteten sie oft zusammen, und Victoria hatte sogar gehört, dass sie Kirchenlieder sangen. Sie wusste nicht genau, ob der Herr zu loben war, wo sie doch Tag und Nacht diese entsetzlich kranke Frau vor ihren Augen hatte. Sie ging gern in die Kirche, wenn sie Zeit hatte, denn das Singen machte ihr Spaß, aber jetzt musste sie bei ihrer Tante bleiben. Die Krankenschwester sagte zu Victoria, sie werde im Himmel für das belohnt werden, was sie für ihre Tante tue, aber Victoria schwieg. Was sie am liebsten gesagt hätte, war zu unhöflich.

All das war so schwierig, zur Schule zu gehen und Hausaufgaben zu machen, wo sie doch ständig unterbrochen wurde, weil ihre Tante rief: »Victoria, bist du da?« Man konnte die Kranke nicht allein lassen, wenn es sich abzeichnete, dass die Haushaltshilfe nicht kommen würde. Und sie kam öfter nicht; alle waren überarbeitet, weil zu viele hilflose Menschen Betreuung brauchten. Und die Schwestern blieben meistens nicht lange, sie sahen nach den Tabletten und wuschen vielleicht den übel riechenden kranken Körper, und dann waren sie fort. »Krankenschwester werde ich bestimmt nicht«, schwor sich Victoria. In der Schule ermunterte man sie dazu. Sie könne doch ohne weiteres Krankenschwester werden, sie werde die Prüfungen schaffen. Sie sei gescheit, hieß es. »Es wird Zeit, dass du dir überlegst, was du werden willst.« Bessie wollte Krankenschwester werden. Soll sie doch, sagte sich Victoria. Sie selbst wollte lieber sterben.

Die Lehrer waren stolz auf sie: Es gab nicht viele Kinder an dieser Schule, aus denen etwas werden konnte – höchstens auf der Straße. Wenn sie es gar nicht zur Schule schaffte, sah man ihr das nach und entschuldigte sie. Die Lehrer kannten ihre Situation, fragten nach ihrer Tante und bedauerten sie. Einer bot an, für sie zu beten, und ein anderer kam sogar zu Besuch, natürlich um sie zu kontrollieren, das wusste Victoria, aber so konnte sie wenigstens einkaufen gehen. Die Haushaltshilfe verstand immer irgendetwas falsch, obwohl Victoria auf dem Küchentisch in ihrer sauberen Handschrift Listen hinterließ mit der Überschrift »Lebensmittel« oder »Medikamente« – in der Apotheke war immer mehr zu besorgen als im Supermarkt.

»Du musst was essen, Kind«, sagte Phyllis Chadwick und brachte ihr dies und das, Suppe, Kuchen, aber Victoria war ständig übel, weil die Krankheit ihrer Tante so roch. Manchmal hatte sie das Gefühl, langsam in dunklem, schmutzigem Wasser zu versinken, in dieser Krankheit, immer tiefer, aber oben, hoch über ihrem Kopf, gab es Licht und Luft und gute, saubere Gerüche. Wenn sie es nicht mehr ertragen konnte, sagte sie ihrer Tante, sie sei gleich zurück, und dann rannte sie durch die Straßen und blieb vor dem Haus der Staveneys stehen und dachte an das, was dort war. Platz, Raum für alle. Inzwischen hatte sie verstanden, was ihr so lange Zeit verwirrend erschienen war: In diesem Haus wohnte eine einzige Familie, die blonde Frau, die Mutter, und Edward und Thomas. Sie hatte nie darüber nachgedacht, dass es offenbar keinen Vater gab. Sie kannte keine Familie, in der es einen Vater gab, das heißt einen richtigen Vater, der blieb.

Ihre Tante Marion war nie verheiratet gewesen. Als es ihr noch so gut gegangen war, dass sie sich für ihre eigene Lebensgeschichte interessierte, hatte sie Victoria erzählt, dass es in ihrem Leben keinen Mann gegeben habe und somit auch keinen Kummer. Weiter waren ihre Erklärungen nicht gegangen. Aber Victoria dachte, wenn ein Mann da wäre, und sei es nur ein Onkel, dann könnte er ihr helfen. Sie musste alles machen, an die Ratenzahlungen denken und an die für Strom, Gas und Wasser, die Schule schwänzen, damit die Zähler abgelesen werden konnten, das Geld ihrer Tante von der Post abholen. »Du bist ein gutes Mädchen«, sagte Phyllis Chadwick zu ihr. »Du bist ein sehr gutes Mädchen.«

Aber inzwischen war sie doch wohl zu alt, um sich anzuhören, dass sie ein gutes Mädchen war? Sie war fast vierzehn. Sie hatte schon einen Busen. Sie war kein kleines Mädchen mehr, aber sie schlief auf dem Schlafsofa, und ihre wenigen Sachen lagen in einem Koffer, über den ein Tuch gebreitet war, damit er wie ein Sitz aussah, und ihre Kleider hingen an einer Stange in einer Ecke des Zimmers ihrer Tante. Eines Tages, betete Victoria, werde ich einen Platz für mich haben, mein eigenes Zimmer. Ihre Tante würde sterben, und dann würde sie in das Zimmer ihrer Tante ziehen, und das wäre dann ihr Platz.

In den letzten Wochen des Siechtums ihrer Tante ging Victoria nicht zur Schule. Sie blieb einfach da, am Totenbett, und fühlte so sehr mit ihrer Tante, dass sie selbst Magenschmerzen bekam: Die Tante litt an Magenkrebs. All das war ein langer, finsterer, übel riechender, böser Traum: die Schwestern, die kamen und gingen, die Medikamente, die Tassen, in denen Victoria dies und jenes gebracht hatte und die unberührt am Bett ihrer Tante erkalteten, während sie vor Schmerzen weinte und Victoria eine neue Dosis Schmerzmittel abmaß. Victoria sagte zu Phyllis Chadwick: »Warum kann die Tante nicht ins Krankenhaus?«, aber man erinnerte sie daran, dass das erst ganz zum Schluss möglich sei und bis dahin sei Victoria doch so ein gutes Mädchen. »Und sie hat dir Obdach und ein Bett gegeben. Vergiss das nicht, Victoria. Das hat sie für dich getan.«

Schließlich kam Tante Marion ins Krankenhaus, und Victoria saß fast den ganzen Tag bei ihr, aber es war zu bezweifeln, dass ihre Tante das wusste. »Man weiß ja nie«, sagte Phyllis Chadwick, und die Schwestern stimmten ihr zu. »Heutzutage weiß man nie, ob ihnen bewusst ist, was um sie vorgeht.« Das *heutzutage* bezog sich nicht auf neu erworbene Fähigkeiten der Patienten, sondern auf neue Ansichten über die Patienten, von denen man inzwischen annahm, dass sie alles mitbekamen, was um sie herum vorging, auch wenn sie im Koma lagen oder halb tot waren. Oder sogar schon tot?

Tante Marion starb, und offenbar war Victoria dafür verantwortlich, das Begräbnis zu organisieren, unter Phyllis' Aufsicht, aber die Formulare unterschrieb dann eine Sozialarbeiterin, denn Victoria war zu jung. Sie dachte: Wenn ich zu jung bin, um die Formulare zu unterschreiben, warum war ich dann nicht zu jung, um für die Tante zu sorgen?

Victoria ging in die leere Wohnung, und sie machte die Fenster auf, um den Geruch des Sterbens und der Medizin zu vertreiben. Wenn alles wieder frisch war, wollte sie in das Zimmer ihrer Tante ziehen, aber dann erschien ein Mann, der sich respektvoll verhielt und sie trösten wollte, weil Tante Marion gestorben und sie auf der Welt ganz allein war, und er fragte, wohin sie gehen wolle, und sie sagte: »Ich bleibe hier. In der Wohnung meiner Tante.«

»Aber du bist erst vierzehn«, sagte der Mann. »Du kannst nicht allein wohnen.«

Dass sie die Wohnung, einen Platz für sich, nicht haben konnte, begriff Victoria erst, als Phyllis Chadwick erschien und sagte, sie solle am besten mit zu ihr nach Hause kommen. »Wir machen Platz«, sagte sie. »Wir stecken dich zu Bessie.« Sie hatte schon drei Kinder.

»Aber ich will hier bleiben«, beharrte Victoria, und sie protestierte weiter, und dann flehte sie und weinte und wollte nicht gehen, bis Phyllis Chadwick, die als Sozialarbeiterin von den Bedenken der Beamten wusste, eines Tages mit einem Vorgesetzten in der Wohnung auftauchte, der an der Tür ein Schloss anbringen wollte, damit sie leer stand, bis jemand im richtigen Alter kam und darin wohnen wollte.

Und da verstummte Victoria. Die Ungerechtigkeit lähmte sie. Sie hatte sich jahrelang um ihre Tante gekümmert, hatte daran gedacht, alles zu bezahlen, hatte pünktlich die Medikamente verabreicht und die Wohnung sauber gehalten. Da hatte niemand gesagt, sie sei zu jung. Und jetzt wurde sie einfach so zur Tür gebracht, von Phyllis Chadwick auf der einen und dem Mann mit den Schlüsseln auf der anderen Seite, und beide hielten Victoria am Arm fest, während sie »Nein, nein, nein« schrie und dann still war und ihre Lippen fest zusammenpresste. Auf dem Gehweg vor dem Wohnblock – sie musste zehn Stockwerke hinaufsehen, um die Fenster ihrer Tante zu sehen – ließen die beiden sie los, und Phyllis sagte zu ihr: »Also, Victoria, es reicht jetzt, Kind.« Aber Victoria hatte auf dem ganzen Weg kein Wort gesagt.

Sie machte beiden Angst: Sie zitterte vor Zorn und wegen des Schocks, und es war, als würde sie gleich explodieren. Ihr

Blick war irr, ganz wild. »Victoria, du hast doch nicht etwa gedacht, dass du ganz allein da wohnen darfst – ein Mädchen von vierzehn?«

Aber genau das hatte sie gedacht, und sie dachte es noch.

Schließlich ging sie mit Phyllis Chadwick nach Hause, und man zeigte ihr wieder ein Schlafsofa, das in Bessies Zimmer stand, und Bessie war nett zu ihr, aber trotzdem wütend. Sie hatte das Zimmer gerade erst ergattert, ein kleines, aber ihr eigenes, und jetzt musste sie es teilen. Die Wohnung hatte abgesehen von Küche und Wohnzimmer drei Zimmer, und alle waren klein. Die jüngeren Kinder, zwei lärmende Jungen, schliefen bei Phyllis Chadwick im Zimmer. Ein weiteres Zimmer bewohnte Phyllis' Großvater, der sehr alt war und gerade an irgendetwas starb. Victoria wollte es nicht wissen. Sie hatte genug von Krankheiten und vom Sterben. Die beiden Jungen hatten in dem kleinen Zimmer gewohnt, aber Bessie war mitten in den Prüfungen und brauchte Ruhe. Anscheinend hatte Phyllis keine Ruhe verdient, denn sie musste die Jungen ertragen: Dieser Gedanke überzeugte Victoria schließlich davon, dass sie für das Angebot dankbar sein musste. Sie meldete sich in der Schule zurück, und die Lehrer sagten, sie könne ein zusätzliches Jahr bleiben, um alles aufzuholen. Von Stipendium und Universität war nicht mehr die Rede – sie war zu weit zurückgefallen. Sie konnte auf die Kaufmännische Fachschule gehen und Buchhaltung lernen. Sie war gut im Rechnen.

Weil sie für ihre Klasse zu alt war, war sie isoliert. Und die Erfahrung von Krankheit und Verantwortung machte sie einsam. Die anderen in ihrer Klasse kamen ihr wie Kinder vor, und die ganze Schule war geschrumpft, wie Menschen und Orte es nun einmal tun. Der Schulhof war ihr an diesem Abend vor langer Zeit riesengroß und gefährlich vorgekommen, voller Räuber mit Messern in den dunklen Ecken, aber jetzt sah sie, dass er jämmerlich und schäbig war und zu klein für die vielen Kinder, die in der Pause kaum Platz zum Spielen hatten. Victoria wusste, wie schlecht diese Schule war.

Und dieser Schulhof sagte alles. Grauer Beton und feuchte alte Backsteinmauern; man konnte meinen, dass hier Gefangene Hofgang hatten. Gut genug für uns, dachte sie bitter: Ich wette, Thomas und Edward gehen nicht auf eine Schule, deren Hof an ein Gefängnis erinnert. Ja, gut, im Sommer ging man mit ihnen einmal in der Woche schwimmen, aber das war es dann schon. Gut genug für drittklassige Leute. Gut genug für die Unterprivilegierten. Das sind wir. Sie hatte diese Ausdrucksweise aus Phyllis Chadwicks Flugblättern und aus den Leitfäden für Sozialarbeiter.

Sie wusste, dass sie Phyllis Chadwick dankbar sein musste, denn sie war ein guter Mensch. Ohne Phyllis hätte man sie ins Heim gebracht. »Du musst uns als deine Familie ansehen«, sagte Phyllis. »Du musst mich Tante Phyl nennen.«

Auf dem Heimweg von der Schule machte Victoria inzwischen Umwege, um am Haus der Staveneys vorbeizugehen, und eines Tages sah sie einen großen blonden Jungen, der den Gehweg entlangkam und in das Tor einbog. Sie dachte: *Edward*, und sehnte sich nach jener Güte, die sie vor langer Zeit erfahren hatte, aber dann wurde ihr klar, dass es Thomas war. Er sah seinem Bruder sehr ähnlich. Er bemerkte Victoria, runzelte die Stirn und ging ins Haus. Victoria sah dem dünnen, kleinen, schwarzen Mädchen mit den abstehenden Zöpfen gar nicht mehr ähnlich. Sie war groß und schlank, und Phyllis Chadwick hatte sie zum Friseur geschickt, zu einer Freundin, weshalb jetzt ein sauber geschnittener, weicher Afrolook Victorias hübsches Gesicht mit dem ausgeprägten Kinn und dem vollen Mund umrahmte, der, wie Bessie sagte, das Beste an ihr war: »Toll, und jetzt mach was draus.« Aber Victoria fand, dass ihre großen Augen das Beste an ihr waren.

Thomas ging seit drei Jahren nicht mehr auf ihre Schule. Er besuchte jetzt eine Schule, auf die Leute wie die Staveneys ihre Kinder schickten – so viel war ihr klar.

Jetzt musste sie sich hinter ihre Prüfungen klemmen, und manchmal warf sie einen verstohlenen Blick auf das Haus der Staveneys, aber Thomas sah sie nicht mehr.

Sie bestand ihre Prüfungen recht gut, aber keineswegs so, wie man es von ihr erwartet hatte, bevor ihre Tante krank geworden war. Sie fand sofort Arbeit. Mr. Pat hatte sie immer gemocht, und er sagte, sein Bruder, der einen kleinen Kleiderladen besaß, brauche eine Verkäuferin und jemanden, der ihm die Bücher führe. Sie verdiente dort so viel, dass sie Phyllis Chadwick für Kost und Logis etwas geben konnte, aber an eine eigene Wohnung war gar nicht zu denken, und davon hatte sie immer geträumt. Sie war nicht die Einzige. Phyllis hatte selbst jede Nacht zwei unerzogene Jungen in ihrem Zimmer, die dafür sorgten, dass man sich in der Wohnung manchmal wie auf einem Jahrmarkt vorkam, auch wenn sie hin und wieder getrennt wurden, damit alle ihre Ruhe hatten – einer schlief dann im Wohnzimmer und der andere neben Phyllis. Bessie, die Krankenschwester werden wollte und Ruhe zum Lernen brauchte, setzte sich an den Küchentisch, weil sie dort gutes Licht hatte, aber die Jungen störten sie ständig. Sie und Victoria waren Freundinnen, aber Bessie wusste, dass sie ohne Victoria ein eigenes Zimmer gehabt hätte. Der alte Mann, Phyllis' Großvater, hielt mit seinem kleinen Fernseher, dem Radio und den Zeitschriftenstapeln ein ganzes Zimmer besetzt. Er hatte einen Schlaganfall gehabt und war teilweise gelähmt, und wie bei Victorias Tante gingen Schwestern und Haushaltshilfen ein und aus, wenn Victoria, Phyllis und Bessie bei der Arbeit waren. Er saß in einem großen Sessel, und unter seinem riesigen Kopf, der aussah wie der eines Löwen, schrumpfte der mit Dellen und Geschwülsten übersäte Körper allmählich zusammen. Neben ihm auf dem Boden stand eine Flasche, die immer dunkelgelben, stark riechenden Urin enthielt. In einer Ecke stand ein Nachtstuhl. Seine alten, dünnen, knotigen Beine lagen ausgestreckt auf einem Schemel, und die schwarze Haut hatte Risse, die aussahen, als wäre graue Asche darin. Phyllis ölte seine Füße und Beine ein, aber das half nicht. Insgeheim dachten alle, dass es das Beste wäre, wenn er sterben und sein elendes, freudloses Leben ein Ende haben würde. Außerdem wäre dann ein Zimmer frei, ein ganzes Zimmer, in dem die Jungen ihr Chaos anrichten und lärmen und dabei die Tür zumachen konnten.

Bessie war gut zu dem alten Mann: Sie sah eine sinnvolle Ergänzung ihrer Ausbildung darin. Victoria tat gehorsam, was zu tun war, und leerte die Urinflasche und manchmal den Nachtstuhl aus, aber sie verabscheute das. Phyllis, die lange arbeitete und sich um vier Kinder und den alten Mann kümmern musste, konnte sich manchmal ein bisschen zu ihm setzen. Er behauptete, dass er allen gleichgültig sei.

Phyllis sagte zu Victoria: »Wir müssen uns mal ernsthaft unterhalten, Kind, also, wann wollen wir das tun?«

Es musste ein Sonntag sein, und als die Jungen am Sonntagabend draußen auf der Straße mit ihrer Clique Unfug trieben und Bessie sich hinter eine geschlossene Tür zurückgezogen hatte, machten Victoria und Phyllis die Tür zum Zimmer des alten Mannes zu, der sich beklagte. »Es ist doch nur für eine Minute, Grandad«, sagte Phyllis zu ihm.

Victoria erwartete, dass Phyllis sie bitten würde auszuziehen: Warum in aller Welt sollte sie dort wohnen und der ohnehin überlasteten Frau zusätzliche Sorgen bereiten?

»Mach uns beiden eine schöne, starke Tasse Kaffee, und dann setz dich zu mir«, sagte Phyllis. Sie bettete ihren massigen Körper in eine Sofaecke und legte die Füße hoch. Es sah so aus, als würde sie jeden Moment einschlafen.

»Victoria«, sagte sie, »ich weiß, dass du die Arbeit so überstürzt angenommen hast, weil du mir etwas Geld geben willst, aber das macht mich traurig, Kind, du könntest viel mehr aus dir machen.«

Dieser ernste Rat klang, als hätte sich jemand die Worte zurechtgelegt, was in Phyllis' Fall mehrere Nächte gedauert hatte, und sein Hintergrund war eine Geschichte, die weder Victoria noch Bessie kannte. Nicht einmal Phyllis' Großvater kannte auch nur die Hälfte davon.

Phyllis Chadwicks Großeltern waren nach dem Zweiten Weltkrieg mit der Welle von Einwanderern nach London gekommen, die man ins Land geholt hatte, damit sie die Dreck-arbeit machten, die englische Arbeiter nicht übernehmen wollten. Sie hatten sich vorgestellt, dass die Straßen mit Gold gepflastert sein würden, und was sie vorfanden – aber all das ist bereits ausreichend dokumentiert. Ein hartes Leben, harte Zeiten, und eins von zwei Kindern des jungen Paares war Phyllis' Mutter, ein lebhaftes, rebellisches Mädchen, das mit vierzehn schwanger wurde und nach einer verpfuschten Ab-treibung angeblich unfruchtbar war, also ließ sie sich, wie sie glaubte, auf Sex ohne Folgen ein, wurde aber wieder schwan-ger, und zwar mit Phyllis. Phyllis hatte natürlich einen Vater, aber der gab sich nie zu erkennen, und ihre Mutter behielt ihr Wissen für sich. Die sehr junge Mutter und das Kind krochen bei den Eltern unter, die sie immerhin durchfütterten, aber Moralpredigten hielten. In Phyllis' Erinnerung hatte ihre Mutter, die wohl ein bisschen zurückgeblieben gewesen war, nur gebrüllt und geschrien und war manchmal tagelang zu Saufgelagen oder Orgien verschwunden, um dann mürrisch und schweigsam zu ihren Eltern zurückzukehren, die sich um Phyllis kümmern mussten und ihr Vorträge hielten. Sie kam bei einer Schlägerei ums Leben. Phyllis war erleichtert. Da-nach kümmerte sich ihr Großvater um sie, der nun gleich hinter der Tür saß, durch die laute Fernseh- und Radiogeräu-sche drangen (oft lief bei ihm beides gleichzeitig), und ihre Großmutter auch, die freundlich, aber streng war, weil Phyl-lis' Mutter so ein schlechtes Beispiel gegeben hatte. »Du hast schlechtes Blut«, hörte sie Tag für Tag. In der Schule arbeitete Phyllis hart, und sie war fest entschlossen, sich nie zu betrin-ken oder herumzutreiben oder zu prügeln, und wollte unbe-dingt ein eigenes Dach über dem Kopf und eine eigene Fa-milie haben. Sie bestand ihre Prüfungen und fiel dann kurz in Ungnade, jedenfalls bei ihren Großeltern, die ihr sagten, sie schlage den Weg ihrer Mutter ein, weil sie nicht bei einer Ar-beitsstelle blieb, sondern aus einem Gefühl der Macht, der Freiheit heraus ständig neue annahm. Sie war ein üppiges, ziemlich hübsches, vernünftiges Mädchen, und sie arbeitete an der Kasse, verkaufte Schuhe in einem Laden an der Oxford Street, servierte Essen auf den großen Messen im Earl's Court, kellnerte in einem Coffee Shop und fühlte sich großartig dabei. Das Geld – ja, das war wunderbar, Märchengold, das ihr jede Woche zur Verfügung stand, aber eigentlich verdiente sie sich die Freiheit, das zu tun, was sie wollte. Sie behielt eine Arbeitsstelle nur so lange, wie sie ihr gefiel, und das Beste überhaupt war dann das Vorstellungsgespräch für die nächste: Sie kam gut an und wurde aus Dutzenden von Bewerberinnen ausgewählt. Etwas an ihr weckte das Vertrauen der Arbeitgeber. Während ihre Großeltern schimpften und ihr ein vertanes Leben und ein erbärmliches Alter prophezeiten, hatte sie das Gefühl, frei zu schweben, ihre eigene Herrin und die ihrer Zukunft zu sein. Aber dann begegnete sie ihrem Schicksal, dem Vater von Bessie, der aber nicht der Vater der Jungen war, und musste sehen, wie sie zurechtkam. Sie fing auf der untersten Sprosse der Sozialhilfeleiter an und bekam nach angemessener Zeit eine eigene Wohnung, die, in der sie immer noch wohnte. Ihre Großmutter, die eher wie eine Mutter gewesen war, starb, und sie musste sich um ihren Großvater kümmern. »Unverhofft kommt oft«, sagte sie gern. Aber sie war ihm nicht nur zu Dank verpflichtet, sie hatte den alten Mann auch gern, der nackt aussah wie eine Gliederpuppe, ganz dünn und klapprig unter dem großen Kopf mit dem Gesicht, in dem seine ganze Geschichte geschrieben stand.

»Victoria, mein Kind«, sagt Phyllis. »Was machst du denn in diesem albernen Job, wo du doch so ein gescheites Mädchen bist?«

»Was soll ich denn deiner Meinung nach machen? Was soll ich machen?«

Phyllis wollte eigentlich sagen: Herrgott noch mal! Setz dich in *Bewegung*, nutz deine Zeit, denn irgendwann lernst du einen Mann kennen, und dann ist alles vorbei. Aber sie wollte das schlechte Blut nicht heraufbeschwören, das ganz bestimmt in Victoria schlummerte, und der Teufel lag ohnehin hinter Lächeln und Schmeichelei versteckt, auf der Lauer nach Frauen.

Sie beugte sich vor, nahm die beiden jungen Hände in ihre und dachte einfach nicht mehr daran, dass sie vielleicht einen schlechten Einfluss hatte. »Man ist nur einmal jung«, sagte sie. »Man soll ja nicht nach dem Äußeren gehen, aber hübsch bist du schon. Und du hast noch keinen Klotz am Bein.« Das *noch* fiel Victoria auf, denn es verriet, wie Phyllis ihr eigenes Leben sah.

»Es gibt durchaus andere Arbeit für dich, Victoria. Solange du's nicht versuchst, wirst du nie erfahren, was du erreichen kannst.« Sie verkniff sich zu sagen: Wenn sogar ich eine nette kleine Stelle habe, wo ich nicht mal hübsch bin, was könntest du alles kriegen, mit deinem Gesicht und deiner Figur? »Du willst dich doch wohl nicht auf das beschränken, was du hier in diesem Viertel geboten bekommst. Du fährst jetzt in die Oxford Street und nach Knightsbridge und nach Brent Cross und suchst dir den nobelsten Laden aus, und dann gehst du rotzfrech rein und sagst, du willst einen Job.« Danach redete sie von einem Job als Fotomodell, weil es das war, was sie selbst am liebsten gemacht hätte, aber sie war nicht entsprechend gebaut. »Warum denn nicht? Du hast eine gute Figur und das richtige Gesicht.« Das Beste, was Phyllis je gemacht hatte, und all das, was sie nicht erreicht hatte, schlug sie jetzt Victoria vor. Phyllis Chadwick stammte von Sklaven ab, die den Namen ihres Besitzers getragen hatten, Chadwick, und sie wusste, dass sie gut genug gewesen war, um dort zu arbeiten, wo man ihre Eltern gar nicht hereingelassen hätte. Während sie redete, zuckte ständig ein kleiner, panischer Nerv: Bringe ich sie etwa in Gefahr? Aber sie ist so vernünftig, so gelassen, ihr wird schon nichts passieren.

Sie gab Victoria Geld und schickte sie los, damit sie sich etwas Modisches zum Anziehen kaufte, aber nicht zu auffällig.

Victoria hörte sich alles an, zumindest hatte sie einen Einblick in das Leben ihrer Wohltäterin bekommen, der ihr zu denken gab.

Sie kleidete sich ein, und weil Phyllis' Predigt ihr Mut gemacht hatte, fing sie ganz oben in der Oxford Street an, denn etwas Besseres und Schickeres kannte sie noch nicht. Sie verkaufte eine Weile Parfüm, und nachdem sie begriffen hatte, dass die Oxford Street auch nicht das Empyreum war, wurde sie Verkäuferin in einem wirklich exklusiven Geschäft, aber dort kündigte sie, weil es sie ärgerte, dass es auch ganz oben Unzulänglichkeiten gab, und Phyllis bestärkte sie darin. Victoria verabscheute es, schöne Kleider an Frauen zu verkaufen, die zu hässlich oder zu alt dafür waren, Kleider, die an ihr besser ausgesehen hätten – besser *aussahen*. Schließlich stand sie einem Fotografen Modell für Fotos, die zwar nicht pornographisch waren, aber doch so sexy, dass es ihr peinlich war, und dann verhielt sie sich so widersprüchlich wie Phyllis, die sie antrieb und gleichzeitig zur Vorsicht riet, und ließ einen anderen Fotografen Aktfotos machen. Die ganze Zeit legte sie Geld beiseite, ihren Notgroschen, die Eintrittskarte zu ihrer eigenen Wohnung, ihrer eigenen, einer ganz für sie allein.

Die Arbeit als Aktmodell lief offenbar auf Sex mit dem Fotografen hinaus, also hörte sie auf damit.

Der Großvater starb. Phyllis trauerte sehr, und die jungen Leute merkten, dass er viel mehr als ein übel riechender, halb toter alter Mann mit einer Urinflasche gewesen war, der Platz beanspruchte, den die Lebenden gut brauchen konnten.

In das Zimmer zogen die beiden Jungen, und Phyllis sagte Bessie und Victoria, sie habe noch nie in ihrem ganzen Leben ein eigenes Zimmer gehabt. Sie war in ihrem eigenen Zimmer, und sie weinte echte Tränen, weil sie dem Leben oder dem Schicksal oder Gott so dankbar war.

Bessie war eine gutmütige, gelassene junge Frau, und als sie einmal in ihrem kleinen Zimmer lagen und sich im Dunkeln unterhielten, erzählte sie Victoria, sie habe den alten Mann, den Großvater, ihren Urgroßvater, für einen ungehobelten Kerl gehalten: Er habe sie in Verlegenheit gebracht. »Ja, das stimmt, Victoria, es hat mich wirklich aufgeregt, wenn er so geredet hat.«

Victoria sagte nichts dazu. Sie konnte sich gut vorstellen,

was für Widrigkeiten Phyllis in ihrem Leben ausgesetzt gewesen war. Sie fühlte anders mit Phyllis, als Bessie es tat. Oder vielmehr: als Bessie es konnte, denn die hatte es immer leicht gehabt. Sie, Victoria, stand Phyllis näher als Bessie.

Victoria hatte keine Ahnung, wie sehr Phyllis über sie wachte, sich um sie sorgte, um sie fürchtete. Sie hatte gelebt, wie Victoria jetzt lebte, immer am Rande der Gefahr, und während sie Victoria antrieb und triumphierte, wenn die junge Frau Erfolge vorzuweisen hatte – eine schillernde neue Arbeitsstelle oder ein Kompliment von einem Arbeitgeber oder Kunden –, dachte sie insgeheim, dass es auf der Welt nichts Gefährlicheres gab als eine hübsche junge Frau, die frei herumlief. Wenn wir jung sind, dachte die ältere Frau, wissen wir zum Glück nicht, dass wir wie Dynamitstangen sind, oder wie Feuerwerkskörper in einer Schachtel, die zu nah am Feuer steht.

Ja, ältere Frauen verstehen, warum manche Leute finden, dass junge Menschen hinter Schloss und Riegel gehören. Du lieber Gott, Kind, dachte Phyllis Chadwick manchmal, wenn Victoria zur Arbeit ging und fantastisch aussah, du bist eine wandelnde Katastrophe, die uns erst noch ins Haus steht, und wenn du noch so demütig und bescheiden vor dich hin trippelst und nicht nach rechts und links schaust – du wackelst nicht mit deinem kleinen Hintern und machst niemanden an, du lässt nicht zu, dass dieser Fotograf zu weit geht (Phyllis wusste von dem ersten, aber nicht von den Aktfotos), aber trotzdem, Kind, du spielst mit dem Feuer, wie ich damals auch, und ich hatte keine Ahnung, wie ich auf andere gewirkt habe. Manchmal wird mir ganz schwindlig, wenn ich daran denke, wie riskant das war.

»Mach dir nicht so viele Sorgen, Ma«, sagte Bessie zu ihrer Mutter, nachdem die beiden gesehen hatten, dass Victoria zur Arbeit ging wie ein Croupier in sein Casino. »Im Kopf ist sie sehr erwachsen.«

»Das hoffe ich, mein Liebes.« Und Phyllis dachte daran, wie seltsam es war, dass ihr die Tochter, die sie natürlich liebte, weil sie ihre Tochter war, so fern schien, jenseits eines

Ozeans der Verständnislosigkeit, und dass diese Kluft zwischen den Generationen von allen die grausamste war: zwischen Eltern, die hart gewesen sind, um ihren Kindern Bequemlichkeit und Sicherheit zu verschaffen, die dann ihrerseits nicht verstehen, wovor sie bewahrt worden sind. »Aber Victoria versteht mich«, dachte Phyllis.

Victoria hatte jetzt eine Stelle, die ihr besser gefiel als jede zuvor, in einem großen Musikgeschäft im West End. Anderswo hatte sie mehr verdient, aber hier gehörte sie hin. Die Musik, die Leute, die hereinkamen, die anderen Angestellten – alles war perfekt, das reinste Vergnügen, und sie sagte zu Phyllis und Bessie, dass sie diesmal bleiben werde.

Und eines Nachmittags erschien kein anderer als Thomas Staveney persönlich – für einen Augenblick glaubte sie wieder, Edward zu sehen. Sie beobachtete ihn, während er ganz entspannt im Laden herumspazierte, den er offenbar gut kannte: Er nahm sich Kassetten und legte sie wieder zurück und kaufte schließlich ein Video von einem Konzert aus Gambia. Dann tauchte er vor ihr auf und sagte: »Du bist Victoria.« »Und du bist Thomas«, erwiderte sie blitzschnell. Er musterte sie, aber nicht so, dass sie etwas dagegen haben konnte. Natürlich war er überrascht – sie wusste, woran er sich gerade erinnerte. Sie stand vor ihm und lächelte und ließ ihn seine Schlüsse ziehen.

Und was er dann sagte, hatte sie als Letztes erwartet: »Komm doch zum Abendessen mit zu mir nach Hause.«

»Ich muss noch eine Stunde arbeiten.«

»Dann hole ich dich später ab.« Er spazierte hinaus. Sein Stil, der eher Jimmy Dean als Che Guevara nachempfunden war, fiel in diesem Geschäft nicht weiter auf: Die Jeans hatte ein Loch am Knie und der Pullover eins am Ellbogen.

Als der Laden schloss und die beiden hinausgingen, waren sie ein ungleiches Paar, denn sie trug eine elegante schwarze Lederjacke, einen schwarzen Lederrock und Absätze wie glänzende schwarze Stäbchen. Ihr Haar war inzwischen glatt wie schwarzes Lackleder.

Sie nahmen den Bus, stiegen einmal um und standen nach kurzer Zeit vor dem Haus, von dem sie zehn Jahre lang geträumt hatte.

Sie war jetzt neunzehn, er siebzehn. Beide wussten auf den Monat genau, wie alt der oder die andere war. Er sah viel älter aus, und sie auch, wie eine schicke junge Frau, nicht wie ein Mädchen.

Als er die Treppe zum Haus hinaufging, blieb sie stehen, um den Moment ganz in sich aufzunehmen. Sie war hier, mit dem großen blonden Jungen, von dem sie geträumt hatte, und trotzdem fühlte sie sich wie in einem dieser Träume, in dem eine vertraute Gestalt auf einen zukommt, die dann aber nicht diese Person ist, sondern ein Fremder; oder in dem man am anderen Ende eines Zimmers die verlorene Geliebte sieht und sich schrecklich freut, und schließlich dreht sie den Kopf und lächelt ganz anders als sonst. Vor ihr stand Thomas und nicht Edward, und das Leitthema der Täuschung setzte sich fort, als sie rasch die Treppe hinaufstöckelte, um neben ihn in die offene Tür zu treten: Die Diele, die sie als Raum mit sanften Farben und sanftem Licht im Gedächtnis hatte, war kleiner, und der Frühlingsnachmittag warf kaltes Licht hinein, während sie sich an einen warmen Schein erinnerte, der die Konturen verwischte, und an etwas Rosarotes, Gedämpftes, und tatsächlich gab es alte Teppiche auf dem Boden und an den Wänden, aber dort, wo das Licht die abgenutzten Stellen hervorhob, konnte man weiße Fäden sehen. Sie waren schäbig. Ja, hübsch waren sie schon – aber konnten sich so reiche Leute denn keine neuen leisten? Sofort verschob sie den Raum, an den sie sich erinnerte, unverändert in einen anderen Teil ihres Gedächtnisses, wo er in Sicherheit war, und erklärte das, was sie sah, für Betrug. Jetzt standen sie in dem riesigen Raum, und sie wusste noch, dass man ihr gesagt hatte, dies sei die Küche. Das war sie nach wie vor – es hatte sich nichts verändert. Als Kind hatte sie die vielen Schränke und den Kühlschrank und den Herd gar nicht wahrgenommen, die aussahen wie aus einer Wohnzeitschrift. Und da standen der Tisch, ja, ein großer, das wusste sie noch, und die Stühle darum herum und der große Sessel, in dem sie auf Edwards Knie gesessen hatte, und er hatte ihr eine Geschichte erzählt.

Thomas hatte den Wasserkocher gefüllt und eingeschaltet und kramte in einem riesigen Kühlschrank. Er holte verschiedene Dinge hervor, die er auf den Tisch stellte, und sagte: »Möchtest du lieber was anderes? Ich koche Kaffee.«

Bei Phyllis wurde oft und reichlich Kaffee getrunken, also sagte sie: »Kaffee, gern«, und setzte sich, denn er hatte nicht daran gedacht, ihr einen Platz anzubieten.

Sie konnte nicht aufhören, ihm forschende und dann ermunternde Blicke zuzuwerfen, und er konnte nicht aufhören, sie anzusehen. Sie fand, dass er wie jemand aussah, der im Supermarkt etwas ganz Besonderes gekauft hatte und sich jetzt daran freute.

»Wo ist dein Bruder?«, fragte sie und hatte ein wenig Angst vor der Antwort, denn die würde ihr bestätigen, dass er nicht Edward war und auch nie sein würde.

»Der ist in Sierra Leone und stellt *Untersuchungen* an«, sagte er zu ihr, und es entging ihr nicht, dass er Abneigung durch Gleichgültigkeit zu verdecken versuchte. »Stellt *wie immer* Untersuchungen an«, fügte er hinzu. Und dann fiel ihm auf, dass es die Höflichkeit gebot, etwas ausführlicher zu antworten: »Er ist inzwischen Anwalt. Er arbeitet in einer Anwaltskanzlei, die Untersuchungen über Armut anstellt und so.«

»Und deine Ma? Wohnt sie noch hier?«

»Wo denn sonst? Das ist ihr Haus. Sie kommt und geht ganz nach Belieben. Aber keine Sorge, sie hält sich zurück.«

Auf diese Weise bestätigte sich Victorias Verdacht, dass diese Eskapade etwas Heimliches hatte. Schließlich war er siebzehn. Er ging sicher noch irgendwo zur Schule. Und sie war die Kostbarkeit aus dem Supermarkt.

Im Lauf des ganzen turbulenten Jahrzehnts, in dem Edward erwachsen geworden war, hatte Thomas das Musterbeispiel des kleinen Bruders abgegeben. Er machte alles schlecht, höhnte und spottete, während Edward sich für alles Mögliche engagierte, Unmengen Flugblätter, Broschüren und Aufrufe ins Haus schleppte und mit seiner Mutter stritt. Aber Jessy unterstützte Edward aus Prinzip, und manchmal ging Thomas mit beiden zu einem Konzert von Musikern aus Südafrika oder Sansibar. Bei einem dieser Auftritte verliebte sich Thomas im Alter von elf in eine schwarze Sängerin, und danach ging er in jedes schwarze Konzert und zu jeder schwarzen Tanzgruppe, die nach London kam. All die heimlichen Qualen seines teenagerhaften Verlangens galten einer schwarzen Schönheit nach der anderen. Er sagte offen und oft, weiße Haut sei fade und dass er sich wünsche, schwarz geboren zu sein. Er sammelte Musik aus ganz Afrika, und wenn er in seinem Zimmer war, hörte man von dort Trommeln und Gesang in voller Lautstärke, bis Edward ihn anschrie, er solle eine Pause einlegen, und seine Mutter sich beklagte, weil ihre Söhne es immer übertreiben mussten. »Wenn ich nur ein nettes, vernünftiges Mädchen hätte«, sagte sie traurig – das war damals der Tenor in der Frauenbewegung.

Thomas war in tausend Fantasien mit einem hinreißenden schwarzen Star oder Starlet diese Treppe hinaufgegangen, und als er Victoria im Musikgeschäft gesehen hatte, waren seine Träume in einem Moment der Erleuchtung zum Greifen nah gerückt und hatten ihm zugelächelt.

Victoria fragte, ob er sich daran erinnere, dass sie in jener Nacht vor langer Zeit in seinem Zimmer geschlafen habe. Er erinnerte sich nicht, aber er nutzte diesen Wink des Schicksals und sagte: »Willst du es sehen?«

Und schon gingen sie die Treppe hinauf und in ein Zimmer, das voller Poster von schwarzen Sängerinnen und Musikern war und gar nicht mehr aussah wie ein Spielzeugladen. Noch nie hatte sich ein alter, süßer Traum von etwas Unerreichbarem so plötzlich gewandelt und offenbart: So, wie du denkst, war ich gar nicht, ich war schon immer so wie jetzt. Sie kannte alle Interpreten durch deren Aufnahmen, und jetzt setzte sie sich aufs Bett und hörte Musik aus Mosambik und starrte die Poster an, während Thomas sie anstarrte.

Victoria war nicht mehr gänzlich Jungfrau, denn sie war dem räuberischen Fotografen Nummer zwei nur knapp entkommen. Thomas war auch nicht unberührt, denn er hatte einer Kellnerin – einer schwarzen natürlich – einreden können, dass er älter war als in Wirklichkeit. Aber er war trotzdem unerfahren, und dieses lässige schwarze Mädchen machte ihn so nervös, dass er ihr auswich und ständig Kassetten auflegte oder wechselte, bis Victoria aufstand und sagte: »Ich gehe lieber nach Hause, es ist schon spät.«

Aber er sprang auf, hielt sie an den Armen fest und stammelte: »Oh nein, Victoria, ach bitte, bleib doch.« So plapperte er, und sie stand hilflos da, denn in diesem Moment hielt nicht Thomas, sondern Edward sie fest. Er fing an, ihren Hals zu küssen, ihr Gesicht, und dann – man kann sagen, dass es unvermeidlich war nach den langen Jahren, die diesem Moment vorausgegangen waren.

Weil beide so unerfahren waren, mussten sie sich das gegenseitig gestehen, womit sich zwei Unschuldige verschworen hatten. Sie blieb, als er sie bat, ihn nicht zu verlassen, und sie blieb länger, und erst Stunden später schlichen sie die Treppe hinunter. Er hielt sie im Arm und hoffte, dass man sie sah, und sie hoffte, dass man sie nicht sah. Als Victoria nach Hause kam, nahm Phyllis ihre Entschuldigung mit einem Seufzer an und sagte sich im Stillen: Das war's dann also, wahrscheinlich sollte ich froh sein, dass bisher noch nichts passiert ist.

Es war ein langer Sommer, ein warmer, schöner Sommer, und Thomas, der eigentlich für seine Abschlussprüfungen lernen musste, holte Victoria jeden Tag in ihrem Musikgeschäft ab und ging mit ihr nach Hause und hinauf in sein Zimmer, wo sie sich zu den Klängen der Musik aus fast allen Ländern Afrikas liebten, ganz zu schweigen von den Westindischen Inseln und dem tiefen Süden Amerikas.

Jessy sah die beiden an dem großen Tisch sitzen, wo sie starken schwarzen Kaffee tranken.

»Mach mir auch einen«, sagte sie und ließ sich mit geschlossenen Augen auf einen Stuhl sinken. »Was für ein Tag«, sagte sie. Als sie die Augen aufschlug, dampfte eine große Tasse starker schwarzer Kaffee vor ihr, und sie blickte in ein Gesicht, das ihr bekannt vorkam.

»Ich bin Victoria«, sagte Victoria. »Ich durfte mal hier übernachten, als ich klein war.«

Jessy hatte jahrelang Kinder jeden Alters in ihrer Küche gehabt, und manche waren schwarz gewesen, besonders in der jüngeren Vergangenheit, in Edwards Dritte-Welt-Phase. Wer war dieses erschreckend schicke schwarze Mädchen? Sie empfand rückblickend eine umfassende Wärme, die geradezu nostalgisch war: Sie hatte diese Zeit genossen, in der Kinder kamen und gingen und im Haus übernachteten.

»Ja«, sagte sie, »schön, dich wiederzusehen.« Und als sie einen Schluck Kaffee getrunken und das Gesicht verzogen hatte, weil er viel zu heiß war, sprang sie auf. »Ich muss jetzt …« Aber sie war schon weg.

Vielleicht ist man versucht zu sagen, dass zwei Menschen, die füreinander die tiefsten geheimen Träume verkörpern, ineinander verliebt sind, dass sie verliebt sein müssen, sich vielleicht sogar lieben. Aber es ist nie nebensächlicher gewesen, ob jemand verliebt war oder liebte. Thomas war nicht Edward: Er war ein weniger feinsinniges Geschöpf, aus groberem Holz geschnitzt. Und er war kein Mann, sondern letzten Endes noch ein Junge. Und Thomas fand in Victoria nicht die sinnliche, sexy schwarze Schönheit seiner Träume wieder. Sie war eine vorsichtige, korrekte junge Frau, die sich bewegte, als hätte sie Angst, zu viel Platz in Anspruch zu nehmen, und die ihre Kleider sauber gefaltet über die Stuhllehne hängte, bevor sie ins Bett ging. Sie war attraktiv, oh ja; er betete diese warme braune Haut auf den weißen Laken an; sie hatte ein wunderhübsches Gesichtchen, aber sie war keine Sirene, keine Verführerin, und er wusste, dass Sex auch anders sein konnte – wilder, heißer, nasser, süßer.

Kurz gesagt: Nie hatten zwei Menschen sich einen Sommer lang fast jeden Nachmittag geliebt und weniger über die

Gedanken, das Leben, die Bedürfnisse des oder der anderen erfahren.

Der Sommer ging allmählich in den Herbst über, und er musste zurück zur Schule, und Victoria war schwanger.

Sie erzählte es sofort Phyllis, die weder überrascht noch wütend war. Die Jungen waren unterwegs und machten wahrscheinlich gerade irgendwo Krawall, und Bessie war in ihrem Krankenhaus. Die beiden waren allein: Sie mussten nicht leise sprechen oder aufpassen, ob irgendwo eine Tür ging.

»Wird denn der Vater zu dir stehen?«

»Er ist weiß.«

»Oh mein Gott«, sagte Phyllis, und ihre Bestürzung galt nicht so sehr der Last der Geschichte, die für sie aus diesen drei Silben sprach, sondern eher den viel naheliegenderen Schwierigkeiten.

»Oh Gott oh Gott«, sagte sie wieder und seufzte tief. Und dann fasste sie zusammen: »Das gibt Probleme.«

»Ich will nicht, dass er es weiß.«

Phyllis Chadwick akzeptierte das und nickte, aber sie seufzte und verzog das Gesicht: Sie legte die Stirn in Falten und schürzte traurig die Lippen, denn sie wusste, was Victoria bevorstand: Das Mädchen wusste es nicht. Das süße Leben war vorbei – na gut, es musste so kommen, aber die Zeit war zu kurz gewesen, und Victoria konnte gar nicht wissen, wie sehr sich ihr Horizont verengen würde.

»Ich komme zurecht«, sagte Victoria, und die Ironie, die sich jetzt in Phyllis' Gesicht zeigte, sollte durchaus auffallen: Victoria würde zurechtkommen, weil Phyllis ihr half. Aber die junge Frau hatte schon weiter gedacht, als die Ältere wusste.

»Als allein erziehende Mutter hab ich Anspruch auf eine eigene Wohnung«, sagte Victoria. Sie wusste alles darüber, denn sie hatte es von ihrer Tante und von Phyllis gehört: Mädchen wurden schwanger, weil sie ihren Familien entkommen wollten, und zwar meistens ihren Müttern.

»Ich hoffe doch nicht, dass du deswegen unachtsam gewesen bist?«

Unachtsam? Thomas benutzte Kondome, und sie hatte keine Ahnung, ob er unachtsam gewesen war. »Nein. Aber als ich es erfahren habe, da dachte ich, jetzt kann ich meine eigene Wohnung haben.«

»Verstehe.«

»Ich kann in dem Musikgeschäft arbeiten, bis das Baby kommt. Die mögen mich da.«

»Das will ich meinen, dass sie dich mögen. Du bist doch so ein gutes Mädchen.«

»Und sie sagen, dass ich wiederkommen kann, wenn das Baby groß genug ist.«

Phyllis lächelte, aber aus irgendeinem Grund rutschte Victoria von ihrem Stuhl und kuschelte sich an die Ältere wie ein Kind, das festgehalten werden will. Phyllis hielt sie fest, und Victoria fing an zu weinen. Warum sie weinte, konnte Phyllis unmöglich erraten: Wenn Edward, wenn dieser große, blonde, gütige Junge der Vater des Kindes gewesen wäre, dann hätte Victoria es ihm erzählt.

»Wir kümmern uns gleich um deine Wohnung«, sagte Phyllis. »Ich rede mit den Leuten vom Wohnungsamt.«

Es gab Wartelisten, aber als das Baby drei Monate alt war, zog Victoria in eine Wohnung im gleichen Haus ein, vier Stockwerke weiter oben. Die Situation war sozusagen perfekt. Phyllis, die ihr mit dem Baby helfen wollte, war ganz in der Nähe. Und mit Bessie stand eine Krankenschwester bereit. Die beiden Jungen waren schon ziemlich erwachsen und üble Rabauken, aber von dem Baby waren sie entzückt. »Ein Geschenk des Himmels«, sagten sie und versprachen, die Kleine zu hüten und ihr das Laufen beizubringen.

Als Mary ein Jahr alt wurde, war Victoria wieder schlank, eine hübsche junge Frau und noch keine einundzwanzig, und sie ging wieder zur Arbeit. Es gab in der Siedlung eine Tagesmutter, eine, die Phyllis kannte. Am Wochenende ging Victoria mit Mary in den Park, schob sie herum und spielte mit ihr, und dort wurde ein gut aussehender junger Mann auf die beiden aufmerksam, ein Musiker, wie sich herausstellte, der Sänger einer Pop-Gruppe. Er fand, dass er etwas so Hübsches wie Victoria mit ihrer kleinen Tochter noch nie gesehen hatte, und er sagte ihr das. Victoria konnte nicht widerstehen. Phyllis hatte schon lange den Mann gefürchtet, der Victoria zum Verhängnis werden würde – der unbekannte weiße Erzeuger der kleinen Mary war es letztlich doch nicht gewesen, aber auf den Musiker warf sie nur einen Blick und wusste schon, was die Zukunft bringen würde. Phyllis hatte zu Victoria gesagt, sie solle auf einen guten Mann warten, der bei ihr blieb; ja, die seien selten, aber Victoria sei so hübsch und gescheit, dass sie einen verdiene. Dieser Mann, sagte sie zu Victoria, würde zuckersüß zu ihr sein, aber: »Mehr kannst du leider nicht von ihm erwarten.«

Doch Victoria bekam ihren Willen und ihren Mann, denn sie heiratete ihn und wurde Mrs. Bisley. Nun gab es handfeste Probleme, denn er zog zu ihr und dem kleinen Mädchen, aber es war nicht genügend Platz, und außerdem hatte Victoria bis dahin als allein erziehende Mutter Unterstützung bekommen, auf die sie jetzt verzichten musste. Sam Bisley war jede Nacht unterwegs und trat in ganz London und in anderen Städten auf. Er kam und ging, und so hatte Mary im Gegensatz zu anderen schwarzen Kindern zwar einen Vater, sah ihn aber kaum. Und er sah Victoria auch nicht oft, weil er an sieben Tagen in der Woche für seine Musik arbeitete. Dann wurde Victoria wieder schwanger, und Phyllis trauerte. Sie hatte den Mann, der sie mit ihren beiden Jungen geschwängert hatte, nach der Nacht, in der es passiert war, nicht mehr gesehen. »Jetzt hast du es«, sagte sie zu Victoria. »Na ja, wir werden das schon schaffen.«

War dieses übertriebene Mitgefühl denn wirklich angebracht? Gut, Sam Bisley war nicht der perfekte Ehemann und Vater, aber sie liebte ihn und wusste, dass das kleine Mädchen ihn auch liebte. Und wenn sein Baby da war, würde er öfter zu Hause sein und ... so argumentierte sie und versuchte, Phyllis zu beruhigen.

In dem Musikgeschäft konnte sie nicht mehr arbeiten, obwohl man sie dort schätzte. Zwei kleine Kinder – nein. Sie wollte eine Weile zu Hause bleiben und nur Mutter sein, und später … Sam gab ihr Geld, wenn auch nicht viel. Sie kam zurecht. Ihr Leben war zu dem Balanceakt geworden, den alle jungen Frauen mit kleinen Kindern kennen. Schließlich arbeitete sie ein paar Stunden in der Woche für Mr. Pat, und er war froh, dass er sie hatte – er wurde alt. Sie brachte eins von den Kleinen zur Tagesmutter und das andere in den Kindergarten, hütete auf gegenseitiger Basis die Kinder anderer Frauen und wusste, dass das Leitmotiv ihres Lebens im Grunde das Warten war: Sie wartete auf Sam, der immer von irgendwoher zurückkam. Manchmal brachte er Freunde mit, die auf dem Sofa und auf dem Boden schlafen mussten. Sie kochte für sie und steckte ihre Kleider zusammen mit denen von Sam und den Kindern in die Waschmaschine. An die freie junge Frau, die im Musikgeschäft so beliebt gewesen war, konnte sie sich kaum noch erinnern, und schon gar nicht an das Mädchen, das so viele glamouröse Jobs im West End gehabt hatte. Aber alles lief ganz gut, sie behauptete sich, den Babys, die allerdings keine Babys mehr waren, sondern Kleinkinder, ging es prächtig, und vier Stockwerke weiter unten gab es Phyllis Chadwick, immer hilfsbereit, freundlich und mit Ratschlägen zur Hand, die Victoria meistens annahm. Und dann starb Phyllis ganz plötzlich. Sie hatte einen Schlaganfall, und zwar einen schlimmen. Sie siechte nicht dahin wie ihr Großvater. Jetzt war Bessie für die Jungen verantwortlich und konnte Victoria nicht mehr so oft helfen. Vielleicht war es Victoria, die Phyllis am meisten vermisste. »Wieso machst du denn so ein langes Gesicht?«, wollte Sam wissen und meinte das gar nicht böse – er war einfach kein Mensch, der Trübsal blies. Aber er ging zur Beerdigung, und die beiden kleinen Kinder standen zwischen Victoria und Sam und sahen zu, wie man Erde über die Frau warf, die sie Großmutter genannt hatten.

Wenig später kam Sam Bisley bei einem Autounfall ums Leben. Er war ständig unterwegs, und er fuhr wie ein Irrer, das hatte sie ihm oft genug gesagt. Sie hatte Angst, mit ihm zu fahren, und wenn die Kinder mit im Wagen saßen, bat sie ihn: »Fahr nicht so schnell – den Kindern zuliebe, wenn schon nicht mir zuliebe.« Er hatte mit einem Freund in dem zerschmetterten Auto gesessen, mit einem, der manchmal auf dem Sofa oder auf dem Boden übernachtet hatte und für den sie Spiegelei und gebackene Bananen und Speck zubereitet hatte.

Victoria bemühte sich um Haltung, aber es war eher so, als versuchte man die Stücke einer zerbrochenen Vase wieder zusammenzukleben. Sie musste an die Kinder denken. Sie waren jetzt von ihr abhängig, und sie wusste bis in ihr tiefstes Inneres, was es bedeuten konnte, von jemandem abhängig zu sein: Phyllis Chadwick fehlte ihr, als wäre dort, wo immer ein warmer Fels zum Anlehnen gestanden hatte, jetzt eine Lücke, durch die der Wind heulte und pfiff. Victoria musste gegen die Panik kämpfen, die sie in Wellen überkam. Bessie sagte ihr, sie werde einen anderen Mann kennen lernen. Victoria glaubte das nicht. Sie hatte Sam geliebt. Vor langer Zeit war sie für Edward bestimmt gewesen, und dann hatte es Sam gegeben. Thomas hatte mit all dem gar nichts zu tun. Wie dem auch sei, Sam war nun einmal ihr Mann gewesen.

Eines Nachmittags sah sie Thomas auf der Straße. Er hatte sich nicht sehr verändert. Er war mit einem schwarzen Mädchen zusammen, und sie gingen Arm in Arm und lachten. Victoria dachte: So war ich auch. Wenn sie sich jemals die Mühe gemacht hätte, über Thomas nachzudenken, dann wäre ihr klar gewesen, dass er weiterhin schwarze Mädchen haben würde. »Schwarz ist meine Lieblingsfarbe«, hatte er gescherzt. Sie wusste noch, wie er ihr ein Foto gezeigt hatte, auf dem sie nackt posierte und einen Schmollmund machte – eins von dem zweiten Fotografen; und er hatte gesagt: »Komm, Victoria, posier doch auch mal so für mich.« Sie hatte sich geweigert, war beleidigt gewesen. Sie war nicht eine von denen. Vielleicht machte dieses Mädchen auf der anderen Straßenseite …? Schick war sie, im Gegensatz zu

Victoria, die mittlerweile keine Zeit mehr hatte, um sich zurechtzumachen.

Thomas ging mit dem Mädchen auf sein Haus zu. Victoria folgte ihnen auf der anderen Straßenseite. Wenn Thomas aufblickte und sie sah, würde er sicher winken, oder etwa nicht? Er würde eine schwarze Frau mit zwei Kindern sehen – und sie würde er gar nicht wahrnehmen.

Und dann blieb sie wie angewurzelt auf dem Gehweg stehen, denn ganz plötzlich fiel ihr etwas ein, das ihr regelrecht den Atem nahm: Sie stand da und drückte die Hand auf ihren Solarplexus. Sie war verrückt! Hier saß Thomas' Kind neben Sam Bisleys Sohn Dickson. Den Gedanken, dass Thomas Marys Vater war, hatte sie so vollständig verdrängt, dass die Vorstellung ihr ganz neu vorkam. Sie hatte gute Arbeit geleistet und Thomas aus ihren Gedanken ausgeblendet. Aber warum? Die Erinnerung an jenen Sommer verschaffte ihr Unbehagen. Sie wusste, dass sie Thomas nicht wirklich gern gehabt hatte, aber er war noch ein Kind gewesen, siebzehn. Wie war er wirklich? Sie hatte keine Ahnung. Er war nicht Edward; daran hatte sie in diesem ganzen Sommer ständig gedacht. Jetzt beugte sie sich vor, um das kleine Mädchen zu betrachten, das aus diesem Sommer hervorgegangen war: Sie sah nicht aus wie Thomas. Mary war ein hübsches, pummeliges kleines Ding, das immer lächelte und gutwillig war. Sie war hellbraun, um mehrere Schattierungen heller als ihre Mutter und viel heller als der kleine Junge, der dunkler als Victoria war. Sam war ein sehr dunkler Schwarzer gewesen, und sie hatte gern ihren Hautton mit seinem verglichen – am Anfang, bevor sie sich aneinander gewöhnten. Er hatte sie immer seinen Schokoladenhasen genannt ... und dann wollte er sie auffressen. »Ich fress dich auf.« Aber sie wollte nicht daran denken, wie sie sich geliebt hatten, denn dann musste sie weinen. Sie nahm sich zusammen, und dazu gehörte, nicht an Sam zu denken. Aber hier saß die kleine Mary, und da drüben war Marys Vater und ging eilig die Straße entlang nach Hause.

All das hatte sie so erschüttert, dass sie sich früher als gewöhnlich mit den Kindern auf den Heimweg machte, die beiden vor den Fernseher setzte, damit sie still waren, und nachdachte, bis sie das Gefühl hatte, dass ihr Kopf gleich platzen würde. Das kleine Mädchen da drüben, das in den Fernseher starrte und an einem Lutscher leckte: Sie gehörte zu diesem Haus, zu diesem großen, reichen Haus.

Victoria wusste, dass die Staveneys berühmt waren. *Jetzt* wusste sie es. Sie gehörten für Victoria in diese Kategorie, berühmt, und das hieß, dass sie vom Durchschnittsleben gewöhnlicher Leute, zu denen Victoria gehörte, weit entfernt waren. Sie hatte Jessy Staveneys Name in der Zeitung gelesen und Nachforschungen angestellt: Die Frau mit dem goldenen Haar – das war sie immer noch für Victoria – war in der Theaterwelt berühmt. Victoria dachte an das Musical *Les Misérables*, in das der erste Fotograf mit ihr gegangen war. Sie erinnerte sich an diesen Nachmittag wie an das Haus der Staveneys, ein Blick in eine andere Welt, die schön war und zu der Victoria nicht gehörte: Sie war nie auf die Idee gekommen, allein oder mit Bessie in ein Musical oder ins Theater zu gehen. Und Edward, der blonde, gütige Junge – Victoria konnte noch immer die Wärme dieser Arme spüren, die sie umschlangen: Er hatte in der Zeitung gestanden, weil er Anwalt und von irgendwo in Afrika zurückgekommen war und Briefe über die Zustände dort geschrieben hatte. Phyllis Chadwick hatte die Briefe ausgeschnitten und aufgehoben, nicht, weil es die Verbindung zu Victoria gab, sondern weil sie als Sozialarbeiterin mit Leuten von dort zu tun hatte. War es Äthiopien? Sierra Leone? Und sie fand, dass der Inhalt der Briefe ihr bei einem Kampf mit ihren Vorgesetzten behilflich sein konnte, den sie um die Unterbringung von Flüchtlingen führte. Und das war noch nicht alles. Lionel Staveney war berühmt, weil er Schauspieler war, und sie hatte ihn im Fernsehen gesehen. Daraufhin hatte Phyllis gesagt: »Sind das dieselben Staveneys?« In Wahrheit hatte sich Phyllis immer viel mehr für die Staveneys interessiert als sie selbst. Bis jetzt.

Schon der Gedanke war ihr unangenehm, als würde etwas

in ihrem Schuh drücken oder in ihrer Seite stechen, sodass sie sich förmlich wand in dem Versuch, sich von dem lästigen Schmerz zu befreien – *was war mit ihr los gewesen?* Was war in sie gefahren, dass sie die Staveneys so gänzlich ausgeblendet hatte? Wenn Phyllis sie erwähnt hatte, hatte sie so etwas wie Abscheu empfunden, und an Thomas hatte sie gar nicht denken wollen. Aber war das nicht unfair? Ein ganz normaler Siebzehnjähriger, der so tat, als wäre er älter, hatte zum ersten Mal richtigen Sex, und schließlich war sie wochenlang fast jeden Abend zu ihm gegangen. Niemand hatte sie gezwungen!

Victoria war nachdenklich geworden, und es ließ sie nicht mehr los. Sie dachte über die Staveneys nach und sah sich die kleine Mary ganz genau an. Mit Mary kann man nichts verkehrt machen, hatte Phyllis gesagt. Mit der Mutter Gottes kann man nichts verkehrt machen. Sie war Mary Staveney. Nicht Mary Bisley.

Victoria hatte ziemlich klare Vorstellungen darüber, welche Zukunft die beiden kleinen Kinder erwartete. Die Sechsjährige und der Zweijährige würden die gleiche Schule besuchen müssen wie sie, und sie wusste, wie schlecht diese Schule inzwischen war. Viel schlimmer als damals, als sie dorthin gegangen war. Es war eine Schule, in der Gewalt herrschte, überall Drogen, Schlägereien, Gangs, und mittlerweile betrachtete man Kinder, die auf solche Schulen gingen, eher als wilde Tiere, die man im Zaum halten musste. Es war schon zu ihrer Zeit ziemlich ruppig zugegangen, das wusste sie inzwischen, obwohl sie damals nichts in Frage gestellt hatte. Ein gutes kleines Mädchen, eine hervorragende Schülerin, die ihre Hausaufgaben erledigte – deswegen hatte man so ein Theater um sie gemacht: Sie hatte gern gelernt und war fleißig gewesen. Im Gegensatz zu den meisten anderen. Heute wäre sie wahrscheinlich wild gewesen und hätte sich geprügelt, genau wie die übrigen Kinder. Und bald würden Mary und Dickson ständig kämpfen müssen, und am Ende würden sie trotzdem unwissend sein – mehr noch, als sie selbst. Sie wusste inzwischen, wie unwissend sie geblieben war als hübsches, gutes kleines Mädchen, das alles Phyllis zu verdanken hatte, die sie an ihre Hausaufgaben erinnert und dafür gesorgt hatte, dass sie nicht nachließ. Aber sie war unwissend geblieben, trotz der Hausaufgaben und der harten Arbeit. Sie hatte einen Sommer lang fast jeden Abend im Haus der Staveneys verbracht und überhaupt nichts verstanden. Sie war nicht neugierig genug gewesen, um Fragen zu stellen. Sie hatte nicht gewusst, welche Fragen sie stellen sollte; nicht gewusst, dass es etwas zu fragen gab, und jetzt, sechs Jahre später, ließ sich ihre Unwissenheit an dem messen, wonach sie nicht gefragt und worüber sie sich nicht einmal gewundert hatte. Es gab einen Vater, Lionel Staveney, aber sie war es gewohnt gewesen, dass Familien eine Mutter, aber keinen Vater hatten, oder einen Vater, der kam und wieder verschwand, also hatte sie es ganz normal gefunden, dass es im Haus der Staveneys keinen Mann gab. In Wirklichkeit war sie, Victoria, mit ihrem Mann Sam Bisley besser dran gewesen als die meisten Frauen ihres Alters: Er hatte sie nicht nur geheiratet, er war auch manchmal da gewesen. Ein Vater; ein Vater, der tatsächlich Verantwortung übernahm.

Sie wusste noch, dass Thomas gesagt hatte, seine Mutter und sein Vater kämen nicht miteinander zurecht. Und sie glaubte zu wissen, dass Thomas gesagt hatte, sein Vater zahle die Schulgebühren »und solche Sachen«.

Und Jessy Staveney? Sie hatte nie danach gefragt, wer Victoria war oder was sie machte, war selten da, und wenn sie da war, hatte sie ihre Anwesenheit ohne böse Worte oder Blicke akzeptiert, obwohl sie sich doch manchmal gefragt haben musste, ob sie und Thomas … Rückblickend war Victoria ein bisschen schockiert. Jessy Staveney hätte doch etwas sagen müssen?

Siebzehn: Das hieß, dass Thomas jetzt dreiundzwanzig oder vierundzwanzig war. Victoria war sechsundzwanzig. Edward war damals zwölf und ihr mit ihren neun Jahren demnach so unerreichbar überlegen wie in allem anderen auch, also musste er inzwischen fast dreißig sein. Edward schrieb an Zeitungen Briefe, die veröffentlicht wurden. Niemand würde je einen Brief von ihr abdrucken, und nichts, was sie sagte, war irgendwie wichtig oder auch nur interessant.

Und die beiden Kinder, Mary und Dickson, würden noch unwissender aus der Schule hervorgehen als sie. Würde Mary jemals genug lernen, um Krankenschwester zu werden wie Bessie? Und Sams Sohn, was sollte er werden, falls er nicht so musikalisch war wie sein Vater?

Wenn Thomas und Edward einmal Kinder hatten – die würden Briefe an Zeitungen schreiben, die dann gedruckt würden. Und vielleicht würden sie berühmt werden, wie Jessy und Lionel und Edward.

Sicher, all diese Gedanken hätten ihr wohl schon vor Jahren in diesem langen Liebessommer durch den Kopf gehen und Früchte tragen müssen, aber sie kamen ihr erst jetzt. Jetzt fand sie, dass sie ziemlich einfältig gewesen war, nicht gänzlich unwissend, aber dumm.

Damals hatte sie gar nicht daran gedacht, dass Thomas ein Recht darauf haben könnte, es zu erfahren. Jetzt dachte sie: Zu einem Baby gehören immer zwei – ein Lieblingssprichwort von Phyllis, die oft mit Vaterschaftsfällen zu tun gehabt hatte. »Ich glaube, auf die Idee bin ich gar nicht gekommen«, dachte Victoria. »Warum nicht?« Wenn es schon Thomas gegenüber unfair war, was war dann mit der kleinen Mary, deren Vater zu einer Gesellschaftsschicht gehörte, in der die Leute bekannte Namen hatten, Leute, deren Briefe in der Zeitung abgedruckt wurden. Und die Kinder wurden auf richtige Schulen geschickt. Sie erinnerte sich dunkel, dass Thomas auf die gleiche Schule gegangen war wie sie, weil der Vater – Lionel Staveney – gesagt hatte, seine Kinder sollten wissen, wie andere Leute lebten. Also hatten Edward und Thomas ein paar Jahre mit den Kindern der anderen Leute verbracht, bevor sie dann schleunigst auf richtige Schulen geschickt wurden, wo die Kinder etwas lernten. Wenn sie, Victoria, auf einer richtigen Schule gewesen wäre, dann … aber Kinder, die auf richtige Schulen gehen, müssen keine kranken Tanten pflegen und deswegen aus dem Rennen fallen oder von der Leiter, die nach oben führt, und dann als junge Mädchen im Supermarkt arbeiten oder für dreckige kleine Fotografen posieren. Falls sie hübsch genug sind.

Angenommen, ich würde nicht so gut aussehen. Die dicke Bessie hätte nie so eine schöne Zeit im West End haben können, die vielen Jobs, die ich mir aussuchen konnte. Phyllis hat schließlich zu mir gesagt: Du musst an dich glauben und einfach reingehen, zeigen, dass du keine Angst hast, und du wirst staunen … Und Phyllis hatte Recht gehabt. Aber sie, Victoria, war hübsch. Glück. Glück – das war alles. Glück und Pech. Was sonst war das damals gewesen, an diesem Tag, als man sie vergessen hatte und ihre Tante krank geworden war und Edward sie mit nach Hause nehmen musste? Glück – war es das? Sie wusste jetzt, dass sie jahrelang in einem Traum gelebt hatte, wenn sie an dieses Haus dachte, überall rosig goldene Lichter und Wärme und Güte. Edward. Und über Edward war sie an Thomas geraten. Was war das für ein Glück gewesen? Gut, dadurch gab es Mary, ein ernsthaftes kleines Mädchen, das schöne Augen hatte wie sie selbst. Dass Mary lebte, war Glück, eine Verkettung von glücklichen oder unglücklichen Umständen, weil Edward Staveney sie an jenem Nachmittag vergessen hatte und sie allein und verängstigt auf dem Schulhof zurückgeblieben war. Und dass Thomas in das Musikgeschäft gekommen war? Nein, das bedeutete nichts, er war verrückt nach Musik aus Afrika, und das war eben der entsprechende Laden dafür. Aber er hätte seine Kassetten und das andere Zeug auch zu dem anderen Mädchen bringen können, das an diesem Nachmittag dort arbeitete, auch eine hübsche, gut angezogene Schwarze, genau wie sie.

Victoria kam sich vor wie ein hilfloses kleines Ding, das von den Launen des Schicksals hin und her geworfen worden war, ohne zu wissen, was vorging oder warum. Aber jetzt war sie nicht hilflos, zumindest hatte sie ihre fünf Sinne beisammen. Was wollte sie? Einfach nur, dass Mary von den

Staveneys anerkannt wurde, und dann – nun, das würden sie alle sehen.

Thomas war mit einem schwarzen Mädchen in seinem Zimmer, als das Telefon klingelte. Er hörte: »Hier ist Victoria. Kennst du mich noch?« Ja, natürlich kannte er sie. Wenn er jetzt an sie dachte, dann mit Neugier: Er hatte inzwischen Vergleichsmöglichkeiten. Das Mädchen, mit dem er zusammen war, hatte zu ihm gesagt: »In meinem Land sagen wir für Liebe machen zusammen lachen.« Das brachte Thomas zum Lachen, und sie lachten zusammen. Aber über Victoria hätte er nie gesagt: Wir haben zusammen gelacht. Und jetzt sagte sie: »Thomas, ich muss dir was erzählen. Also, hör zu, Thomas, in dem Sommer damals bin ich schwanger geworden. Ich hab ein Baby bekommen. Es ist dein Baby, ein kleines Mädchen, und es heißt Mary.« »Halt, Moment mal, nicht so schnell, was sagst du da?« Sie wiederholte es. »Warum erzählst du mir das denn erst jetzt?« Er war offenbar nicht wütend. »Ich weiß nicht. Es war dumm von mir.« Sie hatte erwartet, dass er zornig werden oder ihr nicht glauben würde, aber er sagte: »Victoria, das finde ich nicht gut. Du hättest es mir sagen sollen.« Inzwischen weinte sie. »Nicht weinen, Victoria. Wie alt ist sie? Oh, ja, wahrscheinlich ist sie jetzt …« Und er stellte rasend schnell Berechnungen an, während Victoria schluchzte. »Das ist ja ein Ding«, sagte er. »Sie muss jetzt sechs sein?« »Ja, sie ist sechs.« »Wow.« Und weil sich das Schweigen in die Länge zog, sagte sie: »Komm doch mal und sieh selbst!«

Eine Weile schwieg er noch. Sie dachte: Ach, wie schade, dass sie ihm nicht ähnlich sieht. Was wird er sehen? Ein kleines braunes Mädchen namens Mary. Aber es ist so süß … »Ich gehe in den Park« – sie nannte ihn –, »fast jeden Nachmittag.« »Okay. Wir sehen uns. Morgen?«

Sie ließ Dickson bei der Tagesmutter, nahm Mary im rosa Rüschenkleid und mit rosa Schleife im Haar, das zu einem kleinen krausen Zopf geflochten war, und traf sich mit Thomas auf einer Parkbank.

Er war heiter, und er schaute sie fragend an, als würde er seine Skepsis im Zaum halten, aber er war freundlich. Im Grunde waren sie weniger verkrampft als in jenem Sommer, in dem das Bett ihre Beziehung bestimmt hatte. Er ging mit Mary unbefangen um und sagte tatsächlich zu Victoria, sie habe die Hände ihrer Großmutter.

Großmutter? Er meinte Jessy.

Er kaufte Mary einen Lutscher, gab ihr einen Kuss und verabschiedete sich mit den Worten: »Ich melde mich.« Er hatte jetzt Telefonnummer und Adresse.

Victoria dachte: Vielleicht sehe ich ihn nie wieder. Vor Gericht gehe ich jedenfalls nicht! Entweder tut er's, oder er lässt es.

An diesem Abend erzählte Thomas seiner Mutter und seinem Bruder beim Essen, er habe eine Tochter und sie heiße Mary, sie habe in etwa die Farbe von heller Milchschokolade. Ob sie sich an Victoria erinnerten?

Edward sagte nein, ob er das müsse? Seine Mutter glaubte schon, aber es seien so viele ein und aus gegangen.

Edward war inzwischen ein gut aussehender, ernster und Respekt einflößender Mann, und er war braun und wirkte gesund, weil er gerade von seinen Untersuchungen auf Mauritius zurückgekommen war. Er machte seiner Familie, seiner Schule und seiner Universität Ehre, ganz zu schweigen von der Organisation, für die er die Untersuchungen anstellte. Thomas war immer noch der kleine Bruder, der zur Universität ging, wo er mehr oder weniger »Angewandte Kunst« studierte: Er hatte vor, die Kunst anzuwenden, genauer gesagt, eine Pop-Gruppe zu gründen. All seine Entscheidungen beruhten darauf, dass er der kleine Bruder eines wahren Vorbilds war. Wie konnte Thomas jemals mit Edward konkurrieren, der auch noch verheiratet war und ein Kind hatte?

Als Thomas ihnen sagte: »Ich habe eine Tochter, und ich habe sie gesehen, und sie ist ein Schatz«, sagte er das jedenfalls wie einer, der gerade bei einem Rennen gleichzieht.

»Ich hoffe, du hast an die möglichen rechtlichen Konsequenzen gedacht«, sagte Edward.

»Ach, zum Teufel, sei doch nicht so«, sagte Thomas.

Jessy Staveney saß da und grübelte. Aus ihrem flachsfarbenen, in Victorias Vorstellung goldenen Haar war inzwischen ein großer, ergrauender Schopf geworden, und das schwarze Band, das ihn zurückhalten sollte, war von dieser Anstrengung selbst ganz zerknittert und grau. Ihr Gesicht war knochig, aber hübsch, und die auffallenden grünen Augen wurden von sehr weißen, zarten Lidern umrahmt. Was sie auf sich zukommen sah, war zwangsläufig mit Schicksal, wenn nicht mit Verhängnis beladen. Ihre energischen Hände hielt sie wie im Gebet oder in Kontemplation, und auf ihnen ruhte ihr Kinn.

»Ich wollte schon immer ein schwarzes Enkelkind haben«, sagte sie versonnen.

»Oh mein Gott, *Mutter*«, sagte Thomas, der sich nicht durch diese Äußerung beleidigt fühlte, sondern eher durch den Umstand, dass sie eine gute Galionsfigur abgegeben hätte, weil sie sich so unerschütterlich einem Sturm von mindestens Windstärke acht entgegenstellte.

»Was ist denn?«, fragte Jessy. »Soll ich dich vielleicht rauswerfen?«

»Also, Jessy«, sagte Edward und besänftigte die beiden mit seinem wohl geübten Lächeln, »das könnte eine Erpressung sein, hast du daran mal gedacht?«

»Nein«, sagte Thomas. »Von Geld war nicht die Rede.«

»Das ist die klassische Situation für eine Erpressung.«

»Natürlich müssen wir ihr Geld geben«, sagte Jessy.

»Nein, das müssen wir natürlich nicht, bis wir wissen, dass es stimmt.«

»Ich bin mir sicher, dass es stimmt«, sagte Thomas. »Ihr kennt sie nicht. Sie ist nicht der Mensch, der so was macht.«

»Das lässt sich ganz einfach feststellen«, sagte Edward. »Frag nach einem DNA-Test.«

»Oh Gott, wie erbärmlich«, sagte Thomas.

»Das bringt dann aber eine aggressive Note in die Sache«, sagte Jessy.

»Es bleibt dir überlassen«, sagte Edward. »Aber es könnte sein, dass unsere Familie über Jahre irgendjemandes uneheliches Kind unterstützt.«

»Nein«, sagte Thomas. »Sie ist in Ordnung.« Und dann nannte er endlich einen Grund für den Stolz, den er ausstrahlte, denn er fügte hinzu: »Dad wird sich freuen.«

»Wenn er sich nicht freut, ist er nicht besonders konsequent«, sagte Edward.

»Konsequenz kann man nicht erwarten, nicht von Lionel«, sagte Jessy. Sie sprach von ihrem Exmann nie anders als mit gleichgültiger Verachtung. Das lag einerseits an der Art, wie sie sich getrennt hatten, und andererseits an der feministischen Bewegung, die sie energisch unterstützte.

Lionel, der sehr gut aussah und eigentlich unwiderstehlich war, hatte sie so oft betrogen, dass sie ihn schließlich hinauswerfen musste. »Ich soll dich nehmen, wie du bist, mit all deinen Seitensprüngen?«, hatte sie ihn angeschrien. »Kommt gar nicht in Frage.« »Ist in Ordnung«, hatte er gelassen geantwortet.

Sie trafen sich oft und stritten sich dabei immer, und das nannten sie einvernehmliche Scheidung.

Lionel übernahm die Schulgebühren, und obwohl das Leben eines Schauspielers unsicher war, hatte er immer vergleichsweise zuverlässig für Kleidung, Essen, Reisen und so weiter gezahlt. Die Eltern hatten immer heftig über die Erziehung der Kinder gestritten, aber inzwischen kam das seltener vor. Er war ein altmodischer, romantischer Sozialist und bestand darauf, dass beide Jungen in ganz normale Schulen gingen, wie es damals unter seinesgleichen üblich war. »Überleben oder untergehen.« »Friss oder stirb«, parierte seine Frau. Als Edward die Grundschule – die Beowulf-Schule, auf die auch Victoria ging – verlassen hatte, war er blass und dünn und ganz erschöpft von den Schikanen gewesen, hatte schlimm gestottert und kaum schlafen können, aber sein Vater hatte trotzdem darauf bestanden, dass Thomas die gleiche Erfahrung machte. Seine Verordnungen für die Jungen hatten Früchte getragen, wenn auch auf unterschiedliche Weise. Edward hatte dort ein Mitgefühl für die Benachteiligten oder die »anderen Leute« erworben, das in ihm brannte wie ein ge-peinigtes Gewissen. »Am Ende glaubst du noch, du bist persönlich für den Sklavenhandel verantwortlich«, schrie ihn seine Mutter manchmal an. »Du bist nicht persönlich dafür verantwortlich, dass Leute wegen einem Laib Brot aufhängt werden oder weil sie ein Kaninchen gestohlen haben.« Was Thomas anging, so hatte er schwarze Mädchen und schwarze Musik lieben gelernt, in dieser Reihenfolge. Edward musste man einfach bewundern, aber Thomas? Und jetzt war er in seinem letzten Studienjahr und Vater eines sechsjährigen Kindes.

»Ich glaube, es ist das Beste, wenn wir sie zusammen mit dem Kind hierher einladen, damit sie uns alle kennen lernt – einschließlich Lionel«, sagte Jessy.

Weil alle fanden, dass das eine Tortur sein würde, kamen Victoria und Mary an einem Sonntagnachmittag, als außer Thomas nur Edward und Jessy da waren.

Eine Tortur war es in der Tat, vor allem, weil Edward so erhaben war, so unnahbar. Er nahm Victoria ins Kreuzverhör, als würde er ihr nicht glauben. Er saß am Kopf des Tischs in dem riesigen Raum, den sie Küche nannten, und Jessy saß ihm mit ihrem traurig grauen Haar am anderen Ende gegenüber und lächelte Victoria und das Kind pflichtschuldigst hin und wieder an. Thomas hatte Victoria gegenüber Platz genommen und war offensichtlich in der Stimmung, mit ihr zu flirten, so zufrieden war er mit sich. Das Kind trug diesmal ein weißes Kleid, weiße Stiefelchen und weiße Schleifen, saß auf einem Kissenstapel und gab sich mit seinem Benehmen schrecklich viel Mühe. Man hatte ihr gesagt, sie werde ihre andere Familie kennen lernen, aber das hatte sie nicht ganz verstanden.

»Bist du mein Daddy?«, fragte sie Thomas, und in ihren

großen schwarzen Augen stand geschrieben, wie schwierig das alles war.

»Ja, Mann, ganz genau.« In solchen Momenten half es ihm, wenn er in seine amerikanische Phase zurückfiel.

»Wenn du mein Daddy bist, dann bist du meine Granny«, sagte Mary und wandte sich Jessy zu.

»Da hast du vollkommen Recht«, sagte Jessy aufmunternd.

»Und wer bist du?«, fragte sie Edward. Es entging ihr nicht, dass Edward zögerte, bevor er sagte: »Ich bin dein Onkel.« Er lächelte, aber nicht so wie seine Mutter.

»Wohne ich jetzt bei euch?«, fragte Mary.

Edward warf seiner Mutter einen scharfen Blick zu: War das ein Hinweis auf Victorias eigentliche Absichten?

»Nein, Mary«, sagte Victoria. »Natürlich nicht. Du bleibst bei mir.«

»Und Dickson auch?«

Die Staveneys hatten gerade erst begriffen, dass es noch ein Kind gab, von einem anderen Vater.

»Ja, du und ich und Dickson«, sagte Victoria.

Gemessen daran, wie kompliziert die Situation war, verlief alles gut, und am Schluss küsste Jessy Victoria. Thomas gab ihr einen brüderlichen Kuss, und Edward zögerte zunächst und nahm das Kind dann in die Arme, und die Umarmung war fest.

»Willkommen in der Familie«, sagte er freundlich, auch wenn es ein bisschen wie ein Gerichtsbeschluss klang.

Er hatte sich beschwert, weil all das geschah, bevor durch den DNA-Test irgendetwas geklärt war.

Victoria ging nach Hause und wusste nicht, was der Nachmittag gebracht hatte, und in gewisser Hinsicht bereute sie, dass sie Thomas angerufen hatte, und sie weinte und dachte an Sam, der ihr eine Stütze gewesen war, als er noch lebte. Nicht nur in Rom hat man aus ungeeigneten Materialien Heilige geformt. Wenn man Victoria ein paar Jahre zuvor gesagt hätte, wie sie nach Sams Tod über ihn denken und reden sollte, hätte sie das nicht geglaubt.

All das besprach sie ausführlich mit Bessie, normalerweise im Dunkeln in Victorias Schlafzimmer. In ihrer eigenen Wohnung – in Phyllis' Wohnung – konnte Bessie nicht mehr sein. Die beiden Jungen waren inzwischen sechzehn, junge Männer, die außer Kontrolle geraten waren. Ihre Mutter hatte sie einigermaßen im Griff gehabt, aber Bessie hörten sie erst gar nicht zu. Die Wohnung gehörte ihnen ebenso gut wie ihr, wie sie ihr immer wieder sagten, aber Bessie bezahlte die Rechnungen dafür. Die Jungen stahlen Autos und Autoteile, um an Geld zu kommen. Manchmal kam Bessie nach Hause, und es waren lauter junge Männer da, betrunken oder bekifft, und die Wohnung war ein Schweinestall. Normalerweise musste sie sauber machen. Ihr Schlafzimmer schloss sie ab, damit ihre Brüder und deren Freunde ihr Geld nicht stehlen konnten, aber solche Jungen ließen sich von verschlossenen Türen kaum abschrecken. Die Polizei kannte die Kerle und führte hin und wieder einen ab. »Die landen noch im Gefängnis«, sagte Bessie zu Victoria, die ihr nicht widersprach. »Kann ja sein, dass ich eines Tages meine Wohnung wiederhabe«, dachte Bessie vielleicht, aber das sagte sie nicht laut. Phyllis' Tod hatte eine Lücke hinterlassen, die ihnen ständig vor Augen führte, dass manche Menschen mehr sind als die Summe ihrer Teile. Sie hatte enorm viel Einfluss gehabt, in der Siedlung und außerhalb. Immer wieder kamen Leute auf Bessie zu und erzählten ihr, wie viel ihre Mutter für sie getan hatte. »Wenn sie doch hier wäre und etwas für mich tun würde«, dachte Bessie dann, aber sprach es nicht aus. Es gab einen Labortechniker aus Jamaika, den sie am liebsten gebeten hätte, Wohnung und Leben mit ihr zu teilen, wenn das möglich gewesen wäre. Er war ein ganz normaler, vernünftiger Mensch, den Bessie gern um sich gehabt hätte, aber er hatte keine eigene Wohnung und Bessie auch nicht. Deswegen teilten sie und Victoria wieder ein Schlafzimmer.

Bessie sagte zu Victoria, sie müsse sich um einen DNA-Test kümmern. Victoria hatte noch nie davon gehört. Die beiden jungen Frauen machten mehrere Entwürfe für einen

Brief an die Staveneys, die Bessie unbedenklich und korrekt fand, Victoria aber steif und unfreundlich. Thomas bekam schließlich einen Brief, den eine zitternde und weinende Victoria, umgeben von vielen zerrissenen Entwürfen, geschrieben hatte. Um vier Uhr morgens ging sie nach unten, um ihn einzuwerfen, und forderte so die Gefahren der dunklen Siedlung heraus, aber sie dachte, dass sie ohnehin keine anderen Räuber und Diebe treffen würde als Bessies arbeitsscheue Brüder oder deren Freunde.

»Lieber Thomas, ich bin so unglücklich, wenn ich daran denke, dass du denkst, ich wollte dich und deine Familie über den Tisch ziehen. Ich kann nicht schlafen, weil ich mir so viele Sorgen mache. Mir wäre es am liebsten, wenn du mit Mary einen DNA-Test machst, so einen, der beweist, dass jemand wirklich der Vater eines Kindes ist. Bitte schreib bald oder ruf mich an und sag mir, was du dazu meinst. Ich will keinem zur Last fallen.« Auch dieser Brief war mehr als einmal zerrissen worden, denn beim ersten Mal hatte er mit »Alles Liebe« geendet. Nein, das war ja wohl ein bisschen frech? Dann hatte sie gedacht: Aber was ist mit diesem Sommer? Ich kann doch schlecht schreiben: Mit freundlichen Grüßen? Alles Liebe und freundliche Grüße wechselten sich ab, und als sie es dann leid war, schrieb sie: »Mit allerbesten Grüßen«, und rannte nach draußen, warf den Brief ein – und fiel ins Bett.

Als Thomas das gelesen hatte, rief er Edward an und las es ihm vor.

»Und was sagst du jetzt?«

»Gut, du hast gewonnen, aber es war richtig von mir, dich zu warnen.«

Jessy las den Brief und sagte: »Gutes Mädchen. Das gefällt mir.«

»Muss ich jetzt wirklich diesen blöden Test machen?«

»Ja, musst du. Wir müssen Edward bei Laune halten.«

Auf diese Weise verbündete sie sich mit ihrem fehlgeleiteten Sohn. »Ein kleines Mädchen«, sagte sie. »Immerhin. Und ich glaube, sie ist ein vernünftiges kleines Ding.«

Der Test wurde gemacht, aber bevor das Ergebnis kam, rief Thomas Victoria an und fragte nach ihrer Kontonummer. Sie hatte kein Konto. Darauf sagte er, dass sie sofort eines eröffnen müsse, das werde alles leichter machen. »Alles«, das erwies sich als Unterhalt für Mary, ein monatlicher Betrag. »Und dann sehen wir mal, wie wir alle zurechtkommen.« Das Geld kam von Jessy, aber als Lionel verständigt wurde, sagte er, er werde auch etwas beisteuern.

Es gab noch einen Nachmittagstee, diesmal mit Lionel. Mary hörte, sie werde ihren Großvater kennen lernen, und kam mit, ohne sich zu fürchten, weil sie an Jessys freundliches Lächeln dachte.

Lionel war ein großer, stattlicher Mann, der denselben Stil pflegte wie Jessy und immer den Platz von zwei Menschen einzunehmen schien. Er hatte eine silbrige Haarmähne und trug ein buntes Hemd, ebenfalls wie Jessy. Sie saßen sich an dem großen Tisch gegenüber und spiegelten einander.

Lionel nahm Marys Hand und sagte: »Du bist also die kleine Mary. Freut mich sehr, dich endlich kennen zu lernen.« Und er bückte sich mit feierlichem Gesichtsausdruck und küsste die kleine braune Hand, aber dann zwinkerte er ihr zu, und sie musste kichern. »Was für ein entzückendes Kind«, sagte er zu Victoria. »Gratuliere. Warum haben Sie uns diesen Schatz so lange vorenthalten?« Er streckte die Arme aus, und Mary lief hinein und vergrub ihr Gesicht in dem regenbogenbunten Hemd.

So verlief dieser Nachmittag, und bald kam der nächste.

»Da ist ja meine kleine Crème Caramel, mein kleines Schokoladen-Eclair«, sagte Lionel als Begrüßung zu Mary, und Lionel sah Victoria an, dass sie nervös war, und das war sie, weil sie sich an Sams kulinarische Kosenamen erinnerte. »Wenn ich sage, dass ich dich gleich fresse«, sagte Lionel zu Mary, »dann darfst du darin nur den legitimen Ausdruck meiner tiefsten Ergebenheit sehen.«

Als Victoria und Mary nach Hause gegangen waren, sagte Edward zu seinem Vater: »Wenn du nicht begreifst, dass du sie nicht als irgendwas mit Schokolade bezeichnen kannst, dann hinkst du deiner Zeit ein bisschen hinterher.«

»Oh je«, sagte Lionel, »oh je oh je oh je. Ist das so? Na ja, dann ist das eben so.«

»Lionel«, sagte seine Exfrau. »Ich glaube, manchmal machst du ihr ein bisschen Angst.«

»Aber nicht mehr lange. So ein kleiner Schatz. So ein kleiner – ich bin im siebten Himmel. Meinst du, wir wären zusammen geblieben, wenn wir ein kleines Mädchen gehabt hätten?«, fragte er Jessy.

»Das weiß Gott allein«, sagte Jessy, womit sie die Verantwortung dem Allmächtigen übertrug.

»Mit *Sicherheit* nicht«, sagte Edward, und das sollte nicht nur ein Urteil über die Vergangenheit sein, sondern auch eine Warnung für die Gegenwart.

»Ja, ja, ja«, sagte Thomas. »Das Familienglück.«

»Ich will nur das Besuchsrecht haben, weiter nichts. Gibt's da heutzutage keine Unterstützung für Großeltern?«

»Du kannst gern zu Besuch kommen«, sagte seine Exfrau. »Aber wir sollten den Bogen nicht überspannen.«

Thomas rief Victoria an, um sie zu fragen, ob er Mary mit ins Schwimmbad nehmen dürfe. Victoria sagte, das Kind könne nicht schwimmen, und Thomas sagte, er werde es ihr beibringen.

Dann war es der Zoo, dann das Planetarium und dann eine Schiffsfahrt auf dem Fluss nach Greenwich.

Inzwischen dachte Victoria: »Ich habe doch zwei Kinder. Was ist mit Dickson?« Was da passierte, war unfair. Ja, Dickson war noch sehr klein, aber er wusste, dass seiner Schwester Dinge geboten wurden, an denen er keinen Anteil hatte.

Jessy hatte angemerkt, dass es nicht richtig war, wenn eins von zwei Kindern mehr bekam als das andere.

Edward sagte sofort: »Das kommt überhaupt nicht in Frage, Mutter.«

»Vielleicht könnten wir ihn manchmal mitnehmen, wenn wir mit Mary unterwegs sind?«

»Nein. Eins reicht. Es tut mir Leid, aber es gibt Grenzen.«
Inzwischen war Mary im ersten Schuljahr und litt. Das erinnerte Victoria daran, wie sie selbst gelitten hatte, aber sie war zurechtgekommen, indem sie geschwiegen, sich aus Problemen herausgehalten und sich − ehrlich gesagt − bei den großen Jungen und Mädchen eingeschmeichelt hatte. Sie sagte Mary, dass sie es auch so halten solle, aber sie fühlte mit ihr, denn sie wusste, dass das Kind sich nachts in den Schlaf weinte.

Verwundert spekulierte sie darüber, warum die Staveneys ihre kostbaren Kinder vorsätzlich so etwas Abscheulichem ausgesetzt hatten, so etwas Grausamem, denn sie glaubte, dass es all das auf guten Schulen nicht gab, auf Schulen, die Kinder wie die der Staveneys besuchten. In ihren geheimsten Träumen, die sie nicht einmal mit Bessie teilte, hoffte Victoria, dass die Staveneys Mary auf eine gute Schule schicken würden, wo sie lernen und etwas aus sich machen konnte.

Dann rief Jessy an und fragte, ob Mary Lust auf eine Matinee habe. Victoria dachte an *Les Misérables* und sagte, dass Mary sicher begeistert sein würde. Victoria brachte Mary zum Haus der Staveneys, und Jessy und Mary fuhren in einem Taxi davon und kehrten in einem Taxi in die Sozialsiedlung zurück. Mary war ganz entzückt und plapperte unverständliches Zeug. Victoria bekam nie heraus, was das kleine Mädchen tatsächlich gesehen hatte. Aber als Mary das nächste Mal in dieses andere Land entführt wurde, zu den Staveneys, fragte sie Thomas, ob sie noch einmal zu einer ›Matne‹ gehen könnten. Wohin? Wie sich herausstellte, dachte sie, dass ›Matne‹ die Bezeichnung für ein Theater war. Sie ging mit Jessy noch einmal zu einer ›Matne‹ und dann mit Edward und Edwards Frau und ihrer dreijährigen Tochter in den Zoo. Und dann wieder in eine ›Matne‹, weil sie so gebettelt hatte − eine Vorstellung, in der Lionel auftrat. Sie kam zurück und sagte, ihr Großvater sei ein komischer Mensch, aber sie möge ihn. »Er mag mich, Ma«, vertraute sie Victoria an.

Jedes Mal, wenn dieser Großvater erwähnt wurde, schossen

traurige Gedanken an die Großväter durch Victorias Kopf. Es erinnerte sie daran, dass sie natürlich auch einen Großvater gehabt hatte, aber genau genommen war er irgendwann einfach verschwunden. Phyllis' Großvater war ein richtiger Großvater für sie, geradezu exemplarisch, ein alter Mann mit einer übel riechenden Urinflasche. Aber Lionel Staveney war unbestreitbar der Großvater ihrer kleinen Tochter, und als Mary sagte: »Sie hat gesagt, ich bin ihr Enkelkind, also muss ich sie Großmutter nennen«, spürte Victoria, wie der Boden unter ihren Füßen bebte. Wenn sie Bessie gestand, wie sie sich fühlte, sagte die ganz vernünftig: »Was hast du denn erwartet, als du es ihnen erzählt hast?«

Ja, was hatte sie erwartet? So etwas jedenfalls nicht. Es war diese Selbstverständlichkeit, mit der Mary dort angenommen wurde, die sie – ja, was? Es war alles zu viel! Bessie sagte, sie sei undankbar und einem geschenkten Gaul schaue man nicht ins Maul. Victoria sprach es schließlich aus: »Ich hätte nie gedacht, dass sie sich so über ein schwarzes Enkelkind freuen!«

»Sie ist nicht schwarz, sie ist eher karamellfarben«, betonte Bessie. »Ich wette, sie würden sich nicht so freuen, wenn sie meine Farbe hätte.«

Etwa ein Jahr nachdem Victoria Thomas angerufen hatte, schrieb Jessy einen Brief, in dem stand, dass die Familie im Sommer für einen Monat ein Haus in Dorset mieten wolle und dass die Leute dort ein und aus gehen würden. Ob Victoria einverstanden sei, wenn Mary mit ihnen käme? Edwards Tochter Samantha werde den ganzen Monat da sein. Victoria war nicht eingeladen, und sie wusste, dass es an Dickson lag. Mary war süß, liebenswert, fügsam und freundlich, aber Dickson, der jetzt fast vier war, war ganz anders.

Die Frage der Hautfarbe – nein, die konnte man nicht vernachlässigen, aber es war verzeihlich, wenn Victoria glaubte, die Staveneys, bis auf Thomas natürlich, hätten noch nicht gemerkt, dass die Hautfarbe Menschen trennte, und zwar oft ziemlich nachhaltig – weil sie offenbar der Meinung waren, dass die bedauerlichen Zustände aus der Vergangenheit im zwischenmenschlichen Umgang keine Rolle mehr spielten. Dickson war schwarz, so schwarz wie Schuhcreme oder Klaviertasten. Irgendwo in seinem Familienstammbaum hatten sich vor langer Zeit die Gene an die afrikanische Tropensonne angepasst. Er schwitzte leicht. Manchmal floss der Schweiß in Strömen an ihm herunter. Er brüllte und schlug um sich; bei der Tagesmutter war er schwierig, machte Ärger, es kam zu Tränen. Mary konnte ihn beruhigen und bezaubern, aber sonst niemand, und Victoria schon gar nicht, die oft vor Erschöpfung nur noch weinen konnte, wenn Dickson um sich schlug und biss. Bessie betete ihn an und nannte ihn ihren kleinen Höllenkobold, ihr Höllenengelchen, und manchmal ließ er es zu, dass sie ihn im Arm hielt, aber nicht oft. Inzwischen wusste er, dass er es übertrieb, unmöglich war und jedermanns Sorgenkind, aber sein Benehmen und dessen Auswirkungen wurden dadurch nur noch schlimmer, denn er wurde weinerlich und sagte Dinge wie: »Wieso bin ich denn unmöglich? Wieso bin ich ein Sorgenkind, wieso, wieso, wieso, stimmt gar nicht, stimmt gar nicht«, und dann trat er um sich, bis er schluchzend zu Boden fiel.

Man konnte ihn wirklich nicht auf Besuch zu einer Familie mitnehmen, egal ob schwarz oder weiß. Die Staveneys hatten das Kind kaum gesehen. Offenbar hatten sie Mary gefragt, ob sie Dickson ihr zuliebe auch einladen sollten, aber Mary hatte ernst und auf ihre verantwortungsbewusste Art gesagt, dass Dickson mit allen nur streiten und Samantha kratzen und beißen würde. »Ich habe ihr« – sie meinte Jessy – »gesagt, das wächst sich aus«, sagte Mary zu Victoria. Sie hatte Bessie zitiert: »Keine Sorge, Victoria, das wächst sich aus.«

Aber dies war nun wirklich etwas anderes. Hier und da ein kleiner Besuch, eine Matinee, eine Teegesellschaft, aber allein wegzufahren, einen ganzen Monat? Luden sie Mary für einen ganzen Monat ein? Ja, für einen Monat. Als die Politikerin, die eine Mutter sein muss – von der Betriebswirtin ganz zu schweigen –, sagte sich Victoria, dass die Staveneys Mary wegen Samantha mitnehmen wollten. Mary konnte gut mit kleinen Kindern umgehen. Bei der Tagesmutter wurde sie dafür gelobt. Victoria glaubte, dass Mary Samanthas Kindermädchen sein sollte, und das war bitter. Bitter und unfair, und das wusste sie. Mary liebte Samantha. Eine unbestimmte Bitterkeit, die fast schon einem Verdacht gleichkam, schwelte in Victoria ganz dicht unter der Oberfläche und wurde ihr beinahe gefährlich – sie unterdrückte sie. Das hatte sie sich doch für Mary gewünscht? Das kleine Mädchen hatte so ein Glück, und Victoria sollte dankbar für dieses Geschenk sein. So nannte es Bessie, die religiös war. »Es ist ein Geschenk, Victoria. Diese Familie – das ist Marys Gottesgeschenk.«

Die Kleiderfrage kam auf. Samantha trug andere Sachen, und Mary wusste genau, was sie brauchte. Also wurde Victoria von ihrer kleinen Tochter in einen Laden geführt und darüber belehrt, was sie kaufen sollte. So etwas trug Samantha also? Freche Sachen, und die Farben waren wunderbar – und alles war unglaublich teuer. Aber auf der Bank war Geld für Marys Kleidung, von Thomas, und jetzt musste sie es eben ausgeben.

Victoria dachte: Ich verliere Mary an die Staveneys. Es gelang ihr, ruhig darüber nachzudenken. Sie glaubte nicht, dass Mary ihre Mutter irgendwann verachten würde – sie verließ sich darauf, dass das Kind ein gutes Herz hatte. Wie offenbar viele Mütter dachte auch sie: Wie kann es sein, dass zwei so verschiedene Kinder aus demselben Mutterleib gekommen sind? Ein Engelchen, so nannte die Tagesmutter Mary, und ein Teufelchen. »Mach dir nichts draus«, sagte Bessie. »Das wächst sich bei allen beiden aus.« Und Victoria stellte fest, dass sie sich genauso um ihre Tochter sorgte wie Phyllis damals um sie. Die schrecklichen Gefahren, die auf ein Mädchen lauern … die Fallen, die Netze, die der Teufel aus den Reizen eines Mädchens knüpft – Bessie hatte gerade eine Abtreibung hinter sich. Sie hatte das Baby gewollt, aber sie hätte auch gern einen Vater dafür gehabt, und sie hatte zwar eine Unterkunft für ein Kind, aber kein Zuhause.

Und Mary war ganz verrückt vor Aufregung, als sie mit den Staveneys wegfuhr. Sie rief ihre Mutter fast jeden Tag an, weil Victoria darauf bestanden hatte, und sagte immer wieder, wie schön es sei, ach, es ist so schön, Ma. Und dann wurde Victoria übers Wochenende eingeladen. Sie sorgte dafür, dass Dickson bei der Tagesmutter bleiben konnte, und fuhr mit dem Zug zwei Stunden durch Englands grüne, liebliche Landschaft. Aber Victoria hatte London kaum je verlassen. Sie fühlte sich ganz erstickt von all dem Grün, dem nassen Grün: Es hatte geregnet.

Sie stand auf dem Bahnsteig, in der Hand den neuen Koffer mit ihren besten Kleidern darin, und wartete, bis Lionel mit Mary auf den Schultern erschien. Mary rutschte an ihrem Großvater herunter, rannte auf Victoria zu und küsste sie, und die drei nahmen sich an den Händen und gingen zusammen zu dem alten Auto. In Lionels Haarmähne steckte ein Blatt, und Marys neue leuchtend lila Latzhose war voller Schlammflecken. Sie hatte zugenommen und strahlte vor Glück.

Victoria saß vorn neben Lionel und hatte Mary auf dem Schoß. Das Kind roch nach Seife und Schokolade. Lionel plänkelte ständig mit Mary herum, ein Singsang aus Bruchstücken von Kinderreimen, die sich auf Dinge bezogen, von denen Victoria nichts wusste, und Mary saß kichernd auf dem Schoß ihrer Mutter, aber sie hing an den Lippen des stattlichen Mannes, aus denen die Worte wie Zaubersprüche quollen. »Eio popeio, was raschelt im Stroh, das ist die freche Mary, die klaut Müllers Kuh.« »Falsch, falsch«, quietschte das Kind. »Du bringst ja alles durcheinander.« »Die Mary ist frech und hat keine Schuh, und Müllers Kuh hat auch nicht das Leder dazu.« »Ich bin gar nicht frech«, protestierte das Kind und erstickte fast, weil es so kichern musste.

»A, B, C, die Mary lief im Schnee, und als sie wieder rauskam, da hat sie weiße Stiefel an …«

So ging es weiter, während Mary sich in Victorias Armen wand, und Victoria wünschte sich nur, dass dies bald ein Ende haben würde. Sie fuhren ziemlich schnell kleine Sträßchen entlang, und aus dem schweren, nassen Grün darüber klatschten um sie herum kleine Schauer nieder. Sie konnte kaum atmen. Bald, bald würden sie am Haus sein, das sie sich ungefähr vorstellte wie das Stadthaus der Staveneys, aber da hielten sie schon vor einem kleinen Häuschen, das ganz einsam und umgeben von Bäumen in einem großen, üppigen Garten stand, wo sich ein großer Baum über eine kleine Wiese neigte. Auf der Wiese warteten ein Tisch und Stühle auf sie. Victoria fand das Haus ganz entsetzlich, es war der Staveneys nicht würdig. Was wollten sie hier? Aber Mary war schon ausgestiegen und zog ihre Mutter an der Hand aus dem Wagen. Anscheinend war sonst niemand da.

Victoria wollte sich nur noch hinlegen. Lionel sagte ihr, sie solle sich häuslich einrichten, in einer halben Stunde gebe es Tee. Mary zog ihre Mutter eine winzige, glatte Treppe hinauf und in ein dunkles Zimmerchen mit Fenstern, deren Scheiben mit Mustern überzogen waren und spärliches Licht durchließen. Es gab ein großes, hohes Bett mit einer weißen Decke, und Mary hopste schon darauf herum. »Ach, wie schön, ein schönes Bett.«

Victoria war übel. Mary zeigte ihr ein winziges Bad, durch dessen Fenster man das Stroh auf dem Dach sah und irgendetwas, das dort herumflog. »Schau dir die Bienen an, Ma, schau, schau.« Victoria übergab sich diskret, machte sauber und zog sich in ihr Zimmer zurück.

Sie fiel auf das große weiße Bett und fragte: »Wo ist deins?«

»Ich wohne bei Samantha. Wir schlafen in unserem eigenen Zimmer.«

Als Mary hörte, dass ihre Mutter sich nicht wohl fühlte und Kopfschmerzen hatte, küsste sie sie und rannte hinaus.

Victoria lag flach auf dem Rücken und sah, dass in der Decke ein Riss war. Da hinten in der Zimmerecke, das war wohl ein Spinnennetz? *War* das ein Spinnennetz? – Victoria schlief plötzlich ein, aber vielleicht war es eher eine Art Ohnmacht. Sie war zutiefst und ganz entsetzlich erschrocken, bis ins Mark. Wie konnten die Staveneys … und als sie erwachte, stellte Jessy gerade eine Tasse Tee auf den Nachttisch.

»Es tut mir Leid, dass es dir nicht gut geht«, sagte sie. »Komm nach unten, wenn du dich besser fühlst.« Und dann ging sie, die große, kräftige Frau, die an der Tür den Kopf einziehen musste.

Victoria lag da und sah zu, wie es im Zimmer dämmrig wurde. Es musste schon spät sein. Sie sollte nach unten gehen, oder? Vorsichtig glitt sie vom Bett und passte auf, dass ihre Füße nicht mit – ja, womit in Berührung kamen? Sie stellte sich etwas Weiches, Matschiges vor, das möglicherweise biss. Am Fenster blieb sie stehen, bemühte sich, nichts zu berühren, und blickte nach unten. Unter dem großen Baum, in dem Vögel lärmten, saßen die Staveneys und andere Leute zusammen und tranken etwas.

Wenn Victoria nach unten ging, musste sie diese Treppe benutzen, den Weg nach draußen suchen und zu all den Leuten gehen, die man ihr dann vorstellen würde. Sie konnte sehen, dass Mary auf dem Schoß ihres Großvaters saß.

Als Victoria sich gerade ein Herz gefasst hatte, sah sie, dass die Leute sich nach und nach erhoben. Manche gingen zu den Autos, die draußen auf der Straße parkten. Und dann kamen die Staveneys ins Haus, und sie hörte sie genau unter sich. Das Haus war hellhörig. Es war ein lautes Haus. Und in diesem Moment sah sie direkt neben dem Fenster eine große Spinne, die genau auf sie zukroch – das wusste sie. Sie schrie auf. Sofort erschien Thomas, der das Problem erkannte, ein Handtuch von einem Stuhl nahm, die Spinne damit griff und aus dem Fenster schüttelte. Sie würde wieder hereinklettern!

»Ah, Victoria, wie geht's dir, du siehst toll aus …« Wie konnte er das sehen? Es war dunkel im Zimmer. »Geht's dir besser?« Er küsste sie auf die Wange und lachte, ein Tribut an ihre Vergangenheit. »Komm nach unten zum Abendessen.«

Victoria hätte am liebsten gesagt, dass sie zu Bett gehen, den Kopf tief unter diese wunderbare weiße Tagesdecke stecken und erst herauskommen wolle, wenn es Zeit sei, nach

London zurückzufahren. Stattdessen machte sie ihren Koffer auf, um etwas zum Anziehen zu suchen.

»Ach, mach dir darüber keine Gedanken«, sagte Thomas.

»Da macht sich hier keiner Gedanken.«

Und er ging weg, und sie hörte ihn die Treppe hinunterpoltern.

Sie folgte ihm. Ein großer Tisch nahm ein weiteres kleines Zimmer fast gänzlich ein. Dort saßen schon Jessy und Lionel an den Kopfenden, Thomas gegenüber stand ein Stuhl für Victoria, und dann waren da noch Edward und eine junge Frau, die alles scharf beobachtete, wahrscheinlich seine Frau Alice. Dicht neben ihrem Großvater saß Mary auf einem Stuhl mit einem Stapel Kissen.

Weinflaschen standen herum und Platten mit kaltem Fleisch und Salat. Freitagabend, sagte man ihr: Dieses Picknick hatten sie gekauft, aber morgen würde es etwas Besseres geben.

Jessy hatte beinahe den ganzen Monat hier verbracht, der bald um war, und Lionel war an jedem Wochenende gekommen. »Ich kann mich nicht von deiner Tochter fern halten«, verkündete er. »Sie ist meine große Liebe.«

Thomas war mehrmals da gewesen. Edward bis zu diesem Tag gar nicht, denn er hatte zu viel zu tun. Alice wollte Samantha besuchen, die schon im Bett war, denn sie war für lange Abende noch zu klein.

Alice beobachtete Victoria, die sich angegriffen fühlte. Aber tatsächlich glaubte Alice, den anderen nicht ebenbürtig zu sein. Sie war in der Familie eines Provinzanwalts aufgewachsen und fühlte sich ihrerseits von den Staveneys angegriffen. Sie waren so weit gereist, so weltgewandt, liberal und großzügig, und das oft auf eine Weise, die Alice schockierte. Sie dachte schlecht über die Staveneys, weil das kleine dunkle Mädchen Jessy und Lionel Großmutter und Großvater nennen durfte. Sie spürte durchaus, dass sie damit im Unrecht war, aber sie konnte es nicht ändern. Als Mary Edward einmal »Onkel« genannt hatte, hatte er gesagt: »Nein, sag Edward zu mir«, und Mary gehorchte; sie nannte auch ihren Vater Thomas. Wenn Edward Marys Onkel war, dann war Alice Marys Tante, aber das kleine Mädchen hatte gespürt, dass Alice das nicht gefallen würde.

Victoria war nicht eifersüchtig auf Alice. Ihr Edward, der gütige Junge von einst, lebte unverändert in ihren Gedanken fort, und den Edward von heute mochte sie nicht besonders. Im Grunde fand sie Thomas inzwischen netter als Edward.

Alle waren schläfrig und aßen langsam. Jessy gähnte ständig und entschuldigte sich, aber so konnte Victoria sagen, dass sie auch müde sei.

»Normalerweise«, sagte Thomas zu Victoria, »machen wir abends ausgiebig Gesellschaftsspiele, aber heute Abend ist das gestrichen.«

Victoria ging mit Mary in ihr Zimmer, wo Samantha schön in ihrem Bettchen schlief. Mary hatte ein großes Bett, wie Victoria. Mary streckte die Arme aus, um ihre Mutter zu küssen, lächelte und schlief ein.

Victoria ging in ihr Zimmer, suchte nach der Spinne, sah sie nicht, sprang schnell ins Bett und zog die weiße Decke hoch. Im Bett war sie in Sicherheit.

Freitagnacht. Noch zwei Nächte – sie konnte nicht, sie wollte nicht, sie verabscheute das alles. Sie hörte eine Eule schreien. Hieß das nicht Tod? Die Eule saß in dem großen Baum. Der Garten war voller Schrecken. Beim Essen hatte Lionel zu Mary gesagt, sie dürfe nicht vergessen, die Krümel für die Kröte nach draußen zu bringen.

»Es ist dunkel«, hatte Mary geantwortet, und dieser vernünftige Einwand hatte Victoria getröstet. »Kröten können im Dunkeln sehen«, sagte Lionel. »Das ist eine perverse Kröte«, hatte Jessy gesagt. »Ich glaube kaum, dass die sich normalerweise von Vollkornkrümeln ernähren, warum sollten sie also unsere mögen.«

»Wir suchen ihr morgen ein paar Würmer«, hatte Lionel gesagt.

Victoria schlief endlich ein. Sie erwachte früh und stellte

fest, dass Mary in der Nacht gekommen war und neben ihr auf der Tagesdecke schlummerte. Victoria legte den Kopf auf ihren Ellbogen und betrachtete lange ihr schlafendes Kind, wie ein Schiff, das am Horizont dahinsegelt – dabei hatte sie das Meer nie gesehen, außer im Fernsehen oder im Film. Hinter diesen glatten, fest geschlossenen Augenlidern gab es bereits eine Welt, zu der Victoria nicht gehörte.

Am Morgen versuchte Victoria, in ihrem Koffer etwas zu finden, das Lionels altem Pullover entsprach, der ein Loch im Ärmel hatte, oder Jessys Hosen und dem grauen Tweedrock. Sie hatte auch nicht die richtigen Schuhe dabei. Es war die Rede von Spaziergängen und davon, dass Mary und Samantha mit ein paar anderen kleinen Mädchen Ponyreiten gingen.

Victoria blieb an der Haustür stehen und hatte das Gefühl, mitten im Dschungel zu sein. Sie wusste alles über den Dschungel, was man von Bildschirmen und Leinwänden eben weiß: Er war gefährlich und voller wilder Tiere, Krokodile, Schlangen und Insekten. In diesem Dschungel gab es so etwas zwar nicht, aber er war trotzdem voller feindlicher Kreaturen. Sie wäre am liebsten abgereist, jetzt gleich, aber sie wollte nicht, dass Mary sich für sie schämte.

Als das ausgedehnte Frühstück vorüber war – sie trank Tee und musste sich den Vortrag anhören, den Jessy über die Bedeutung eines vernünftigen Frühstücks hielt –, sah sie zu, wie alle aufbrachen, um im Wald spazieren zu gehen, der ganz nah und sehr nass war. Sie sagte, sie werde dableiben, und setzte sich unter den Baum, der wahrscheinlich voller Kreaturen war, die auf sie herunterfallen konnten, also suchte sie Zuflucht in einem Zimmer, das die Staveneys das Wohnzimmer nannten. Sie setzte sich auf einen Sessel und zog die Füße an, damit nichts an ihnen hochkriechen konnte.

Nach dem Mittagessen quetschten sich alle in Autos und fuhren ein paar Meilen zu einer berühmten Teestube, wo sie parkten, und wieder gingen alle spazieren, außer Victoria und Mary, die unbedingt bei ihrer Mutter bleiben wollte.

»Arme Ma«, sagte Mary mitfühlend und mit Tränen in den Augen. »Aber ich hab dich immerzu lieb.«

Das Abendessen verlief wie das am Vorabend. Diesmal hatte Jessy Eintopf gekocht, den Victoria mochte, und aus der Teestube hatten sie einen großen Obstkuchen mitgebracht. Samstagabend. Noch eine Nacht. Inzwischen fühlte sich Victoria wie eine Verbrecherin. Alle wussten, dass ihr das Landleben nicht gefiel, aber sie hatten keine Ahnung, wie sehr sie alles verabscheute, wie sehr sie sich fürchtete. Die Spinne saß wieder an der Wand in ihrem Zimmer, und als Victoria mit dem Fuß aufstampfte, floh sie in den Riss, um dort den rechten Moment abzuwarten. Victoria versuchte sie im Auge zu behalten, aber es waren Motten hereingeflogen, bevor sie das Fenster fest geschlossen hatte. Eine große Motte hockte an der Wand und warf einen Schatten. Zuletzt hatte sie so eine kapuzenartige Silhouette in einem Dracula-Film gesehen, als Furcht erregenden Schatten an der Wand.

Am nächsten Morgen ging sie früh nach unten und nahm ihren Koffer mit. Sie wusste nicht, wie sie zum Bahnhof kommen sollte, aber irgendwie würde es schon gehen. Sie traf Alice, die schon auf war und Tee trank.

»Gefällt es dir denn gar nicht?«, fragte Alice.

»Nein.«

»Das tut mir Leid.«

»Und dir?«

»Aber ja, ich würde am liebsten immer hier wohnen und nie mehr weggehen.«

»Oh je«, sagte Victoria matt.

»Doch, ehrlich. Edward kann noch nicht aus London weg, aber irgendwann kaufen wir ein Haus auf dem Land, und dann wohnen wir da.«

»*So* ein Haus?« Victoria sah sie ungläubig an.

»Nein, größer. Komfortabler.« Sie blickte Victoria freundlich an und sagte sanft: »Mach dir nichts draus. Ich weiß, diese Familie wird einem manchmal zu viel.«

»Es liegt nicht an ihnen«, sagte Victoria. »Es liegt an diesem Haus.«

Völliges Unverständnis: Alice runzelte befremdet die Stirn. Victoria war den Tränen nahe.

»Ich möchte am liebsten nach Hause«, sagte Victoria wie ein Kind. Und dann sagte sie als Erwachsene: »Ich würde ja fahren, aber ich will nicht, dass Mary sich für mich schämt.«

»Das tut sie nicht. Sie ist wirklich ein besonders nettes kleines Mädchen. Samantha betet sie an. Weißt du, was: Ich fahre dich zum Bahnhof und sage den anderen, dass dir nicht gut ist.«

»Das stimmt sogar«, sagte Victoria.

Also stieg Victoria in Edwards und Alice' Wagen und wurde durch die frühmorgendliche Landschaft zum Bahnhof gefahren.

Victoria konnte nicht fahren, es war nie nötig gewesen, und es deprimierte sie, dass Alice so gut und so zügig fuhr. Sie sagte zu sich selbst: »Es gibt aber Dinge, die ich gut kann.«

Am Bahnhof nahm Alice die Tasche, ging voraus zum Fahrkartenschalter, kaufte eine Fahrkarte und sagte: »In einer halben Stunde geht ein Zug.«

Die beiden standen nebeneinander und warteten. Victoria hatte begriffen, dass die junge Frau, die sie so befangen machte, es gut mit ihr meinte, aber war das überhaupt wichtig? Viel wichtiger war, dass sie Mary mochte.

»Ich komme mir so albern vor«, sagte Victoria kläglich. »Ich weiß, was die Staveneys jetzt denken. Ich sollte ihnen dankbar sein und – ja, weiter nichts.«

»Arme Victoria. Es tut mir Leid. Ich erkläre es ihnen.« Und als der Zug einfuhr, küsste sie Victoria sogar, und das war offenbar ernst gemeint. »Die Geschmäcker sind verschieden«, sagte sie und lächelte ein wenig, weil sie mit ihrem Erklärungsversuch so zufrieden war. »Ich glaube, die werden nie begreifen, dass du das Landleben nicht magst.«

»Ich hasse es, und wie«, sagte Victoria heftig und stieg in den Zug, der sie fortbringen würde – für immer, wenn es nach ihr ging.

Mary kam ein paar Tage später nach Hause. Victoria merkte, wie das Mädchen sich trübsinnig in der kleinen Wohnung umsah, weil ihm nicht gefiel, was für Victoria so eine Erleichterung gewesen war: Es gab nur das, was man brauchte, und alles war an seinem Platz. Dann stellte sich Mary ans Fenster und blickte nach unten, nach unten auf nichts als Beton, und Victoria musste nicht fragen, was sie vermisste.

Mary rannte auf ihre Mutter zu, umarmte sie und sagte immer wieder: »Du bist meine Ma, und ich hab dich immerzu lieb.« Bessie und Victoria lächelten einander ziemlich grimmig an, und dann hatte Mary das Ganze vergessen.

Thomas ging mit Mary in Konzerte mit afrikanischer Musik, zwei Mal, aber sie waren ihr zu laut. Wie ihre Mutter hatte sie es gern, wenn alles ruhig und gemessen war.

Dann wurde Victoria zu einem Abendessen bei den Staveneys eingeladen. »Am besten ohne Mary – es wird sowieso zu spät für sie.« Und das von Leuten, die sie in Dorset nie früh zu Bett geschickt hatten. »Ohne Dickson« verstand sich von selbst. Victoria zog ihre hübschesten Sachen an und fand sich mit der vollen Staveney-Besatzung am Abendbrottisch wieder. Zwischen Jessy, Lionel, Edward, Alice und Thomas gab es Untertöne, die Victoria manchmal sehr wohl und manchmal gar nicht verstand. Lionel fiel sofort mit der Tür ins Haus: »Was würdest du sagen, wenn wir dir vorschlagen, Mary auf eine andere Schule zu schicken?«

Das sagte Lionel, der darauf bestanden hatte, dass seine Söhne diese Tortur auf der schlechten Beowulf-Schule durchmachten!

Victoria hatte keine Angst vor Lionel, eher vor Jessy, und es fiel ihr nicht schwer, ihn zu fragen: »Dann hast du deine Meinung über Schulen wohl geändert?«

Daraufhin schnaubte Jessy, wie man es unter Eheleuten eben tut, so, dass jeder es merkt, als würde man in einer Versammlung die Hand heben, um mit *Nein* zu stimmen.

»Man könnte sagen, unser Vater hat seine Meinung geändert«, bemerkte Thomas.

»Das könnte man so sagen«, sagte Edward.

»Das heißt aber nicht, dass ich mich geirrt habe, als es um euch beide ging«, betonte Lionel und schüttelte seine silbrige Mähne, während er sorgfältig ausgewählte Ofenkartoffeln aufspießte und auf seinen Teller legte.

»Das würdest du doch nie zugeben«, sagte Jessy provozierend, während Verzweiflung, die sich im Lauf jahrelanger Diskussionen aufgebaut hatte, ihre Nasenflügel blähte. »Wann hättest du je zugegeben, dass du dich geirrt hast?«

»Ist es nicht ein bisschen spät für diese Auseinandersetzung?«, fragte Edward.

»Wie dem auch sei«, sagte Thomas. »Die Vögel in eurem Nest waren jedenfalls anderer Meinung.«

»Wie dem auch sei!«, sagte Jessy sofort. »Ich kann dir gern sagen, wie's ist.« Und an dem Blick, den sie Thomas zuwarf, war abzulesen, worauf sie mit Bitterkeit anspielte: dass es nämlich sein größter Ehrgeiz war, eine Pop-Gruppe zu managen. »Und apropos Meinung: Nein, in diesem Punkt waren wir nie einer Meinung, nie, *niemals*.«

»Okay«, sagte Thomas. »Ich muss dein Urteil akzeptieren. Wie dem auch sei – ich bin der Böse, und Edward ist der Gute.«

»Immerhin war der Abstand zwischen euch beiden so groß, dass ihr euch nicht streiten musstet – das hätte das Fass wirklich zum Überlaufen gebracht.«

Damit endete die Zankerei, weil Edward Victoria gerade Wein einschenkte, den sie nicht besonders mochte. Sie hielt die Hand über das Glas und leckte dann den Handrücken ab, weil ein paar Tropfen darauf gefallen waren.

»Da«, sagte Lionel, »du magst also doch Wein.«

»Du solltest welchen trinken, das tut dir gut«, sagte Jessy. »Die Viktorianer wussten Bescheid. Das kleinste Anzeichen von Schwindsucht oder Hirnhautentzündung oder sonst einer von ihren scheußlichen Krankheiten – schon war der Bordeaux zur Stelle.«

»Port«, sagte Lionel.

»Bester Burgunder«, sagte Edward. »Wie der hier. Das Beste ist gerade gut genug. Wenn mich damals jemand gefragt hätte, dann hätte ich nein gesagt, aber ich hatte natürlich nie eine Wahl, stimmt's, Vater? Ich hab keine guten Erinnerungen an diese Schule. Du warst auch auf dieser Schule, Victoria, ich weiß …«

Das zeigte ihr, dass er sich nicht an den Vorfall erinnerte, der in ihren Gedanken so gegenwärtig und so lebendig war, und Tränen traten in Victorias Augen.

Sie brachte ihre Stimme unter Kontrolle und sagte: »Nein, die ist nicht gut. Und jetzt ist es noch schlimmer als zu meiner Zeit. Zu *unserer* Zeit«, sagte sie, an Thomas gerichtet.

»Letzte Woche gab's eine Messerstecherei«, bemerkte Jessy, und das ging an die Adresse ihres Exmannes.

»Was mich wieder zu meiner Frage führt«, sagte Lionel zu Victoria. »Angenommen, wir schicken Mary auf eine gute Schule. Ich muss gestehen, dass über die Rangfolge Uneinigkeit herrscht …«

»Wo herrscht die nicht?«, sagte Jessy.

»Manche von uns meinen – ich zum Beispiel –, dass Mary auf ein Internat gehen könnte.«

»Auf ein Internat?« Jetzt war Victoria wirklich schockiert. Sie wusste, dass Leute wie die Staveneys ihre Kinder ins Internat schickten, sogar, wenn sie noch klein waren. Sie fand das herzlos.

»Ich hab's dir gesagt«, sagte Thomas. »Natürlich ist Victoria gegen ein Internat.«

»Ja«, sagte Victoria tapfer und lächelte Thomas dankbar zu, und er lächelte zurück. »Ein Internat kommt nicht in Frage.« Für einen winzigen Moment war die Strömung zwischen ihnen süß und tief, und sie erinnerten sich an jenen Sommer, in dem sie sich gefühlt hatten wie zwei gegen den Rest der Welt.

Alice unterbrach: »Ich war auf einem Internat, und ich fand es wunderbar.«

»Ja, aber du warst dreizehn«, sagte Edward.

Wer von den Staveneys war wohl der Meinung, dass Mary

in das kalte Exil eines Internats geschickt werden sollte? Alice und Lionel.

»Also gut«, sagte Edward. »Kein Internat. Jedenfalls noch nicht. Für die Zwischenzeit gibt es eine gute Mädchenschule, gar nicht weit von hier, das wären ein paar Stationen mit der U-Bahn und ein kurzes Stück zu Fuß.«

Victoria dachte: Das wird schlimm für sie. Da ist sie mit Mädchen zusammen, die Geld und all das haben, was die Staveneys haben, und dann kommt sie nach Hause und ... Damit würde man Marys gutem Herzen sicher viel abverlangen: zwei Welten, und beiden würde sie sich anpassen müssen.

Victoria sagte zu Lionel, dem Erfinder dieses Plans, mit dem sich im Grunde ihre Träume für Mary erfüllten: »Ich kann nicht nein sagen, wie könnte ich denn? Es wäre großartig für Mary.« Und jetzt wagte sie es, sich Thomas zuzuwenden und alle daran zu erinnern, dass er schließlich Marys Vater war. »Was sagst du, Thomas? Du musst auch etwas sagen.«

»Ja«, sagte Thomas. »Ja. Das stimmt genau.« Und der kämpferische Blick, mit dem er seinen Vater und seinen Bruder ansah, zeigte, dass er sich wie üblich herabgesetzt fühlte. »Ja, ich muss auch etwas sagen. Und ich sage, Victoria sollte die entscheidende Stimme haben. Vorausgesetzt, dass Mary nicht weiter auf die Beowulf-Schule geht, das ist die Hauptsache.«

Victoria sagte: »Ein Nein würde ich mir nie verzeihen. Aber ich würde das alles gern mit jemandem durchsprechen, mit – sie ist nicht meine Schwester, aber für mich ist sie's eigentlich doch.«

Bessie hörte sich an, was Victoria ihr zu berichten hatte, nickte und lächelte: *Ich hab's dir ja gesagt.* »Sie nehmen dir Mary weg, aber das werden sie nicht so sehen.«

Es gab einen weiteren entscheidenden Umstand, über den sie noch nicht offen gesprochen hatten und der sich als positiv oder negativ auswirken konnte. Mary hatte einen Monat mit den Staveneys verbracht, und diese Erfahrung machte es dringend erforderlich, dass sie aus ihrer Umgebung gerettet und auf eine gute Schule geschickt wurde.

»Gut«, sagte Bessie, »wenn sie da fertig ist, ist sie gebildet. Was bei der Beowulf-Schule nicht der Fall wäre.«

»Du warst auch da, und du kommst ganz gut zurecht«, sagte Victoria.

»Du weißt, was ich meine.«

Sie waren wieder bei dem, was nicht ausgesprochen worden war. Zunächst ging es um Marys Ausdrucksweise – sie war ganz anders als die der Staveneys. Thomas sprach vielleicht nicht besonders gepflegt, eine Art unechtes Amerikanisch oder Cockney, wie er es nannte, aber Victoria hatte noch nie einen richtigen Cockney so reden hören – was sollte das überhaupt sein? Aber die Staveneys drückten sich vornehm aus, und Thomas meistens auch. Wenn Mary sprach, klang das im Vergleich dazu hässlich.

»Das wird eine schwere Zeit für sie«, sagte Bessie. »Keine Frage.«

»Ich weiß«, sagte Victoria und dachte daran, dass es für sie auch lange Zeit schwer gewesen war, und trotzdem, sie hatte es schließlich überlebt. Bessie hatte es mit Phyllis als Mutter leichter gehabt, aber inzwischen hatte sie es auch schwer genug – und auch sie würde es überleben.

Sie schrieb an Thomas und unterstützte ihn in *seinen* Rechten: »Lieber Thomas, ich bin einverstanden mit eurem großzügigen Angebot. Bitte sag deinem Vater und deiner Mutter danke von mir. Es wird nicht leicht für Mary, aber ich will versuchen, ihr alles zu erklären.«

Erklären – was genau? Und wie?

Mary dachte sich mittlerweile bestimmt einiges, ohne ihrer Mutter davon zu erzählen. Sie war gutherzig, das war ihre beste Eigenschaft: eine gute Seele. Und sie war nicht dumm. Victoria konnte sich mühelos in die Zeit zurückversetzen, als sie in Marys Alter gewesen war. Kinder wissen immer mehr, als die Erwachsenen denken, wenn auch manchmal auf eine verdrehte Art.

Und Victoria wusste mehr über die Zukunft als die Staveneys.

Mary würde diese Schule besuchen, auf der die meisten Mädchen weiß waren. Sie würde viele Kämpfe auszufechten haben, andere Kämpfe als die Prügeleien auf der Beowulf-Schule. Die Staveneys würden für Mary die beste Stütze sein. Und wenn das Mädchen dann ungefähr dreizehn war, würden die Staveneys wahrscheinlich fragen, ob sie, Victoria, sich vorstellen könne, Mary auf ein Internat zu schicken. Und dann würden weder die Staveneys noch Mary einzelne Gründe dafür anführen müssen, warum es Mary dort leichter haben würde, denn sie würde sich nicht mehr jeden Tag zwei verschiedenen Welten anpassen müssen. Victoria würde ja sagen, und damit wäre die Sache entschieden.

Und Bessie gab noch einen Umstand zu bedenken. Victoria war eine attraktive Frau und noch keine dreißig. Sie ging inzwischen jeden Sonntag zur Kirche, weil Bessie das tat, und hatte besonderen Spaß am Singen. Sie war aufgefallen. Sie übernahm die führende Stimme bei manchen Kirchenliedern und war nicht mehr nur irgendein Gemeindemitglied. Reverend Amos Johnson hatte Gefallen an ihr gefunden. Ihr toter Sam wurde in ihrer Erinnerung mit jedem Jahr vollkommener, und mit ihm ließ sich Reverend Amos, der zwanzig Jahre älter war als sie, ohnehin nicht vergleichen. Nur weil Sam in unvergleichlichem Glanz erstrahlte, konnte sie Amos überhaupt in Betracht ziehen. Victoria war bei ihm zu Hause gewesen, mit lauter gottesfürchtigen und nüchternen Menschen, und obwohl sie nicht besonders religiös war, hatte ihr die Atmosphäre gefallen. Sie – Victoria – war immer ein gutes Mädchen gewesen – wie Mary jetzt.

Wenn sie Amos heiratete, würde sie weitere Kinder bekommen. Der kleine Dickson, das Höllenkind, wie man ihn überall in der Siedlung nannte, würde ruhiger werden, wenn er erst Brüder und Schwestern hätte.

Und Mary? Die Welt der Staveneys mit Amos Johnsons Welt in Einklang bringen – bei dieser Vorstellung mussten sie und Bessie verzweifelt lachen.

Aber wenn sie Amos heiratete, wären die beiden Welten

verbunden, auch wenn sie einander sonst tunlichst nicht zu nahe kommen würden. Und Mary, die arme Mary, stand genau dazwischen. Ja, dachte Victoria, sie wird sich freuen, wenn sie dann verschwinden und ins Internat gehen kann: Sicher will sie eine Staveney sein. Ja, dem muss ich ins Auge sehen. Genau das wird passieren.

Ein Kind der Liebe

*E*in junger Mann stieg in Reading aus dem Zug, und weil er so unbeholfen war, hätte sein Koffer beinahe das Gesicht eines anderen gestreift, der herumfuhr und sich an die Stirn griff, um seinem Protest Nachdruck zu verleihen. Doch dann hellte seine Miene sich auf, und er rief: »James Reid, das ist doch Jimmy Reid!« Und die beiden gaben sich die Hand und klopften einander auf die Schultern, während die Lok sie kreischend in eine Dampfwolke hüllte.

Vor zwei Jahren waren sie noch zusammen zur Schule gegangen. In der Zwischenzeit hatte James eine Ausbildung zum Bürokaufmann und Buchhalter gemacht, und als er hörte, dass Donald »in die Politik« gegangen war, hatte er nur gesagt: »Warum nicht, die haben schließlich Geld.« Denn Donald hatte schon immer jede Annehmlichkeit genießen und reisen und alle Chancen nutzen können, während man ihn, James, dazu erzogen hatte, jeden Pfennig umzudrehen.

»Leider müssen wir jeden Pfennig umdrehen« – das hatte er zu Hause viel zu oft und, wie er inzwischen fand, auch oftmals unnötigerweise gehört.

Donald hatte bei Streitgesprächen und in der Theatergruppe geglänzt und eine Zeitschrift namens *New Socialist Thought* gegründet. James hatte keine Ahnung gehabt, was er machen wollte – jedenfalls kam es für ihn nicht in Frage, von neun bis fünf am Schreibtisch zu sitzen. Seine Mutter hatte gesagt: »Mach deinen Abschluss, Junge, du kannst ihn sicher gut brauchen.« Sein Vater sagte: »Verschwende keine Zeit an der Universität, in der Schule des Lebens lernst du mehr.« Aber ein Studium hätte sich die Familie ohnehin nicht leisten können.

Jetzt fragte Donald: »Wo fährst du denn hin?«

»Nach Hause.«

»Du schaust so finster. Was ist los?«

Weil Donald ein umgänglicher Mensch war, dessen rundes, freundliches Gesicht um Offenheit warb und bei dem man auf jeden Fall mit Verständnis rechnen konnte, sagte James ihm unverblümt, was er seines Wissens noch niemandem auch nur angedeutet hatte: »Das ist ja wohl Grund genug!«

Donald lachte laut auf und sagte sofort: »Komm doch mit mir. Ich fahre zum Sommerkurs der Jungsozialisten.«

»Aber die warten zu Hause auf mich.«

»Ruf sie an. Na los!« Und schon war er auf dem Weg zum Bahnhofscafé, in dem es ein Telefon gab.

Donald ging immer davon aus, dass alles einfach war, und für ihn war es das auch – das wusste James. Aber James fiel es schwer, zu Hause anzurufen und zu sagen: Ich komme an diesem Wochenende nicht. Über so etwas musste er nachdenken, er musste es planen, sich wappnen und jedes Wenn und Aber abwägen. Jetzt stand er auf einmal am Telefon, während die Kellnerin den beiden jungen Männern zulächelte und Donald aufmunternd grinste. Er sagte zu seiner Mutter: »Ist es in Ordnung, wenn ich erst am Montagabend komme?«

»Ja, natürlich, mein Lieber.«

Er wusste, dass er ihrer Meinung nach öfter unterwegs sein und sich Freunde suchen sollte, aber den entscheidenden Impuls hatte erst Donald gegeben. Die beiden stiegen in einen Zug und fuhren dorthin zurück, woher James gerade gekommen war, aber jetzt stand ihm Gott sei Dank kein weiterer trübseliger Tag voller Schreibkram bevor, sondern ein Abenteuer.

So begann der wunderbare Sommer 1938, der für James alles verändern sollte. Donald hatte sein Interesse für ein Wochenendseminar geweckt, in dem es um den Spanischen Bürgerkrieg ging – es war ausgebucht, aber Donald kannte die Organisatoren. Was James betraf, so hätten auch die Lebensumstände der Zinnbergleute in Südafrika das Thema sein können (wie in einem späteren Vortrag). Er war überwältigt von dieser Fülle neuer Ideen, Gesichter und Freunde. Er schlief im Schlafsaal eines Colleges, in dem Sommerkurse und Seminare stattfanden, und aß mit jungen Männern und Frauen aus dem ganzen Land im Speisesaal, in fröhlicher, streitlustiger Atmosphäre, die jeder erdenklichen Schattierung linker Ansichten Raum gewährte. Grundsätzlich war man verpflichtet, bei jedem Thema ganz genau zu definieren, welche Meinung man vertrat, ob es um Spanien ging oder um vegetarische Ernährung. Am Wochenende darauf waren sie bei den Pazifisten, und Donald legte seinen oppositionellen Standpunkt dar. Donald war nämlich Kommunist. »Aber ich bin kein Vereinsmeier, wir sind nur Brüder im Geiste.« Er fühlte sich verpflichtet, jederzeit gegen falsches Denken anzukämpfen. Sein Auftrag war die Politik, aber Freude hatte er an Literatur, besonders an Lyrik, also nahm auch James an einem Wochenendseminar über »Dichtung als Waffe im Kampf« teil, an einem weiteren über »Moderne Lyrik« und dann an einem über »Die Romantiker als Vorläufer der Revolution!«. Er hörte Stephen Spender in London einen Vortrag halten und in Cheltenham eigene Gedichte rezitieren. So ging es den Sommer über weiter: »Die Kommunistische Partei für den Frieden!«, »Amerikanische Literatur«, namentlich Dos Passos, Steinbeck, Lilian Helman, beziehungsweise *Warten auf Lefty* und *Studs Lonigan*. »British Empire, was nun?«, »Indiens Recht auf Selbstverwaltung«. Und es waren nicht nur die Wochenenden. Nach seinem Tag auf der Handelshochschule traf James sich abends mit Donald, und sie gingen zu einem Vortrag oder einer Diskussionsveranstaltung oder besuchten einen Arbeitskreis. Er fuhr nach Hause, um die Kleider zu wechseln, zu baden und seiner Mutter zu erzählen, wo er gewesen war. Sie hörte sehr interessiert zu und stellte unendlich viele Fragen. Vor einem Jahr hätte er sich geärgert und wäre ihr aus dem Weg gegangen, aber allmählich begriff er, wie verarmt ihr Gefühlsleben war, und lernte, Geduld mit ihr zu haben. Sein Vater hörte zu, zumindest nahm James das an, aber er gab nur ein Grunzen oder Schnauben von sich, wenn er mit etwas nicht einverstanden war.

James hatte den Eindruck, dass er nur schillernde Persönlichkeiten kennen lernte, neben denen er sich glanzlos und langweilig vorkam, und die Mädchen waren ganz anders als die, die er kannte, gesprächig und frei in ihren oftmals beunruhigenden Ansichten und auch, was ihre Küsse anging: Anfangs überraschte es ihn, dass sie nichts dagegen hatten, wenn er sich ihnen näherte, und dass sie ihn sogar aufzogen, wenn er zurückhaltend war. Küsse bekam man leicht, aber mit allem anderen waren sie knauserig: Das beruhigte ihn, denn an die freie Liebe, die Gegenstand einer Diskussion gewesen war, glaubte er natürlich nicht. Für ihn war das nicht einfach nur ein traumhaftes Leben voller Kameradschaft und rasch geschlossener Freundschaften, es eröffnete ihm vor allem einen Blick auf sich selbst, der ihn überraschte, schockierte oder sogar beschämte. Wenn er eine beiläufige Bemerkung aufgeschnappt oder gewisse Sätze aus einem Vortrag über »Die faschistische Bedrohung in Europa« oder »Die Arbeitsbedingungen der Bergleute« gehört hatte, dröhnten ihm die Ohren: Offenbar waren sie empfänglich für Worte, die ihn vielleicht persönlich angingen.

Ein Wochenendseminar über Pazifismus rückte seine Kindheit so treffend ins richtige Licht wie eine Karikatur: »Die Soldaten aus dem Ersten Weltkrieg sind entweder besessen und können gar nicht mehr aufhören, darüber zu reden ...« »Wie mein Dad«, hörte man aus dem Auditorium. »... oder sie wollen gar nicht darüber reden.« »Wie mein Vater«, warf jemand anders ein.

James' Vater hatte die Schützengräben überlebt und war an der Somme verwundet worden, und er gehörte zu denen, die nie den Mund aufmachten. Er sprach nicht über den Krieg und sagte auch sonst nicht viel. Er konnte vom Anfang bis zum Ende einer Mahlzeit stumm dasitzen, ein großer Mann wie ein Fels, dessen Schultern und Hände sichtlich zu kräftig für seine jetzige Arbeit waren – er war im Büro einer Maschinenbau-Firma tätig. Abends ging er meistens in die Kneipe und traf sich mit seinen Freunden, lauter alten Soldaten, und James hatte oft gesehen, wie sie zusammen um den Kamin herum saßen, ohne viel zu reden. James war mit dem Schweigen aufgewachsen. Solange sein Vater nicht sprach, konnte auch seine Mutter nichts sagen, aber als James einmal um des lieben Friedens willen nach Hause fuhr, erlebte er sie bei einer Veranstaltung, die mit dem sommerlichen Wohltätigkeitsfest zusammenhing; da war sie lebhaft und hatte gerötete Wangen und ließ sich von Mr. Butler, dem örtlichen Tierarzt, großzügig das Sherryglas füllen und ... flirtete sie? *Flirtete* sie etwa mit ihm? Bestimmt nicht, aber James hatte in ihr bislang nicht unbedingt eine Frau gesehen, die redete wie ein Wasserfall und lachte. »Ich habe einen kleinen Schwips«, bemerkte sie auf dem Heimweg, und die lebhafte, gesellige Röte war schon wieder verflogen.

Er wusste durchaus noch, dass er sich in seiner Kindheit manchmal im Stillen für seine Mutter geschämt hatte, wenn sie bei öffentlichen Anlässen so lebhaft war, so anders als zu Hause. Aber jetzt dachte er: Mein Gott, mit meinem Vater verheiratet zu sein, mit einem Mann, der nie etwas sagt, wenn er nicht direkt angesprochen wird, und nicht einmal dann! Und sie ist nicht wie er, sie ist witzig, sie ist ... aber sie war seine Mutter, und plötzlich empfand er heftiges Mitleid, das Gedanken in den Hintergrund treten ließ, die man über seine Mutter ohnehin nicht haben sollte. Was musste sie in all den Jahren gelitten haben: Und was hatte er gelitten, als stilles Kind eines Mannes, der in den Schützengräben so viel Grauen gesehen haben musste, dass er nur in Gesellschaft anderer Soldaten aus diesem lange beendeten Krieg er selbst sein konnte.

Dass er sich selbst und seine Familie in diesem unvorteilhaften Licht sah, war erst der Anfang. Bei einem Vortrag über »Die englische Klassenstruktur« erfuhr er, dass Donald zur Mittelklasse gehörte und er zur unteren Mittelklasse. Was hatte er dann an derselben Schule wie Donald zu suchen gehabt? Er war Stipendiat gewesen, das war der Grund, aber darüber hatte er bisher gar nicht nachgedacht. Seine Mutter hatte Briefe geschrieben, ihr bestes Kleid angezogen und ihre Beziehungen spielen lassen. So hatten sie ihm ein Stipendium verschafft. Er wusste inzwischen, dass seine Mutter mit den einfachen, dunklen Kleidern und ihrer kleinen Kette aus echten Perlen guten Geschmack zeigte, während andere Frauen schreiende Blumenmuster und zu viel Schmuck trugen. Weil sie unbedingt wollte, dass ihr Sohn auf eine gute Schule ging, hatte sie Eindruck gemacht – aber auf wen? Seine Mutter war seinem Vater um einiges überlegen, das war ihm mittlerweile klar. Über all diese Dinge hatte er undeutliche und unrealistische Vorstellungen gehabt, bis Donald ihn aufgeweckt hatte.

An einem Wochenende nahm Donald ihn mit nach Hause, in ein großes Haus voller Familienmitglieder und Freunde. Zwei ältere Brüder; zwei jüngere Schwestern; ein lärmender Haufen, der gern Spaß hatte. Die Mutter und der Vater diskutierten über alles – bei ihm zu Hause hätte man das Streiten genannt. Der Vater war Mitglied der Labour-Partei, die Mutter Pazifistin, und die Kinder bezeichneten sich als Kommunisten. Lange, üppige Mahlzeiten, bei denen es lebhaft zuging: James dachte an die kargen, bescheidenen Mahlzeiten, die seine Mutter zubereitete, und an den Sonntagsbraten als Höhepunkt der Woche: ein kleiner Braten, weil es nicht richtig war, Geld zu verschwenden. Bei Donald zu Hause stand immer ein großer Schinken auf der Anrichte, außerdem Obstkuchen und Brot, eine dicke Scheibe Käse und ein großes Stück gelbe Butter. Abends wurde gespielt. Die beiden Mädchen hatten Freunde und wurden deswegen aufgezogen, was James nicht sehr nett fand, aber seine Ansichten veränderten sich, und er fragte sich, ob er überhaupt Grund hatte, schockiert zu sein. War er vielleicht zu oft schockiert?

»Schön, dass du zu Hause bist, mein Sohn«, sagte sein Vater, als James an einem Wochenende kam, um vom Sonntagsbraten zu essen (dazu zwei Kartoffeln und ein Löffel Erbsen für jeden), und das überraschte Sohn und Mutter so sehr, dass sie

Blicke tauschten. Was war bloß in den Alten gefahren? (Sein Vater war noch keine fünfzig.)

»Dann interessierst du dich jetzt für Politik, ja?«

»Also, hauptsächlich höre ich zu.«

Der massige Mann mit dem großen roten Gesicht, dem kurz geschnittenen Bart (der jeden Tag gestutzt wurde), dem kurzen grauen, ordentlich gescheitelten Haar (das seine Frau wöchentlich schnitt) und den großen blauen Augen, die normalerweise abwesend blickten, als wäre er darauf konzentriert, seine Gedanken in Schach zu halten, sah seinen Sohn jetzt eindringlich an, und ganz offensichtlich studierte und beurteilte er ihn.

»Politik ist vollkommener Schwachsinn. Das wirst du schon noch merken.« Und er machte sich wieder daran, Rindfleisch auf seine Gabel zu laden.

»James will sich doch nur orientieren, Lieber«, sagte Mrs. Reid versöhnlich wie immer, wahrscheinlich zu versöhnlich, denn insgeheim hatte sie Angst, dass ihr Mann eines schönen Tages explodieren und sie und ihr ganzes gemeinsames Leben zertrümmern würde.

»Das habe ich ja gesagt, oder?«, sagte Mr. Reid und sah zuerst sie und dann James wütend und mit vorgerecktem Kinn an, als würde er einen Schlag erwarten. »Gauner und Diebe und Lügner.«

Das klang wie ein wilder, erstickter Aufschrei, ein Ton, den der Sohn noch nicht kannte. Und seine Mutter? Er sah, dass sie den Blick senkte und mit einem Stückchen Brot auf dem Tischtuch spielte, das sie dann mit den Fingerknöcheln knetete.

James dachte: So ist es meine ganze Kindheit über gewesen, und ich habe es nicht gemerkt. Und nun trieb ihn nicht nur die Faszination für die schöne neue Welt der Politik und Literatur aus dem Haus, sondern auch der Schmerz, den er für seine Eltern empfand.

Donald lieh ihm Bücher, und er las sie wie ein Verhungernder, für den die Literatur Nahrung ist. Die Bücher stapelten sich auf dem Tisch im Flur. Er nahm eins mit in sein Zimmer, las es durch, legte es dann an seinen Platz zurück und suchte sich ein anderes aus. Er sah, wie seine Mutter neben den Büchern stehen blieb und eins aufschlug: Spender.

»*Ich denke immerzu an jene wirklich Wunderbaren*«, sagte er, um etwas von dem Reichtum mit ihr zu teilen, den er entdeckt hatte; und er dachte, dass er sich ihr nun zum ersten Mal geöffnet hatte. Sie lächelte und nickte. »Das gefällt mir«, sagte sie. Es gab ein Regal mit Büchern, aber er konnte sich nicht erinnern, dass sie je in einem gelesen hatte. Es waren hauptsächlich Bücher über den Krieg, und aus diesem Grund hatte er selbst sie nicht angerührt. Sie gehörten seinem Vater und hatten die Aura des *Unberührbaren* mit ihm gemein.

Jetzt sagte seine Mutter: »*Ich sah ein Heer von Goldnarzissen leicht sich wiegen, flattern im Geweh.*‹ Das habe ich in der Schule gelernt.«

Weil sein Vater nebenan war, senkte er die Stimme und sagte: »*Es schien, dass ich entronnen war der Schlacht.*‹« Und sie sah sich verstohlen um und flüsterte: »Nein, nicht, nicht, er kann das nicht ...« Und sie lief eilig weg.

Als sein Vater in die Kneipe gegangen und seine Mutter nach oben verschwunden war, kniete sich James vor den Bücherschrank und zog die Bücher nacheinander heraus. *Im Westen nichts Neues. Der stille Don. Die Schlacht an der Somme. Passchendaele. Strich drunter. Erinnerungen eines alten Soldaten.* Und so weiter – drei Regale voll.

Im Frühjahr 1939 wurde James mit den jungen Männern der Jahrgänge '20 bis '21 einberufen. Sein Vater sagte: »Das ist gut, dafür sind junge Männer da.« Und er stand betont energisch auf und ging in die Kneipe.

Auch Donald war einberufen worden, und als James ihn besuchte, wurde in dem lebhaften Haus gerade hitzig gestritten, noch heftiger als sonst. Die beiden älteren Brüder gingen davon aus, dass sie die Nächsten sein würden. Die Mädchen waren in Tränen aufgelöst, weil ihre Freunde in derselben Altersgruppe waren wie Donald und James.

»Es kann doch unmöglich Krieg geben, das wäre ja schrecklich«, sagten die pazifistische Mutter und eine Tochter. »Wir müssen Hitler aufhalten«, sagten der Vater und die Söhne und die andere Tochter. Das waren die Standpunkte, die man im Radio hörte und in der Zeitung las und die überall ausgetauscht wurden. »Es wird doch keiner so dumm sein, mit diesen neuen Waffen einen Krieg anzuzetteln.«

Die beiden jungen Männer, die jetzt sofort zur Armee mussten, lächelten meistens und gingen dann zusammen zu einer Diskussionsveranstaltung in die nahe gelegene Stadt: »Ist es zu spät für den Frieden?« Aus dem Auditorium ergriff Donald leidenschaftlich das Wort und sagte, man müsse Hitler jetzt aufhalten, sonst würden alle zu Sklaven werden. Eine Frau aus dem Publikum stand auf und sagte, ihr Verlobter und zwei Brüder seien im letzten Krieg umgekommen, und wenn die anwesenden jungen Leute wüssten, wie der Krieg sei, wären sie auch Pazifisten wie sie selbst. Ein Mann, der in ihrem Alter war und mithin Kriegserfahrung hatte, fragte sarkastisch, ob sie glaube, dass ihr Verlobter und ihre Brüder gern als Sklaven unter Hitler gelebt hätten, und sie schrie ihn an: »Ja, ja! Lieber lebendig als tot!« Eine alte Frau sagte, es sei an der Zeit, auf die weißen Federn zurückzukommen, die man im letzten Krieg an Feiglinge verteilt habe – das sei ihre Meinung. Der Streit wurde immer lauter und erbitterter geführt, und das Podium musste zur Ruhe mahnen und dann die Saalordner bitten, einen jungen Mann hinauszubringen, der gesagt hatte, die Frau mit der weißen Feder solle erschossen werden, sie sei ekelhaft.

James' Vater sagte zu ihm: »Die werden dich schon noch zurechtstutzen. So nennt man das. Die machen einen Mann aus dir. Und sieh zu, dass du Offizier wirst. Dann hast du es leichter. Du hast das Zeug zum Offizier, bei deiner Ausbildung.«

James und Donald gingen zusammen zur Einberufungsstelle in Reading. James war Läufer und hatte in der Schulmannschaft Kricket und Football gespielt, und er ging davon aus, dass man ihn zu hundert Prozent für tauglich erklären würde. Das war auch der Fall, unter dem Vorbehalt, dass er auf eine alte Football-Verletzung aufpassen musste, einen Bänderriss im Knie, von dem noch eine dünne weiße Narbe zu sehen war. Donald erfuhr, dass er Übergewicht hatte, aber das würde sich bei der Armee von selbst erledigen. Sie verbrachten den ganzen Tag in einem großen Saal, in einer Masse schwitzender, übel riechender junger Männer, von denen viele zu Hause kein Badezimmer hatten. Alle waren im gleichen Alter: Donald witzelte, sie seien jetzt reif für das Schlachthaus, wie Lämmer oder Kälber. Es klang vergnügt, als er das sagte. Im gleichen Alter waren sie, aber sie hatten keineswegs den gleichen Körperbau. Viele waren dünn, und die meisten waren klein; Donald und James gehörten zu den Größeren, und sie hatten etwas auf den Rippen. Weil sie sich so ausführlich mit den tatsächlichen Lebensumständen in Großbritannien beschäftigt hatten, wussten sie, dass sich die Arbeiterklasse von Margarinebrot mit Zucker und Brot mit Bratenfett ernährte und dazu sehr starken Tee mit viel Zucker trank. »Zucker ist Nahrung.« Das war das Ergebnis: bleiche, klein gewachsene Männer. Manche wurden ausgemustert, weil sie Rachitis hatten, und viele wurden wegen ihrer faulen Zähne zum Zahnarzt geschickt.

Sie machten Pläne, noch einmal zu Donald nach Hause zu fahren, aber der Marschbefehl kam ihnen zuvor. Der Krieg kochte hoch, während die Leute noch immer von Pazifismus sprachen, er heizte Diskussionen und Nachrichtenmeldungen an, er brodelte in den Adern und Köpfen der Menschen, und er riss James und Donald aus dem normalen Leben und katapultierte sie ins Militärlager.

James legte seine Uniform auf das Bett und probierte sie Stück für Stück an. Überall in seinem sonst stillen, bescheidenen Zimmer lagen kriegerische Mahnungen in Khaki.

James war ein hoch gewachsener, schlanker junger Mann, beweglich und lebhaft, und alles an ihm wirkte fein und kühn. Er hatte eine schmale Nase und einen breiten, schön geschwungenen Mund, den eine angespannte Entschlossenheit zu häufig schmal werden ließ. Seine Augen waren länglich und leuchtend blau, und sein Haar war hellbraun und glänzte. Seine Augenbrauen waren zart und schimmerten. Er war geschmeidig wie ein gesundes Tier. Als er sich schließlich in die Uniform gezwängt hatte, fühlte er sich schwerfällig und unbeholfen. Er betrachtete sich in dem hohen Spiegel auf dem Treppenabsatz und dachte an das Mädchen, das beim Sommerkurs der »Sozialisten für Gerechtigkeit« zu ihm gesagt hatte: »Du siehst wunderbar aus, wie ein Filmstar« – das würde sie jetzt nicht mehr so sagen. Er ging nach unten und sah seine Mutter mit einer Zeitschrift unter der Lampe sitzen, während im Radio Tanzmusik dudelte. Sie blickte auf, schlug die Hand vor den Mund und stieß hervor: »Oh *nein*.« Dann stand sie ganz betreten auf und sagte: »Liebling, du siehst sehr nett aus, es war nur der Schreck.« Und sie versuchte den Soldaten zu umarmen, aber die Kleidung, in der er steckte, war so dick, dass sie die Umarmung schluckte und gleichsam zunichte machte.

Der Stoff scheuerte schon an seinem Hals, und die Stiefel waren zu groß. Sie waren wie ein Klotz am Bein. James' Mutter sagte, sie werde versuchen, sie weicher zu machen, und wärmte sie in Wasserdampf und rieb sie mit Fett ein, während er in Socken dastand und seine langen Füße sich krümmten wie Lebewesen, die ihrem Schicksal entrinnen wollen. Sie wärmte und rieb die Stiefel eine Stunde oder länger, und er probierte sie an und sagte, es sei jetzt besser. Seine Füße waren so schmal, das war das Problem.

Am nächsten Tag zog er die Uniform »auf Zeit« an; er benutzte die neue Redewendung im Scherz, die allen ein Gefühl der Stärke gab und ein wenig Mut machte.

»Vielleicht gibt es ja gar keinen Krieg«, sagte seine Mutter.

»Ja, vielleicht wird nichts draus.«

Sein Vater verabschiedete sich von ihm und blaffte, er solle es bloß nicht glauben, wenn man ihm sage, Weihnachten sei es vorbei. »Die erzählen doch nur ihren Blödsinn.« Aber wer?

Das Kriegsministerium? Die Regierung? In seinen Augen stand die Qual des vergangenen Krieges.

»Mach's gut, Dad«, sagte James sanft und ging zum Tor und drehte sich nach seinen Eltern um, die beieinander standen; seine Mutter hatte den alten Soldaten untergehakt und tätschelte ihn. Wie eine Postkarte, dachte er, weil er sich trotzig gegen jedes Pathos wehrte. »Auf in den Krieg.« Wie so oft in diesem letzten Jahr voller Unruhe und Entdeckungen musste er daran denken, dass sein Vater besser in den Schützengräben gefallen wäre. Oder? Seitdem war sein Leben doch ein einziges Elend … würde er selbst das nicht auch so sagen? Immerhin hatte seine Mutter einen Mann, und das konnten nicht viele Frauen von sich behaupten. Und außerdem kann sich niemand vorstellen, nicht geboren worden zu sein. Wenn sein Vater im letzten Krieg ums Leben gekommen wäre, würde James nicht in den drückenden Stiefeln über den Gehweg marschieren. Sein höhnischer Geist bemerkte dazu: *Kanonenfutter für den nächsten Krieg.* Komisch, wie viele Redewendungen er kannte und sein Leben lang benutzt hatte, ohne jemals darüber nachzudenken.

Er traf Donald am Zug, und sie fuhren in einem Waggon mit lauter jungen Männern in neuen Uniformen und dann in zwei Bussen, in denen auch Zivilisten saßen, deren Gesichter ihnen sagten, dass sie jetzt einer anderen Kategorie angehörten. Die man fürchtete? Ablehnte? Bemitleidete? Die Gesichter waren misstrauisch, und mancher Blick erinnerte James an den seines Vaters. Zwanzig Jahre: Von diesen Leuten hatten einige auch den letzten Krieg durchgemacht. Dann standen sie vor den Toren eines Militärlagers, wo sie von ein paar Corporals durchgewinkt wurden. Die jungen Männer trotteten einzeln oder zu zweit auf eine große Baracke zu, in der sie ihren Namen und ihre neue Nummer angaben, und dann wurden sie an Wellblechbaracken vorbeigeführt, die so regelmäßig in Reihen angeordnet waren wie Felder auf einem Schachbrett. An einer Wegkreuzung zwischen den Baracken musste Donald in die eine Richtung gehen und James in die andere. Für ihn war das ein Schlag, aber ihm wurde klar, dass Donald nicht so empfand, denn der ging mit ein paar jungen Männern, die er noch nie gesehen hatte, davon wie mit lauter alten Freunden. Offenbar hatte das Alphabet sie getrennt. James versuchte zu witzeln: »Ein R und ein E – *und sie kommen niemals zusammen.*« Er ging allein zu einer Baracke, die für zwanzig Männer bestimmt war. Zehn Betten auf der einen Seite und zehn auf der anderen, mit einer Art Kabine oder Kabuff für den Aufsicht führenden Corporal. Wie in der Schule. Die jungen Männer liefen herum, standen herum und blickten ständig um sich, wie Tiere, die an einem ungewohnten Ort sind und noch nicht wissen, aus welcher Himmelsrichtung Gefahr droht. Corporal Jones ließ ihnen Zeit, um sich einzurichten, und gab nur ein paar Anweisungen zur Ausrüstung und zum Bettenmachen, aber dann kam ein Sergeant, der sich genau wie erwartet verhielt und Anweisungen brüllte, die er ebenso gut in normalem Ton hätte geben können. Dann wurde in einer großen Halle zu Abend gegessen: Sie war so groß, dass man sie kaum Baracke nennen konnte. Die erste Schicht bestand aus ein paar hundert Mann, aber das Essen war nicht nach ihrem Geschmack oder zu viel für einen nervösen Magen: Es blieb viel auf den Tellern liegen, und ein Sergeant stemmte die Hände in die Hüften und schrie sie an, er werde persönlich dafür sorgen, dass sie bald zu hungrig sein würden, um etwas übrig zu lassen.

In der Baracke versuchten zwanzig junge Männer gegen das Entsetzen anzukämpfen: dass ihnen alles so fremd war und dass überall Ausrüstung und Kleidung herumlag, während der Corporal ihnen drohte, dass jeden Moment der Sergeant erscheinen würde.

Die jungen Männer beklagten sich gerade, dass sie es nicht gewohnt seien, so früh schlafen zu gehen, als der Sergeant kam und sagte, er werde an diesem Abend über ihre Missetaten hinwegsehen, aber wenn er noch einmal eine solche Szene sehe, würden sie alle in Teufels Küche kommen. Das war das Erste, was er ihnen zu sagen hatte – das Zweite war, dass sie gar nicht erst auf die Idee kommen sollten, nach Schlaftabletten zu fragen, wenn sie schlecht schliefen, denn dann werde er sie ab sofort täglich mit dem größten Vergnügen so schinden, dass sie im Stehen einschlafen würden.

Die meisten jungen Männer hatten nichts anderes erwartet, denn Väter oder Verwandte waren im letzten Krieg gewesen und hatten ihnen erklärt, wie es in der Armee zuging. »Hunde, die bellen, beißen nicht«, hatten die meisten gesagt.

Jetzt zog sich der Corporal in seinen Zwinger zurück, und die Männer unterhielten sich leise und schimpften über die harten Betten und Kissen, und James wusste, dass sich, ganz abgesehen von der Schule des Lebens, gerade die Schule der Schule als Segen erwies. Ein junger Mann, Private Jenkins, sagte, verglichen mit einem Internat, sei alles andere der reinste Spaziergang: So wurde James auf den anderen Mann in der Baracke aufmerksam, der vielleicht das Zeug zum Offizier hatte. Sie schätzten einander ab, indem sie ein paar mokante Bemerkungen machten, und als darauf Stille folgte, wusste James, dass man diese Szene in einem Vortrag über Klassenstrukturen hätte verwenden können. Die meisten jungen Männer hatten wahrscheinlich nicht einmal im Traum an die Annehmlichkeiten eines Internats gedacht. »So gut möchte ich's auch mal haben«, sagte Paul Bryant auf der Pritsche neben James zusammenfassend, aber das klang nicht feindselig. Es stellte sich heraus, dass James und Private Jenkins einander wenig zu sagen hatten, während dieser Paul, dessen Vater Kohlen in die Keller von Sheffield lieferte, James' Freund wurde.

Am nächsten Tag trafen einhundert Männer aus dieser und vier anderen Baracken in einem Gebäude zusammen, das einmal der Gemeindesaal gewesen war, und man erklärte ihnen die Ausrüstung und wie man sie instand hielt. Durch die Fenster sahen sie das weitläufige Militärlager, das zwar streng und regelmäßig angelegt war, aber improvisiert und nicht sehr solide wirkte. Der Regen peitschte die Erde so heftig, dass das Wasser weiß und schaumig bis auf Kniehöhe spritzte: bis an die Knie eines Zugs, der auf seinem Weg wohin auch immer an ihnen vorbeimarschierte. Den ganzen Tag erhielten sie Anweisungen, und als James gestand, dass seine Stiefel drückten, und schon auf die schneidenden, verächtlichen Bemerkungen des Sergeants gefasst war, hörte er nur zu gern, dass er sich verdammt noch mal die richtigen Stiefel aussuchen solle, denn morgen, wenn es ans Exerzieren gehe, seien seine verdammten Ausreden über wunde Füße unerwünscht.

Der Corporal, der für die Ausrüstung zuständig war, gab sich Mühe mit ihm und holte immer wieder andere Stiefel aus den Regalen und sagte: »Sie müssen dafür sorgen, dass ihre Füße in Ordnung sind, denn wenn die Füße nicht in Ordnung sind, ist gar nichts in Ordnung.« Aber mit James' Füßen war das schwierig, und alle Stiefel waren zu weit. Also würde er zwei Paar Socken tragen müssen. James hatte einmal einen Pinguin gesehen, der mit gespreizten Beinen am Rand eines Beckens entlangging, als wäre er wund im Schritt, und so fühlte er sich jetzt auch. Alles an dieser dicken Uniform rieb und scheuerte.

Dann fing für zwei Züge aus der Baracke das Exerzieren an, und das Ausmaß der Erschöpfung und die Wut auf den Sergeant vereinte die jungen Männer, und dass sich James in der Uniform unwohl fühlte und wunde Füße hatte, verlor sich in der allgemeinen Qual. Aber tief im Inneren hielt ihn sein Stolz darauf aufrecht, weil er es ertrug. Wie alle anderen auch.

Zehn Wochen. Er exerzierte mit seinem Zug und dann mit der ganzen Kompanie. Er rannte mit dem Bajonett gegen Strohsäcke an, die menschliche Wesen darstellten, und lernte seine Ausrüstung so genau kennen, dass das Gewehr sein bester Freund wurde – so wie der Sergeant es gesagt hatte. Und insgeheim gab eine Stimme in seinem Kopf ständig Kommentare ab, die ein wenig höhnisch klangen und von denen er niemandem etwas sagen konnte, weil die Stimme kultiviert klang und er keinen Zugang zu den eher zusammenhanglosen Gesprächen der anderen fand, die aus Obszönitäten und dem ritualisierten Zorn gemeiner Soldaten bestanden.

Zweimal erregte er Anstoß: einmal, weil er seine Stiefel nicht richtig geputzt hatte, und einmal, weil er nicht schnell genug Haltung angenommen hatte: Vergehen, die er sühnte, indem er einen ganzen Tag lang Kartoffeln schälte und nachts Wache stand.

Gegen Ende dieser Belastungsprobe machte ihm sein Knie zu schaffen, und es wurde fest bandagiert, wie bei einer Mumie. Aber Sergeant Baxter ließ sich durch einen verdammten Bänderriss nicht davon abhalten, einen Soldaten aus ihm zu machen. Und als solche gingen sie aus dem Militärlager hervor, mehrere hundert junge Männer, die man zurechtgestutzt und zu Männern gemacht und vereint hatte. Bald erfuhren sie, dass sie nach Westen in ein anderes Lager verlegt wurden, während ein neuer Trupp Rekruten in das Ausbildungslager einzog, den James und seine Kameraden mitleidig ansahen und gewohnheitsmäßig verhöhnten. Sie riefen: »Die wissen gar nicht, was ihnen bevorsteht, die armen Schweine«, und so weiter, während sie zu den Bussen und Zügen marschierten.

Zuvor gab es ein Wochenende Heimaturlaub, was James furchtbar fand. Er wusste, dass es seinem Vater genauso ging, und seiner Mutter wahrscheinlich auch. Er versuchte sich vorzustellen, wie es sein musste, wenn man sah, dass der kostbare Sprössling, um den man sich mehr als zwanzig Jahre gekümmert hat, als Kanonenfutter in den Krieg geschickt wird; aber wie so viele Gedanken über seine Mutter konnte er auch diesen nicht zu Ende denken. Denn hier handelte es sich nicht um die Spötteleien über die allgemeine Organisation, die ihn Tag und Nacht begleiteten, oder um den Hohn über die Vorgesetzten: ein notwendiger Ausgleich für den Gehorsam. Das Leben seiner Mutter – oh nein, darüber wollte er nicht nachdenken. Er sah sie an diesen Abenden zu Hause unter der Lampe sitzen und einen Pullover stricken, während das Radio neben ihrem Ellbogen plärrte oder Schnulzen dudelte. Gut möglich, dass der Pullover für ihn war. Sie hatte den Blick gesenkt und sah auf ihre Arbeit: Sie strickte nicht automatisch wie manche Frauen, deren Hände die Muster offenbar von selbst erkennen, während ihre Besitzerin plaudert oder sogar liest. Vielleicht senkte seine Mutter auch den Blick, damit keiner sah, was sie dachte. Was dachte sie wohl? Und sie sah so wehrlos aus, wie sie allein dort saß und auf ihren Mann wartete, der mit seinen Kriegskumpanen in der Kneipe war. Es machte James wütend, aber worauf genau? Diese Wut war anders als die auf die Armee oder auf den Sergeant. Seit zwanzig Jahren saß seine Mutter allein unter der Lampe und strickte. Und dann kam sein Vater herein, roch nach Bier und ging sich das Gesicht waschen und die Zähne putzen, weil sie den Geruch verabscheute, und dann gingen die beiden ins Bett. Er war eigentlich gar nicht wütend auf seinen Vater. Aber er hätte ein Bajonett nehmen und jemanden damit erstechen können – aber wen? Oder schreiend durch die Straßen laufen: Nein, nein, nein, *nein*.

Stattdessen gab er seiner Mutter einen Abschiedskuss, versetzte der steifen Schulter seines Vaters einen freundlichen Klaps, wie es sich für einen Sohn gehörte, und fuhr in den Südwesten Englands.

Dort wurden mehrere hundert junge Männer auf dem Exerzierplatz gedrillt, aber nicht so verbissen wie im ersten Militärlager. Es war langweilig. Wenn nicht exerziert wurde und keine Übung stattfand, lag er auf dem Bett und las Gedichte, und Paul Bryant tat es ihm gleich. Er war inzwischen für Paul, was Donald für ihn gewesen war. Dieser Mann war mit vierzehn von der Schule abgegangen, aber er fand Gefallen an Lyrik, wie James früher auch. Aber für ihn war es schwieriger: Die langen Wörter waren ein Problem. Und als Paul Bryant sich mit leuchtenden Augen bedankte, weil er ihm ein Buch ausgeliehen hatte, erlebte James noch einmal, wie man sich an Worten berauschen konnte.

»Das gefällt mir«, sagte Paul. »Das gefällt mir wirklich sehr …« Dem Sohn des Kohlenmanns, der kaum je aus der Stadt herausgekommen war, gefielen Landschaftsgedichte am besten.

Der Bäume schönster – überreich
Erblüht am Kirschbaum Zweig an Zweig.

oder

Ich ging hinaus zum Haselwald,
Weil mir im Kopf ein Feuer ging …

»Hast du noch mehr davon?«, fragte er dann schüchtern, aber entschieden, und James fühlte sich in die Zeit vor ein paar Jahren zurückversetzt, als er jünger gewesen war.

Die beiden und noch einige andere hatten mehr Glück als der Großteil der Soldaten, die sich unendlich langweilten. Für sie gab es keinerlei Unterhaltung. Nicht genügend Mädchen, und wenn es abends Passierscheine gab, wurde in den Kneipen das Bier knapp. Hunderte junger Männer langweilten sich und waren frustriert, und dann fing der Krieg an, aber zunächst passierte nicht viel, bis es schließlich zur ersten Invasion in Frankreich kam und alle aufbrachen, um an den Stränden von Dünkirchen zu enden. James bekam nichts davon mit. Sein Knie war angeschwollen, und er lag im Hospital, wo es entwässert wurde.

Aus seinem Zug wurden fünf getötet und zwei verletzt. Sein Zug wurde mit einem anderen zusammengeführt, der ähnliche Verluste erlitten hatte. Seine Einheit – seine Familie – gab es nicht mehr. Und Paul, sein Freund, lag mit einer Kopfverletzung im Hospital. James hörte, dass Donald auf dem Rückweg von Dünkirchen im Boot verwundet worden war. Er bekam Wochenendurlaub, um Donald zu besuchen, der Kopf und Arm bandagiert hatte. Er sah ziemlich schlecht aus, aber bevor James die Krankenstation auch nur betreten konnte, hatten ihm die Schwestern schon erzählt, Donald sei die Seele der Station. »Er hält uns alle bei Laune.« Die Leute gingen in Donalds Zimmer, um Witze zu machen und zu lachen. Als James eintrat, war gerade ein junger Mann da, und als James sich wieder verabschiedete, saß der Junge immer noch auf dem Besucherstuhl und beobachtete Donald, ganz benommen vor Bewunderung. James dachte: So war ich auch. Donald braucht einen Gefolgsmann, er braucht einen, den er anlernen kann – warum auch nicht.

Er blieb so lange, wie es die Besuchszeit erlaubte, beobachtete sein jüngeres Ebenbild und bewunderte Donald, dem er alles verdankte. Darüber sann er nach und musste sich eingestehen, dass Donald wahrscheinlich nie an ihn dachte. Und als James ging, gab Donald ihm Bücher und Streitschriften mit.

Die Schlacht um England begann, und Churchill hielt seine mitreißenden Reden, aber in den Militärlagern im Südwesten besserte sich die Lage kaum: Die Kämpfe fanden am Himmel und weiter in Richtung Europa statt. James hätte auch in die Air Force eintreten können, aber das hatte er nicht getan, weil sein Vater Soldat gewesen war, also war er gar nicht auf die Idee gekommen. Und als Mitglied der Air Force wäre er wahrscheinlich schon tot oder würde bald ums Leben kommen. Die Flieger in der Royal Air Force waren in seinem Alter. Inzwischen hätte es ihn wahrscheinlich über dem Meer erwischt, und er wäre gnadenlos abgesoffen; oder es hätte über Land gekracht, und er wäre in einem Scheiterhaufen aus seinem Fleisch und seiner Spitfire verbrannt. Air-Force-Slang durchzog inzwischen die Sprache: eine Form der Hommage an tote Helden.

Er war Soldat geworden, weil sein Vater einer gewesen war. Weil sein Vater nicht Offizier geworden war, hatte er nicht nach Andover fahren wollen, um sich vom Auswahlkomitee des Kriegsministeriums auf seine Tauglichkeit zum Offizier prüfen zu lassen. Er hatte seinen Zug nicht verlassen wollen, seine Freunde, und schon gar nicht Paul. Ihm kam der Gedanke, dass er wahrscheinlich einsam war, sonst hätte er wohl kaum das Gefühl gehabt, mit dem Zug seine Familie zu verlassen.

Die Männer in James' Kompanie, die vor den Erlebnissen in Dünkirchen ganz anders gewesen war, hörten das Gerücht, man werde sie fort aus England ins Gefecht schicken. Heimaturlaub wurde angekündigt und dann wieder gestrichen. Statt nach Nordafrika – sie wussten damals natürlich noch nicht, dass in Nordafrika gekämpft werden würde – wurden sie nach Northumberland in ein Militärlager verlegt. Das Problem war, dass man zu viele Männer einberufen hatte. Weil »sie« nicht wussten, wie der Krieg sich entwickeln würde, hatten »sie« es übertrieben. Hunderttausende junger Männer standen in Militärlagern bereit zum Gefecht. Die Sergeants und Corporals schrien, sie wüssten ja gar nicht, wie gut sie es hätten: Sie hätten auch in den Kohlenbergwerken landen können. Hätte ihnen das vielleicht besser gefallen? Hätten sie vielleicht Lust auf eine Laufbahn im Streb? Also sollten sie dankbar sein für das, was sie hatten. Langeweile. Sie langweilten sich so sehr, dass manche das für eine Krankheit hielten. Langeweile untergräbt und verlangsamt auf unbestimmte und schwer erkennbare Weise den Geist und verzerrt das Denken. Noch das dümmste Gerücht gedeiht wie ein neu entstandenes Virus.

Es gab Feste mit Musik, um die Soldaten aufzuheitern. In jeder Baracke drang aus dem Radio Vera Lynns tröstliche Stimme. Ein Education Officer organisierte vielerlei sinnvolle Vorträge, und alle gingen hin, weil sie dann etwas zu tun hatten. Auch hier hatte die nahe gelegene kleine Stadt nicht viel zu bieten, wenn es Passierscheine gab. In dem halben Dutzend Kneipen ging ständig das Bier aus. Die Cafés boten zweifelhafte Wurst und Omeletts aus amerikanischem Trockenei an. Manchmal war das Essen besser, weil es in der Umgebung Obst und Gemüse gab: Man war hier fast auf dem Land. Paul hätte das gefallen, aber man hatte ihn zu einer anderen Kompanie versetzt. Fleisch und Eier gingen nach London, wo die reichen Leute in Restaurants tanzten und aßen, in denen man keine Rationierung kannte – zumindest glaubten das alle. Es gab kaum Mädchen. Seine erste sexuelle Erfahrung machte James mit einem Mädchen vom Land, im Stehen an einer Mauer in einer Gasse. Er fand das alles furchtbar, das Mädchen und sich selbst, aber nach dieser miesen kleinen Affäre träumte er mehr denn je von der Richtigen, von seinem Mädchen, das auf ihn wartete. Er brachte die allzeit bereite spöttische Stimme zum Schweigen, wenn sie seine Träume von Zärtlichkeit und von einer Liebe bedrohte, die ganz anders war als die seiner Eltern. Und anders als die lärmende, kämpferische Ehe, die Donalds Eltern führten. Nein, wie jeder Soldat in dem riesigen Militärlager voller hungriger junger Männer wusste er, dass sein Mädchen ganz anders sein würde.

James hatte manchmal mit seinem Vater ein Bier oder mit seiner Mutter einen Sherry getrunken, aber jetzt versuchte er sich zu betrinken, und auch das fand er furchtbar. »Nicht jeder ist dafür gemacht, Soldat zu sein«, höhnte sein innerer Gesprächspartner, während er zusah, wie seine Kameraden sich bis zur Besinnungslosigkeit betranken und von den wenigen Mädchen nahmen, was sie bekommen konnten.

Es kam zu einer angenehmen Unterbrechung der Langeweile. Aus dem Militärlager gingen Soldaten, die sich freiwillig gemeldet hatten, zu den umliegenden Farmen, um bei der Ernte zu helfen. James meldete sich immer freiwillig und fragte sich, ob es vielleicht seine Bestimmung war, Farmer zu werden. Es gelang ihm sogar, ein paar Stunden Liebe mit einer Farmerstochter zu machen, die ständig voller Reue seufzte, weil ihr Verlobter in Nordafrika war und kämpfte. »Ich liebe ihn, wirklich!« Die Ernte war vorbei. Die Deutschen marschierten in Russland ein, und die Japaner griffen die Staaten an. Es geht bergauf, sagten die Experten, obwohl man mit Fug und Recht das Gegenteil denken konnte.

»Euch heben sie sich auf, denn das Beste kommt noch«, witzelten die Sergeants, die sich inzwischen kumpelhafter gaben, vielleicht, weil sie sich genauso langweilten wie ihre Schützlinge. James verbrachte jede freie Stunde lesend auf seinem Bett. Er las die Bücher, die Donald ihm geschenkt hatte, die übliche Mischung aus Lyrik und Prosaliteratur einerseits und Streitschriften andererseits. »Die zweite Front – *Jetzt!*« »Lasst Indien frei!« Die Streitschriften blätterte er nur flüchtig durch und fühlte sich schuldig, weil sein Geist vor Langeweile erstarrte, aber schon bald lebte er wieder auf:

> *Wenn unsre Seelen frei vom Leibe sind*
> *Du meine suchst und sie verloren glaubst –*
> *Such mich im Paradies auf jenem Rain …*

Schönes, raues Northumberland: Vielleicht würde das ihre letzte Ruhestätte sein, vielleicht würden sie hier sterben, vergessen von der Menschheit und dem Kriegsministerium. Warum sollten sie das Militärlager auch verlassen, wo es doch bisher nicht dazu gekommen war? Solche verlangsamten, irren Gedanken denken Leute, die zu lange geduldig sein mussten.

Und dann war es vorbei, ohne ersichtlichen Grund. Alle glaubten, dass man sie noch einmal in ein anderes Lager verlegen würde, gemäß dem Gesetz, dass alles so bleiben muss, wie es schon immer war. Man hatte ihr Regiment vergessen. »Jemand hat Mist gebaut« – das denkt ein Soldat ständig.

Aber nein, sie fuhren nach Indien. Nicht, dass man ihnen gesagt hätte, es ginge nach Indien, denn achtloses Gerede kostet Leben, aber sie konnten es sich vorstellen. Die Japaner rückten auf Indien vor, und die indische Armee war entschlossen, gegen sie zu kämpfen. Ganz egal, bringt uns irgendwohin, aber bloß weg von hier, wo wir warten und jeden Tag stundenlang exerzieren müssen, um in Form zu bleiben.

James packte seine Sachen zusammen mit den kostbaren Gedichtbänden in seinen Seesack. Er wusste, dass er in der Klapsmühle gelandet wäre, wenn er in den letzten Monaten – nein, Jahren – die Gedichte und die Bücher nicht gehabt hätte. Und das hatte er Donald zu verdanken, wie alles andere auch. Dieser Sommer damals kurz vor dem Krieg, der leuchtete in seiner Erinnerung, ein Traum, der so stark war wie sein Traum von einer Zukunft voller Liebe und Frieden, Frieden und Liebe. Er dachte: »Nach dem Krieg wird es wieder so sein.« So wie in den glücklichen Monaten mit den Sommerkursen, den freundschaftlichen Diskussionen, dem

Streit ohne Bitterkeit, dem offenen und fairen Austausch voller Hoffnung und Erwartung und Versprechen. Wozu war dieser Krieg gut, wenn nicht dazu, genau das hervorzubringen, eine Welt, in der es großherzige Freundschaften und Kameradschaft gab und großherzige Mädchen, unter denen sein Mädchen sein würde, die Einzige.

Er fuhr zu seinen Eltern, um sich zu verabschieden. Sein Vater fragte ihn, ob er eine Chance gehabt habe, Offizier zu werden, und er antwortete, ja, aber er habe nicht gewollt. »Dann bist du selbst schuld«, sagte sein Vater. Seine Mutter weinte und ermahnte ihn, er solle auf sich aufpassen.

Das riesige Schiff trug einen Tarnanstrich, der es von weitem wie einen verschwommenen Fleck oder eine Wolke oder auch wie ein Schwarm fliegender Fische wirken lassen sollte, auf jeden Fall wie etwas Flüchtiges, aber jetzt, während es im Hafen lag, wirkte es solide und unheimlich, geradezu mysteriös. Wer es noch als Luxusdampfer der berühmten Union-Castle Line in Erinnerung hatte, der in Friedenszeiten immer in leuchtenden Ferienfarben gestrichen gewesen war, konnte es kaum glauben: »*Das* ist die *Bristol Castle*!«

Fünftausend Soldaten drängten sich mit den dazugehörigen Offizieren im Hafen und verstopften die umliegenden Straßen, denn alle warteten darauf, an Bord gehen zu können. Wahrscheinlich hatten die meisten das Meer zuvor kaum gesehen, höchstens einmal auf einem Tagesausflug (in den dreißiger Jahren hielt man nicht viel von Ferien für die Armen), und Schiffe und Hafenanlagen hatten sie auch noch nie gesehen. Luxusschiffe kannten sie nur aus der Wochenschau oder durch die Schlagzeilen in der Zeitung, und keiner hätte es sich träumen lassen, einmal selbst mit einem zu fahren. »Die *Queen Mary* ist heute Morgen in New York angekommen, und eine Kapelle hat gespielt, um den Duke von Sowieso willkommen zu heißen …«, oder einen Filmstar … oder eine Opernsängerin … oder einen Boxer.

Fünftausend Soldaten und ihre Offiziere mussten mit dem

Platz vorlieb nehmen, der für 780 Passagiere und Mannschaft vorgesehen war, und sie gingen auf eine siebentausend Meilen lange Reise nach Kapstadt und dann weiter, noch Tausende Meilen bis nach Indien – wohin sonst?

Die *Bristol Castle* hatte keinen Namen mehr, und ihr Reiseziel auch nicht.

Da lag sie mit all ihren Ebenen oder Decks, ein genaues Abbild der Gesellschaft, die die Soldaten verteidigen sollten: Es gab zwei obere Ebenen, die besten, die die Offiziere zusammen mit den Schiffsoffizieren beziehen würden, und dann ging es immer weiter abwärts, Deck für Deck, bis dahin, wo die Masse der Soldaten die schlimmsten Bereiche des Schiffes belegte. Genau wie auf der Welt, wenn man so will – was natürlich ein Gemeinplatz ist.

Und dann traten sie auf die Gangway, während die Sergeants und Corporals oben standen und zusahen und Anweisungen blafften, die ihnen die Schiffsoffiziere gegeben hatten, weil sie über die Geographie eines Schiffs genauso wenig wussten wie ihre Schützlinge.

Beim Einschiffen stand James Reid mit seinem Zug am Ende der Reihe, und ihr Corporal war bei ihnen und genauso bestürzt wie die Soldaten. Corporal »Nobby« Clark (Soldaten namens Clark wurden immer Nobby genannt), ein fleischiger Mann, der oft vor lauter Besorgnis schwitzte und ständig auf der Suche nach Fehlern war, gehörte zu denen, die Probleme mit dem Organisieren haben und es deswegen übertreiben müssen. Seine Männer kamen damit zurecht: In den Monaten des Wartens hatten sie genügend Zeit gehabt, sich in Geduld zu üben. Neben James stand Rupert Fitch, ein Farmerssohn aus Kent. Er war schlank und jungenhaft, ein Reiter mit kühnen, feinen Zügen, ein paar Sommersprossen und hellem Haar, das schon von der hohen Stirn zurückwich. James, der immer noch ab und zu davon träumte, Farmer zu werden (aber wie?), empfand für Rupert so etwas wie jene wehmütige Bewunderung, die Paul Bryant für ihn empfunden hatte und er selbst vor langer Zeit für Donald – vor drei Jahren.

Rupert Fitch musste man nie irgendein Wenn und Aber erklären: Es war, als wäre die Armee eine Fortsetzung seines jungen Lebens, in dem er immer gesät und geerntet hatte. »Bitte um Erlaubnis, sprechen zu dürfen, Corporal«, sagte er zu einem Corporal oder Sergeant wie ein Gleichgestellter, ganz familiär und gelassen. Er sagte: »Wäre es nicht besser, Sergeant, wenn wir …« Er ging in eine andere Richtung als befohlen; er schlug in der Kleiderkammer vor, dass dieses oder jenes Fett für die Stiefel besser wäre als das vorhandene. Er hatte sicher das Zeug zum Offizier, aber wie James hatte er abgelehnt: »Ist nicht mein Stil.« Auf der Farm hatte er zusammen mit den anderen Männern ausgeholfen, und das war es, was ihm gefiel.

Harold Murray war hoch gewachsen und dunkelhaarig und hatte einen brennenden, defensiven Blick, er ging gebückt und ballte die Fäuste wie ein Boxer, der einen Angriff erwartet, und er hatte im Laden seines Vaters gearbeitet und dort heruntergesetzte Männerkleidung verkauft. Johnnie Payne betrieb mit seinem Vater einen Gemüsestand in Bermondsey. Er nahm bei James Unterricht in Buchhaltung, weil ihm das nach dem Krieg nützlich sein würde. Diese fünf Männer kannten einander gut, aber die anderen fünf vom Zug B waren neu und durch eine von oben bestimmte Umbildung dazugekommen, deren Grund die Soldaten nicht kannten.

Corporal Clark brüllte schließlich den Marschbefehl für seinen Zug, und sie gingen aufs Schiff, ziemlich weit nach unten, auf Deck E, direkt über der Wasserlinie. Dann stiegen sie eine Leiter hinunter und waren in ihrem Quartier, das aus einem Raum bestand, in dem es einen zwischen die Schotten gekeilten Tisch und einen Schrank mit Porzellan gab und einen weiteren, in dem die Hängematten lagen. Auf der Fläche, die der Tisch frei ließ, konnten die zehn mit ein paar Zentimeter Zwischenraum stehen, und so würde es auch sein, wenn sie horizontal in den Hängematten lagen. Ihre Sachen waren an einer Wand aufgetürmt und nahmen schon die Hälfte des Platzes ein. »Hinauf an Deck«, erging der Befehl, und Zug B sah mit Hunderten, mit Tausenden anderer Männer zu, wie England mit seinen weißen Klippen und allem anderen davonglitt, während die Möwen kreischend das Schiff begleiteten. Die Wellen versprühten schon Gischt. Es wurde dunkel. Ein düsterer Sonnenuntergang färbte den bräunlichen Himmel rot. Auf Deck E zeigte ein winziges flackerndes Licht, wo die Sprossen nach unten führten. Und wieder stiegen sie in die stickige Dunkelheit hinab, in der es nach frischem Holz und Farbe roch. Finsternis. In Friedenszeiten war das Schiff auf seiner Fahrt hell erleuchtet gewesen und hatte das Meer mit Gold und Silber überzogen. Früher hatte so ein Schiff einen Monat für jede Überfahrt gebraucht, aber die Zeit hatte sich auf drei Wochen verkürzt, und es war abzusehen, dass man bald nur noch zwei Wochen brauchen würde – aber warum sollte man auf einem reinen Vergnügungsschiff nicht trödeln und sich Zeit nehmen? Doch jetzt durfte man kein Licht mehr sehen, das Schiff war verdunkelt wie jedes englische Haus, wie England selbst, und unten in seinem Quartier begriff Zug B, dass es nur eine einzige schwache gelbe Glühbirne gab.

Man hatte die Laderäume mit Lebensmitteln aus dem Kriegsengland bestückt, die schlechter waren als alles, was sie je im Militärlager gegessen hatten. Das Abendessen bestand aus Brot und Eintopf, hauptsächlich Kartoffeln. Und der starke Tee schwappte in Bechern, die über den Tisch rutschten, obwohl kleine Leisten sie daran hindern sollten. Keiner der Männer war je seekrank gewesen, aber jetzt fragten sie sich, ob sie sich etwas geholt hatten, und Johnnie Payne sagte, dass er sich hinlegen wolle. »Ihnen ist übel«, sagte Corporal Clark, der sich auch nicht besonders wohl fühlte. »Hängen Sie lieber die Hängematten auf.« Wenn jemand zum ersten Mal eine Hängematte aufhängt, wird das normalerweise mit Witzen und aufmunternden Sprüchen kommentiert, aber das Schiff fing gerade an zu schaukeln. Die Soldaten wussten schon, dass es nicht genügend Toiletten gab: Es bildeten sich Schlangen. Corporal Clark hatte seinen Männern gesagt, dass sie sich in die Hängematten legen sollten, und er hatte noch nie erlebt, dass sich jemand widersetzte, aber jetzt sah er, wie alle an Deck stürmten und sich über die Reling beugten. Und weil sie nun schon einmal oben waren, schloss er sich ihnen an. Überall an der Reling standen Männer, die sich übergaben.

Hier oben im Wind ging es ihnen besser, aber alle starrten hinaus ins dunkle Unbekannte. Sie konnten hören, wie die Wellen zischten, aber sehen konnten sie nichts. Sie wussten, in welcher Gefahr sie waren. Dies war kein Geleitzug, der mit der Geschwindigkeit des langsamsten Schiffs fahren musste. Bestand ein Geleitzug vorwiegend aus riesigen Truppenschiffen voller kostbarer Soldaten, war er ein leichtes Ziel. Dieses Schiff wurde von zwei Zerstörern begleitet, die es vor U-Booten schützen sollten, aber nach Kapstadt war es weit, also mussten sie Freetown anlaufen, um Treibstoff und Vorräte aufzunehmen, und in beiden Häfen spukten Unterseeboote herum, die auch den Atlantik durchstreiften. Erst kürzlich waren einige Schiffe versenkt worden. All das wussten die Soldaten. Niemand hatte es ihnen gesagt, niemand hätte es ihnen sagen können, aber alle wussten es.

Und hier auf dem dunklen Deck an der dunklen Reling zu stehen und in die Finsternis zu schauen – nein, dann lieber unten sein, unter Deck. Überall in diesem riesigen Gefüge trafen Männer dieselbe Entscheidung: Unter Deck, zwischen den Wänden des Schiffs, gab es die Illusion der Sicherheit.

Das dachten sie in der ersten Nacht.

Es erfordert Übung, in einer Hängematte zu schlafen, und es war keine angenehme Nacht. Auf dem Tisch, an dem sie die Mahlzeiten einnehmen sollten, standen Becken, und Männer, die eilig aus ihren Hängematten gestiegen waren, übergaben sich dort – sie kletterten zurück in die Hängematten, stürzten, fluchten, holten sich blaue Flecken.

Der Morgen war grau und kalt; sie waren im Golf von Biscaya. Corporal Clark war ganz durcheinander, denn er machte sich Sorgen. Er war unentschlossen, und ihm war schlecht, und er sagte den Soldaten, dass sie frühstücken sollten. Er wusste nicht, ob das richtig war: Die Sergeants wohnten zusammen mit ein paar Lieutenants auf dem Deck über ihnen, und weil er oben gewesen war, wusste er, dass viele in den Kojen lagen.

James und der Farmerssohn aßen Porridge und bereuten es sofort.

Die Soldaten wurden zum Appell an Deck befohlen, aber Corporal Clark ging noch einmal zu den Sergeants hinauf, von denen die meisten krank waren. Nur Sergeant Perkins ging es gut, und er kam nach unten und sah ein, dass die Männer dazu nicht in der Lage waren.

Der Golf von Biscaya zeigte sich von seiner allerschlimmsten Seite. Auf dem ganzen Schiff waren die Männer krank, und überall unter Deck und in den Kabinen stank es.

Das ständige Schwanken der Hängematten war unerträglich. Und wenn ein Mann gegen den anderen stieß, versetzte es alle fünf, die in der Reihe hingen, in Bewegung, so stark war es. Es brachte keine Erleichterung, aus den Hängematten zu steigen und sich an den Tisch zu setzen. Oben an Deck und umgeben von grauem, aufgewühltem Wasser war es genauso schlimm. Am Abend des zweiten Tages war offensichtlich, dass auf dem Schiff alle krank waren, abgesehen von einigen wenigen, die sich als immun erwiesen hatten und freiwillig den Dienst in der Messe versahen, wo sie so viel essen konnten, wie sie wollten. Aber sie mussten auch den Reinigungsdienst übernehmen, und das hieß, die stinkenden Kabinen und die noch viel schlimmer stinkenden Decks zu wischen.

Zug B hatte das eigene Deck als schlimmstmöglichen Höllenschlund empfunden, aber darunter gab es noch ein Deck, auf dem sich Menschen drängten. Als das Schiff für den Truppentransport umgerüstet worden war, hatte man versucht, diese Abgründe zu belüften, aber in den weitläufigen Räumen, in denen man früher das Gepäck der Reichen und Nahrungsmittel für die Menüs der Friedenszeit aufbewahrt hatte, war trotzdem schlechte Luft. Dort unten war allen übel. In der dritten Nacht hörten die Männer auf Deck E von unten Schreie: So erfuhren sie überhaupt, dass sie sich nicht auf dem tiefsten Grund des Leidens befanden. Platzangst – das war ihnen sofort klar; denn sie waren selbst kurz davor, zusammenzubrechen und zu schreien. Es war nicht nur die Enge zwischen den Schiffswänden, sondern auch das Wissen, dass die gewaltige Dunkelheit draußen bis an einen Horizont reichte, von dem sie wussten, dass es ihn gab, den sie aber nicht sehen konnten: kein Mond, keine Sterne, nur dichte Wolken und Dunkelheit oben wie unten.

In der vierten Nacht hörten sie nicht auf den Corporal, der ihnen, ohne zu protestieren, folgte, und gingen an Deck, wo wenigstens kalte Luft wehte. Sie legten sich auf einem Deck dicht an die Wände, hielten die Augen geschlossen und litten. Rupert Fitch, dem Farmerssohn, ging es besser als den meisten anderen. Er lehnte sich mit dem Rücken an eine Wand, legte den Kopf auf die Knie und summte Tanz- und Kirchenlieder. Und das gewaltige Schiff bahnte sich weiter stark und gleichmäßig schwankend seinen Weg durch die Dunkelheit. Am Morgen hatte sich nichts verändert, aber überall an Deck lagen Männer, auch aus den tiefsten Abgründen des Schiffs. Corporal Clark, der Hirte des Zugs B, lag wie alle anderen mit dem Gesicht nach unten und dem Kopf auf den Armen da und rollte mit dem Schiff ganz sachte hin und her.

Dann kam Sergeant »Ginger« Perkins den Niedergang entlanggestolpert, ein kleiner Mann mit kompaktem Körperbau, karottenrotem Stoppelhaar und einer kriegerischen Haltung, die er für seine Rolle kultiviert hatte. Er hatte eigentlich vorgehabt, in dieser schockierenden Szenerie für Ordnung zu sorgen. Obwohl er selbst nicht litt, hatte er inzwischen Tage unter den Leidenden zugebracht. Es hätte seinem Naturell entsprochen, »Reißt euch zusammen!« zu blaffen, aber er war still. Manche Männer lagen in Lachen von Erbrochenem, und manche bekamen schon Durchfall.

»Corporal Clark!«, rief er, und der Corporal versuchte sich

aufzurichten, aber weil er seine Haltung veränderte, musste er würgen. Die Strenge dieses Sergeants war berüchtigt. »Hart, aber gerecht«, das strebte er an, aber die Formel passte heute nicht. Er ging hinunter in das Schlafquartier von Zug B, das am nächsten lag. In Erbrochenem auf dem Boden sah er zertrümmertes Geschirr, das aus dem Schrank gefallen war. Es stank furchtbar. Er blieb stehen und zögerte: Er war für Deck E verantwortlich, für dieses hier; für die Abgründe des Schiffes war er nicht zuständig. Aber oben auf Deck D, wo die Sergeants sich aufhielten, hatte man schon gehört, was im dunklen Inneren des Schiffes vor sich ging. Die Corporals, die noch zu gebrauchen waren, waren nach oben gekommen und hatten gesagt, dass man etwas unternehmen müsse. Sergeant Perkins beschloss, sich selbst ein Bild zu machen. Also kletterte er mehrere Leitern hinunter, und als er in einen großen Raum trat, der so schwach beleuchtet war, dass er die Wände nicht sehen konnte, hörte er aus einigen Hängematten Stöhnen, aber die meisten waren leer: Die Leidenden hatten sich nach oben auf Deck D geschleppt. Gegen den Befehl! Gegen alles, was gestattet war! Das war die reine Anarchie, und er fühlte sich bemüßigt, eine Entscheidung zu treffen. Er würde selbst hinauf auf Deck C gehen und jedem Offizier, der auf den Beinen und zuständig war, erklären, dass die Anarchie aufzuhören habe. Und dann musste der Befehl ergehen, dass die armen Teufel, die noch immer in dieser stinkenden Dunkelheit lagen, nach oben an die Luft kamen.

Sergeant Perkins kehrte auf Deck E und in seinen Zuständigkeitsbereich zurück, zu seinen hundert Mann: Aber wer konnte sagen, welche von diesen armen Teufeln, die meist mit dem Gesicht nach unten und dem Kopf auf den Armen herumlagen, die seinen waren? Er wandte diesem Bild den Rücken zu, stellte sich an die Reling und betrachtete die wogende graue See. Sergeant Perkins hatte als Kind in Felstümpeln geplantscht, in seinem Eimerchen eine Krabbe mit in die Pension gebracht, worauf sein Vater gesagt hatte, dass er sie zurückbringen solle. Das war für ihn das Meer gewesen. Als

Kind hatte er nicht begriffen, wie trostlos der gewaltige Ozean war, hatte nicht viel mehr gesehen als einen Tümpel im Fels, einen Strand, an dem ihm die Wellen über die Füße schlugen, während er lachte und hüpfte und schrie. Jetzt hielt er Ausschau und konnte kaum erkennen, wo das Meer aufhörte und der Himmel begann, und er dachte an die U-Boote irgendwo da unten, und er hatte Angst. Er war in Friedenszeiten Sergeant geworden und hatte vor dieser Reise keinerlei Anlass gehabt, sich zu fürchten.

Er war froh, dass seine Magenmuskeln so strapazierfähig waren – auch heute, unter Stress, und er drehte sich langsam um und verkündete jedem, der zuhören konnte, dass das Wetter sich bessern werde. Das hatte er von einem Offizier gehört, der von Deck C zu Deck D heruntergestiegen war. »So geht es nicht weiter«, sinnierte er in seinem privaten Ton, einem Allzweck-Cockney, das er abwandelte oder verstärkte, je nachdem, mit wem er sich unterhielt. In seinem Sergeant-Tonfall sagte er: »Corporal, wenn es Ihnen besser geht, erstatten Sie mir Bericht.« Keine Reaktion. An Deck stöhnte einer von mehreren verknoteten Körpern – von Zug A, wie er annahm: »Gott, Gott, Gott.«

»Gott ist da genau der Richtige«, dachte Sergeant Perkins und stieg gewandt die Leitern zu Deck D und schließlich zu Deck C hinauf, und dort bat er um Erlaubnis zu sprechen und sagte, was unten im Schiff vor sich gehe, sei wirklich eine Schande. »Wenn wir Tiere unter diesen Bedingungen halten würden, würde man uns belangen, Sir.«

Es ist allgemein bekannt, dass man bei Seekrankheit lieber sterben als dieses Elend auch nur zehn weitere Minuten ertragen will, und manche Männer hätten sicher auch nichts dagegen gehabt, durch ein U-Boot umzukommen. Doch dann beruhigte sich das Meer, wie Sergeant Perkins versprochen hatte, und die Männer kamen allmählich wieder zu sich, setzten sich hin, versuchten aufzustehen, taumelten zur Reling und sahen tatsächlich das Meer, vielleicht zum ersten Mal, seit sie an Bord gegangen waren. Es war jetzt ruhig und seidig grau mit ein paar weißen Flecken, und darüber wölbte sich ein blauer Himmel mit weißen Wölkchen.

Corporal Clark richtete sich auf. Sergeant Perkins erschien; ein Trupp, der abkommandiert war, um die Ordnung wiederherzustellen, spritzte die Decks ab, und wenn die Beine eines Soldaten im Weg waren, hatte er eben Pech gehabt.

Sie brauchten unbedingt Wasser. Die Männer und ihre Uniformen waren völlig verdreckt. Sie zogen sich aus, und nackte Männer gingen im Gänsemarsch Seife abholen, die sich mit Meerwasser aufschäumen ließ. Danach wurden sie angewiesen, die Uniformen für warmes Wetter anzuziehen und die schmutzigen auf einen Haufen zu legen, damit sie gewaschen werden konnten. Bald wuchsen Kleiderberge an Deck, die manchmal meterhoch waren, und ein weiterer Trupp schleppte sie weg zur Wäsche.

Auf allen Decks standen hinter Stühlen Männer in einer Reihe, die in ihrem zivilen Leben Friseure gewesen waren, und die Soldaten kamen, um sich rasieren und die Haare schneiden zu lassen.

Auf den frisch geschrubbten Decks mussten Männer, die vor ein paar Stunden kaum aufrecht hatten sitzen können, vor Sergeants exerzieren, die fast alle genauso krank gewesen waren. Jedenfalls beinahe: Ihre Quartiere waren besser belüftet. Dann gingen sie zurück auf ihre Decks, die abgespritzt und gewischt worden waren und jetzt nach Seife rochen. Es gab Essen. Die großen Margarinebrote, der Eintopf und der Reispudding beleidigten die empfindlichen Mägen. James aß wenig und der Farmerssohn etwas mehr, aber keiner langte richtig zu. Alle waren müde.

Oben auf den höheren Decks wurde auch gewaschen und aufgeräumt. Ganz oben gab es ein Schwimmbecken, und dort badeten jeweils zwanzig Offiziere im Salzwasser, und dann stiegen alle auf einmal hinaus, um die nächsten zwanzig hineinzulassen. Das wussten die Soldaten, weil Sergeant Perkins es ihnen erzählt hatte.

Der Kapitän und die hohen Offiziere gingen jede Nacht voll angezogen ins Bett, und die Stiefel standen neben ihnen bereit.

Die Sergeants und ein paar Lieutenants waren in Kabinen untergebracht, die für zwei ausgelegt waren, aber jetzt wohnten acht darin, in vier Kojen an jeder Seite.

Manche höheren Offiziere waren zu viert oder zu sechst in Doppelkabinen untergebracht. Aber auf den oberen Decks waren die Kabinen natürlich größer.

»Und bevor ihr es sagt, sage ich's«, sagte Sergeant Perkins. »Das Leben ist beschissen. Aber wir machen schließlich keine Luxuskreuzfahrt auf diesem Schiff. Stimmt's? Stimmt. Also, in Viererreihen antreten.«

Sie waren schon weit über den Golf von Biscaya hinaus und auf dem Weg nach Freetown, in den alten Slavenhafen, der inzwischen florierte, weil die Schiffe dort Treibstoff und Vorräte aufnahmen. Aber Rupert Fitch erzählte James, dass sie nicht nach Süden fuhren, sondern nach Westen. »Schau nach der Sonne.« Und die anderen Farmerssöhne erzählten den Jungen aus der Stadt: »Schaut nach der Sonne.« So kam auf dem ganzen Schiff Unbehagen auf. Fuhren sie denn nicht nach Kapstadt? Oder nach Freetown?

Und dann wurde es heiß. Männer, die nur den englischen Sommer mit seinen wenigen heißen Tagen kannten, schwitzten und waren krank vor Hitze. Auf Deck E gab es nicht genug Schatten für die vielen hundert Männer, die herumlagen oder -saßen oder sogar -standen, und es gab schon einige Fälle von Sonnenstich. Sergeant »Ginger« Perkins mit seiner hellen Haut war purpurrot, als er zu ihnen sprach, und Hals und Arme waren mit Hitzepickeln gesprenkelt. »Zu heiß zum Exerzieren, Jungs. Immer schön langsam. Und teilt euch eure Wasserration gut ein – es wird knapp.«

Frisches Wasser war knapp; aber dort unten brandete und wogte so viel Meerwasser! Ein paar unwissende Männer gerieten in Versuchung, ließen Blechtassen aus der Messe hinunter und holten Meerwasser herauf und tranken es, obwohl Corporal Clark sie warnte. Ihnen wurde schlecht. Die Luxuskabinen, die als Krankenzimmer reserviert waren, füllten sich. Alle wussten, dass ein paar Offiziere auf der zweiten Ebene des Schiffs, auf Deck B, ihre Kabinen wieder teilen mussten.

Als die Männer die Uniformen anzogen, die in Meerwasser gewaschen worden waren, stellten sie fest, dass sie durch das Salz in der Kleidung stärker schwitzten, was die Haut reizte, und dass der Stoff ihrer Unterhosen und Hemden sie wund gescheuert hatte.

Das Schiff fuhr immer noch nach Westen. Rupert Fitch stand an der Reling. Er beobachtete den Lauf der Sonne, was er schon sein ganzes Leben lang tat und sah, wie sich ihre Bahn über dem glitzernden Meer veränderte, und er sagte, dass es jetzt nach Südwesten gehe.

Es war zu heiß, um etwas zu essen. Sie wollten nur trinken, aber von oben erging ein zweites Mal die Anweisung, dass sie sich einschränken mussten, bis das Schiff im Hafen lag.

»Lasst den Kopf nicht hängen, Kumpels«, sagte Sergeant Perkins. »In Freetown gibt es massenhaft Wasser. Und Obst. Da gibt es Obst! Das können wir gut gebrauchen, wir werden tafeln wie die Könige. Was sagt ihr dazu?«

Die Soldaten sagten sehr wenig.

Überall auf Deck E wurden Sonnensegel aufgespannt, die in der Hitze einen leichten Schatten warfen, in dem die Männer mit sonnengeröteter Haut saßen oder lagen und von Wasser träumten, das aus Hähnen sprudelte, von Becken, Teichen, Bächen, Flüssen. Und wenn das Gleißen es erlaubte, betrachteten sie mit Augen, die sanfteres Licht gewohnt waren, den Ozean, der ruhig war und ölig glatt aussah, als hätte die Sonne ihn platt geschlagen. Mit den Scharen von Tümmlern und Delphinen hätten sich die Soldaten ablenken können, aber ihnen war zu heiß, und sie mussten an die U-Boote denken. Fliegende Fische sprangen hoch und prallten gegen die Seitenwände des Schiffs und fielen tot oder lebendig wieder ins Meer, und manchmal landete ein besonders zielstrebiger, vom Wind getragen, an Deck zwischen den Männern, die ihn wieder ins Wasser warfen.

Harold Murray, der mit preisreduzierter Kleidung handelte, stand auf und schlich unsicher zu der Leiter, die nach oben führte. Er kletterte hinauf, und Corporal Clark stieg ihm nach und schrie ihn an, aber dann kam noch eine Leiter, und der füllige Mann (der inzwischen nicht mehr ganz so füllig war) schnaufte und hatte Mühe, das Tempo zu halten. Harold Murray betrat Deck B, wo er den überraschten Commander Birch grüßte und höflich sagte: »Mir reicht's jetzt, ehrlich. Es steht mir bis hier. Ich fahre heim.« Er wurde zu den anderen Durchgedrehten gebracht.

Jeden Tag stellten sich die Männer an, um mit Salzwasser zu duschen, aber das stach inzwischen auf ihrer geröteten Haut, die bei manchen schon voller Blasen war. Die frisch rasierten Gesichter brannten.

Kaum jemand rührte bei den Mahlzeiten das schwere Essen an, den Eintopf, die Suppe aus Konzentrat, das Rührei aus Trockeneipulver, den Milchpudding.

James saß mit dem Rücken zur Schiffswand, neben ihm Rupert Fitch, und sie schauten aufs Meer und hielten jeden Tümmler oder Delphin für ein U-Boot. Alle auf dem Schiff starrten aufs Meer und sahen U-Boote. Damals mussten U-Boote gelegentlich an die Wasseroberfläche kommen; inzwischen können sie mit ihrer Waffenlast um die ganze Welt fahren, ohne aufzutauchen. Und dann schrie jemand: »Da – da, ein Periskop, Sir!« »Nein, das ist ein Fisch.« Fische gab es genug, das Schiff fuhr durch ein Meer voller Fische. Das Schiff spie Abfall und Lebensmittel aus, die keiner aß, und in seinem Kielwasser kämpften Fische in allen Größen wild darum, während die Seevögel schrien und kreischten und quarrten, wenn sie herabstießen, um unter den springenden und schnappenden Fischen Beute zu machen. Ein richtiges Spektakel. Die Männer, denen es so gut ging, dass sie es genießen konnten, standen auf allen Decks am Heck, vor allem die Schiffsoffiziere, deren offensichtliche Immunität gegen Sonne und Meer eine Beleidigung für die Soldaten war.

Die Zerstörer, die sie beschützten, waren allgegenwärtig und jedes Mal, wenn man hinsah, an einer anderen Stelle, vorne, hinten, seitlich; ihre Kanonen waren aufs Wasser gerichtet, und die Suchscheinwerfer standen bereit, falls ein U-Boot gesichtet wurde. Auch das Truppenschiff hatte Kanonen auf dem Oberdeck, außerdem waren Torpedos und Suchscheinwerfer verfügbar.

Rupert Fitch sagte, dass sie jetzt nach Westen fuhren; sie hatten wieder Kurs auf Freetown genommen. Und Kurs auf die Gefahr, denn an der Hafeneinfahrt von Freetown lauerten U-Boote. James saß mit geschlossenen Augen da und stellte sich vor, wie tief unten die U-Boote fuhren. Er dachte: Wenn sie uns jetzt erwischen, wenn wir sinken, wenn ich sterbe, dann habe ich mein Mädchen, das, das ganz allein für mich bestimmt ist, nicht gefunden. Dann habe ich die wahre Liebe nie kennen gelernt. Er dachte an die Farmerstochter in Northumberland und versuchte sich einzureden, dass das Liebe gewesen war und dass sie von ihm träumte. Aber wenn das U-Boot sie erwischte, dann war die Liebe ausgelöscht. Seine Liebe. »Hast du eine Freundin?«, fragte er Rupert Fitch, und der sagte, ja, er sei verlobt, und zeigte ihm Bilder von seiner Braut. Er wusste, dass sie auf ihn wartete.

Dann glitt das Schiff, das in der Hitze glühte und dessen Tarnanstrich schon verblasste, endlich auf Freetown zu, und jede Seele an Bord wartete auf den dumpfen Knall eines Torpedos. Aber sie schafften es, sie liefen sicher in den Hafen ein. Die Soldaten bekamen keinen Landurlaub, aber sie sahen zu, wie die Offiziere in Gruppen an Land gingen, und dann wurden von barfüßigen Schwarzen in ziemlich zerlumpten Kleidern Container mit Lebensmitteln und vor allem mit Wasser an Bord gebracht. Unerschöpfliche Wassermengen, die aus den Hähnen flossen und in Fässern an Deck standen. Sie tranken und konnten gar nicht mehr aufhören, und manche versuchten, sich heimlich das frische Wasser über den Kopf und über den wunden, blasenbedeckten Körper zu gießen, und vor allem in den heißen, entzündeten Schritt, der das Meerwasser gar nicht vertrug. Zwei Tage in Freetown. Das Essen war sofort leichter und besser; es gab Huhn und Fisch und zu allen Mahlzeiten Obst. Viele Soldaten hatten diese Obstsorten noch nie gesehen und auch noch nichts von ihnen gehört, aber sie aßen, als hätten sie nach Papayas und Ananas und Melonen und Kochbananen gegiert und nicht nach Birnen und Äpfeln. So verdarben sich manche den Magen.

Aber dann mussten sie wieder Spießruten laufen: Sie verließen Freetown und waren schon völlig am Ende, und es waren noch tausend Meilen bis nach Kapstadt.

Die ehemalige *Bristol Castle* lief mit ihrem Anstrich voller Blasen und Flecken aus, und vor ihr und hinter ihr fuhren Zerstörer. Die Soldaten sahen, dass auf den Decks unter den Kanonen viele weiß gekleidete Männer waren. »Die sind von der Marine, die sind das gewöhnt.« Es wurde in alle Richtungen salutiert, und die Sirene grüßte melancholisch. Dann fuhren die Zerstörer rechts und links vom Truppenschiff. Niemand wunderte sich, dass sie wieder in Richtung Westen fuhren. So wollte man U-Boote in die Irre führen, die das Schiff auf einer südlicheren Route erwarteten. »Gehen die nicht davon aus, dass wir doppelt bluffen – und nach Süden fahren?«, sagten die Soldaten. »Es sind wahrscheinlich auf beiden Routen U-Boote unterwegs.« Vorausgesetzt, dass man sich Seestraßen, Seewege, Seepfade, Schifffahrtsrouten überhaupt vorstellen konnte angesichts dieser wogenden, graublauen, leeren Wasserwüste, die sich vor ihnen bis nach Südamerika erstreckte, während Afrika in ihrem Rücken rasch verschwand.

Darüber witzelten die Soldaten auf dem ganzen Schiff in vielen Tonlagen und Akzenten, während sie Ausschau nach einem Periskop hielten, nach dem dunklen, langsam auftauchenden Umriss eines U-Boots oder nach dem dunklen Schatten eines Torpedos, der auf sie zuschoss. Sie machten Witze, solange sie noch die Fülle und Sicherheit von Freetown empfanden, aber es war so heiß, es war so schrecklich heiß, und bald waren alle im gleichen Zustand wie zuvor. Die Sonne brannte erbarmungslos auf die Decks, und sie lagen unter rasch aufgespannten Segeln aus Schilfrohrmatten, die man in Freetown an Bord genommen hatte. Und dann kam die Nacht, ihre Erlöserin. In den langen, schlimmen, heißen Stunden dachten sie immer daran, dass die Nacht kam, ob mondhell oder dunkel, war ihnen egal, denn die Hauptsache war ihre wohltuende Kühle. Es kühlte etwas ab, wenn auch nicht in dem Maße, wie sie es sich ersehnten, aber wenigstens war es nicht so schlimm wie am Tag. Sie fuhren immer noch Richtung Westen. Die Soldaten wären lieber nach Süden gefahren, in die richtige Richtung, denn das wäre schneller gegangen und hätte sie eher ans Ziel gebracht. Richtung Westen ging es ins Unbekannte: nach Rio de Janeiro, oder? Buenos Aires? Sie versuchten Witze zu machen, aber dann war es mit den Witzen vorbei, denn das Meer erhob sich wieder, aber es wogte und rollte nicht, es bäumte sich vielmehr auf in Detonationen aus Gischt, die gegen die Schiffswände krachten. Rupert Fitch kapitulierte sofort. Seine helle, sommersprossige Haut verschwand unter Blasen, und seine Temperatur stieg beträchtlich an. Er wurde zum Arzt gebracht. James war einsam und allein und außerdem krank, und ihm war heiß. »Das war's, ich sehe ihn bestimmt nicht wieder.«

In den finsteren Löchern wohnte jetzt niemand mehr. Alle waren an Deck. Die Sergeants, die noch stehen konnten, auch Sergeant Perkins, waren aufs Oberdeck gestiegen, hatten ihre Offiziere gesucht und sie mit ihren Anliegen bestürmt. Ein paar Offiziere kamen nach unten und sahen, dass man auf dem überfüllten Deck zwischen Hunderten von Männern kaum stehen konnte; also erging der Befehl, dass eine angemessene Zahl auf das darüber liegende Deck wechseln sollte, wo die Sergeants und ein paar rangniedere Offiziere untergebracht waren. Es mussten Hunderte sein, wenn es Entlastung bringen sollte. James wurde mit seinem Zug nach oben verlegt. Dort sahen sie, wie beengt die Sergeants untergebracht waren, acht in einer Kabine für zwei, aber sie hatten wenigstens Kojen und konnten auf etwas Festem liegen, das nicht das Deck war: Sie hatten nicht mit Hängematten zu kämpfen, und die Bullaugen ließen sich öffnen.

Um die allgemeine Ordnung und die Feinheiten der Hierarchie zu wahren, war die Steuerbordseite für Sergeants und jüngere Offiziere vorgesehen und die Backbordseite für Mannschaften und Unteroffiziere. Morgens hatte die Backbordseite Sonne und am Nachmittag die Steuerbordseite. Aber das spielte keine große Rolle. Sie fuhren immer noch Richtung Westen, und die Zerstörer waren ständig in der Nähe, auch wenn man sie wegen des Wellengangs kaum sah. Und dann kam Sturm auf. Man teilte den Soldaten mit, dass dies ein Sturm war, aber die See dröhnte und tobte nicht anders als zuvor. Sergeant Perkins kam zu ihnen herunter und sagte: »Kopf hoch, ein Schiff von dieser Größe ist im Wetter noch nie gesunken.« Es blieben immer noch die U-Boote.

Hunderte Männer lagen auf den Decks in der glühenden Hitze, krümmten sich und würgten und wollten sich übergeben, aber sie hatten nichts gegessen. Morgens befahl man ihnen aufzustehen, und sie sammelten sich an der Reling und hielten sich daran und aneinander fest, versuchten, sich vor dem beißenden Meerwasser zu schützen, weil eine Einheit der Glücklichen, denen nicht übel war, die Decks abspritzte. Dann legten sie sich sofort wieder hin beziehungsweise brachen zusammen.

Wieder wurde das Wasser knapp. Daraus schlossen sie, dass der lange Umweg Richtung Westen nicht geplant gewesen war. Und das bedeutete, dass sie diesen Umweg machten, um irgendetwas zu umgehen. Also war ihnen ein U-Boot auf den Fersen oder sogar mehrere. Sie hatten Durst. Merkwürdigerweise zitterten einige trotz der Hitze, die sie verbrannte: Wer einen Hitzschlag hatte, wurde aufs Krankenrevier gebracht.

Wenn man Unerträgliches ertragen muss, kann man sich daran festhalten, dass die Zeit auf jeden Fall vergeht: noch eine Stunde, noch eine, noch eine, nein, ich kann nicht, nein, ich will nicht, ich kann das einfach nicht ertragen, niemand erträgt das, diesen dröhnenden, pochenden Kopfschmerz, als hätte man eine Ladung Schmutzwasser im Schädel, diese Übelkeit, die schmerzenden Knochen, das Brennen auf der Haut. Bei manchen Männern blutete die wunde Haut, und die Blasen platzten auf – sie kamen aufs Krankenrevier. Zweimal täglich erschien ein Trupp Soldaten, um nachzusehen, wer am schlimmsten litt, aber das Schiff schaukelte so sehr, dass sie sich kaum auf den Beinen halten konnten und zwischen den Männern herumstolperten, die sich auf den Decks drängten. Manchmal hielten sie sich an der Reling fest und versuchten von dort zu erkennen, wem es schlecht ging. Blaue Flecken und Blasen konnte man gut sehen, aber manche hatten sich auch etwas gebrochen.

Tag für Tag; Nacht für Nacht. Und dann merkten sie, dass sie Richtung Südosten fuhren – einer merkte es, und dann breitete sich die Nachricht aus. Ihr Elend, das sie schon so lange ertrugen, war mittlerweile in Hoffnungslosigkeit übergegangen – so schien es ihnen jedenfalls. Warum sollte es überhaupt aufhören? Wenn es ohnehin schon so lange gedauert hatte, konnte es auch ewig so weitergehen. Sie fuhren doch Richtung Osten? Aber das Schiff konnte ebenso gut wieder wenden und Richtung Westen fahren! Nein, guten Nachrichten vertrauten sie nicht.

Allmählich fiel ihnen auf, dass die Sonne nicht mehr so stark und aus einem anderen Winkel brannte. Es war nicht mehr so heiß. Es hieß, der Sturm sei vorbei, aber das Schiff schaukelte und rollte immer noch. Und dann erging der Befehl, dass sie aufstehen sollten, obwohl sie sich kaum auf den Beinen halten konnten. Exerzieren kam nicht in Frage, aber sie sollten sich in Kapstadt zumindest rasiert und in sauberen Uniformen zeigen. Die Friseure setzten sich wieder in Reihen auf die unteren Decks und rasierten jeden, der zu ihnen kam, während das Wasser in den großen Kanistern schwappte, die sie zwischen den Knien hielten. Manche wollten nicht: Ihre Gesichter waren zu wund. Es gab keinen

Mann, der nicht zusammenzuckte, wenn der Stahl die verbrannte Haut berührte.

Laut Befehl war frisches Trinkwasser nicht mehr rationiert. Offensichtlich hatte man damit gerechnet, länger auf dem Atlantik kreuzen zu müssen, und das Wasser dafür aufgespart. Dass die Rationierung des Wassers aufgehoben war, machte den Männern mehr Mut als alles, was sie seit Wochen gehört hatten. Allerdings galt das nur für Trinkwasser, denn zum Waschen reichte es nicht, und schon gar nicht für die Reinigung der Kleidung.

Sie mussten die sauberen, mit Salzwasser gewaschenen Uniformen anziehen und alle anderen Kleidungsstücke wieder auf einen Haufen legen, damit sie in Kapstadt gewaschen werden konnten. Wieder türmten sich Berge von schmutzigen, verschwitzten, von Erbrochenem und Urin durchtränkten Uniformen.

Es erging der Befehl, dass sie von einem leichten Abendessen so viel essen sollten, wie sie konnten, jetzt, wo das Meer ruhig war – war es denn ruhig? Tatsächlich? Nannten sie das ruhig? Die frischen Eier, die man in Freetown an Bord genommen hatte, waren fast alle dem Sturm zum Opfer gefallen, aber es gab Huhn und Brot, und sie versuchten, etwas zu essen.

Außer den Männern auf dem Krankenrevier und den armen Durchgedrehten, die unter Drogen standen und im ehemaligen Schreibzimmer der zweiten Klasse festgehalten wurden, standen in dieser letzten Nacht alle an Deck und hielten, wie es Seeleute und Seereisende seit Jahrhunderten nach einer schlimmen Überfahrt tun, Ausschau nach Land, dem gelobten Land, und alle sehnten sich nach dem schönen Kap der Guten Hoffnung.

Sie wussten, dass in Hafennähe Gefahr drohte, denn wo sonst sollten die U-Boote lauern? Die beiden Zerstörer waren hinter ihnen und vor ihnen und überall, fuhren in scheinbar beliebige Richtungen davon und kamen wieder zurück, und dann wurde es hell, und das Wasser um sie herum war wild und aufgewühlt, aber es türmte sich nicht wie zuvor zu ungeheuren Bergen auf, die das Schiff zu verschlingen drohten. Man befahl ihnen, zu frühstücken. »Haut rein, Jungs«, befahl Sergeant Perkins, der immer noch wohl genährt war, im Gegensatz zu seinen dünnen, ausgezehrten Schützlingen. Tee und Brot und Marmelade waren nicht das Richtige für die geschrumpften Mägen.

Als sie wieder an Deck waren, sahen sie am Horizont eine niedrige Wolkenlinie über dem Land: Sie sahen den Tafelberg. Also war es wirklich vorbei ... nein, noch nicht, es ging das Gerücht, dass ein U-Boot in dieser Zone war.

Sergeant Perkins stellte sich vor seine hundert Mann und die Corporals und sagte: »Gut, Jungs. Es ist vorbei. ›*Die Stund und Zeit durchläuft den rausten Tag.*‹ Ja. Ist wirklich gut gesagt, was, Jungs?«

Zwei, drei von den Männern, die ihn ansahen, wussten vielleicht, woher das Zitat stammte, aber allen stand im Gesicht geschrieben, dass es genau das ausdrückte, was sie durchgemacht hatten. Was Sergeant Perkins anging, so hatte er es vor langer Zeit auf einem Kalenderblatt gelesen, und es waren genau die Worte gewesen, die er in den schlimmen und unsicheren Zeiten des Erwachsenwerdens gebraucht hatte. Also hatte er sich diese Philosophie zu Eigen gemacht, und sie hatte ihm seither schon oft genützt.

Jetzt konnte man zusehen, wie ihm wieder einfiel, dass er das Zeug zum Kommandieren hatte, denn er nahm sich zusammen und schrie: »Jawohl. Schluss mit lustig. Jetzt wird's ernst. Private Payne, Ihr Gürtel sitzt schief. Gott, was für ein Haufen Weichlinge. Achtung. Aufstellung hinter Zug A, wir gehen von Bord.«

Zwei junge Frauen hatten es sich auf einer Veranda hoch am Hang des Tafelbergs in Liegestühlen bequem gemacht und schauten aufs Meer, denn an diesem oder am nächsten Tag wurde ein Truppenschiff erwartet. Sie saßen so, dass die Säulen der Stoep, der Veranda, ihnen den Blick nicht versperrten:

Ein Schiff, das näher kam, konnte man leicht mit einem Stäubchen im Auge verwechseln oder mit einem Wal oder sogar mit einem Seevogel. Sie wussten, dass ein Truppenschiff kam, denn ihre Männer, die beide auf dem Stützpunkt in Simonstown waren, hatten davon erzählt. Wie das Schiff hieß oder wohin es fuhr, hatte man ihnen nicht gesagt. Und sie hatten die aufregende Neuigkeit nicht weitererzählt. Aber die Hausmädchen und die Männer, die sich um die Gärten kümmerten, hatten sicher gemerkt, dass Lebensmittel angeliefert wurden, gar nicht zu reden von Wein und Bier.

Beide Frauen waren gern Gastgeberin und für ihre Feste und ihre Großzügigkeit berühmt. Dies war nicht ihr erstes Truppenschiff und mit Sicherheit auch nicht das letzte. Wenn Truppen Landurlaub hatten, während ein Schiff Treibstoff und Lebensmittel und sauberes Wasser bunkerte, war Kapstadt völlig verändert, verwandelt in eine Stadt voller Soldaten, die auf der Suche nach Essen, Trinken und Mädchen waren. Schwarze und braune Haut war natürlich tabu, aber das hieß noch lange nicht, dass diese Regeln auch beachtet wurden.

Die Frauen, Daphne Wright und Betty Stubbs, hatten Pläne für ein mehrtägiges Fest gemacht, mindestens zwei Tage sollte es dauern, und mit etwas Glück auch vier oder sogar fünf.

Unter einem Baum im Garten saß die farbige Nanny mit einem hübschen Kind von ungefähr achtzehn Monaten, das gerade anfing zu quengeln. »Ist gut, bring sie mir«, rief Betty, und die Nanny, ein großes braunes Mädchen mit rosa Kleid und weißer Schürze, kam und brachte das Kind zu seiner Mutter, bei der es sich ausstreckte und sofort einschlief. Die Nanny ging an ihren Platz unter dem Baum zurück, denn von dort konnte sie sehen, ob sie gebraucht wurde. Sie fing an zu stricken.

Daphne schützte die Augen mit der Hand vor dem gleißenden Licht, betrachtete dieses Bild und sagte: »Ich hätte so furchtbar gern ein Kind, Bets.« Sie strich über ihren flachen Bauch. Sie trug einen scharlachroten Rock und ein weißes

Hemd und sah mit ihrem strohblonden Haar aus wie ein Mädchen auf einem Werbeplakat für schöne Ferientage.

»Jetzt aber mal langsam, achtzehn Monate ist mir zu früh. Wir fangen das zusammen an, und dann können wir uns Gesellschaft leisten.«

»Joe will erst anfangen, wenn der Krieg zu Ende ist.«

»Das kann noch Jahre dauern.«

»Er sagt, er will nicht, dass ich irgendwann eine Witwe mit Kind bin. Und ich sage, ich hätte gern ein Andenken an ihn.«

Beide Männer machten streng geheime Reisen in verschiedene Teile Afrikas, und die Frauen litten jedes Mal, bis sie wieder da waren.

Betty berichtete, was sie über ihren Mann, Henry, gehört hatte: »Bertie hat mir erzählt, dass Henry letzten Monat im Busch notlanden musste. Beinahe hätte es gekracht. Das war knapp.«

»Hat Henry dir das nicht selbst erzählt?« Daphne wusste es von ihrem Mann, aber das hatte sie nicht erwähnt, denn sie war nicht sicher, ob Betty es auch erfahren hatte.

»Nein, hat er nicht. Ich sage immer, wenn er's mir nicht erzählt, war es noch viel schlimmer.«

»Es gibt ziemlich viel, was sie uns nicht erzählen.«

Betty streichelte den weichen Rücken ihres kleinen Kindes dort, wo das weiße Hemdchen ihn frei ließ, und Daphne sagte wieder: »Aber ich hätte so gern ein Kind, ich hätte so furchtbar gern ein Kind. Ich glaube, ich werde einfach schwanger, und dann bleibt ihm nicht anderes übrig, als sich zu freuen.«

»Natürlich freut er sich.«

Sie schauten wieder aufs Meer, das so unschuldig aussah und in dem vielleicht gerade jetzt U-Boote lauerten. Kein Zeichen von einem Truppenschiff, es war überhaupt kein Schiff in Sicht, nur die blaue Weite des Meeres.

»Wenn es drei Abende sind, sind wir monatelang pleite«, sagte Betty.

»Und wenn es einen vierten gibt, geht uns das Essen aus, und alles andere auch.«

»Wir können rausfahren – mal sehen, was wir von den Farmern kriegen.«

»Und das Benzin?«

»Ich habe ein bisschen gebunkert.«

Mitten in diesem Gespräch, das sie in einem angenehmen, Brummelton geführt hatten, war Betty eingeschlafen. Sie lag mit dem Kleinkind auf dem Bauch da und hatte die langen braunen Arme und Beine ausgestreckt; das dunkle Haar fiel lose über ihr Gesicht.

Daphne stützte sich auf einen Ellbogen und betrachtete das schöne Bild. Sie war den Tränen nahe. Sie wollte so gern ein Baby. Sie hatte eins durch eine Fehlgeburt verloren, und jedes Mal, wenn sie ihre Regel bekam, fühlte sie sich wie eine Versagerin. Noch trafen sie Vorkehrungen, oder vielmehr Joe traf sie – trotzdem wollten sie beide ein Baby.

Sie fand, dass Betty in ihrem ziemlich großen Bekanntenkreis die Einzige war, mit der sie »wirklich« reden konnte. Sie wussten alles voneinander. Diese erfreuliche Situation hatte sich sofort ergeben, nachdem sie, Daphne, in Kapstadt angekommen war, um Joe zu heiraten.

Daphne war ein englisches Mädchen aus einem englischen Landstädtchen gewesen, als der gut aussehende Joe Wright einen Schulfreund besuchte. Er kam auf Urlaub aus Simonstown in Südafrika. Es war 1937. Sie hatten auf einem Sommerball die ganze Nacht getanzt, und sie hatte sich Hals über Kopf in ihn verliebt. »Du hast dich Hals über Kopf in ihn verliebt«, sagte man. Ja, das hatte sie. »Heirate mich«, sagte oder befahl er, und sie folgte ihm mit dem nächsten Schiff der Union-Castle Line nach Kapstadt. Auf der *Stirling Castle*. (Vielleicht dasselbe Schiff, auf das sie jetzt warteten.) Die Hochzeit wurde groß gefeiert. Joe stammte aus einer alten Familie vom Kap. Das hätte Daphne überwältigen können, weil sie so wenig Erfahrung hatte, aber dazu kam es nicht. Das Mädchen, das in Kapstadt ankam, war nicht die Daphne, die an Bord gegangen war. Denn auf dem Schiff waren ein paar südafrikanische Mädchen gewesen, die gerade von einer

Rundreise durch Europa zurückkehrten, auf der sie ihren Spaß gehabt hatten. Zuerst hatte Daphne das schockiert, aber dann war sie neidisch gewesen. Sie hatten einen ganz anderen Stil als englische Mädchen, waren frei und locker, laut und entschieden und trugen Kleider, die sie anfangs aufdringlich fand. Sie hatte zufällig gehört, wie die eine zur anderen sagte: »Die ist Engländerin, weißt du, so eine himmelblaue Engländerin. Eine kleine Miss Muffet.«

Daphne war blond, hatte blaue Augen und einen perlmuttenen Teint, und sie trug oft Himmelblau. »Das ist deine Farbe.« Sie trug entzückende Kleider aus Crêpe de Chine mit Spitzenkragen und kleinen Knöpfen vorn, und sie trug Hüte und kleine weiße Handschuhe. »Eine Dame erkennt man an ihren Handschuhen.« Und jetzt wusste sie, dass sie fade und langweilig aussah.

In Kapstadt angekommen, räumte sie sofort ihre Aussteuer weg und trug nur noch kräftige Farben, und aus ihrem hellen Goldhaar mit den kleinen Fransen und Ringellöckchen machte sie einen schweren strohblonden Chignon; ihre Stimme wurde lauter, und sie legte das schüchterne, weiche Verhalten ab, das man ihr beigebracht hatte. Sie erblühte zu einer Gastgeberin für Kapstadt, gab Feste, über die in den Klatschkolumnen berichtet wurde, und machte ihrem Mann allgemein Ehre.

Aber was dachte er darüber? Sie hatte es ihm ursprünglich wegen genau der Eigenschaften angetan, die sie jetzt ablegte. Erfrischend anders als südafrikanische Mädchen, hatte er gesagt, mit den mädchenhaften, hellen, goldenen Strähnen gespielt und ihre englische Haut und den Rosenknospenmund gelobt, den sie jetzt mit rotem Lippenstift stark betonte. Im Grunde überbot sie inzwischen die südafrikanischen Mädchen, die so verächtlich gewesen waren; sie war kühner als sie. Joe protestierte ab und zu, während sie sich verwandelte: »Komm schon, Daff! Ist das nicht ein bisschen übertrieben?«

Trauerte er um seine schüchterne, kindliche Braut? Wie auch immer, sie waren gute Freunde, das sagte er ihr und allen anderen auch. Natürlich war er stolz auf sie, wo sie doch die Frauen der anderen Offiziere an Schwung und Stil übertraf; und außerdem war sie unerschrocken und immer lustig.

Betty, die südafrikanische Frau von Captain Henry Stubbs, wohnte nebenan in einem ganz ähnlichen Haus und war im selben Alter, vierundzwanzig, und die beiden Männer hatten denselben Dienstgrad: Betty und Daphne waren Simonstown-Frauen. Dass sie einander »kennen lernten«, war unvermeidlich, aber sie wurden auch Freundinnen. Echte Freundinnen. Einzige Freundinnen. Beste Freundinnen.

Daphne lag auf den Ellbogen gestützt da und betrachtete ihre Freundin, die schöne Betty Stubbs, die zusammen mit ihrem kleinen Kind, das ausgestreckt auf ihr lag, in einen geheimnisvollen Schlaf gesunken war und alles um sich herum vergessen hatte. Ihr war kalt, und sie hatte Angst und dachte daran, dass sie zwar ihren guten Freund Joe und ihre gute Freundin Betty auf diesem beängstigenden Kontinent an ihrer Seite hatte, aber abgesehen davon allein war und ohne die beiden verloren gewesen wäre. Ganz allein, weit weg von zu Hause, und das während des Krieges. »Es ist schließlich Krieg.« – »Nicht vergessen, es ist schließlich Krieg.« Komisch, wie gern die Leute so etwas sagten – das konnte man doch nicht vergessen?

Wenn ich ein Baby hätte, dann hätte ich etwas Eigenes, dachte sie und fühlte sich verlassen und verletzlich, als wäre sie ein Stück Treibgut, das von weither aus England gekommen und in Kapstadt angespült worden war. Ein »himmelblaues« englisches Mädchen mit tapferer Miene, das gelernt hatte, schockierendes Verhalten zu genießen. Nur ein bisschen, gerade genug.

»Ich habe schlechte Laune«, dachte sie und lehnte sich zurück, aber sie wandte den Kopf, damit sie die beiden Gesichter sehen konnte, das der Frau und das des kleinen Kindes. Sie hatte durchaus Launen. Beim ersten Mal hatte sie geweint und gezittert, und Betty hatte gesagt, sie habe Heimweh, und das Hausmädchen hatte ihr einen starken Kaffee gemacht und gesagt: »Arme Medem, so weit weg von zu Hause.« Trotzdem dankte sie ihrem Schicksal, dass sie nicht in England war, wo es allen so schlecht ging. Ja, sie vermisste ihre Mummy und ihren Daddy und ihren kleinen Bruder, aber sie war jetzt ganz anders als jene Daphne, die Tochter und ältere Schwester. Ein junger Mann, der verrückt nach ihr gewesen war, hatte ihr einmal gesagt, sie sei wie eine zitternde Blume. Sie hatte ihn ausgelacht, aber jetzt dachte sie: Gut, zitternde Blume, heute passt das zu mir.

»Aber ich will ein Baby, ja, ich will, ich will«, und sie ließ zu, dass die Tränen tropften und sich in der Masse ihres Chignons verloren. »Ich rede noch einmal mit Joe.« Und dann schlief auch sie ein. Als die beiden jungen Frauen erwachten, weil das kleine Kind laut schrie, bückte sich die Nanny gerade, um das Kind hochzunehmen, und zeigte dann auf ein großes Schiff, das sich rasch der Küste näherte.

»Da ist das Schiff, Medem«, sagte sie. »Dann können wir jetzt ein schönes Fest feiern.«

Das Schiff, das durch den Tarnanstrich ganz fremd aussah, legte an, und währenddessen krochen schon Autoschlangen über die hügeligen Straßen zum Hafen. Alle hatten eine Extraration Benzin bekommen, denn der Anlass, britischen Truppen eine schöne Zeit zu machen, hatte Vorrang vor der Notwendigkeit, Benzin zu sparen. Daphne saß in ihrem Auto und Betty dahinter in ihrem. Beide Frauen waren dem Begrüßungskomitee bekannt, und dort verließ man sich darauf, dass sie so viele Männer aufnehmen würden, wie die Gastfreundschaft es erlaubte. Die traurige Wahrheit war, dass es zu viele Männer und zu wenig Gastgeberinnen gab, und heute lächelten die Kapstadt-Matronen viele Frauen an, die sie normalerweise keines Blickes gewürdigt hätten. Irgendwo spielte eine kleine Kapelle, aber geschäftiges Treiben und Geräusche vom Schiff und gebrüllte Befehle übertönten sie.

Joe hatte Daphne angerufen und gesagt: »Leider ist es denen ganz übel ergangen. Und ein U-Boot hätte sie beinahe erwischt, aber das wissen sie nicht. Sie haben das Beste vom

Besten verdient. Sag Betty, ihr Alter ist beim Begrüßungskomitee. Und ein paar hundert müssen ins Hospital – mal sehen, was wir in vier Tagen für sie tun können.« »Ach, dann sind es vier Tage?« »Ja, aber nicht herumerzählen. Und werdet bloß nicht krank, die Krankenhäuser sind nämlich voll. Jedes freie Hospitalbett im Umkreis von Meilen ... Rechnet heute nicht damit, dass wir nach Hause kommen.«

Als die ersten Soldaten den Landungssteg hinuntergingen, erkannte man deutlich, wie schlecht es ihnen ergangen war. Sie sahen aus wie Invaliden und nicht wie Soldaten. Sie hielten sich an der Reling fest, sahen sich mit starren Blicken um, waren ausgemergelt und schwach. Die Ersten wurden mit Handschlag begrüßt, und sie mussten zwar keine Haltung annehmen, aber trotzdem auf ihren unsicheren Beinen stehen bleiben, solange Willkommensreden gehalten wurden. Dann gingen sie zögernd auf die wartenden Autos zu, aber als sie herbeigewunken und die Autotüren geöffnet wurden, stiegen sie ein, so viele, wie in ein Auto passten. Zuerst die Offiziere. Beim letzten Truppenschiff hatte Daphne Offiziere aufgenommen, aber sie hatte Joe gesagt, sie werde diesmal jeden mitnehmen, der komme. Und da kamen sie, Soldaten in endlosen Reihen, und der Boden schwankte sichtlich unter ihren Füßen. Ein Mann fiel sogar hin und musste aufgerichtet werden. Daphne öffnete die Autotür, und fünf Unteroffiziere setzten sich auf den Rücksitz. Dann sah sie einen hoch gewachsenen, schlaksigen Soldaten, der sich ungeschickt bewegte und die Hand ausstreckte, als wollte er sich irgendwo festhalten. Sie öffnete die Beifahrertür, und er wandte sich um, stolperte auf das Auto zu, stützte sich an der Türkante ab und sank auf den Sitz. Er schwitzte und war blass.

»Die Überfahrt war ziemlich ungemütlich«, sagte jemand auf dem Rücksitz mit vertrautem Akzent. Es war ein südwestenglischer Akzent.

»Das haben wir schon gehört«, sagte Daphne und hatte das Gefühl, dass ihre Sauberkeit und ihr süßer Duft die Männer in Verlegenheit brachten, denn sie stanken, anders konnte man das nicht nennen. Sie musste aufpassen, dass ihr nicht schlecht wurde. Von dem jungen Mann neben ihr – er war eigentlich noch ein Junge – kamen immer wieder Schwaden üblen Geruchs herüber.

»Gibt es eine Möglichkeit, sich zu waschen?«, fragte einer auf dem Rücksitz.

»Oder sogar ein Bad zu nehmen?«, fragte ein anderer mit schottischem Akzent.

»Kein Problem«, sagte Daphne und fuhr zügig zu ihrem Haus. Auf der Treppe standen ihre beiden Hausmädchen und der Mann, der den Garten pflegte, und auf Bettys Treppe stand deren Personal. Man sah ihnen im Gesicht an, was sie empfanden, als sie die gespenstisch bleichen Männer sahen.

Der Junge neben ihr wachte auf, stolperte aus dem Auto und die Treppe hinauf. Er ließ sich auf den Liegestuhl fallen, in dem sie an diesem Morgen gesessen hatte, krümmte sich zusammen, legte den Kopf auf die Knie und schlang die Arme darum.

»Badewasser«, befahl sie. »Und jede Menge Handtücher.« Auf Bettys Treppe spielte sich dasselbe ab.

»Wir haben keine Kleider zum Wechseln«, sagte einer der Männer.

»Holt alle Bademäntel, die ihr finden könnt – alles, was ihr finden könnt«, sagte Daphne zu den Hausmädchen.

Sie suchte unter Joes Kleidern nach Sachen, die sie tragen konnten, diese Überlebenden, und einer nach dem anderen kamen sie in den Bademänteln ihres Mannes frisch gewaschen aus Bad und Dusche zurück, einer sogar in einem alten Morgenmantel von ihr. Normalerweise hätten jetzt alle Witze gerissen über den großen Mann im japanischen Kimono mit Blumenmuster in Rosa und Mauve. Es wurden Tee und Kuchen und Kaffee serviert, weil es gerade Zeit dafür war. Inzwischen lag der junge Mann, dem es sichtlich schlechter ging als allen anderen, im Liegestuhl und rührte sich nicht.

Für den Abend war im Haus ein großes Fest geplant. Diese Männer waren nicht in der Lage, Feste zu feiern. Sie fragte nach, und alle sagten, sie würden am liebsten still sitzen, damit das Schwanken der Erde nachlassen könne. Außerdem würden sie vier Tage bleiben.

Daphne ließ sie allein und telefonierte, um die Vorbereitungen abzubrechen, und ging dann zu dem kranken jungen Mann. Er wirkte benommen oder wie in Trance. Sie kniete sich neben ihm hin und fragte nach seinem Namen.

»Ich heiße James«, sagte er.

»Gut, James, wie wäre es mit einem Bad, und dann lassen wir Ihre Kleider waschen.« Er versuchte sich aufzurichten, und sie stützte ihn mit dem Arm im Rücken und spürte seine dünnen Knochen.

»Sie müssen ein bisschen was auf die Rippen bekommen«, sagte sie und versuchte ihn hochzuhieven.

»Uns war unterwegs fast ständig schlecht«, sagte er in ganz normalem Ton und lächelte. Sie hatte ihn aufgerichtet und stand jetzt da und hielt ihn fest. Sie führte ihn zum Badezimmer. Es war offensichtlich, dass er zum Baden nicht in der Lage war.

»Ihren Freunden geht es offenbar besser als Ihnen.«

»Das sind Sergeants«, sagte er.

Aber das sagte ihr noch nichts. Sie ließ ein Bad ein und bat das Hausmädchen Sarah, ihm in die Wanne zu helfen und ihn zu waschen. Sie hätte das selbst übernehmen können, aber aus irgendeinem Grund wollte sie nicht. Während der junge Mann gewaschen wurde, überlegte sie, welche Kleider ihm passen würden, so verhungert, wie er war. Sie rief bei dem Bruder ihres Mannes an und fragte, ob es dort Kleider für einen großen, dünnen Mann gebe. Der Bruder, der in Nordafrika gegen Rommel kämpfte, war dünn und groß.

Ein Hausmädchen brachte einen Arm voll Kleider.

Sie reichte sie durch die Badezimmertür, und wenig später kam der junge Mann, gestützt von Sarah, heraus und trug Kleidung, die ihm einigermaßen passte.

Jetzt musste Daphne einen Berg stinkender Uniformen reinigen lassen. Die Hausmädchen machten sich an die Arbeit:

Auf dem Rasen vor Daphnes und Bettys Haus knieten vier Mädchen auf Säcken und schrubbten die Uniformen mit Scheuerbürsten auf Waschbrettern ab. Überall flog Schaum herum.

Dann wurden im ganzen Haus Betten aufgeschlagen. Zum Abendessen wurden Wein und Bier serviert, aber den Männern war bange vor Alkohol. Der zerbrechliche Junge, James, saß mit den vier Sergeants am Tisch. Die Dienstgrade seien für die Dauer des Aufenthalts aufgehoben, sagte der Sergeant aus Devon. Schweinebraten und Gemüse wurden aufgetragen. »Kommt schon, Jungs«, sagte der schottische Sergeant, »wir müssen wieder zu Kräften kommen.« Sie versuchten es auch, aber die große Schüssel mit Obstsalat sagte ihnen mehr zu.

Es war immer noch früh. Die Männer saßen im Wohnzimmer und hörten im Radio Nachrichten, die zensiert und somit völlig neutral waren. Es wurde gemeldet, dass ein Truppenschiff angekommen sei, aber es wurde nichts darüber gesagt, wie lange es bleiben würde. Ob Daphne wohl etwas dagegen habe, wenn sie zu Bett gingen? Und jeder ging in sein Bett, nur James blieb noch auf.

Joe rief an und fragte nach dem Stand der Dinge. Daphne erzählte ihm davon, und er sagte, sie solle ihren Arzt bitten, sich den Jungen einmal anzusehen.

James starrte sie an.

»Sie sind wie eine Vision. Sie können sich gar nicht vorstellen … man vergisst, dass es schöne Frauen gibt, wenn man mit so vielen Männern auf dem Schiff ist.«

»War es denn sehr schlimm?«

»Ja. Das war es.« Weil er ihr das unmöglich vermitteln konnte, schwieg er, und dann hob er die lange, dünne Hand, die aus dem Ärmel des blauen Hemds von Joes Bruder ragte, und legte sie auf die ihre. »Sie sind echt«, sagte er und runzelte die Stirn. »Ich bilde mir das nicht ein.« Er blickte ihr ernst und eindringlich ins Gesicht und lächelte dann. »Sie sind so schön«, sagte er abschließend.

Die Hausmädchen standen herum und wollten Kaffee servieren.

Daphne sagte zu ihnen: »Ist gut, das war's, heute Abend keinen Kaffee.«

Sie ging zu ihm, um ihm aufzuhelfen, aber er schaffte es selbst und folgte ihr, ohne sich irgendwo festzuhalten, auf die Stoep, wo ein Bett mit vielen Decken hergerichtet war. Er setzte sich darauf und sagte: »Wie heißen Sie?«

»Daphne«, sagte sie.

»Natürlich, der Name einer Göttin für eine Göttin.«

»Keine Göttin, nur eine gewöhnliche kleine Nymphe.«

»Verwandeln Sie sich bloß nicht in einen Lorbeerbaum«, sagte er.

Sie war beeindruckt, obwohl sie schon ihr ganzes Leben lang Scherze über den Lorbeerbaum hörte.

»Kein Schlafanzug«, sagte sie. »Tut mir Leid.« Er zog langsam seine Hose und das blaue Hemd aus und stand in Joes Unterhosen da, die an ihm hingen wie ein Lendenschurz. Er legte sich rasch ins Bett und lächelte sie wieder an wie ein Wunder.

»Sie kommen aus England«, sagte er.

»Ja, wie Sie.«

»Ja.«

»Ist alles in Ordnung so?«

»Es ist wie ein Traum«, sagte er und streckte beide Arme aus und zog sie an sich. Er hielt sie fest. Er war trotz allem stark. Er wandte den Kopf, sodass sein Gesicht in ihrem Nacken und ihrem Haar ruhte, und sagte: »Ihr Haar riecht so wunderbar.«

»Sie müssen mich loslassen«, sagte sie.

»Warum?«, sagte er.

Sie musste lachen, weil das so absurd war, und befreite sich, aber er suchte ihre Hand und führte sie an seine Wange.

»Das Paradies«, sagte er. »Ich bin im Paradies.«

Und dann schlief er ein, und sie ging ins Haus und war erschüttert, ja sehr erschüttert, obwohl sie nicht wusste, warum. Ein armer, halb verhungerter, heimatloser Junge, der inzwischen roch, wie er eben roch, nach Mann – und sie hatte Herzklopfen. Sie setzte sich allein in ihr Wohnzimmer und rauchte eine Zigarette und dann noch eine, und dann rief sie Betty an.

»Meine schlafen alle«, sagte sie.

»Meine auch. Sie sind schlimm dran.«

»Wir päppeln sie wieder auf.«

»Und dann zurück aufs Schiff. Es ist ein Jammer.«

»Wie steht's mit dem Fest morgen Abend?«

»Das findet statt, und sie können kommen oder es bleiben lassen, wie sie wollen.«

Am nächsten Morgen stand sie wie gewöhnlich früh auf und spazierte in ihrem Umschlagtuch durchs Haus, aber ihre Schützlinge hatten alles um sich herum vergessen. Krethi und Plethi, so nannte sie ihre Gäste im Geiste, denn sie brachte diese Bande mit der in Verbindung, die vor ein paar Wochen da gewesen war. Sie ging im Garten herum, der am Abend festlich geschmückt sein würde – Laternen und Lampen hingen schon da. Festlich geschmückt würde er sein und voll. Sie rief beim Stützpunkt an und erreichte ihren Mann und sagte, das Fest werde am Abend stattfinden und am nächsten auch. Er erwiderte, es tue ihm Leid: »Es ist gerade nicht besonders … nein, das erzähle ich dir, wenn wir uns sehen.«

Sie frühstückte allein, Obst und Kaffee. Dann ging sie in die Küche und plante mit den Hausmädchen und dem Gärtner den Abend. Es war ihr drittes Truppenschiff, und die vier waren kampferprobt.

Erst am späten Vormittag gab es Lebenszeichen, und schließlich tauchten Krethi und Plethi in Gestalt der Sergeants Jerry, Ted und John auf und gähnten. Daphne saß bei ihnen am Tisch, während sie Speck und Eier und geschmorte Tomaten vertilgten: Der Appetit war zurückgekehrt. Weil ihr Joe von den Bedingungen der Überfahrt erzählt hatte, fiel ihr auf, dass alle raue und gerötete Hautstellen hatten. Sie zeigten ihr Oberkörper und Oberschenkel, die rot und voller Ausschlag waren, der an manchen Stellen zu eitern begann.

»Ich habe schon unseren Arzt gerufen.«

Als Nächstes ging sie zu James, der noch schlief. Er erwachte mit einem Aufschrei, stützte sich dann auf den Ellbogen und lächelte sie an. Sie nahm in sicherer Entfernung Platz.

»Wie geht's Ihrer Haut? Der Arzt kommt gleich.«

Wieder sah sie sich Flecken an, die wie Masern aussahen oder wie Hitzebläschen. Und sein Knie – es war geschwollen, und man sah eine Narbe im aufgedunsenen weißen Fleisch. Und seine Füße waren geschwollen und rot.

»Wir konnten nicht oft die Stiefel ausziehen.«

Er nahm ihre Hand und hielt sie mit ernstem Gesicht, geschlossenen Augen und zitternden Lippen an seine Wange.

»James«, sagte sie, ernst wie er, »ich bin verheiratet.«

»Seien Sie nicht albern«, sagte er.

Das war sicherlich nicht der Scherz eines Verführers, sondern eine angemessene Feststellung zur Lage.

»Aber Sie müssen zum Arzt.«

Er küsste ihre Hand und ließ sie los.

Der Arzt untersuchte die jungen Männer nacheinander und stellte fest, dass alle in einer erbärmlichen Verfassung waren. Die Haut war durch kalte Wassergüsse zu heilen: Aber bald mussten sie wieder aufs Schiff. Einer hatte Husten. Einer hatte geschwollene Drüsen. Alle hatten wunde Füße und blaue Flecken, weil sie sich gestoßen hatten, während das Schiff stampfte und schaukelte. »So, wie ihr ausseht, habt ihr wohl nicht viel bei euch behalten?«

Und er bestellte sie in seine Praxis ein paar Straßen weiter, wo er sie behandeln konnte.

Inzwischen kam Betty und sagte zu Daphne: »Was ist los mit dir?«

»Wie meinst du das?«

»Du siehst so verändert aus.«

»Ich bin verändert.«

Dem Geständnis der einen und den warnenden Worten der anderen Frau kam Sarah zuvor, die in der Küche rief: »He,

Mary, Mary, wo hast du die Hühner hingetan?« Und Mary antwortete: »Wo hab ich sie wohl hingetan – wenn sie noch gar nicht geliefert worden sind?«

»Das Essen reicht nicht«, sagte Daphne, und sie stiegen in Bettys Auto und fuhren aufs Land und gingen in jeden Laden, den sie finden konnten, ob Metzgerei oder Bäckerei. Aber auf diese Idee waren schon andere gekommen: Die meisten Läden waren leer gekauft. Endlich fanden sie Regale mit reichlich Brot und einen Metzger, der ihnen ein ganzes Schaf verkaufte. Als sie mit dieser Ausbeute zurückkamen, lagen ihre Schützlinge alle zehn auf Decken unter dem Baum in Bettys Garten und wurden von den Hausmädchen mit Schinken und Huhn und Salat versorgt.

»Wir können Sie zu den Sehenswürdigkeiten fahren«, sagte Betty.

»Wir können Ihnen den Tafelberg zeigen«, sagte Daphne.

Die jungen Männer waren alle der Meinung, dass es nichts Besseres gab, als hier zu sitzen und auf ihren Feind, das Meer, hinabzublicken, das sich heute schimmernd wie ein Pfauenschwanz spreizte und ganz anders wirkte, als es war: von U-Booten heimgesucht und mörderisch.

Die beiden Frauen und das Baby saßen in der Nähe im Gras und lächelten beide auf jene mütterliche Art, die wie ein Keuschheitsgürtel wirkt. Aber im Gegensatz zu früheren Invasionen vom Truppenschiff waren diese Kerle offensichtlich zu mitgenommen, um gefährlich werden zu können. Daphne spürte, dass der junge Mann sie anstarrte, sie sah seine gehetzten, hungrigen Augen und blickte kurz zu Betty hinüber, die das natürlich bemerkte. Es ging ihm schon besser, ihnen allen: Die jungen Männer erholten sich, indem sie atmeten und immerzu aßen und bergeweise Trauben vertilgten. In der Luft hing der schwere Geruch von Tinkturen und Salben, und hier und da schützte ein Verband die wunde Haut, aber man wäre nicht darauf gekommen, dass das die Vogelscheuchen sein sollten, die gestern vom Schiff gegangen waren.

Dann gestanden die Soldaten, dass sie sich gern schlafen legen würden, und alle gingen zu Bett. Es war früher Nachmittag. Die beiden Gärten wurden für das abendliche Fest zusammengelegt, und überall wurden von Böcken getragene Tischplatten aufgestellt und reichlich mit Besteck, Tellern und Gläsern bestückt, und aus der Küche roch es nach Braten. Nicht nur hier, überall in der Stadt wurden Vorbereitungen getroffen, und schon streiften Männer in Uniform durch die Straßen am Hang. Es würden Hunderte sein, die auf das Glück hofften, empfangen zu werden.

Die Organisationen, die sich um die Invasion von den Truppenschiffen kümmerten, fragten nach Freiwilligen für solche Feste und wussten, dass nur diejenigen zögerten, die wirklich keines ausrichten konnten. Die glücklichen Gäste wurden ausgelost: Aus einem Eimer wurden die Namen gezogen. In den nächsten Tagen und Wochen würden sich Hunderte Namenszettel über die Stadt verteilen, Captain E. R. Baker, Sergeant »Red« Smith, Corporal Berners, Rifleman Barry, Private Jones, sie würden Abflüsse verstopfen, auf Fenstersimsen liegen, im Wind flattern: Die Namen von Krethi und Plethi würden überall sein, während sie schon unterwegs waren nach – es konnte eigentlich nur Indien sein.

Betty und Daphne hatten sich beide für vierhundert Gäste eingetragen, und sie wussten, dass die Unglücklichen, die nicht eingeladen waren, vorbeispazieren und wie arme Kinder am Schaufenster in festlich geschmückte Gärten schauen würden. Und dann würde man sie hereinbitten: Man konnte sie schließlich nicht wegschicken!

Die jungen Männer wachten gegen fünf Uhr auf, und der Schlaf hatte sie weiter genesen lassen. Ihre Uniformen waren inzwischen sauber und gebügelt, und die Männer waren rasiert und frisch gekämmt.

Um sechs Uhr ging Betty nach Hause, um sich umzuziehen, und Daphne sah die Abendkleider in ihrem breiten, voll gestopften Kleiderschrank durch; sie und ihr Joe waren kurz nach ihrer Ankunft gern tanzen gegangen; beide Paare waren oft zusammen tanzen gegangen, und die Abendkleider hingen noch frisch und einsatzbereit im Schrank.

Sie nahm das Kleid, das sie am raffiniertesten fand, obwohl es eigentlich bloß ein weißes Kleid war. Es war aus weißem, steifem, glänzendem Seidenpiqué gemacht, aber Welten entfernt von den weißen Kleidern, die sie zu ihrer englischen Zeit getragen hätte: Sie sah sie vor sich, aus weich fallendem weißem Chiffon mit rosa Stickerei. Sie legte die weiße Rüstung an, die auf dem Schnittmuster als »Robe von klassischer Einfachheit« bezeichnet worden war. Sie lächelte sich im hohen Spiegel zu. Sie strahlte: schimmernde Schultern, der Glanz des weißen Stoffs, das Haar, die Augen. Sie legte eine Halskette und Armbänder aus glitzerndem Gagat an, die ihrer Großmutter gehört hatten, eine Garnitur für die Trauerzeit: Gagat trägt man, wenn man in Trauer ist, aber wie es sie kleidete! Und jetzt das Haar, sie löste es, das strohblonde Siegerinnenhaar, das ihr die Dauerwelle verlieh, nicht, damit es sich wellte, sondern damit es schwer und gerade fiel. Und sie sah eindringlich in ihr eigenes, strohblond umrahmtes Gesicht, und dann sagte sie: »Nein, nein, nein, nein, nein.« Sie zitterte. »Ich bin verrückt geworden«, sagte sie zu ihrem Spiegelbild und meinte wahrscheinlich ihre Freundin Betty. »Ja, genau.« Sie steckte das Haar zu ihrem Chignon auf, was sie zehn Jahre älter machte, zu einer jungen Matrone. Jetzt hatte sie nichts mehr von Ginger Rogers (es hieß, sie sehe mit offenem Haar aus wie Ginger Rogers). Jetzt war sie die Gastgeberin, weiter nichts. Neben ihr stand die englische Rose in weißem Chiffon, ihr unsichtbares Alter Ego, der Kokon, den sie abgeworfen hatte. Ein Rosenknospenmund lächelte unbestimmt: Daphne trug scharlachroten Lippenstift auf und übermalte ihn damit. Gut gerüstet ging sie hinaus und traf Betty, die gerade kam. Die beiden waren bildschön, und sie wussten das. »Ihr seid wirklich bildschön!« Und: »Die dunkle und die helle Seite der Medaille.« Betty trug ihr dunkelbraunes Seidenkleid. Sie hatten die Abendkleider nach Schnittmustern aus der *Vogue* gemacht, und es kam ihnen vor, als hätten sie sie auf den Singer-Nähmaschinen, die in einem der beiden Häuser nebeneinander auf dem Tisch standen, in Windeseile zusammengenäht. Sie waren stolz auf ihr Werk. »Dior, da hast du keine Chance« »Norman Hartnell, wir kommen«, jubelten sie ihrem eigenen Spiegelbild oder dem der anderen zu. Bettys Kleid hatte zunächst noch der letzte Schliff gefehlt. Sie hatten Broschen aus Strass und aus Perlen und Steinen in leuchtenden Farben probiert. »Vulgär«, entschieden sie. »Nein, das passt nicht …« Daphne fiel ein, dass sie aus ihrer Zeit als englische Rose eine kleine Halskette und Armbänder mit weißen Gänseblümchen besaß, die möglicherweise wie geschaffen waren für – oder eher gegen – die Strenge des steifen braunen Kleides, und der Schmuck passte so gut dazu, dass die beiden sich lachend und sehr zufrieden mit sich in die Arme gefallen waren.

Zwei junge Frauen, vor kurzer Zeit noch Mädchen, die in ihrem Elternhaus wohnten, hatten plötzlich ein eigenes Haus, einen nachsichtigen Ehemann und Angestellte. Zeit und Raum, um sich auszubreiten und dann zu entdecken, dass sie am meisten Lust dazu hatten, etwas zu gestalten. Sie verwandelten die Zimmer mit Farben und Stoffen, veränderten die Gärten, entdeckten jeden Tag neue Talente – sie waren wie Eroberer in einem neuen Land, aber am liebsten verwandelten sie sich selbst mit Hilfe ihrer Nähmaschinen. Wenn sie Stoffbahnen schwenkten und um sich herum drapierten, bekamen sie oft Lachanfälle und sanken hilflos in die Sessel. »Gut, dass uns keiner sieht, Bets.« »Die würden uns für verrückt erklären.« »Sind wir vielleicht auch.« Und wieder ging das Gekicher los. Als Daphne eine Fehlgeburt erlitt und Betty schwanger wurde, hörte dieser Überschwang gesunder Lebensfreude auf, dieses Fest der Selbsterfahrung, das so unschuldig war, weil die Frauen ihre Eitelkeit so offenkundig genossen. Der Schwung war dahin, und aus zwei flatterhaften Mädchen waren nüchterne junge Matronen geworden. Jetzt nähten sie Babykleidung und Hemden für ihre Männer. Aber im Schrank hing, was sie früher wie im Rausch hergestellt hatten, und wenn sich eine mit diesem oder jenem Kleid herausputzte, meinte die andere: »Ach Bets, das war ein Vormittag, was?« »Daphne, an diesem Tag waren wir inspiriert.«

Aber jetzt betrachteten sie einander nur ganz kurz und machten sich dann ernsthaft an die Arbeit, die ihnen an diesem Abend bevorstand. Es kamen schon Autos an und setzten vor beiden Häusern und vor den anderen in ihrer Straße Soldaten ab, die Zettel mit Adressen umklammerten und in Gruppen herbeispazierten. Das Grammophon mit den Plattenstapeln war auf der Stoep aufgestellt, und daneben stand der Gärtner bereit, um es aufzuziehen und die Platten zu wechseln. Aus allen Häusern drang Tanzmusik – Musik und Stimmen.

Daphne prüfte, ob die Möbel im Wohnzimmer zurückgeschoben worden waren, damit der Fußboden frei war, und ob die Getränke flossen. Betty ging zurück zu ihrem Haus, und beide Frauen stellten sich auf die Treppe und winkten Männer und Mädchen herein: Alle Mädchen der Stadt hatten sich heute Abend Zeit genommen, zumindest zum Tanzen, und jedes einzelne war Gold wert. »Ihr Mädchen seid wirklich Gold wert«, hatte es geheißen. »Ruft eure Freundinnen an, alle, wir brauchen Mädchen.«

Während sie dort stand, kam James und legte den Arm um sie, und sie fingen an, auf der Stoep Wange an Wange zu tanzen.

»Aber nicht doch«, protestierte sie und versuchte sich zu befreien.

»Doch, doch, doch«, sang er leise zur Musik und zog sie an sich. Und sie tanzten immer weiter, und wenn sie wegen ihrer Pflichten als Gastgeberin unterbrechen musste, folgte er ihr und führte sie dann zurück zum Tanz. Alle tanzten: alle, die einen Partner hatten.

Der Gärtner hatte sich in Positur gestellt und das Grammophon so ausgerichtet, dass er drüben auf Bettys Veranda Lynda sehen konnte, wenn er aufstand. Das Hausmädchen bediente dort das Grammophon. Er war schon länger hinter Lynda

her und hielt »The Night is Young and You're So Beautiful«
für den vollkommenen Ausdruck seiner Gefühle. Er legte
die Platte immer wieder auf, »The Moon is High and You're
so Glamorous«, und als sich die Tänzer beschwerten und
meinten, es gebe auch andere Lieder, legte er etwas anderes
auf, kehrte aber so schnell wie möglich zu »The Night is
Young ...« zurück. Lynda, die gesagt hatte, sie vertraue ihm
nicht (»Das sagst du zu allen Mädchen«), spielte, so oft sie
konnte: »Boohoo, you've got me crying for you, and every-
thing that you do ...« Und dann parierte er mit: »Oh, sweet and
lovely, lady be good, oh, lady be good to me ...« Und dann sie:
»You left me in the lurch, you left me crying at the church ...«
So flirteten sie den ganzen Abend.

Der Abend war wie geplant ein Triumph. Waren es acht-
hundert Gäste? In den Gärten zwischen den beiden Häusern
und der Straße waren schon gut tausend gewesen. Die Getränke reichten auf jeden Fall, aber das Essen möglicherweise
nicht. Erst nach zwei Uhr schimmerte in den Baumkronen
kein Licht mehr von den Scheinwerfern der Autos, die die
Männer zu ihren Unterkünften brachten, und die Rufe und
der Gesang der Soldaten erstarben, während sie zum Meer hi-
nunterfuhren.

Im Haus der Wrights gingen die Soldaten zu Bett, und
Daphne ging in ihr Zimmer. Überheblich, wie durch einen
eingebildeten Sieg, sagte sie sich, dass das weiße Kleid ihr sehr
geschmeichelt hatte. »Mein Gott, das ist eine richtige Rüstung« – und sie streifte das Gagatgeglitzer ab und stieg aus dem
Rock, der in weißen Wellen und Falten um ihre Beine zu Boden fiel. Sie ging nackt zu Bett und machte das Licht aus, und
dann lag plötzlich James neben ihr. Sie hatte es gewusst und
sich trotzdem eingeredet, dass er das nicht wagen würde.

Ganz früh am Morgen sagte sie ihm, er solle in sein Zimmer gehen, aber er sagte: »Nein. Ich kann nicht.«

»Die Hausmädchen kommen gleich.«

Er ging und legte sich in sein Bett auf der Stoep, wo die
Sonne schon die Glasflaschen erwärmte, die dort herumroll-

ten. Er wachte auf, als er Glas klirren hörte, weil die Mädchen um ihn herum aufräumten.

Im Garten stand Daphne mit Betty unter dem Baum. Sie trugen geblümte Umschlagtücher, und James sagte sich, dass er noch nie so schöne Frauen gesehen hatte. Er überlegte, ob ihm nach dieser höllischen Überfahrt nicht alle Frauen wie Engel vorkommen mussten, hatte aber eigentlich keine Lust auf gesunden Menschenverstand. Die beiden Frauen in diesen Kleidern im grünen Garten – sie waren wie eine Vision. Und er starrte sie an, solange sie dort standen, und prägte sich das Bild ganz bewusst ein, um es zu bewahren und später ansehen zu können.

Betty sagte gerade zu Daphne: »Um Gottes willen, pass auf.«

»Ist es wirklich so offensichtlich?«

»Ja. Die Leute haben es natürlich gemerkt.«

»Das kann ich nicht ändern.«

»Aber Daphne ...«

»Ja, ich weiß.«

»Was willst du jetzt machen?«

»Gibt es heute Abend wieder so ein blödes Fest?«

»Natürlich. Das weißt du doch. Und morgen Abend auch – wenn es vier Tage sind.«

»Das hat Joe gesagt.«

Sie blickten auf das riesige Schiff hinunter, das wartend vor der Küste lag und verhängnisvolle Gedanken weckte.

»Fahr doch mit ihm zum Pondokkie!«

»Das habe ich mir auch schon überlegt.«

»Ihr müsst von der Bildfläche verschwinden.«

»Ja.«

Das Pondokkie war ein kleines Haus, eher ein Schuppen, der ein paar Autostunden entfernt am Meer lag. Daphne fuhr mit Joe übers Wochenende dorthin; Betty und ihr Mann nutzten es auch.

»Und woher nehme ich das Benzin?«

»Ich habe noch ein bisschen.«

»Aber wir geben doch das Fest, die Männer, was soll ich bloß sagen?«

»Ich erzähle ihnen, du hast erfahren, dass jemand krank ist. Wir kriegen das schon hin. Mach dir keine Sorgen.«

»Ich hole James aus dem Bett.«

»Heißt er so?«, fragte Betty bitter. »Auf einmal gibt es einen James. Wer *ist* dieser James? Und wenn Joe es herausfindet? Jemand wird es ihm nämlich erzählen.«

»Das kann ich nicht ändern«, sagte Daphne wieder.

»Ich sage, dass James für ein paar Tage in einer Klinik ist. Er sieht schließlich so aus, als könnte er das gebrauchen. Um Gottes willen, Daphne, er sieht aus wie das leibhaftige Elend.«

»Ja, ich weiß.«

Die Gärten wurden schon für die Feierlichkeiten am Abend hergerichtet. Bald würde die Bühne wieder bereitet sein: geschrubbte Tische, glänzende Tellerstapel und Besteck. Gerade wurden Ketten von Papierlaternen in die Bäume gehängt und die alten abgenommen.

Alle Soldaten schliefen, Daphnes und Bettys, aber James saß auf seinem Bett, als Daphne kam und sagte: »Zieh dir Zivilkleidung an, lass die Uniform liegen, komm mit mir. Ja, jetzt, bevor jemand aufwacht.« Er sagte nichts und stieg gehorsam in Hemd und Hose, die dem Bruder von Daphnes Ehemann gehörten. Sie zog lange Hosen und ein Hemd an und ließ das Haar offen über die Schultern fallen: Es war wie ein Zeichen des Trotzes, aber wem es galt, wusste sie selbst nicht. In der Küche tranken sie hastig Kaffee, ohne auf die Hausmädchen zu achten. Daphne packte ein paar Sachen in eine Kiste, und schon fuhren sie in ihrem Auto die Küste entlang.

Betty sah ihnen vom Fenster aus nach. Widersprüchliche Gefühle brodelten in ihr, aber vor allem hatte sie den Eindruck, dass ihre Freundin vom Blitz getroffen worden war. Von einem schwarzen Blitz – falls es so etwas gab.

Die Vorstadtstraßen waren gerade und in gutem Zustand, doch dann fuhren sie auf einer holprigen Straße weiter, und rechts lag das Meer und links so etwas wie Farmland. Weinstöcke und Eichen, ein schönes, friedliches Bild, aber bald kam Brachland, auf dem nur ein paar vereinzelte Schafe weideten. Und James hatte nur Augen für Daphne, bis sie die Hand ausstreckte und sein Gesicht mit den Fingerknöcheln berührte. »Hör auf, du machst mich nervös.«

»Das kann ich nicht ändern«, sagte er, wie zuvor sie. Sie lächelte, und er sagte bitter: »Für mich ist das nicht nur so zum Spaß.« Und dann: »Halt an, halt sofort an.«

Sie fuhr weiter, bis sie den Rand einer kleinen Bucht erreichten, wo die Wellen gegen flache schwarze Felsen schlugen. Er rückte näher und legte den Arm um sie. Sein Gesicht ... es machte ihr Angst, und er zitterte. Auf dieser Straße fuhren nicht viele Autos, aber jetzt sah sie, dass ihnen eins entgegenkam.

»James, warte. Lass uns erst hinfahren.«

»Wohin?«

»Du wirst schon sehen.«

Sie fuhr wieder an. Sie sah sein Gesicht, wie er an ihr vorbei das postkartenschöne Meer anstarrte, Möwen im Sturzflug, Wellenrauschen, Vogelstimmen, Sonnenlicht wie ein wogendes Glitzern bis hin zum Horizont. Keine Schiffe.

»Ich hasse das Meer«, sagte er. »Ich hasse es. Es ist uns auf den Fersen. Und es wird uns kriegen.«

»Schau nicht hin.«

Also drehte er den Kopf ein wenig und sah sie an, aber gleich hinter ihrem Kopf lag das gleißende Meer.

Dann bogen sie ins Landesinnere ab und kamen an ein zerfallenes Tor. Raues, unbestelltes Land – es war kaum zu glauben, dass das Meer nur wenige hundert Meter entfernt war. Sie wechselten die Richtung, fuhren durch niedriges Gebüsch und sahen eine Hütte oder einen Schuppen, umgeben von dichtem Gestrüpp.

Das Auto kam zum Stehen. Sie hob die Kiste mit den Vorräten heraus, eilig zusammengesuchte Reste vom Fest, und eine große Emailkanne mit Wasser, die er ihr abnahm. Sie ging auf einem kaum erkennbaren Pfad voran, während die Büsche nach ihr zu greifen schienen, und öffnete dann eine Tür mit einem großen Schlüssel. Innen war es dunkel, bis sie die Läden abnahm. Im Licht sah man zuerst ein breites, hohes Bett mit allen möglichen Decken darauf, dann an den hölzernen Wänden Regale mit Geschirr und Tellern und in der Mitte des Bretterbodens einen kleinen Tisch und zwei Stühle aus Holz.

»Unsere Ferienwohnung«, sagte sie. »Gefällt sie dir?«

James konnte durchaus von sich behaupten, dass er sein Leben inzwischen in Baracken und Hütten verbrachte – und diese hieß eben Pondokkie. Was ist schon ein Name? Ein kleines Haus wie im Märchen, mitten im Wald. Nur dass der aus struppigen Büschen bestand, die nach Salz rochen.

Ganz in der Nähe murmelte das Meer, und hin und wieder hörte man, wie eine Welle sich an den Felsen brach. Die beiden standen da und sahen einander an. Der fiebrige Zustand, in dem sie sich befanden, seit er den Schauplatz, das schöne Haus und den Garten, betreten hatte, hätte sich sofort auflösen können, aber dazu kam es nicht. Sie sanken auf die Holzstühle, hielten sich über den Tisch hinweg an den Händen und starrten ernst und still vor sich hin – und merkwürdigerweise sahen sie nicht einander an, sondern richteten ihren bitteren Blick auf das Schicksal, den Krieg, auf etwas, das außerhalb lag. Sie streichelte sein Gesicht; ihre Fingernägel waren perlmuttrosa lackiert. Er dachte daran, dass die Nägel nicht lange so bleiben würden, wenn sie wirklich in diesem Pondokkie wohnen müsste, in einer grob gezimmerten Hütte. Diese saubere, schimmernde, süß duftende Frau, die kam nur zum Spielen hierher … und spielte sie jetzt mit ihm?

»Wisch den verdammten Lippenstift ab.«

Sie öffnete ihre Tasche und fand auch ein Taschentuch, aber er nahm es ihr weg und wischte den scharlachroten Lippenstift vorsichtig, aber vollständig ab.

»So«, sagte er.

Sie sagte: »Lass uns nach dem Meer sehen. Es ist Ebbe.«

»Warum?«

»Ich weiß nicht.«

Ernst nahm er sie bei der Hand und führte sie zum Bett. Durch das offene Fenster drang der Geruch der salzüberzogenen Vegetation. Stille, bis auf das Murmeln des Meeres. Als sie sich zitternd und hungrig liebten, schienen sie nicht die Liebe, sondern die Tragödie zu feiern. Sie schliefen ein, aber Daphne erwachte, weil er schrie und sich die Ohren zuhielt.

»Was ist das?«, schrie er.

»Es ist Flut.«

Es schien, als würde der gesamte Ozean auf dieses kleine Stück Küste zurollen, so dicht an ihrem Unterschlupf, dass die nächste Welle sich aufbäumen und krachend niedergehen und sie mit ins Meer reißen musste. Das kleine Haus bebte, die Erde bebte, alles dröhnte, und darauf folgte ein donnernder Rückzug: Es war, als wären sie tief unter dem Meer begraben.

Er verbarg sein Gesicht an ihrem Busen und weinte, nicht wie ein Kind, oh nein, ein tiefes, ersticktes Schluchzen, und er klammerte sich an sie, als würden sie hilflos in einer wilden Brandung umhergeworfen.

»So ist das bei Flut, aber heute ist sie ungewöhnlich hoch.« Ihre Stimme klang ganz leise im donnernden Aufruhr. »Ich hätte nicht mit dir herkommen sollen. Das war unüberlegt.«

»Aber ich bin bei dir«, hörte sie, als eine weitere Welle lautstark anschwoll und sich dann brach.

»Wir stehen auf und schauen uns das an. Du wirst sehen, es ist ziemlich weit weg, mindestens fünfzig Meter.«

»Nein, nein, nein.«

»Also gut, dann steh auf, und wir essen zu Abend.«

»Ich will nichts essen. Ich will keine Zeit verschwenden.«

Sie stieg aus dem Bett, stand nackt da und lächelte ihn an, ganz ernst, denn so war vom ersten Moment an die Stimmung gewesen. Aber es gab noch etwas – Melancholie? Gut, das wäre in Ordnung gewesen, aber dieser Anflug von Bitterkeit doch sicher nicht?

»Was ist denn?«, fragte er, denn sofort flammte sein Misstrauen auf.

»Ich weiß nicht«, sagte sie matt und wandte sich ab, um Brot und Butter und Schinken aufzutischen. »Ich weiß es nicht. Vielleicht versuche ich uns einfach auszulachen.«

»Mich!«

»Dich doch nicht«, sagte sie. »Zwei Tage. Zwei. Und ich habe das Gefühl …«

»Sag's mir, ja, sag's mir. Verdammt, ich will es wissen … bin ich der erste Soldat, mit dem du hierher kommst?«

»Vielen Dank. Wenn du so denkst. Ich glaube, wir fahren lieber.« Sie weinte. Er saß auf der Bettkante und wollte gerade aufstehen und zu ihr gehen, doch dann krümmte er sich zusammen und hielt sich die Ohren zu, weil eine Welle direkt über ihnen zu bersten schien.

»Warum ich? Ja, warum ich? Aber es ist mir egal. Du bist wunderbar – und das genügt.« Und er duckte sich, weil das kleine Haus erbebte.

»Mir ist es nicht egal.« Sie setzte sich an den Tisch, legte den Kopf auf die Arme und weinte.

Er stieg aus dem Bett, setzte sich ihr gegenüber, streichelte ihr Haar und sah ihr beim Weinen zu.

Dann streckte er die Hand aus, stand auf, nahm ihre Hand und sagte: »Das ist doch lächerlich. Gehen wir wieder ins Bett.« Und er führte die Weinende zum Bett und legte sich neben sie.

»Dieses kleine Haus, dein Pondokkie hier – ich gehe nicht wieder aufs Schiff, ich verstecke mich hier, und du kannst mich besuchen kommen.«

Nach ihrer Hochzeit hatten Joe Wright, bis dahin Junggeselle, und Daphne Brent, bislang ledig, eine Woche ganz normale Flitterwochen in einem schicken Landhotel gemacht, das als Zuflucht für Jungverheiratete berühmt war, und dann hatte er sie hierher gebracht. Natürlich hatte sie damals gedacht: »Ich wette, er ist als Junggeselle mit seinen Mädchen hier gewesen.« Der Gedanke machte sie nicht eifersüchtig.

Ihr gefiel die Vorstellung, dass so ein zerbrechlicher Unterstand, der sich immer im Meer aufzulösen schien, auch ein Liebesnest war. In diesem Zimmer hatten sie und Joe sich nackt und glücklich geliebt und gepicknickt, und dann waren sie bei Ebbe unter Jubelgeschrei ins Meer gerannt. Und jetzt war sie mit diesem Mann hier, aber mit ihm befand sie sich in einer anderen Dimension. Wenn Joe jetzt in das kleine Haus gekommen wäre, aus seiner geistig und körperlich gesunden Welt, und sie ihn angesehen hätte aus diesem Traum, – ein Alptraum, nicht wahr? –, wäre sie kurz darauf mit einem Aufschrei verschwunden, und er hätte geglaubt, eine Erscheinung aus der Unterwelt gesehen zu haben. So viel Schmerz in diesem jungen Mann und in ihr selbst, und woher der ihre kam, wusste sie nicht: Das Unglück war in ihren Zukunftsplänen nie vorgesehen gewesen. Unglück hatte sie noch nicht erlebt. Sie kannte diesen Jungen nicht: Er war ein Fremder, und fremd war auch die Sphäre, in dem sie sich mit ihm wiederfand. Und trotzdem hätte sie am liebsten etwas Primitives und Brutales getan: sich die Haare ausgerissen, ihre Brüste mit Fäusten geschlagen, schwankend und krank vor Kummer mit einem schwarzen Tuch auf dem Kopf einfach dagesessen, denn sie wusste, dass sie ihn bald verlieren würde.

Bald lag sie mit einem schlafenden Mann in den Armen da – falls er wirklich schlief und sich nicht in einer Art Trance befand: Er zitterte oder kam zu sich, weil kleine Krämpfe ihn erbeben ließen. Sie hatte die Augen geschlossen, hielt ihn fest und durchlebte in der Erinnerung noch einmal etwas, das kurz nach ihrer Ankunft in Südafrika geschehen war. Sie und Joe, Betty und Henry und ein weiteres Paar waren zusammen in die Berge gefahren, auf kleinen Straßen, die die Südafrikaner von den Streifzügen ihrer Kindheit kannten. Sie hielten nicht auf einem Campingplatz an, sondern an einem Felsen, den Paviane mit Beschlag belegt hatten. Überall an der Felswand, auf Vorsprüngen und in Löchern, die zu uralten Höhlen führten, hockten und hingen Paviane und blafften sie an. Die Menschen achteten nicht darauf. Wenige Meter von diesem Felsen entfernt stand ein kleiner Baum mitten auf einem Plateau, das von Steintafeln gebildet wurde, die durch Hitze und Kälte zersprungen waren. Der Baum war abgestorben und stand bleich und gespenstisch zwischen den Steinen. Tot. Es war Mittag, und im gleißenden Licht hingen die trockenen Blätter weißlich herunter wie grob skizziert, während die Hitze um sie herum flimmerte, dass man glaubte, ätherische Öle zu sehen. Brot und Wein und Obst wurden ausgepackt, und die Frauen würfelten Fleisch. Die Männer zündeten den toten Baum an. Sie hatten gedacht, dass er umfallen würde, denn dann hätten sie über dem Feuer das Fleisch braten können. Der Baum loderte auf und wurde sofort zu einer Fackel aus weiß glühenden Flammen. Die Paviane auf dem Felsen hatten Angst und knurrten, die Menschen wichen zurück, der Baum war ein Flammenmeer, ein Schwall weißer Funken. Daphne stand zu dicht dran, und dass der Baum so schnell aufloderte, überraschte sie; sie spürte, wie die Haare an ihren Armen versengten. Das Feuer war so heftig, dass sie sich nicht rühren konnte. Sie schrie auf, und Joe rannte zu ihr hin und riss sie weg aus der Hitze, die inzwischen meterweit um den Baum herum flimmerte und glänzte.

Genau so fühlte sie sich jetzt.

»Zu dicht«, murmelte sie mit geschlossenen Augen und hielt einen nackten Mann fest, der in seine Träume versunken war. »Das ist zu dicht.«

Als es hell wurde, kamen die Wellen allmählich wieder näher und dröhnten und donnerten, und sie lagen einander in den Armen und hörten zu, bis das Tosen nachließ, und sie sagte: »Jetzt will ich, dass du mit hinauskommst und es dir anschaust.«

»Ich sage doch, dass ich den Ozean am liebsten nie wieder sehen würde.«

»Ich weiß, aber trotzdem.«

Es war später Vormittag. Das Meer zog sich zurück. Durch

widerspenstiges, salziges Gestrüpp führte sie ihn zu einem kleinen Flecken Sand, der noch nass war, aber an der Oberfläche schon trocknete und heller wurde, und jenseits davon standen hohe schwarze Felsen, an denen Seegras hing. Das Meer war an diesem Tag rau und wogte und schäumte zwischen den Felsen.

»Schwimmst du manchmal hier?«, fragte er.

»Da drüben ist ein Becken im Fels. Bei Ebbe ist es sicher.« Gerade rechtzeitig besann sie sich und fragte ihn nicht, ob er dort baden wolle.

Sie blieben umschlungen stehen und ließen sich vom Tosen des Meeres hypnotisieren, aber sie konnte spüren, dass er angespannt und mutlos war.

»Es ist nur das Meer«, sagte sie, aber sie wusste, dass dieser Moment ihn quälte, und sie quälte ihn wahrscheinlich auch. »Es ist ganz da hinten, wo es hingehört, es kann uns nicht erwischen.« Und sofort hätte sie das am liebsten zurückgenommen – sie hatte vergessen, dass er aufs Schiff zurückmusste.

»Wenn der Krieg vorbei ist, betrete ich nie wieder ein Schiff.«

Sie fing an zu weinen. Sie fühlte sich verlassen und zurückgewiesen. Aber warum? Sie kannte sich selbst nicht mehr. Diese extremen Gefühle, die Traurigkeit, der Jubel, der Kummer, die Leidenschaft, machten aus ihr so etwas wie den Fisch, den sie im Sand zappeln sah. Dass James das Meer so hasste, das konnte sie nicht ertragen. Als sie gekommen war, um Joe zu heiraten, war sie eigentlich zum Meer gekommen. Das hatte sie oft gedacht, weil der Ozean sie immer umgab und weil sie ihn ständig sah und an ihn dachte. Für ihre Begriffe hatte Joe ihr das Meer geschenkt.

Er sagte: »Ich gehe nicht wieder auf dieses Schiff, nein.«

»Oh Gott«, sagte sie, »du liebst mich doch gar nicht.«

»Was?«

Warum hatte sie das gesagt? Sie hatte das Gefühl, in ihrem unkoordinierten, hilflosen Zustand einen Schalter betätigt, einen anderen Gang eingelegt zu haben, und alles, was sie von sich gab, klang jetzt zwangsläufig unbeholfen, taktlos und sogar brutal.

Sie packte ihn fest an der Schulter und sah, wie er zuckte: Sie ließ ihn los. Das Unterhemd, das er angezogen hatte, als sie aus der Hütte gingen, klebte hier und da an rötlichen Flecken fest.

»Oh Gott«, sagte sie.

»Die Gischt«, sagte er, »sie tut mir nicht gut.«

Sie hätte nicht mit ihm herkommen sollen, sie hätte nachdenken sollen, alles war schief gelaufen.

»Komm, gehen wir rein«, sagte er.

Die Flut kam zurück und fing an, zu donnern und zu dröhnen; Daphne spürte, dass er ihr entfremdet war, und er hatte das Gefühl, sie im Stich gelassen zu haben.

Sie nahm ihn an der Hand und führte ihn zur Hütte zurück. Als sie durch die Büsche gingen, rannte ein farbiger Junge mit einem Zettel in der Hand auf sie zu. Er kam aus dem örtlichen Laden, der eine Meile entfernt war und in dem es ein Telefon gab.

Auf dem Zettel stand: »Daphne, er muss bis morgen Mittag wieder an Bord sein. Betty.«

Sie kannte den Jungen von früheren Ausflügen mit ihrem Mann und sagte zu ihm: »Komm mit zur Hütte, ich gebe dir Geld.« Während sie das tat, sah er sie schräg an, und mit gutem Grund: War das jetzt Bestechungsgeld?

Dann sagte sie zu James: »Deine Frist – bis morgen um zwölf.«

»Ich gehe nicht hin.«

»Wir haben noch einen Nachmittag und eine Nacht.«

»Wir haben unser ganzes Leben.«

Zurück in der Hütte, waren sie wieder vereint: Die Leere, die sie am Meer befallen hatte, war fort.

»Ich komme zu dir, nach dem Krieg.«

Sie legte den Kopf an seine Schulter und hielt ihn fest und spürte die raue Haut an ihrer Wange.

»Du glaubst mir nicht«, sagte er sanft und zärtlich, wie zu einem Kind. »Aber es ist wahr.«

Der Nachmittag verging und dann die Nacht, und die Flut kam und donnerte über der Hütte und ging zurück und kam wieder. Als sie aus dem Bett stieg und zu packen begann, war Ebbe. Sie hatte Angst, dass er sich nicht rühren würde, aber er tat es doch.

»Wir sollten etwas essen.«

»Ja, wahrscheinlich.«

Sie setzten sich an den Tisch, auf dem Brot und Marmelade standen, und sahen einander an.

»So behalte ich dich in Erinnerung. Du siehst aus wie ein kleines Mädchen, mit dem offenen Haar. Und du musst dir das Gesicht waschen.«

Als sie durch das Gebüsch zurück zu Daphnes Auto gingen, flogen weiße Schaumfetzen im kalten Wind und bespritzten die Büsche.

Sie fuhren schweigend zurück. Er beobachtete sie die ganze Zeit, und sie nahm den langen Blick entgegen wie eine ausgedehnte Umarmung.

Als sie vor dem Haus hielten, kam Betty angerannt. »Unsere Jungs sind weg. Ich hab sie hingebracht. Sie sind schon auf dem Schiff.«

Ihre beiden Hausmädchen, Daphnes Hausmädchen und beide Gärtner standen auf den Treppen vor den Häusern und sahen zu, wie der Soldat in Daphnes Haus ging und Daphne draußen bei ihrem Auto stehen blieb. Er kam in Uniform wieder heraus.

»Ich bringe Sie hin«, sagte Betty. »Nein, du bleibst hier, Daphne.« Daphne war nicht in der Lage, zum Hafen zu fahren: Sie zitterte und musste sich am Auto festhalten.

Betty rannte zurück in ihr Haus, fuhr ihr Auto neben Daphnes, hupte und blieb wartend sitzen.

Daphne und der Soldat standen sich gegenüber, berührten sich nicht und sahen einander an. Betty hupte wieder. Der Soldat riss sich los, rannte weg und zog seinen Seesack polternd hinter sich her. Als er bei Bettys Auto angekommen war, warf er einen langen Blick zurück und salutierte dann seltsamerweise. Er stieg ein. Und Betty schoss davon, hinunter in die Stadt.

Die Szene löste sich auf. Daphne ging langsam hinauf zur Stoep und setzte sich auf die Kante eines Weidensessels, als fürchtete sie, dass der Sitz ihrem Gewicht nicht standhielt.

Die vier Hausmädchen kehrten zu ihren Pflichten zurück und die Gärtner zu ihren Pflanzen.

Nachmittag. Das riesige Schiff lag inmitten von Gischt im Hafen. Vom Haus aus konnte man der Einschiffung zusehen; überall auf dem Schiff krochen Ameisen herum.

Daphne rührte sich nicht. Sarah kam aus dem Haus und brachte auf einem Tablett Tee, den sie nicht verlangt hatte. Als ihre Herrin keine Notiz von ihr nahm, schenkte Sarah eine Tasse Tee ein, gab Zucker dazu, hielt sie Daphne hin und sagte: »Ihr Tee, Medem.« Daphne schüttelte den Kopf. Die Schwarze nahm Daphnes schlaffen Arm und drückte ihr die Tasse in die Hand.

»Sie müssen Tee trinken, Medem.«

Daphne saß still da und hatte den Blick auf den Hafen gerichtet, und schließlich trank sie doch.

»Das ist gut, Medem.«

Das Hausmädchen ließ das Tablett stehen und ging ins Haus.

Später Nachmittag. Betty fuhr in ihrem Auto ganz langsam die Straße hinauf und kam dann zu Daphne. »Er hat es geschafft. Gerade so.«

Daphne zeigte mit einer Handbewegung, dass sie in Ruhe gelassen werden wollte.

Wurde die Entfernung zwischen Schiff und Kai jetzt größer?

»Joe hat angerufen. Ich habe ihm gesagt, du bist krank.«

Keine Reaktion.

»Er sagt, das Schiff fährt so aus Kapstadt ab, dass es weg ist, bevor es dunkel wird – falls ein U-Boot in der Nähe ist.«

Daphne schrie auf und schlug sich dann mit der Faust auf den Mund. Sie sagte: »Ich bin schrecklich verdorben, weißt du das? Ich liebe Joe nicht. Ich habe ihn nie geliebt. Ich habe ihn unter falschen Voraussetzungen geheiratet. Dafür muss ich bestraft werden.«

»Du legst dich besser hin.«

Daphne fing an zu weinen. Sie starrte dem Schiff nach und zupfte unbewusst an ihrem Haar, das ganz verfilzt war von Salz und Wind. Auf ihrem Gesicht war keine Spur von Make-up: Ihr Mann hätte das englische Mädchen mit dem Babymund wiedererkannt, der jetzt traurig verzogen war; aber ihre bewundernden Gäste würden sie in diesem Zustand kaum erkennen. Sie schluchzte tief und schrecklich und wiegte sich im Sitzen hin und her.

»Hast du ein Beruhigungsmittel? Daphne?«

Daphne rührte sich nicht und reagierte nicht.

Betty ging Sarah rufen, die im Zimmer hinter der Veranda war und das Geschehen im Auge behielt. »Hilf mir, Mrs. Wright ins Bett zu bringen. Dann gehe ich in die Apotheke und hole Medizin.«

Sie mussten Daphne zu zweit hochheben: Sie wollte nicht ins Haus gehen, solange das Schiff noch zu sehen war. Die drei Frauen standen da, und das Hausmädchen und Betty hielten Daphne fest, während das Schiff am Horizont verschwand. Dann führten sie sie zu ihrem Bett und legten sie darauf, und Betty sagte: »Halte die Stellung, ich beeile mich.« Ein paar Minuten später war sie zurück. Daphne lag auf dem Bett und starrte vor sich hin. Betty legte den Arm um sie, hob sie hoch und gab ihr zwei Tabletten zu schlucken.

Daphne kollabierte – ihre Augen schlossen sich.

Und jetzt standen Betty und Sarah beieinander: Ganz allmählich trafen sich ihre Blicke, und sie sahen sich in die Augen.

Nach ihrer Ankunft in Südafrika hatte Daphne ihre Freundin Betty kritisiert, die hier geboren und aufgewachsen war und sich vor ihrem Personal benahm, als wäre es Luft. Eines

Tages war Betty nackt aus dem Badezimmer gekommen und im Schlafzimmer herumgelaufen, vor den Augen des Gärtners, der gleich hinter der Verandatür arbeitete. Sie hatte dagestanden und geredet und ihr Haar gebürstet und sich umgedreht, als wäre der Mann gar nicht da, und durch Daphnes Schelte war ihr zum ersten Mal bewusst geworden, dass ihre Dienstboten für sie unsichtbar waren wie stumme Diener. Sie wurden gut bezahlt, denn man war ja schließlich im liberalen Kapstadt (»Wir bezahlen unsere Leute viel besser als die in Johannesburg«), sie wurden zum Arzt geschickt, bekamen zu essen und großzügig bemessenen Urlaub. Aber als menschliche Wesen existierten sie für Betty nicht. Weil sie Reue verspürte, wenn das das richtige Wort war, hatten sich ihr Denken und ihr Verhalten verändert, und inzwischen war sie aufmerksam und wachsam und überlegte gut, was sie tat und sagte. Aber in dieser Situation fiel ihr nichts Passendes ein. Die vier Hausmädchen, ihre und Daphnes, waren befreundet und kannten die anderen Hausmädchen in der Straße, und das Gleiche galt für die Gärtner. Inzwischen sprachen sicher alle über Daphne und den Soldaten. Und irgendjemand erzählte es vielleicht Joe.

»Mrs. Wright ist sehr krank«, sagte Betty schließlich, und sie wusste, dass sie rot wurde, weil das so jämmerlich war. Und es hatte wie eine Bitte geklungen, was ihr nicht gefiel.

Sarah sagte: »Ja, Medem.« Das sagte sie durchaus mitfühlend, aber mit einem Anflug von Hohn, was unter diesen Umständen verzeihlich war.

»Ja«, sagte Betty. Sie stand unter einem sehr merkwürdigen Druck. Wie Daphne hätte sie gern mit beiden Händen an ihren Locken gezerrt; stattdessen fuhr sie sich mit den Händen übers Gesicht und wischte welchen Ausdruck auch immer weg – sie wollte es gar nicht wissen. Und dann konnte sie sich nicht mehr beherrschen, lachte kurz und bellend auf und schlug dann die Hand vor den Mund.

»Ja, Medem«, sagte Sarah und seufzte. Sie drehte sich um und ging hinaus.

»Oh mein Gott«, sagte Betty. Sie warf einen letzten hoffnungslosen Blick auf ihre Freundin, die dort lag und am Ende war. Irgendwo jenseits des Horizonts war dieser Soldat unterwegs nach Norden, in den düsteren Indischen Ozean.

Betty ging nach Hause und setzte sich im Dunkeln auf die Treppe, und vor ihrem geistigen Auge sah sie noch immer Daphne, die mit weißem Gesicht dalag und schwach atmete.

»Oh nein, nein, nein, nein, nein«, sagte Betty laut und heftig und ließ das Gesicht in die Hände sinken. »Nein. Ich will das nicht. Niemals.«

Einige Zeit später kam Joes Auto, und Betty stand auf, um ihn abzufangen. Sofort fing er an zu reden. »Betty, Henry kommt heute Abend nicht, er hat mich gebeten, dir das zu sagen, du machst dir keine Vorstellung, was für ein Theater das in den letzten Tagen war, genügend Vorräte und alles herbeizuschaffen, das war gar nicht so einfach – für das Schiff, das gerade abgefahren ist, du weißt schon.« Er sprach zu laut und ging an ihr vorbei die Treppe zu seinem Haus hinauf. Und dort blieb er stehen und drehte sich um und sprach mit ihr, die im Garten stand. »Wir haben ein Schiff verloren – die *Queen of Liverpool* –, nein, vergiss, dass ich das gesagt habe, ich habe es nicht gesagt. Mit fünfhundert Mann. Fünfhundert. Es war dasselbe U-Boot, das hinter der – hinter dem Schiff her war, das gerade weg ist. Aber wir haben es gekriegt. Bevor das Schiff gesunken ist, hat es das U-Boot noch erwischt. Fünfhundert Mann.« Er lief jetzt hin und her und gestikulierte und erzählte, ohne sie anzusehen, und er war äußerst erschöpft. »Ja, und das Schiff, das weg ist, die haben fünfundzwanzig hier gelassen. Die sind in schlechter Verfassung. Durchgedreht. Platzangst, weißt du, Stress. Ich mache ihnen keinen Vorwurf, da unter der Wasserlinie, aber jedenfalls sind sie im Hospital. Sie sind wahnsinnig. Henry hat sie gesehen. Wenn er nach Hause kommt, muss er sich erst mal erholen. Fünfhundert Mann – man fasst es einfach nicht. Henry hat gar nicht mehr geschlafen, seit das Schiff gekommen ist.«

»Ja, verstehe.«

»Also musst du nachsichtig sein. Er ist nicht ganz bei sich. War wirklich ziemlich übel in den letzten Tagen. Und ich bin auch nicht ganz bei mir.« Und er ging schnurstracks ins Schlafzimmer.

»Daphne geht es nicht gut. Sie hat ein Beruhigungsmittel genommen.«

»Wenn noch was da ist, nehme ich auch eins.«

Betty ging mit ihm ins Schlafzimmer.

Als er seine Frau sah, blieb er wie angewurzelt stehen.

»Du lieber Gott«, sagte er. »Was hat sie denn?«

»Wahrscheinlich ein Virus. Keine Sorge. Morgen geht's ihr bestimmt wieder besser.«

»Du lieber Gott«, sagte er noch einmal. Sie nahm Tabletten aus dem Fläschchen am Bett und gab sie ihm, und er schluckte sie mit Wasser aus Daphnes Glas hinunter.

Er setzte sich erschöpft auf das Bett. »Betty«, sagte er, »fünfhundert Mann. Das gibt einem zu denken, was?« Er stand auf, zog seine Stiefel aus, ließ zuerst den einen und dann den andern geräuschvoll zu Boden fallen, ging zur anderen Seite des Bettes, legte sich neben Daphne und schlief ein.

Betty ging zu den Hausmädchen und sagte ihnen, dass niemand zu Abend essen wolle. »Geht nach Hause. Ist in Ordnung.«

»Danke, Medem.«

Betty ging zum Bett zurück und blieb daneben stehen. Daphne hatte sich nicht gerührt.

Da lag Joe neben seiner Frau, Joe, der gute Kerl, der rosig und herzlich und mit jedem gut Freund war, aber so, wie er dort lag, war er nicht wiederzuerkennen. Er verzog im Schlaf das Gesicht und knirschte mit den Zähnen, und als er dann still lag, öffnete sich vor Erschöpfung sein Mund.

Betty löschte das Licht. Sie ging über den dunklen Rasen zu ihrem Haus zurück und blieb lange im Dunkeln sitzen. Diese vier Tage. Es war so laut gewesen; die Soldaten mit ihrem englischen Akzent, die Anrufe, Autos, die kamen und wieder fuhren, Tanzmusik, die immer gleichen Lieder aus dem Grammophon, während Füße in Armeestiefeln kratzten und scharrten, aber jetzt, wo der Lärm nachließ, wurde jene andere Stimme hörbar, die im Grunde nie verstummt war, und sprach beredt von Verlust und Duldsamkeit. Vier Tage war das Truppenschiff da gewesen. Weit weg, auf der anderen Seite einer Kluft, eines Abgrunds, lächelte das Leben, das liebe, gute, ganz normale Leben.

Sie gingen über die Landungsbrücken zwischen den Kanonen hindurch, die seit Kapstadt stets zu ihrer Verteidigung bereit gewesen waren, und nahmen in Zügen und Kompanien Aufstellung am Kai. James durfte bequem stehen, aber bequem war das eigentlich nicht, denn die Füße taten ihm weh, wie höchstwahrscheinlich den meisten anderen jungen Männern auch, die zum Teil schon über eine Stunde in der glühenden Sonne standen. Den Soldaten ging es nicht so schlecht wie vor einem Monat, als sie in Kapstadt angekommen waren. Am mildtätigen Kap der Guten Hoffnung war das Schiff mit Lebensmitteln und vor allem mit Obst beladen worden. Und arme Jungen, die in ihrem Leben kaum einmal eine Weintraube probiert hatten, hatten die köstlichen Früchte in Hülle und Fülle bis auf den letzten Rest verzehrt. Diesmal waren es statt eines ganzen Monats nur drei Wochen gewesen, und der Indische Ozean war freundlich gewesen, abgesehen von einem viertägigen Sturm auf halbem Weg, der ähnlich heftig wie auf dem Atlantik gewesen war. James kniff die Augen im gleißenden Licht zusammen und gab sich Mühe, nicht in Ohnmacht zu fallen; er betrachtete das riesige Schiff, und wenn sein Hass hätte vernichten können, wäre es auf der Stelle gesunken und für immer verschwunden gewesen.

Es war sehr heiß und stickig, und die Luft war feucht. Dünne, dunkle Männer mit Lendenschurz rannten herum und bekamen Anweisungen von dunklen Männern in Uniform, die ihrerseits von uniformierten weißen Männern überwacht wurden. Hier roch es nicht mehr nach dem Meer, das schließlich gar nicht weit weg war, sondern nur nach Öl und Abgasen. Noch immer stellten sich Männer nach Kompanien auf, aber schließlich endeten die endlosen Reihen doch. Manche waren unter dem Gebrüll der Sergeants schon abmarschiert, das James inzwischen beruhigend fand, weil es ihm das Gefühl gab, dass alles geregelt und in Ordnung war. James' Kompanie musste zu einer Kaserne marschieren, wo sie zu essen bekamen und das Meerwasser abduschen konnten, das manchen noch immer die Haut verätzte. Die vielen Hundert nackten jungen Männer waren keineswegs in so schlechter Verfassung wie in Kapstadt, aber immer noch sehr angegriffen, und sie hatten rote, wunde Stellen und verblassende blaue Flecken auf der Haut. Morgen sollten sie zum Bahnhof gebracht werden und mit dem Zug bis an ihr Ziel fahren – wie der Ort hieß, hatte man ihnen nicht gesagt. Aber Hunderte von Soldaten flüsterten einen Namen, schroffe, fremde Silben, und darunter stellten sie sich eine Zuflucht vor, wo sie zumindest stillhalten und das Schwanken des Schiffs vergessen konnten. Camp X war die vorgeschriebene Bezeichnung. Der Geruch in der Kaserne reichte aus, um sie krank zu machen, obwohl es Duschen gab.

Auf jenem zweiten Abschnitt der Überfahrt hatten die Vorgesetzten an die fünfundzwanzig Männer gedacht, die durchgedreht und in Kapstadt zurückgeblieben waren, an Dutzende, die im Hospital lagen, um dort zusammengeflickt zu werden, und an den erschreckenden körperlichen Zustand der Männer, als sie von Bord gegangen waren. Also hatten sie beschlossen, es zu ignorieren, dass immer mehr Männer an Deck schliefen und unter Missachtung der Vorschriften zu den rituellen Meerwasserduschen gar nicht erschienen. Während der ganzen Überfahrt war es sehr heiß gewesen. Auf der Krankenstation lagen Männer mit Durchfall, und wieder mussten sich die Offiziere zu zweit eine Kabine teilen, um Platz für ein weiteres Krankenrevier zu schaffen. Bei den Schiffsärzten standen die Soldaten Schlange. Das viele Obst bekam ihnen nicht, und die Trink- und Festgelage in Kapstadt trugen ebenfalls zu den Schlangen vor den Latrinen bei.

Was sollte man tun, wenn eine Epidemie ausbrach, was gar nicht so unwahrscheinlich war? Fünftausend Männer waren ohnehin am Ende, und viele husteten: Es war schlimm, und die Schiffsoffiziere waren äußerst erleichtert, als endlich der Hafen in Sicht kam.

In jener Nacht lagen die Soldaten in der Kaserne oben auf dem Bettzeug und fluchten und schwitzten. Die Dienst habenden Corporals und Sergeants waren genauso krank und entsetzt und heimwehgeplagt wie ihre Männer, aber sie mahnten mit heiserer Stimme zur Geduld. »Seid vernünftig und habt jetzt verdammt noch mal Geduld«, schrie Sergeant Perkins.

Aber James teilte die Überfahrt gar nicht in zwei Abschnitte ein: England – Kapstadt und Kapstadt – Bombay. Für ihn war sie ein einziges langes Leiden gewesen, das ihn an Körper und Seele verzehrte, unterbrochen von vier Tagen im Paradies.

In den drei Wochen auf dem Indischen Ozean hatte James, krank und betrübt an eine Kabinenwand gelehnt, dagesessen und geträumt … Sie war wie ein Traum, diese Stadt mit der Wolke, die wie ein Segen über glücklichen Einwohnern am Berg hing. Ein Traum von großen, kühlen Häusern mit Garten. Er hatte das Bild der beiden jungen Frauen vor Augen, eine dunkel, eine blond, in geblümten Umschlagtüchern unter einem großen Baum. Dieses Bild und seine Nächte mit Daphne, und ganz besonders die Erinnerung an Daphne, wie sie im Licht der Lampe zu leuchten schien und die Arme nach ihm ausstreckte, während das strohblonde Haar über ihre weißen Schultern fiel, und wie sie Wange an Wange mit ihm tanzte. Und wie das Meer über ihnen, den unsterblich Verliebten, gedonnert und gekracht und gedröhnt und gegurgelt und sich dann ganz harmlos zurückgezogen hatte.

Ein Traum vom Glück. Er würde ihn immer vor Augen haben und an nichts anderes denken, nur daran – bis dieser verdammte Krieg zu Ende war.

Und jetzt lag er in dieser Baracke mit fünfzig Mann, die

fluchten und scharrten und im Schlaf schrien, wenn man das Schlaf nennen konnte, und am Morgen marschierte er mit den anderen zu den Zügen, die sie nach Camp X bringen sollten, in zwei Tagesreisen, wie sie erfuhren. Der Zug war ungefähr so komfortabel wie das Schiff, aber ein Zug fährt immerhin mehr oder weniger geradeaus und schwankt und schlingert nicht. James sah zu, wie die Landschaft von Mittelindien vorbeizog, und fand sie abscheulich. Das Kap war ihm nicht fremd gewesen mit den Eichen und Weinbergen und dem vielen Obst, und er hatte sich wohl gefühlt in dieser Landschaft, die ihn nicht abwies.

Endlich erreichten sie Camp X, das irgendwo mitten in Indien lag, und alle Kompanien marschierten auf den Exerzierplatz, den Maidan. Das halbe Lager bestand aus neuen, glänzenden Hütten oder Schuppen – aus Wellblechbaracken also –, und ansonsten standen überall weiße Zelte. Alle wussten, dass die Baracken in aller Eile aufgestellt worden waren, bevor der Monsun begann, obwohl darüber nicht gesprochen wurde. Wenn sie marschierten oder bequem standen, war unter ihren Füßen feiner, dunkler Staub, der verwehte und sich wieder setzte. Dieser Geruch, was war das für ein Geruch? Holzfeuer und etwas Stechendes und noch viel mehr, und die Soldaten schnupperten und schmeckten die Luft, diese staubige, fremde Luft, während die Sonne erbarmungslos auf sie niederbrannte.

In Reih und Glied warteten die Männer auf eine ärztliche Untersuchung. Ausschlag und wunde Füße, entzündete Augen, Magenbeschwerden, Husten – die Soldaten gehörten eher auf die Krankenstation als in den Kampf, und James' Knie hatte sich wieder gemeldet und sah aus wie ein Klumpen roher Teig mit einer Narbe darauf. Seine Füße waren geschwollen.

Mehrere hundert Mann wurden in nahe gelegene Krankenhäuser gebracht, und der Rest bekam zwei Wochen Urlaub. Wer, wie die meisten, nirgendwo hinfahren konnte, musste im Lager bleiben, und für Entspannung sollte gesorgt werden. Offenbar gab es zur Unterhaltung der Mannschaften und Unteroffiziere Clubs und Bars in der Stadt. James erfuhr, dass er mit einigen anderen zur Erholung bei einem gewissen Colonel Grant und seiner Frau wohnen durfte. Demnach gehörte er zu denen, die zu gesund fürs Hospital, aber zu krank zum Exerzieren und für die Übungen waren.

Er und neun andere wurden zu einem großen Bungalow mit einem Garten voller dichter, dunkler Bäume gefahren, die hier und da mit rosafarbenen, roten und weißen Blüten gesprenkelt waren. Der Geruch, dieser Geruch, was war das nur? Ein schwerer Blütenduft, aber dieser andere, stechende Geruch hing ihnen in der Nase und erinnerte sie daran, dass sie Fremde waren. Unbekannte Vögel stießen Laute aus, die sie noch nie gehört hatten. Im Garten hockte ein Schwarzer in einem weißen Hemd vor einem Busch und machte sich daran zu schaffen. Er hatte ein Tuch um den Kopf gewunden – in den Gärten der jungen Frauen in Kapstadt hatten die Gärtner abgelegte gute Kleidung und alte Leinenschuhe getragen.

Colonel Grant, ein Freund des Colonels in James' Regiment, hatte in der British Indian Army gedient, war jetzt im Ruhestand und wartete darauf, dass der Krieg zu Ende ging, damit er nach Hause, nach England, fahren konnte. Der Beitrag der Grants zum Krieg bestand darin, Soldaten aufzunehmen, die eine Ruhepause brauchten. Die Männer kannten einander kaum, nur vom Sehen durch die Wochen auf dem Schiff. Es waren Soldaten, Mannschaften und Unteroffiziere. Das hatte Colonel Grant so entschieden, weil sonst nur Offiziere eingeladen wurden. James gehörte inzwischen schon seit zwei Jahren zur Kategorie Mannschaften und Unteroffiziere und war an verschiedensten Orten gewesen, und ihm fiel gar nicht mehr auf, dass er sich durch seine Redeweise von den anderen unterschied. Die Sergeants hatten manchmal sarkastische Bemerkungen gemacht, um ihn bloßzustellen, aber er nahm das auf eine Weise hin, die ihnen den Spaß daran verdarb. Dieser stille, gehorsame junge Mann bemühte sich sichtlich, aufmerksam zuzuhören, sich gut zu halten und sein Bestes zu tun, ohne allerdings zu beflissen zu sein: James hatte nicht das Zeug zum Opfer. Im Gegensatz zu den Grants fiel ihm auch jetzt nicht auf, dass er der Außenseiter unter den zehn Soldaten war. Und er hatte in seinem Seesack Bücher mitgebracht. Das Abendessen wurde an einem langen Tisch eingenommen, der früher bei offiziellen und wahrscheinlich feierlichen Anlässen benutzt worden war, aber jetzt saßen Männer daran, die das nicht gewohnt waren. Es gab schweres, reichliches englisches Essen.

Mrs. Grant war sehr liebenswürdig und machte sich große Mühe. Sie war üppig und rot im Gesicht und fühlte sich nicht wohl in ihrer Haut, weil sie schwitzte, und ständig hielt sie das Gesicht in den warmen Luftzug, der von den Punkahs kam – das kühlte nicht, bescherte aber immerhin ein Lüftchen. Unter den Armen hatte sie dunkle Flecken, und sie lächelte und machte während der Konversation ein freundliches oder zumindest um Freundlichkeit bemühtes Gesicht.

»Und aus welchem Teil unserer Heimat kommen Sie?«

»Bristol …«, sagte einer mit starkem südwestenglischem Akzent. »Von Beruf bin ich Klempner.«

»Wie schön. Wie ausgesprochen *nützlich*. Und Sie – leider habe ich Ihren Namen nicht verstanden …?«

James saß nachdenklich da und war mit den Gedanken weit weg, was an seinem abwesenden Gesicht und der gerunzelten Stirn zu erkennen war. Er musste sich sehr anstrengen, um bei der Sache zu bleiben, dem Gespräch zu folgen, sich gut zu benehmen. Und dann kam er an die Reihe: »Und Sie, verzeihen Sie, wenn ich … wo kommen Sie her?«

»Aus der Nähe von Reading. Ich war noch auf dem College, als der Krieg begann.«

»Wie schön. Und was haben Sie studiert?«

»Buchführung und Bürokaufmann.«

Colonel Grant hatte mit seiner Frau Blicke getauscht, als er nach all den rauen Stimmen eine kultivierte hörte, und jetzt sagte er: »Sie haben morgen alle viel vor. Die Ärzte kommen früh. Wir fangen hier immer frühmorgens an – wegen der Hitze, wissen Sie ...«

»Es ist ganz egal, wie früh wir anfangen, der Hitze entkommt man einfach nicht«, sagte Mrs. Grant verzagt.

»Dann schlage ich vor, dass Sie sich alle zeitig hinlegen, und morgen sehen wir weiter.«

»Sie möchten doch sicher Kaffee?«, sagte Mrs. Grant.

Jetzt zögerten die Männer und tauschten Blicke. James sagte, er hätte gern Kaffee, aber Colonel Grant sagte: »Vielleicht möchten Sie lieber eine schöne Tasse Tee? Das ist gar kein Problem. Wenn Sie in Ihrem Quartier sind, klatschen Sie einfach in die Hände und fragen Sie nach *chai*.«

Die Männer waren bis auf zwei in mehreren Gartenhäuschen untergebracht. Einer davon war James: Er hatte gesehen, dass sein Name nicht mehr einem Häuschen, sondern inzwischen ohne Erklärung einem Gästezimmer im Haus zugeordnet war.

Es erklärte sich von selbst, wenn man darüber nachdachte, und genau das tat er jetzt. Er fühlte sich unwohl, tröstete sich aber damit, dass der andere Hausgast ein Elektriker aus Bermondsey war. Der sagte, er hätte gern eine Tasse Tee, wenn es keine Umstände mache, und stob davon zu den Häuschen im dunklen Garten. Also trank James allein Kaffee mit den Grants, die ihm sagten, er solle sich häuslich einrichten und nach Belieben Bücher ausleihen und das Grammophon benutzen.

James lag im Dunkeln auf seinem Bett, weil es unter der Decke zu heiß war, und sah Fledermäuse hinter der Fenstergaze vorbeihuschen. Dieser Geruch – hatte es in Kapstadt einen charakteristischen Geruch gegeben? Eigentlich nicht. Nur den Duft von Daphnes Haut und Haar ... so schlief er ein und wusste, dass ihn niemand hören würde, wenn er nachts aufwachte und schrie.

Am nächsten Morgen erschienen ein paar junge Frauen in der Uniform eines freiwilligen Schwesterndienstes, um sie zu untersuchen. James' Knie wurde wieder bandagiert. Alle zehn Soldaten saßen in den Häuschen herum und hielten die Füße in eine stark riechende Mixtur, und bei allen musste die wunde Haut behandelt werden – alle waren auf dem Weg der Besserung.

Aber es gab ein Problem: Neun Männer, die vor Langeweile halb verrückt waren, saßen jetzt in diesem kultivierten, ruhigen Haus und wollten sich eigentlich amüsieren – genauer gesagt, sich betrinken.

Aber die Grants hatten auch daran gedacht. In der Stadt gab es einen Club, in den sie gehen konnten, und bis dahin war es nur ein kurzes Stück zu Fuß. Lieber warten, bis es am Abend ein wenig abkühlte.

James blieb zurück, weil er keinen Club, keine anderen Soldaten und keine Ablenkung von seinen persönlichen Gedanken brauchen konnte. Er wollte auf der Veranda sitzen und Vögel beobachten und an Kapstadt denken. Oder vielmehr an Daphne, aber nicht nur. Er dachte: »Wir hätten schließlich auch dort stationiert werden können, oder? Aber stattdessen sind wir hier.« Dass es durch Zufall oder Schicksal zu solchen Ungeheuerlichkeiten kam, beschäftigte ihn, und er saß stundenlang mit einem aufgeschlagenen Buch auf dem Schoß da und war so in Gedanken versunken, dass er den Colonel, der sich näherte, erst bemerkte, als der alte Mann hustete und sich setzte.

»Ich hoffe, ich störe Sie nicht?«

»Nein, nein, natürlich nicht, Sir.«

James hatte Kiplings *Gesammelte Gedichte* auf dem Schoß liegen. Um Kipling war es in den Sommerkursen nicht gegangen, in jenem Jahr, das schon so lange zurückzuliegen schien. Kipling! Was hätte Donald dazu gesagt?

Auf den Bücherregalen im Wohnzimmer der Grants standen viele goldgeprägte rote Lederbände – und vieles war von Kipling.

Der Colonel beugte sich vor, las den Titel und lehnte sich zurück. Er sagte: »Der ist gut, der Kipling. Aber jetzt ist er ja in Ungnade gefallen.«

»Ich habe noch nie etwas von ihm gelesen, Sir.«

»Es würde mich interessieren, was Sie davon halten. Ihre Generation ... Sie sehen die Dinge anders.«

Auf der staubigen Straße, die den schattigen Garten vor dem Bungalow begrenzte, gingen Inder in bunten Kleidern vorbei.

»Was sind das für Vögel, Sir?«

»Krähen. Glanzkrähen. Sind anders als unsere, was?«

»Sie klingen, als hätten sie Halsschmerzen. Wie ich.«

Der Colonel lachte und war sichtlich erleichtert. James' Blässe und Intensität machten ihn nervös.

»Hier gibt es alle möglichen Keime. Das liegt am Staub. Der ist dreckig. Aber wenn man Glück hat, wird man immun.«

»Wird man auch immun gegen die Hitze, Sir?«

Der Colonel betrachtete die Wundpflaster, die an James' Armen und an den Beinen unterhalb der Uniformshorts klebten; er wusste, dass es an den nicht sichtbaren Stellen noch mehr Pflaster gab. Das Rote an James' Hals war ein Hitzeausschlag. »Nein, daran gewöhnt man sich leider nicht.« Eine Pause. »Meine Frau hat nach so vielen Jahren immer noch große Schwierigkeiten damit. Sie ist so oft wie möglich in den Bergen, aber im Moment will auch sie ihren Teil tun, also ist sie hier, aber sie ist dafür nicht geschaffen. Das haben Sie sicher schon gemerkt.«

»Ja.«

»Und wo sind Ihre Kameraden?«

»Die erkunden die Stadt.«

»Arme Kerle, damit sind sie schnell fertig.«

»Wir sind alle froh, dass wir nicht mehr auf dem Schiff sind, Sir.«

»Ja, ich habe gehört, dass es Ihnen schlecht ergangen ist.«

Er stand auf, nickte und ging. Aber danach kam er hin und wieder zu James auf die Veranda, und sie plauderten kurz, aber James merkte, dass der Colonel etwas Bestimmtes vorhatte.

»Hat man Ihnen kein Patent angeboten?«

»Doch, aber ich habe abgelehnt. Jetzt frage ich mich, warum.«

»Sie hätten es sehr viel leichter haben können.«

»Ja, das dachte ich auf dem Truppenschiff auch.«

»Ja.«

Und als er ein anderes Mal den roten Lederband betrachtete, der auf James' Schoß lag:

> *Tumult und Geschrei ersterben;*
> *Feldherren und Fürsten verscheiden;*

»Die scheinen aber nicht zu verscheiden, Sir. Keineswegs.«

»Das hätten sie aber gern. Die Inder. Dass wir sozusagen verscheiden. Das ist Ihnen sicher aufgefallen.«

James war erst kurze Zeit in Indien und hatte lediglich ab und zu einen Blick in die Zeitung geworfen.

»Aufstände.« »Freiheit für Indien.« »Indien für die Inder.« »Die britische Gewaltherrschaft.«

James hatte die Monate der sozialistischen Indoktrination ganz vergessen, in denen natürlich auch von der »Freiheit für Indien« die Rede gewesen war. Aber er dachte: Indien für die Inder, das klingt plausibel.

»Die Männer vor Ihnen. Das Regiment, das vorher da war. Die sind nach Burma gezogen.«

»Ja, das wissen wir.«

»Und vorher mussten sie Aufstände niederschlagen, in … ganz in der Nähe. Die haben da ein großes Problem in den Griff bekommen. Was sagen Sie dazu?«

James dachte, dass man als Soldat eben tun musste, was befohlen wurde – Pech.

»*Mir steht's nicht zu, nach Gründen zu fragen.*«

Der Colonel lachte. »Sehr weise!«

»Gehen wir nach Burma, Sir?«, wagte James zu fragen.

»Das weiß ich nicht. Nein, wirklich nicht.«

»Und wenn, dann würden Sie's mir nicht erzählen.«

»Und wenn, dann dürfte ich's Ihnen nicht erzählen. Aber

wie Sie wissen, drohen die Japaner mit dem Einmarsch in Indien, um es von unserer Gewaltherrschaft zu befreien. Und sie kommen immer näher.«

»Ja, offenbar.«

»Und für diesen Fall hält man hier ein paar Truppen zurück.«

»Verstehe.«

»Ja, so sieht es aus.«

Und gegen Ende des Besuchs gab es noch ein Gespräch, aber James erinnerte sich später kaum daran, denn im Vergleich zu dem lebhaften Kapstadt hatte es nur wenig Eindruck auf ihn gemacht.

Die Stiefel des Colonels waren auf dem Holzboden deutlich zu hören gewesen, als er die Veranda betrat, und er war stehen geblieben und hatte den Soldaten betrachtet, der mit leicht geöffnetem Mund vor sich hin starrte und alles um sich herum vergessen hatte.

»James …«

James hörte das erst nach einer Weile und lächelte und stand auf, als der Colonel sich setzte. Dann setzte er sich wieder hin.

Der Colonel sagte: »Wissen Sie, viele von uns haben es in diesem Land nicht leicht – na ja, manche gedeihen prächtig. Aber nicht viele. Es ist ziemlich strapaziös.« Jetzt zögerte er, weil er nichts Falsches sagen wollte. Er verlagerte seine langen Beine in der cremefarbenen Leinenhose, die vom Bügeln an einigen Stellen glänzte. Mit einer mageren, sonnenverbrannten Hand rieb er sich das Kinn, während er gedankenverloren in den Garten starrte, statt James anzusehen.

»Können Sie schlafen, wenn ich fragen darf?«

»Nicht besonders gut. Es ist so heiß.«

»Ja, das stimmt. Wenn der Monsun kommt, wird es besser. Bald ist es so weit.«

»Der Monsun – alle reden davon, als wäre das eine Art Allheilmittel.«

»Das ist er auch. Ja, genau das. James – wenn ich etwas Unpassendes sage, vergessen Sie es. Aber ich möchte Ihnen sagen ... Sie dürfen nicht alles so schwer nehmen. Damit fährt man nirgendwo gut, aber in diesem Land ... Indien kann einen fertig machen, wenn man sich nicht im Griff hat. Wir sind für dieses Klima nicht geschaffen. Es laugt uns aus. Ich habe das erlebt ... Ich bin schon vierzig Jahre hier. Zu lange. Wenn der Krieg nicht wäre, wäre ich längst zu Hause.«

James rührte sich nicht und sah den Colonel nicht an; es war nicht zu erkennen, ob er etwas begriffen hatte.

»Denken Sie über meine Worte nach, ja? Versuchen Sie, nicht alles so schwer zu nehmen.«

»Ja, Sir. Ja ... wissen Sie, es liegt an diesem Schiff. Sie haben wahrscheinlich keine Ahnung ...« Zu einem alten Mann sagt man natürlich nicht, dass er von etwas keine Ahnung hat. »Ich meine ... Es tut mir Leid, Sir. Ich wollte Sie nicht ...« Aber dann wurde er bleich und sagte wütend: »Es war schrecklich. Es war ...« Und er schlug mit geballten Fäusten verzweifelt auf die Armlehnen seines Stuhls. Das Buch fiel herunter, und der Colonel hob es auf und blätterte darin. Er las laut vor:

»*Städte und Throne und Mächte*
  stehen vor der Zeit
fast so lange wie Blumen
  die täglich sterben:
aber wie neue Knospen sprießen
  für frohe neue Menschen,
heben sich aus der verbrauchten und missachteten Erde
  wieder die Städte.

Das rezitiere ich oft im Stillen, wenn es ungemütlich wird.«

»Ja, Sir.«

»Man muss die richtigen Maßstäbe anlegen.«

»Ja, Sir.«

»Und man kann vergessen, wissen Sie, das ist durchaus möglich.«

»Ich werde das nie vergessen, Sir, nie, niemals.«

»Verstehe. Es tut mir Leid.« Und der Colonel ließ ihn allein.

Am Tag, als die Gäste der Grants abgeholt und ins Militärlager gefahren wurden, war die Luft völlig verschmutzt. Der Wind fuhr in die Bäume und wirbelte Blätter und sogar kleine Äste durch die Straßen. Die Leute drängten sich in dem Durcheinander aus Läden und kleinen Häusern rasch in Hauseingänge und Nischen, und die Verkäufer schlossen unter Schwierigkeiten die Läden, damit die Waren nicht weggeweht wurden. Den Menschen trocknete der Mund aus. Die Augen brannten vom Staub.

Die Autos fuhren an einem Zug vorbei, der in Begleitung eines Corporals von einem Ausflug im Rahmen des zweiwöchigen Urlaubs zurückkam. Die Soldaten blinzelten und pressten die Lippen zusammen, um sich vor Sonne und Staub zu schützen. Das verlieh ihnen einen unwilligen Ausdruck: zehn rebellische Männer, an denen beim Marschieren Dreck herunterrieselte, während Staubwolken bis an ihre Knie stoben. Die beiden Autos wirbelten im Vorbeifahren den Staub nur noch höher auf, und als die Insassen zurückblickten, sahen sie den gespenstischen Zug in einer schmutzigen Wolke verschwinden.

Die Männer meldeten sich zurück, und James erfuhr, »man habe vorgeschlagen«, dass er ein Patent annehmen und in die Verwaltung gehen solle. Wer hatte das vorgeschlagen? Das konnte nur Colonel Grant gewesen sein, der, wie er gesagt hatte, mit Colonel Chase befreundet war. »Von neun bis fünf«, dachte James. »Das ist mein Schicksal.«

»Gehen Sie morgen zur medizinischen Untersuchung, und dann melden Sie sich wieder.«

James war in einer lang gestreckten Baracke mit zwanzig anderen Soldaten untergebracht, ganz ähnlich wie damals vor drei Jahren als werdender Soldat. Von den Männern, mit denen er in England zusammen gewesen war, war keiner dabei, aber ein paar Leidensgenossen vom Schiff. Auf zwanzig Betten, zehn auf jeder Seite, saßen junge Männer und hörten zu, wie der Wind Staub in ihren Unterschlupf wehte.

»Gott, was für ein Land.«

Niemand widersprach.

Sie fingen an, sich über ihren zweiwöchigen Urlaub auszutauschen. Alle waren unzufrieden: nichts zu tun, ein paar »so genannte Clubs«, in denen gnädigerweise Mannschaften und Unteroffiziere zugelassen waren, ein paar eurasische Mädchen, aber wer diese Schlampen vögelte, forderte es wirklich heraus, wieder zu wenig Bier, die Hitze, die Hitze, die Hitze.

Dann sagte einer zu James: »Wie man hört, muss man jetzt vor dir salutieren, Sir.«

Das klang feindselig. Es war James geläufig, dass an Offizieren Kritik geübt wurde, die sich bis zur Hasstirade steigern konnte, und ihm wurde klar, dass er jetzt auf der anderen Seite stand.

»Scheint so«, sagte er.

Ein Soldat salutierte höhnisch, blieb aber sitzen.

»Das reicht jetzt«, sagte der Corporal.

»Ja, Corporal.«

»Verwaltung«, sagte James. »Schreibkram.«

»Besser als der Kasernenhof.«

»Ach, ich weiß nicht«, sagte James.

»Und wie war's bei deinem Colonel?«

Ein Mann in der Baracke war unter den zehn Gästen des Colonels gewesen, also sagte James: »Frag Ted, der erzählt's dir.«

»Scheiße, das war grauenhaft«, sagte Ted. »Und die Frau ist ...« Er bohrte sich den Zeigefinger in die Stirn.

»Mir war's recht«, sagte James, denn es ärgerte ihn, dass Ted so undankbar war. »Ich konnte nach dieser Überfahrt ein bisschen Ruhe gebrauchen.«

»Ruhe«, sagte Ted. »Wäre schön, wenn ein bisschen was los wäre.«

»Vielleicht werden wir ja verlegt«, sagte einer.

»Vielleicht auch nicht«, sagte James. Und er erzählte, was Colonel Grant gesagt hatte: Manche Regimenter mussten in Indien bleiben, falls die Japaner einmarschierten.

Alles stöhnte und fluchte.

»Verdammt, wenn doch nur schon Frieden wäre.«

In der Nacht kam der Monsun, und der Regen trommelte so laut auf das Dach, dass wenige schlafen konnten. Am Morgen hatte der Staub vom Vortag tiefe schokoladenbraune Pfützen gebildet, auf denen Schaumfetzen flogen, wenn der Wind wehte.

Die Männer gingen nass geschwitzt zum Frühstück. Und sie gingen nass geschwitzt zur ärztlichen Untersuchung.

»Wie geht's dem Knie?«

»Besser«, sagte James. Das Knie sah wieder schlank und gesund aus.

»Sie spielen doch Kricket. Ich lasse Ihren Namen notieren.«

Der Arzt tastete James hier und da ab und sagte dann: »Und jetzt Ihre Füße.«

James zog die Stiefel aus. Der Arzt trug eine stark riechende Flüssigkeit großzügig auf.

»Und Ihre Halsschmerzen?«

James hatte die Halsschmerzen nur dem Colonel gegenüber erwähnt.

»Die sind noch da.«

»Mal sehen ... aha. Das liegt am Staub. Aber jetzt ist ja Regenzeit, da wird es besser.«

Woher wusste er das? Das gesamte Personal war neu in Indien – vom Colonel abwärts. Und alle waren entsetzt. »Sie werden sich akklimatisieren«, sagte der junge Mann, denn das hatte er in seinem Lehrbuch gelesen.

Der Regen hörte auf. Die Sonne kam frisch gewaschen und blitzsauber zum Vorschein.

Hunderte junger Männer marschierten und exerzierten, exerzierten und marschierten, während ihnen unter dem Khaki der Schweiß herunterlief und die Sergeants brüllten, sie seien verweichlicht und unnütz, aber keine Bange, das werde sich schon wieder legen.

Als James an diesem Tag zur Kleiderkammer geschickt

wurde, um sich die Uniform eines Second Lieutenant zu holen, hatte er eine Weile mit den neuen Stiefeln zu tun, und dann ging er zu einer Baracke, die er mit einem anderen Second Lieutenant teilte, mit Jack Reeves, der gerade Bücher ins Regal stellte – ein gutes Zeichen.

James erzählte seinem neuen Kameraden, er habe keine Ahnung, wie man sich als Offizier benehmen müsse.

»Keine Panik«, sagte Jack Reeves. »Ich habe den Corporal das Gleiche gefragt, und der meinte: ›Werfen Sie sich einfach an den Busen Ihres Sergeant-Majors, der sorgt schon dafür, dass Sie zurechtkommen.‹«

»Was für ein Busen?«, war die erwartete Antwort.

Die beiden jungen Männer arbeiteten nun mit fünfzehn anderen in der Verwaltung unter einem Captain Hargreaves, der in Friedenszeiten versucht hatte, die Weltwirtschaftskrise mit einer Hühnerfarm in Somerset zu überlisten. Der Krieg hatte ihn vor dem Bankrott gerettet. Er war ziemlich laut und aufbrausend, aber durchaus fähig. Jeden Morgen kam er in die Verwaltung, nahm die Parade ab, salutierte selbst und verteilte dann Aufgaben wie Spielkarten. Sie kümmerten sich um die Lebensmittelvorräte, um Uniformen und medizinischen Bedarf, um den Transport von Menschen und Material. In der Verwaltung wusste man alles über das Lager und seinen Zustand, und das hätte James ein angenehmes Machtgefühl verschaffen können, wenn das seinem Wesen entsprochen hätte. Aber sein wahres Leben bestand darin, den ersehnten Brief von Daphne zu erwarten, und dafür wandte er all seine Energien auf. Erst ganz am Schluss hatte er zu ihr gesagt: »Du schreibst mir, oder? Versprich es.«

Hatte er ihr überhaupt seine Dienstnummer gesagt? Und seinen vollen Namen? Hatte sie ihn je anders als James genannt?

Durch seinen Realitätsverlust hatte er erst nach Wochen überhaupt gemerkt, dass er ihren vollen Namen nicht kannte und ihre Adresse natürlich auch nicht. Er konnte ihr gar nicht schreiben, aber sie würde sicher irgendwie herausfinden, wo er war, und ihm dann schreiben. Er verließ sich darauf, dass sie einen Weg fand. Das Schiff hatte für die Überfahrt von Kapstadt nach Bombay drei Wochen gebraucht. Wenn man eine, gut, zwei Wochen für Verzögerungen dazurechnete, müsste jetzt jeden Tag ein Brief für ihn kommen.

Kein Brief. Nichts.

Also musste er ihr schreiben. Aber von diesen vier Tagen im Paradies wusste er nur, dass er vom Schiff direkt in Daphnes Arme gestolpert war. So war es ihm vorgekommen – das strahlende Glück. Ein wunderbar weitläufiges Haus am Hang in einer Straße neben ähnlichen Häusern, und ein Garten. Eine kleine Veranda, von der aus man das Meer sah, das mörderische Meer, und auf der er mit ihr getanzt hatte, die ganze Nacht, Wange an Wange. Dann das kleine Haus inmitten von Büschen, die nach Salz rochen, und die Wellen, die um sie herum donnerten und tosten.

Aber keine Adresse. Kein Straßenname, keine Nummer. Die Frauen, die die Bewirtung organisierten, wenn ein Truppenschiff kam, die führten nicht Buch darüber, wie die einzelnen Soldaten hießen: Sie verteilten bloß Soldaten auf die entsprechenden Gastgeberinnen. Wie konnte er ihren Nachnamen herausfinden? Über den Stützpunkt in Simonstown? Dorthin schreiben und nach den Namen der Gastgeberinnen fragen, die so nett gewesen waren, als das Truppenschiff X im Hafen lag? … Achtloses Gerede kostet Leben. Er konnte so etwas nicht in einem Brief schreiben. Der Zensor würde ihn kassieren.

Was sollte er tun? Egal, sie würde ja schreiben, und natürlich mit Adresse. Inzwischen schrieb er lange Briefe an sie, die er nummerierte, datierte und sorgfältig aufbewahrte.

Er träumte so intensiv von ihr, dass es geradezu krankhaft war. Was er aus Kapstadt noch wusste, sah er klarer vor sich als diesen hässlichen Ort voller gelangweilter junger Männer – und die Szenen, die er sich vorstellte, wurden mit jedem Tag schärfer, weil er sie polierte, noch einmal erlebte. Und dieses Lager: Was für eine Scheiße, schimpften die Männer – nicht einmal die Baracken waren inzwischen fertig. Manche Männer wohnten immer noch in Zelten, die einmal strahlend weiß gewesen, aber inzwischen braun und fleckig waren, weil der wässrige Schlamm unten stand und durch die Bodentücher sickerte. Immer noch hievten Scharen kleiner, dünner brauner Männer mit Lendenschurzen Bedachungsmaterialien hoch und rannten mit Tragmulden voller Backsteine herum. Alles sah unfertig und improvisiert aus. Und alles war schwierig: die Versorgung mit Lebensmitteln und Wasser und den nötigsten Medikamenten, die mit dem Zug aus Delhi eilig herbeigeschafft werden mussten – wenn man das eilig nennen konnte.

Alle schimpften über das Essen. Es gab Currys, aber die Männer wollten Roastbeef wie zu Hause in England, und daraus erwuchsen ständig Probleme. Die Hindus aßen kein Rindfleisch, und die mageren und bemitleidenswerten Kühe, die herumliefen, waren sakrosankt, und Rindfleisch kaufte man bei den Muslimen. Beim Wasser war es besonders schlimm: Jeder Tropfen musste abgekocht oder mit Tabletten desinfiziert werden, aber manchmal dachten die Männer nicht daran. Einmal war schon die Ruhr ausgebrochen, und das kleine Hospital war überfüllt.

Zwischen den starken Regenfällen trocknete der Staub, aber was für ein Staub … James nahm sich eine Hand voll und ließ ihn zwischen den Fingern zerrinnen, pudrig fein wie Mehl. »*Verbrauchte und missachtete Erde*«, murmelte er – so war Kipling auf seine Zeile gekommen, durch die leblose, feine, wehende Erde Indiens. Auf dieser Erde würde nicht das kleinste Kräutlein wachsen, so verbraucht war sie.

In der Offiziersmesse und mit den entsprechenden Ritualen verbrachte er so viel Zeit wie nötig; nachlässig war er nicht. Er wollte auf keinen Fall, dass man ihn für einen Sonderling hielt.

Und trotzdem wusste er, dass er einer war, denn manchmal hörte er es nicht, wenn jemand ihn ansprach. Am liebsten saß er mit Jack Reeves in ihrer gemeinsamen Baracke, wo sie lasen oder über England sprachen. Jack hatte Heimweh und erzählte ihm davon; James war liebeskrank, aber das vertraute er seinem Freund nicht an. Er wusste, dass niemand das verstehen konnte.

Von Daphne kam kein Brief. Stark zensierte Briefe von seiner Mutter, in denen sein Vater ihm etwas ausrichten ließ, ja – aber Daphne schwieg.

Durch seine Stelle in der Verwaltung erfuhr er, dass wieder ein Truppenschiff unterwegs war, dessen Ladung aber nicht für Camp X bestimmt war, sondern für Camp Y oder Z; allerdings sollten fünfzig Mann als Ersatz für die fünfundzwanzig kommen, die in Kapstadt geblieben waren, und für die bisherigen Opfer. Sie hatten schon Männer begraben müssen – über Camp X war der Zapfenstreich erklungen. Ein paar Kranke würden nie wieder diensttauglich sein und mussten bis Kriegsende warten, um nach Hause fahren zu können. Wie Colonel Grant gesagt hatte: Indien war ziemlich strapaziös.

Im Lager waren Heimweh und Sehnsucht so verbreitet, dass es sich beinahe in die Lüfte gehoben und von selbst auf den Weg nach England gemacht hätte, ohne die Hilfe von Schiffen oder Flugzeugen. Letztere standen höheren Chargen zur Verfügung. So witzelten Jack und James: Es war ein Traum, der das Lager eine Weile belebte.

Die Neuankömmlinge von dem namenlosen Truppenschiff hatten drei Tage in Kapstadt verbracht: Mit etwas Pech hätte es auch Durban sein können, aber sie waren in Kapstadt gewesen. James sprach einen nach dem anderen an, bis er jemanden fand, den eine Familie in Kapstadt aufgenommen hatte, aber er hatte nicht dieselben Häuser und Gärten gesehen wie James. Dann hatte James schließlich doch noch Glück, denn er hatte unermüdlich weitergefragt. Den Mann, mit dem er sprach, hatte man in ein Haus am Hang entführt, mit Garten und …

»Wie hieß sie?«

»Betty, sie hieß Betty. Und was für ein Fest – das Essen, die Getränke …«

»Und war noch eine Frau dabei? Eine blonde?«

»Es waren viele da, ja. Wie hieß sie denn?«

»Daphne, sie hieß Daphne.«

Und endlich hörte James etwas von ihr: »Ja, ich glaube schon. Ja. Strohblond. Aber sie war nicht oft dabei. Sie war schwanger. Das Kleine ist sicher schon da.«

Ganz gleich, wie drängend James fragte – mehr erfuhr er nicht.

Schwanger. Neun Monate. Es passte. Das Baby war seins. Zwangsläufig. Komisch, jetzt kam es ihm lächerlich vor, aber er hatte kein einziges Mal an ein Baby gedacht. Vom Liebemachen bekam man Babys. Aber dieser Bezug war ziemlich abstrakt. Wenn er und Daphne sich liebten – was hatte das mit Fruchtbarkeit zu tun? Mit Babys? Nein, auf diese Idee war er gar nicht gekommen. Und jetzt konnte er an nichts anderes mehr denken. Da drüben, auf der anderen Seite des riesigen Meers, jenseits des grauenhaften Indischen Ozeans, lag eine schöne Stadt mit vielen Hügeln, und in einem der Häuser wohnte seine einzige Liebe mit seinem Baby.

Er versuchte es noch einmal bei seinem Informanten. »Wie war die Adresse? Wo war das Fest?«

»Keine Ahnung. Tut mir Leid.«

»Wie hieß die blonde Frau?«

»Hast du nicht Daphne gesagt?«

»Nein, mit Nachnamen.«

»Keine Ahnung.«

»Weißt du den Namen von deiner Gastgeberin, der dunkelhaarigen, Betty?«

»Ich glaube, die hieß Stubbs.«

»Keine Adresse?«

»Tut mir Leid, ich bin gar nicht auf die Idee gekommen, sie mir zu merken – weißt du, die haben uns hingefahren und wieder zurück.«

»Wird sie dir schreiben?«

»Wer?«

»Betty, Betty Stubbs, wird sie dir Briefe schreiben?«

»Nein, warum auch? Es waren dutzendweise Soldaten da, sie kann doch nicht jedem armen Schwein, das sie zu einem Fest eingeladen hat, Briefe schreiben.«

Aber James war jetzt um einen Namen reicher. Er hatte gewusst, dass sie Betty hieß, und jetzt kannte er den Nachnamen, Stubbs. Ihr Mann war Captain in Simonstown und mit Daphnes Mann befreundet.

Als er aus seiner Traumwelt in die Realität zurückgekehrt war (»was man so Realität nennt« – er wusste, dass sein Zustand unangenehm auffallen würde, wenn jemand etwas davon mitbekam), wurde ihm klar, dass er nicht an den Ehemann von Daphnes Freundin Betty schreiben konnte: »Bitte geben Sie den beiliegenden Brief Ihrer Freundin und Nachbarin Daphne.« Immerhin war Daphne verheiratet. Das hatte sie gesagt. Aber selbst wenn sie zwei oder drei Ehemänner gehabt hätte, wäre das ohne Auswirkungen auf jenes geheime Leben geblieben, das er mit Daphne teilte und das sie mit ihm teilte – das wusste er genau. Er wusste, dass niemand eine solche Zeit durchleben konnte, ohne sich für immer zu verändern. Aber er wollte ihr nicht schaden.

Er schrieb: »Sehr geehrter Captain Stubbs, ich gehörte zu den Glücklichen, die vor ein paar Monaten für vier Tage in Kapstadt an Land gegangen sind. Ich war bei Daphne zu Gast, die neben Ihnen wohnt. Ich wäre Ihnen sehr dankbar, wenn Sie mir kurz ihre Adresse mitteilen könnten. Mit freundlichen Grüßen, Second Lieutenant James Reid.«

Er schickte den harmlosen Brief auf dem üblichen überwachten Weg ab und war überzeugt, dass er nichts verriet. Wenn alles tadellos lief, konnte er allerfrühestens in einem Monat oder eher in sechs Wochen mit Antwort rechnen.

Sechs Wochen gingen vorbei.

Weil James so stark auf seinen Traum konzentriert gewesen war, hatte er gar nicht gemerkt, dass die Regenzeit zu Ende ging, die Erde ausdörrte, die Hitze kochte. Vor seiner Baracke hatte jemand einen Mangokern weggeworfen, der Wurzeln geschlagen hatte, und der Trieb war schon kräftige fünfzehn

Zentimeter gewachsen. Demnach war die Erde Indiens vielleicht doch nicht so verbraucht, wie man allgemein annahm.

James schickte noch einen Brief nach Simonstown. Briefe gingen schließlich verloren, Schiffe sanken, und seinen ersten Brief nach Simonstown hatte er wie ein Papierflugzeug mit einer Nachricht ins Dunkle geworfen.

Monate vergingen. Ein Brief kam. Darin stand:

> *Lieber James,*
> *Daphne hat mich gebeten, Ihnen zu schreiben. Sie bittet Sie, nicht wieder zu schreiben. Es geht ihr sehr gut, und sie ist glücklich. Sie erwartet noch ein Baby, das wahrscheinlich schon geboren ist, wenn Sie diesen Brief bekommen. Also hat sie bald zwei Kinder. Joe ist nach seinem Vater benannt, und wenn das zweite Baby ein kleines Mädchen wird – Daphne ist da ganz sicher –, dann soll es Jill heißen.*
> *Sie lässt sie grüßen.*
> *Alles Gute für Sie.*
> *Betty Stubbs. Daphne Wright.*

Grüßen! Sie lässt grüßen! James machte sich nichts daraus – das war nicht das, was sie meinte, sondern das, was sie sagen musste.

Seinen ganz persönlichen Erinnerungen, den kleinen Bildern von zwei hübschen Frauen mit geblümten Umschlagtüchern unter einem Baum, von einer immer lächelnden Daphne in hundert verschiedenen Gestalten, fügte er jetzt ein weiteres hinzu: von Daphne mit einem kleinen Jungen, mit einem blonden, hübschen Kind, das ganz anders aussah als die dunklen Babys, die an den pummeligen Handgelenken goldene Armreifen trugen und die er auf der Straße, in Geschäften, in Türeingängen auf Mutters Hüfte sitzen sah. Wenn der Krieg vorbei war, würde er nach Kapstadt fahren und Anspruch auf Daphne erheben, Anspruch auf seinen Sohn. Er wusste, dass der Anblick der vielen süßen indischen Babys ihn quälte, weil ihre Mütter nicht Daphne waren.

Ein Krieg verläuft nicht kontinuierlich. Es gibt lange Phasen der Untätigkeit und Langeweile und dann plötzlich wieder heftige Betriebsamkeit; es gibt Kämpfe, Gefahren, Tod, gefolgt von Langeweile und Stille. Genau das wurde immer von der Front berichtet. »Wie war der Krieg für dich?« »Gott, die Langeweile, das war das Schlimmste.« »Aber ich dachte, du warst in Dünkirchen ... Borodino ... auf Kreta ... in Burma ... bei der Belagerung von Mafeking?« »Ja, aber die Zeit dazwischen, mein Gott, diese Langeweile, das würde ich meinem ärgsten Feind nicht wünschen.« In Camp X grassierte die Langeweile wie eine Krankheit, wie ein Virus, das jedes Immunsystem lahm legt. Langeweile, die nur eine brodelnde Gerüchteküche lindern konnte.

Gerüchte im Krieg: Das ist ein ganz eigenes Thema. Das Grauen, die Einsamkeit und die Hoffnung brüten in den unwahrscheinlichsten Ecken des menschlichen Geistes Prophezeiungen mit der Aura von Träumen aus, und die sieden und köcheln und fließen dann schließlich in Kneipen oder Baracken als Worte aus dem Mund eines achtlosen Schwätzers und fliegen davon, sie fliegen von Mund zu Mund, bis wenig später, nach einem Tag oder einer Woche, die Wahrheit herauskommt: »Wir werden nach Camp Y verlegt, nein, nach Camp Z, damit wir in der Nähe sind, wenn die Japaner angreifen.« »Die greifen nächste Woche an, deswegen müssen auch die 9th Empire Rifles hin.« »Wir werden nach Burma verlegt – das hat der Adjutant zu Sergeant Benton gesagt.« »In diesem Camp hier ist es zu ungesund, es wird geschlossen, und wir werden in die Berge verlegt.« »Die haben vertuscht, dass die Cholera ausgebrochen ist. Behaltet das für euch, sonst gibt es einen Aufstand.« »Sie tun uns Beruhigungsmittel ins Essen, damit wir stillhalten.«

Langeweile und Gerüchte.

Die Japaner kamen näher: Sie waren schon überall in Asien, aber James' Regiment wurde nicht in den Kampf geschickt. James' Regiment blieb in Camp X, und James träumte dort vor sich hin. Das Leben ging weiter, einen mühseligen Tag nach dem anderen, der heiße Wind wehte, der Speichel schmeckte nach Staub, und die Augen brannten, und dann kam der Monsun ... der dritte. 1943. Die Soldaten sahen, wie die Inder aus ihren Häusern und Läden stürzten und die Arme in den Regen streckten und tanzten und sangen. Die Soldaten stürzten nicht aus den Baracken, um sich in den Regen zu stellen; sie hatten die Aufgabe, ein Beispiel zu geben, sich angemessen zu benehmen, die Form zu wahren.

Colonel Grant und seine Frau hatten James manchmal für ein Wochenende eingeladen. Der Colonel hatte James ins Herz geschlossen, und der kam in seiner Zurückhaltung zu dem Schluss: Wahrscheinlich hat er gern jemanden um sich, mit dem er über Kipling reden kann.

Es hatte eine Unterredung gegeben. Mrs. Grant hatte zu ihrem Mann gesagt: »Mannschaften und Unteroffiziere will ich hier nicht mehr sehen. Die können sich nicht benehmen. Beim letzten Mal war überall Erbrochenes.«

»Du übertreibst, Liebes.«

»Nein. Sie gehören nicht unserer Klasse an, und sie kommen sowieso nicht gern zu uns.«

Colonel Grant ahnte, dass das zutraf, aber er sagte: »Sie machen hier draußen eine schlimme Zeit durch. Wir sollten für sie tun, was wir können.«

»Ich spreche ein Machtwort: nur Offiziere, alles andere kommt gar nicht in Frage.«

Das Gespräch hatte einen bestimmten Hintergrund. Colonel Grant war ein gescheiter, armer Junge gewesen und hatte vor langer Zeit eines der wenigen Stipendien für Sandhurst ergattert, was sich durch seinen Aufstieg in der Hierarchie als höchst gerechtfertigt erwies. Er hatte eine blendende Karriere gemacht. Aber ursprünglich gehörte er eben nicht der Klasse seiner Frau an, die eine Lady war. Deswegen hatten die Grants immer Mannschaften und Unteroffiziere eingeladen. Aber das war vorbei. Mrs. Grant hatte ein Machtwort gesprochen.

»Ich habe nichts gegen diesen Jungen, wie heißt er, James irgendwas, der weiß, wie man sich benimmt.«

»Er ist jetzt Offizier, Liebes.«

»Da hast du's.«

Zehn junge Offiziere, darunter James, hatten ein langes Wochenende bei den Grants verbracht und sich gut benommen, allerdings waren sie, wie andere Gäste zuvor, verschwunden, um die Clubs in der Stadt zu besuchen.

Alle außer James.

Colonel Grant und James hatten es sich mit einem Teetablett auf der Veranda bequem gemacht, und der Colonel sagte: »James, erzählen Sie mir, was im Lager so geredet wird, ganz allgemein.«

»Sie meinen, weil wir hier in Indien bleiben müssen und nichts zu tun haben?« Er sagte das ganz direkt, und es klang bitter, und das nicht nur angesichts seiner eigenen Lage.

»Ja, was sagt man so?«

Der Colonel wollte unbedingt wissen, was »man« sagte, denn sein Freund Colonel Chase hörte all das nur in der Offiziersmesse. Hatte er vergessen, dass James nicht mehr bei den gemeinen Soldaten war?

»Als ich noch bei der Mannschaft gewohnt habe, wurde viel geschimpft. Es gefällt den Männern nicht. Aber wissen Sie, die Männer schimpfen immer.« Ja, das wusste der Colonel, das hatte er nicht vergessen. »Sir, ich habe den Eindruck, dass die Männer Offiziere grundsätzlich nicht mögen … haben Sie das überhaupt gemeint?«

Für Colonel Grants Fragen gab es vielerlei Motive und Hintergründe. Er und Colonel Chase hatten zusammengesessen und sich für ihre Verhältnisse äußerst offen über die allgemeine Unzufriedenheit unterhalten, und sie hatten gemerkt, dass sie nicht auf dem Laufenden waren.

»In der Offiziersmesse – gibt es da böses Blut? Gefährliches böses Blut?«

Weil Colonel Chase ohnehin erfuhr, was geredet wurde, war das wohl eine Frage der Interpretation, und James erschrak.

»Politik mag ich nicht, Sir, mochte ich noch nie.«

So unverhohlen hätte er das in der Offiziersmesse nicht äußern können.

Zu Anfang hatte er dort gesagt: »Ich interessiere mich nicht für Politik«, so beiläufig wie: »Ich nehme keinen Zucker in den Tee.«

Er hätte sagen können, dass er ein Konservativer sei oder, mit etwas Mut, dass er Labour wählen wolle – aber nicht, dass ihn das nicht interessierte. Zu Luthers Zeiten hätte schließlich auch niemand gesagt: Ich interessiere mich nicht für Religion.

Einer, der sich nicht für Politik interessierte: Das hieß, dass er herzlos und dem Schicksal der Menschheit gegenüber gleichgültig war oder zumindest falsch informiert. Und an jenem Abend hatten sich ein Dutzend junger Männer an die Arbeit gemacht und ihn informiert. Also hatte er gelernt, höfliches Interesse zu zeigen, ohne sich auf etwas einzulassen.

Aber nach diesem Angriff des geballten Interesses auf seinen Mangel an wahrem Gefühl hatte er an jene glorreichen Tage von 1938 denken müssen. Jetzt wusste er, dass das intensive politische Gefühl aus dieser Zeit gar nicht der Zustand war, in dem sich die Nation normalerweise befand. Es war ein vor allem links gerichtetes Gefühl. Das politische Denken hatte seinerzeit Auftrieb bekommen, weil es den Spanischen Bürgerkrieg, eine Weltwirtschaftskrise und Armut gab, und die Bedrohung durch den kommenden Krieg. Deswegen waren alle so politisch gewesen, und zwar hauptsächlich links. Er hatte das miterlebt und zugehört, aber gleichzeitig auch Gedichte gelesen.

Die meisten jungen Männer in der Offiziersmesse waren Linke verschiedenster Couleur, und geredet wurde über Indien – und zwar lautstark. Das betraf die jungen Offiziere, nicht die älteren. Der ganze Subkontinent schäumte über, weil überall von der Befreiung die Rede war, der Befreiung von Großbritannien, und hier, in Camp X, war es vor allem ihre Aufgabe, das zu verhindern.

Was hatte Colonel Chase zu Colonel Grant gesagt? Er hatte sicher von Unruhestiftern gesprochen, von Bolschewiken, von Kommunisten sogar. Von der Fünften Kolonne, und vielleicht war sogar vom Militärgericht die Rede gewesen.

»Vielleicht mögen Sie die Politik nicht, James, aber glauben Sie bloß nicht, dass Sie ihr aus dem Weg gehen können.«

James sagte wahrheitsgemäß: »Ich denke nie darüber nach.«

Jetzt protestierte der Colonel im beleidigten Ton alter Männer: »Bedeutet es Ihnen denn gar nichts, was wir hier in Indien geschaffen haben? Wir haben die vielen schönen Eisenbahnen gebaut, wir haben Straßen gebaut, wir haben für Ordnung gesorgt ...« Er musste aufhören. Ordnung war nicht das richtige Wort für das, was vorging: Überall wurde agitiert, es gab den Indischen Nationalkongress, Leute kamen ins Gefängnis. Und dann: »Bedeutet Ihnen das British Empire nichts, James?«

»Kiplings Feldherren und Fürsten werden weichen müssen, Sir, das denke ich.«

»Verstehe, und Ihnen ist das egal.«

Darauf hätte James gern gesagt, dass für ihn das ganze verdammte British Empire im Meer versinken könne, wenn er nur in Daphnes Armen läge.

Aber er sagte: »Sir, ich glaube nicht, dass unsere Meinung großen Einfluss auf das Geschehen hat.«

Er sagte das in sorgenvollem Ton. Er dachte auch deswegen nicht gern über Politik nach, weil er dann über den Krieg nachdenken musste, und das bedeutete, dass ihn der Schrecken überkam, ein fassungsloser, ungläubiger Protest dagegen, dass es diesen Krieg überhaupt gab. Er wusste, dass er danach davon träumen würde, von dieser Ungeheuerlichkeit, dieser Last.

Colonel Grant sah den jungen Mann scharf an, dem er beinahe Gefühllosigkeit unterstellt hätte. Aber nein, das war es nicht, er empfand wirklich Schmerz, und die blauen Augen, die der Colonel so englisch fand, waren traurig.

Auf dem Gipfel der heißen Jahreszeit luden die Grants James und ein paar andere für eine Woche in die Berge ein, unter anderem auch Second Lieutenant Jack Reeves. Sie fuhren mit einem langen, langsamen Zug hin und trafen in einem kleinen Häuschen ein, in dessen Garten englische Blumen wuchsen. Der Wind wehte kühl und frisch, und es gab keinen Staub. Die Villen und Häuser waren nach englischen Pflanzen und Orten benannt: Elm Place, Wisteria Lodge, Kent Cottage, Hollyhock Close. Mrs. Grant hatte keinen roten Kopf mehr von der Hitze, nur in ihrem Ausschnitt war noch ein gerötetes V zu sehen, und sie erwies sich als unauffällige, klaglose Gastgeberin, die allerdings dazu neigte, zu viele Umstände zu machen, vielleicht, weil sie sich schuldig fühlte. »James, Sie müssen wirklich aufpassen, ich habe Sie letzte Nacht wieder husten gehört. Und Sie auch, Jack, hier haben Sie Hustensaft.« Der Colonel war offensichtlich und auf rührende Weise erleichtert, weil seine Frau sich wieder erholt hatte, und manchmal sah er sie lange an – war das Zuneigung? Sorge? *Liebe?* Wenn junge Leute ältere verheiratete Leute beobachten, sind sie höflich und beschließen im Stillen, nie zu heiraten, oder sie sagen sich: »Und wenn, dann bestimmt nicht so eine alte Schachtel.«

Man konnte dort oben schön spazieren gehen. Man konnte reiten. James ritt als Einziger nicht. Es war schon ein Genuss, einfach dazusitzen und die klare Luft zu atmen. Unten in der Ebene, im Camp X, schwitzte man schon, wenn man einfach nur dastand, und man konnte unmöglich schlafen. Bald, zu bald mussten die vier Soldaten wieder dort sein, aber in der Zwischenzeit …

James saß mit einem Buch auf der kleinen Veranda, und manchmal setzte sich der Colonel zu ihm. Er hatte mittlerweile etwas Schwermütiges an sich, und James, der geschult war, weil er seinen Vater so lange beobachtet hatte, erkannte Reue darin. »Es ist traurig«, stellte der Colonel mehr als einmal fest, »wenn man sein Leben lang eine Arbeit gemacht hat, die man für wertvoll hielt, und dann stellt man fest, dass sie gar nicht geschätzt wird.«

Colonel Grant war einsam: Das entdeckte James in diesen Ferien. Aber er hatte doch eine Frau? Ja, schon, aber … Und er hatte doch sicher seine Kumpel? Jetzt musste James an seinen

Vater denken, und ihm wurde klar, dass auch er einsam war: Er verstand die Einsamkeit seines Vaters, weil er die von Colonel Grant verstand. Aber er hatte doch die Abende mit den alten Soldaten in der Kneipe, und dann kam er nach Hause zu seiner Frau – mit der er allerdings nicht sprach. Was würde Colonel Grant gern sagen, wenn er könnte, und zu wem? Wollte er sich beschweren, weil er nicht geschätzt wurde, war das das Problem? Nein, da war noch etwas, das tiefer ging, und James wusste, wie damit umzugehen war, zumindest in seiner Vorstellung: Schließlich konnte er auch mit niemandem darüber reden, wie es ihm wirklich ging. Und sein Vater: Welche Gedanken behielt er für sich, worüber schwieg er?

Auch wenn der Colonel nicht da war, war James nicht allein. Im Bungalow Butler's Lawn wohnte ein junges englisches Paar mit einem Kind, einem kleinen Jungen, der gerade eben laufen oder besser torkeln konnte, wobei seine Ayah immer auf dem Posten war. Und dieses kleine Geschöpf war verrückt nach James, vielleicht, weil der junge Mann Interesse an ihm zeigte, und es schaute von der Veranda seines Hauses zu James hinüber, der nebenan auf der Veranda stand und ebenfalls schaute. Also brachte die Ayah das Kind immer öfter zu ihm, damit es seine neuen Spiele spielen konnte, Krabbeln, Sitzen, Aufrappeln, Sitzen, während James seine langen Beine wegnahm, um den Kleinen in seinen Bemühungen nicht zu behindern, und so aufmerksam wie das Kindermädchen darauf achtete, dass er nicht zu Schaden kam. Das Kind saß nicht gern auf seinem Schoß, aber es stellte sich gern mit gespreizten Beinen vor James hin und ließ sich dann auf sein gepolstertes Hinterteil plumpsen, und dann lachte es und stand mit James' Unterstützung wieder auf. Der Colonel beobachtete das, und Mrs. Grant auch. Ungewöhnlich, dass ein junger Mann sich so um ein Kind bemühte.

»Haben Sie Geschwister?«, fragte der Colonel.

»Nein, ich war ein Einzelkind.«

»Vielleicht ist das der Grund … das Kind hat Sie wirklich gern – schau doch, Mildred.« Und Mrs. Grant trat kurz in die

Tür, um den jungen Mann zu loben, der gar keine Aufmerksamkeit brauchte. Er wäre gern mit dem kleinen Geschöpf allein gewesen, das ungefähr so alt war wie sein Kind im fernen Südafrika. Er wollte den kleinen Jungen dazu bringen, sich auf seinen Schoß zu setzen, damit er aus der Nähe in diese strahlend blauen Augen blicken und ihn vielleicht umarmen und den warmen, energiegeladenen Körper spüren konnte: das Kind festhalten und an sein eigenes denken. Aber die Ayah ließ den Kleinen nicht aus den Augen.

Der Colonel saß mit ausgestreckten Beinen auf der Veranda, ein Glas Whisky neben sich; seine alten Hände zitterten ein wenig, und er beobachtete den jungen Mann und das Kind. Seine Söhne waren erwachsen und als Soldaten über die ganze Welt verstreut. Einer war sogar im gefährlichen Burma. Als der Colonel den kleinen Wonneproppen sah, der sich beim Zurückplumpsen an James' rettendem Knie festhielt und vor Vergnügen lachte und krähte, dachte er – wie alte Leute es gern tun – an seine eigenen Kinder, die reizende, viel versprechende kleine Racker gewesen waren, und an das, was aus ihnen geworden war. Der Colonel lächelte sehr zärtlich. Und James auch.

»Wenn der Krieg vorbei ist, sind Sie dran«, sagte der Colonel zu dem jungen Mann.

Ich bin schon dran, jubilierte James im Stillen, aber er sagte: »Ja, Sir, das hoffe ich.«

Die Zeit vergeht ... das tut sie zweifellos, man muss es akzeptieren, aber sie vergeht nicht gleichmäßig, nicht einmal, wenn man von dem alltäglichen und allgemein bekannten Phänomen absieht, dass die Zeit unterschiedlich schnell vergeht, je nachdem, ob man drei, dreizehn, dreißig, sechzig oder neunzig ist. Die Zeit bewegt sich an verschiedenen Orten unterschiedlich: Im Camp X schlich sie geradezu.

Als James sich taktvoll an Colonel Grant wandte und fragte, ob es irgendeine Aussicht gebe, an einen interessanteren Ort verlegt zu werden, sagte der nur: »Man musste bisher immer damit rechnen, dass es Unruhen gibt.«

Dass es »Unruhen« gab, und zwar zunehmend, war mittlerweile offensichtlich, auch wenn man keine Zeitung las und nicht Radio hörte. Die »Unruhestifter«, wie der Colonel sagte, waren zunehmend am Werk, und »Unzufriedenheit« fand man überall, wie Hitzebläschen.

Es wurden Kompanien aus Camp X abgestellt, die sich »darum kümmern« sollten. James auch, mehr als einmal. Er war im Grunde einer Meinung mit den Soldaten, die offen schimpften, man sei doch eigentlich dazu da, gegen den Feind zu kämpfen, anstatt Inder zu »unterdrücken«. Sogar Jack Reeves sagte, er sei ohnehin eher ein Roter, aber wenn er die britischen Oberherren am Werk sehe, erst recht.

Alle in Camp X sangen ein Lied, nicht nur die Mannschaften und Unteroffiziere:

> *Dad, was hast du im Krieg gemacht?*
> *Ich war zum Inder-Knechten da,*
> *Ja, wir war'n zum Inder-Knechten da ...*

Donald Enright, inzwischen Adjutant Enright, kam als Entertainment Officer nach Camp X, was die Klagen und Beschwerden teils abschwächte und teils verstärkte, denn Donald bekannte sich offen als Roter und wollte die Leute bekehren.

Es war nicht abzustreiten, dass Hunderte gelangweilter junger Männer Unterhaltung brauchten.

Donald freute sich, James zu sehen, aber offenbar nicht so sehr, wie es nach einem ganzen Jahr Kameradschaft zu erwarten gewesen wäre. Er hatte seither eben andere Gefolgsleute gehabt. Inzwischen war er ein fülliger, entschiedener, extrovertierter junger Mann, äußerst herzlich und wohlwollend. Wo auch immer er sich befand, war er umringt von einer lärmenden Gruppe. Er lief im Lager herum und sammelte Bewunderer wie – wie ein Politiker eben.

Er organisierte sofort ein Festkonzert und bezog eine eindrucksvolle Anzahl Soldaten mit ein, aber das Publikum musste die Darsteller natürlich zahlenmäßig überbieten. Auch James wurde eingespannt: Er stellte ein Mädchen dar, aber das machte ihm nichts aus, so wenig wie die Zurufe und die schlechten Witze, die bei solchen Gelegenheiten an der Tagesordnung sind. In Gedanken umarmte er oft die wunderbarste Frau der Welt, und er war Vater eines entzückenden kleinen Jungen. Er überraschte sich selbst und das Publikum, weil er die kokette Maid so feurig interpretierte. Auch Jack zeigte Talent für dergleichen und schrieb schon bald Sketche für Donald. Dann inszenierte Donald *Die fremde Stadt*, ein Stück von Priestley, das während des Krieges mehr als jedes andere für idealistische, inbrünstige Träume vom besseren Leben stand. Er wagte sich an Shakespeare und *Was ihr wollt*. Die Soldaten sahen sich die Vorstellungen an, weil sie nichts Besseres zu tun hatten, mussten aber zugeben, dass es ihnen gefiel. Manchen zumindest.

Nach *Die fremde Stadt* gab es Diskussionsbedarf. Die erste Gesprächsrunde hatte das Thema »Ein sozialistisches Großbritannien« und war ein lautstarker Erfolg. Bald veranstaltete Donald neben den Festkonzerten auch Vorträge und Diskussionen. Er stellte eine Bibliothek auf die Beine – und keiner wusste, wie. Er bettelte um Bücher und lieh andere aus, ohne sie zurückzugeben; er ging in die Clubs der Stadt und brachte dort Aushänge an, auf denen er um Bücher bat. Wenn jemand nach einem Buch über sozialistische Ökonomie fragte und es so etwas in dieser Bibliothek nicht gab, schrieb er eben selbst ein dickes Pamphlet und ließ es fünfzig Mal abziehen. Und weil Papier rationiert war, schnorrte er es, und manchmal stahl er es wohl auch.

Bei jeder Diskussion und jedem Vortrag war ein Political Officer anwesend, der sich Notizen machte. In einem offenen Brief an die Zeitung des Camps, deren Redaktion Donald inzwischen an sich gerissen hatte, ging es um die Diskussion: »Rückzug aus Indien – *jetzt*« (Was einigermaßen hypothetisch war: »Es ist schließlich Krieg – das wisst ihr doch!«) Als sich jemand beklagte, dass er alles im Alleingang tue, sagte er:

»Wieso packt ihr dann nicht mit an? Na los, macht Rund-
schreiben für das Camp, die können wir brauchen.« Derjenige, der sich beklagt hatte, fing an, regelmäßig Rundschrei-
ben mit dem neuesten Klatsch zu verfassen, aber er hielt es
nicht durch, also übernahm Donald das auch noch.

Die Vorgesetzten zitierten Donald herbei und teilten ihm
mit, es gebe Grenzen und er sei dabei, sie zu überschreiten.
Keine Vorträge mehr über die politische Situation in Indien –
verstanden?

»Wie wär's mit einer Reihe über die Geschichte Indiens?«

»In Ordnung«, sagten die Vorgesetzten.

Aber die Geschichte schließe doch auch den britischen
Beitrag ein – so argumentierte er gelassen, als er wegen der
Themen der letzten drei Vorträge angegriffen wurde: »Ro-
bert Clive of India: Die Fahne folgt dem Handel.« »Die East
India Company.« »Das British Empire – Gewinn oder Verlust?« Und wieder stand er vor einer Reihe hoher Offiziere
stramm und führte an, man habe ihm schließlich erlaubt, über
Geschichte zu referieren. Da sei er sicher. Captain Hargreaves
hatte in der Verwaltung gesagt, die Vorträge über Indien seien
einfach famos und er höre gern noch mehr davon. Also unterstützte er Donald, als der fragte, warum denn eigentlich
britische Soldaten, die für die Demokratie kämpften, nicht
die Argumente beider Seiten hören könnten. All das brachte
er freundlich vor, ein Muster ernsthafter Dienstbeflissenheit.

Die Vorträge fanden weiter statt, und Mannschaften und
Unteroffiziere machten viel Aufhebens darum und nahmen in
großer Zahl daran teil: Zwei Vorträge wurden sogar von hohen
Offizieren gehalten, die auf ihrem Gebiet Experten waren.
Und bei der anschließenden Gesprächsrunde stand Donald auf
und sagte, es *stehe ihnen nicht zu, nach Gründen zu fragen* (das Gedicht, aus dem diese Zeile stammte, war in seiner Zeitung erschienen): Sie könnten vielleicht zuhören, aber ihre Meinung
zum Ausdruck bringen könnten sie auf keinen Fall.

Diese impertinente Strategie war so durchtrieben, dass die
Vorgesetzten nicht wussten, was sie machen sollten, aber im

Lager ging das Gerücht um, dass schwere Bestrafungen vorgesehen waren, bis hin zur Höchststrafe wegen Aufwiegelung. Es braute sich ein Aufstand zusammen, aufgewiegelt oder nicht. Die Langeweile der letzten Jahre und die grauenhafte Hitze hatten die allgemeine Moral untergraben, und auch ohne Donalds aufrührerisches Wesen stritten in allen Baracken Mannschaften und Unteroffiziere über die Rolle, die sie spielten, über die Rolle der britischen Armee.

Donald inszenierte *Wie es euch gefällt.* Wer hätte in der koketten, um nicht zu sagen hinreißenden, Rosalind den ernsten, finsteren jungen Mann wiedererkannt, den jeder aus irgendeinem Grund lieber in Ruhe ließ? Er trank nicht viel, er tat sich in der Offiziersmesse nicht hervor; er spielte leidlich Kricket; und wenn er Dienst in der Lagerbibliothek hatte, war er hilfsbereit und kompetent. Er war zu den Mannschaften und Unteroffizieren freundlich, und sie schienen ihn wirklich zu mögen. Und jetzt bekam er Applaus als Rosalind.

Aus der Messe der Sergeants kam ein kleiner Blumenstrauß mit einer Karte: »Für die holde Rosalind«. Und es kam zu den unvermeidlichen obszönen Bemerkungen. Während die Sergeants auf dem Paradeplatz ihre traditionelle Rolle pflegten und Soldaten anblafften und malträtierten, waren sie anderswo durchaus gut gelaunt und benahmen sich geradezu onkelhaft. Die lange Tortur in Camp X machte sie weich. »Wie eine Mutter«, witzelten junge Offiziere, die sich das erlauben konnten, weil sie jetzt den obersten Vorgesetzten unterstellt waren und nicht mehr den Sergeants, deren Rat sie trotzdem jederzeit folgten. Diese Witze kamen Sergeant Perkins zu Ohren, und er kam zu James und Jack in die Baracke, salutierte und sagte: »Also, wenn ich eure Mutter bin, dann muss ich euch sagen, dass diese Baracke in einem himmelschreienden Zustand ist. Räumt lieber auf, bevor Captain Hargreaves davon hört.« Und er salutierte und ging hinaus.

Die höheren Offiziere waren in einem Dilemma. Sie wussten genau, dass die Soldaten sich gegenseitig aufwiegelten, wenn auch nur sporadisch und ohne jeden Plan, und sie wussten, dass Donald eine zentrale Rolle dabei spielte. Andererseits brachte die Langeweile diesen Unfug hervor, und Donald bekämpfte die Langeweile. Ohne ihn wäre alles nur noch schlimmer gewesen. Es war eine Frage des Gleichgewichts. Wenn hohe Offiziere zu Diskussionen und Vorträgen gingen, taten sie das nicht, um zu spionieren, wie die paranoiden Soldaten glaubten, sondern weil sie sich genauso langweilten: »Die Atlantik-Charta entlarvt«, »Wohin, Ägypten?« »Imperialismus in Vergangenheit und Gegenwart«.

James hatte in seinem Schreibtisch einen Kalender, in dem das Geburtsdatum seines Sohnes Jimmy Reid mit einem großen roten Kreuz markiert war. Er hatte errechnet, wann das Baby voraussichtlich zur Welt gekommen war. Er feierte heimlich den ersten Geburtstag des Kindes und dann den zweiten. Als er einmal mit den Grants in die Berge fuhr, sah er den inzwischen Zweijährigen wieder, einen Ausbund an Charme und Schalk. Er betete den kleinen Jungen an, und als er abreiste, musste er seine Tränen verbergen. Den Schmerz, den ein Verlust verursacht, kann man nicht ewig unverändert empfinden. James' Trauer hatte nachgelassen; sie war noch da, aber James war nicht mehr so leicht aus der Bahn zu werfen durch einen Laut, eine Stimme, die Farbe des Abendhimmels, eine Gedichtzeile, einen Vogelruf. Er hatte gar nicht gemerkt, wie viel kleiner diese Liebe oder diese Trauer geworden war, die ihm so viel bedeutete, aber als er sich von dem Kind verabschieden musste, kam alles zurück, und Colonel Grant konnte wieder einmal sagen: »Immer sachte, James. Nehmen Sie's nicht so schwer.« Und Mrs. Grant sagte: »Wie nett, wenn ein junger Mann sich für Kinder interessiert. Sehr schön.«

Wenn man so eine Zeit durchlebt hat, eine nicht enden wollende Zeit, in der die Not kein Ende hat, dann weiß man, was einem nach drei, vier Jahren Unaufhörlichkeit bleibt: die Angst davor, noch einmal so gefangen zu sein. Aber was soll man machen, wenn Krieg ist und die Menschen sich in Sachzwängen verstricken? Nichts, wie die Soldaten in Indien. Um 1939, als die aufrührerischen Reden den Krieg schon erahnen ließen, wäre niemand auf die Idee gekommen, dass in seiner Folge Hunderttausende junger Männer in Indien – ganz zu schweigen von Rhodesien, Südafrika, Kanada und Kenia – wie Fliegen am Fliegenpapier festsitzen und ein Übel gegen das andere verteidigen würden. 1939 schrieb keiner ein Gedicht, das anfing: »*Wir danken Gott, der uns zur rechten Stunde rief.*« Donald Enright brachte tatsächlich einen Vortrag zustande: »Ein Übel gegen das andere verteidigen«, und wurde dafür verwarnt. »Wir kämpfen doch für die Demokratie!«, sagte er strahlend zu seinen Vorgesetzten, aber denen war nicht wohl dabei, und sie runzelten die Stirn, weil ihnen dieses Eisen zu heiß war. Dieser Donald Enright war wirklich erstaunlich mit seinen Festkonzerten und seinem Shakespeare und seinen Vorträgen. Unbestreitbar. »Wir sagten Ihnen schon: Das ist hart an der Grenze.« »Ja, Sir, tut mir Leid, Sir. Ich dachte ohnehin eher an eine Diskussion über ›Probleme des Friedens – Sozialismus oder Kapitalismus?‹. Wäre das in Ordnung, Sir?«

Wenn man Camp X mit nicht militärischem, nicht englischem Blick betrachtete, wie es mitten in Indien lag, ohne dass dort etwas zu tun gewesen wäre, dann sah man vielleicht eine willkürliche Ansammlung von einigen hundert Mann, die lediglich durch die Uniform verbunden waren. Und so sahen sie sich manchmal selbst. Wie in dem Liedchen, das aus irgendeinem Winkel im kollektiven Unterbewusstsein des Militärlagers stammte:

Es ist schließlich Krieg,
Ihr sagt, es heißt, schließlich ist Krieg.
Wo ist er denn, der Krieg, euer verdammter Krieg?
Putzt die Stiefel.
Seht nach dem Zeug.
Stillgestanden.
Rührt euch.
Reißt euch zusammen.
Es ist schließlich Krieg!

Mehrere hundert Mann, zusammengehalten durch eine Uniform, durch das schwache Gerüst der Disziplin, die vorgegebenen Formen des Salutierens, das »Ja, Sir«, das »Nein, Sir«, das Exerzieren. Seit Monaten, nein, Jahren wurden obere Dienstgrade und Mannschaften und Unteroffiziere im Grunde gleichgemacht, weil sie gemeinsam eine Unmenge nicht militärischer Veranstaltungen besuchten: Festkonzerte, Theatervorstellungen, Vorträge. Dadurch musste das Gewirke der Disziplin doch schon so morsch sein, dass es wirkungslos war. Aber keineswegs. Zunächst machte ein Gerücht die Runde: Wir werden nach Nordosten verlegt, um gegen die verdammten Japaner zu kämpfen. Sofort nahm das ganze Lager gewissermaßen Haltung an. Dann folgten Tatsachen: Es stimmte. Das ganze Militärlager vibrierte vor Begeisterung, als stünde den Soldaten ein Fest bevor und nicht die sichere Gefahr und der mögliche Tod. Endlich würde ihre Existenz und dass sie überhaupt hier waren gerechtfertigt sein, dieser ganze verdammte Wahnsinn hätte endlich einen Sinn. James war genauso aufgeregt wie alle anderen auch, aber er wurde schon kurz darauf gebremst: Sein Name stand nicht auf der Liste. Er fuhr nicht mit.

Er saß in der Verwaltung hinter seinem Schreibtisch, und bis auf einen waren alle anderen Tische verwaist. Auf allen Tischen standen Schreibmaschinen und Ordner, lose Papiere bewegten sich leise im trägen Luftzug von einem Dutzend Deckenventilatoren, die wie Aggregate knatterten, und James' Mund war ein harter, hässlicher Strich. Er sah aus, als hätte er nicht geschlafen. Captain Hargreaves war gekommen, um die Soldaten zu beruhigen und die Lage zu entschärfen, denn man ging davon aus, dass die Leute in der Verwaltung solche Gesichter machten.

Second Lieutenant Reid und Captain Hargreaves nannten einander normalerweise Jimmy und Tommy, aber nicht in Situationen wie dieser.

»Tommy«, sagte James, der immer noch saß, aber dann sah er, dass sein Vorgesetzter die Stirn runzelte, und stand auf. »Sir«, sagte er, »das ist nicht fair.«

Captain Hargreaves lächelte nur, aber James ließ nicht nach. »Das ist einfach nicht fair, das ist nicht richtig – Sir.« *Warum ich?*, hätte er als Nächstes sagen können, aber er schämte sich zu sehr.

»Jemand muss hier bleiben und sich um alles kümmern, das wissen Sie doch, Second Lieutenant. Wir können nicht einfach losmarschieren und das Camp sich selbst überlassen.«

James zitterte, weil all das so willkürlich und ungerecht war.

Sein Vorgesetzter fuhr fort: »Zehn von uns bleiben hier in der Verwaltung und noch ein paar für alles Weitere.«

James stand weiter stramm.

»*Es dient auch, wer nur steht und wartet*«, sagte der Captain und wurde rot, weil das so trivial klang.

»Gehen Sie mit den anderen mit, Sir?«

»Ja. Zufällig.« Und er entwich.

Als James später zur Offiziersmesse ging, begegnete er Major Briggs, der sah, in welchem Zustand der junge Mann war, und stehen blieb.

James salutierte.

»Ich weiß, was Sie sagen wollen, Lieutenant. Aber irgendjemand muss hier bleiben. Und Sie machen das gut. Sie sind selbst schuld, wenn Sie so wollen.«

Aber der Scherz verfehlte sein Ziel. James wusste, dass er seine Arbeit gut machte. Schreibkram und Verwaltung: Das machte er gut.

»*Es dient auch, wer nur steht und wartet* ... aber das wird nicht oft der Fall sein. Ich würde sagen, es gibt ziemlich viel Arbeit für Sie.«

»Aber mit Dienen hat das doch nichts zu tun, Sir?«

»Das würde ich so nicht sagen.« Damit beendete der Major diese trübsinnige Unterhaltung, denn er wusste, wie er sich an James' Stelle gefühlt hätte. James salutierte. Der Major salutierte. Und damit hatte es sein Bewenden.

Und die Division rückte in langen Zügen und auf vielen Lastwagen ab. Camp X war beinahe leer. Diejenigen, die zurückgeblieben waren, um die Stellung zu halten, waren verbittert und tranken in den verschiedenen Messen, während sie ihr Schicksal beklagten.

James saß allein in der Verwaltung; alle Ventilatoren liefen, und draußen wehte der Staub.

»Liebste. Daphne, meine Liebste. Wenn du nur wüsstest, wie sehr ich auf dich angewiesen bin. Wenn ich jetzt nicht an dich denken könnte, bei allem, was mir widerfahren ist, dann ...« Und er beschrieb seine Situation. »Also sitze ich hier fest, und die Division ist weg, mit meinem Regiment. Ich frage mich oft, welchen Sinn diese lange Ausbildung in England hatte, denn danach habe ich die erste Invasion in der Normandie verpasst, und Dünkirchen auch, und wir sind nicht nach Afrika verlegt worden, und ich hätte genauso gut in die Kohlenminen gehen oder mir eine Ausrede ausdenken können, mein Knie hätte schon gereicht. Manchmal denke ich, das wäre besser gewesen. Aber dann hätte ich dich nicht getroffen, und darum geht es, nur darum.« Und er wiederholte ein, zwei Seiten lang den Refrain seiner Liebe. Und dann berichtete er wie immer, was er gelesen hatte. »Ich habe ein schönes Gedicht entdeckt. Du kennst es ganz bestimmt. Es heißt ›Deirdre‹. Von James Stephens? Ich muss dabei immer an dich denken. ... *alles, was schön ist, war hier in einer Gestalt versammelt, so wie ein einziger Sonnenstrahl auch alles enthält, was an der Sonne schön ist.* Deirdre und Daphne. Und du bist eine Königin. Meine Königin Daphne.« So schwärmte er seitenweise weiter, bis es Zeit war, in die Offiziersmesse zu gehen, um zu Abend zu essen und Nachrichten zu hören.

Ihr Regiment war mitten im Gefecht, in Manipur und in Kohima. Es hatte Opfer gegeben.

Wochen vergingen, und die Soldaten kamen zurück, aber die Hochstimmung war dahin, all das war dahin, aber sie hatten es überstanden, und wenn sie einander ins Gesicht sahen, wussten sie, wie sehr sie sich verändert hatten.

Jack Reeves war verwundet und lag im Hospital. Wieder hatte James einen Freund verloren. Sergeant Perkins sollte für besondere Tapferkeit ausgezeichnet werden. Ein paar waren gefallen. »Ein angemessenes Opfer für das, was wir erreicht haben: Wir haben die Japaner aus Indien vertrieben.«

Und es sah so aus, als wäre der Krieg bald vorbei, zumindest in Europa. Dann würde es ein Ende haben. Bald. In Nordeuropa verfallen die Leute in Depression und denken an Selbstmord, wenn der Frühling zu erahnen ist, die Tage länger werden und der Morgen früher dämmert. Entsprechend brodelte und kochte in Camp X jetzt die Unzufriedenheit, weil der Frieden täglich näher kam. »So nah und doch so fern«, lautete der Titel eines Gedichts in der Zeitung des Camps. Und der Refrain lautete: »So nah für sie, so fern für uns« – mit *sie* waren die hohen Offiziere gemeint, denn man konnte oft beobachten, wie sie in einer Dakota Richtung Heimat flogen. Offiziere und andere höhere Chargen.

Donald inszenierte *Romeo und Julia*, und James spielte den Romeo; endlich eine männliche Rolle, in der er alle verblüffte, und seinem Stapel Briefe an Daphne fügte er noch einige hinzu, die er abschicken wollte, wenn nicht mehr zensiert wurde.

Er hielt auch einen Vortrag über moderne Dichtung, dem Donald voller Stolz zuhörte, weil er daran dachte, dass James vor allem sein Geschöpf war. James bestätigte das: »Ich schulde dir viel«, sagte er. »Glaub nicht, dass ich das je vergesse.«

»Ach, keine Ursache«, sagte Donald.

Der Krieg in Europa war vorbei, also konnten sie jetzt nach Hause fahren – aber wann? Oh nein, hieß es, jetzt noch nicht, auf keinen Fall, die Schiffe sind jetzt für lange Zeit ausgebucht, ihr müsst warten, bis ihr an die Reihe kommt. Ihr seid ja nicht die Einzigen, es gibt auch noch die Jungs von der Royal Air Force aus den vielen abgelegenen Teilen des Empire, so viele ungeduldige junge Männer und zu wenig Schiffe, wartet ab, wartet ab, ihr habt es schließlich fast vier Jahre lang ertragen. Habt einfach noch ein bisschen Geduld.

Nicht alle konnten oder wollten das. In zwei anderen Militärlagern hatte man den Soldaten gesagt, sie müssten in Indien bleiben und »die Ordnung aufrechterhalten« oder »gegen Unruhen vorgehen« oder »Aufwiegelei bekämpfen« oder »das British Empire schützen«, und es brach allgemeine Unzufriedenheit aus. »Wir sind nicht Soldaten geworden, um für das British Empire die Drecksarbeit zu machen.« »Wir sind Soldaten geworden, um gegen Hitler zu kämpfen.« »Ihr seid einberufen worden, und ihr macht, was man euch sagt.«

Es kam zu Reden und regelrechten Krawallen, und in den Militärlagern brodelte es.

Ein paar Soldaten, »Hitzköpfe« und »Unruhestifter«, wurden vor das Kriegsgericht gestellt, aber die Verantwortlichen hatten aufmerksam zugehört. In der Heimat wurden im Parlament Fragen gestellt und Reden gehalten. Und dann fuhren die Soldaten nach Hause.

Manche wussten noch, wie schlecht es ihnen auf dem Schiff nach Indien ergangen war, und freuten sich nicht auf die Überfahrt. Doch diesmal stand ihnen nicht die lange, lange Reise um das Kap bevor, sondern eine Fahrt durch den Suezkanal.

Aber James hatte davon geträumt, am Kap an Land zu gehen (obwohl ihn das Schicksal auch nach Durban hätte verschlagen können) und Daphne und seinen Sohn zu suchen und … weiter konnte er nicht klar denken. Ja, natürlich, sie war verheiratet, aber sie liebte ihn, James, und schließlich konnte man sich auch scheiden lassen. Das Wichtigste war sein Kind, daran musste er festhalten. *Sein* Sohn – es gab keinen Zweifel, ein Kind der Liebe, kein Kind konnte mehr ein Kind der Liebe sein als seins und Daphnes. Jimmy Reid, inzwischen vier Jahre alt.

Hunderte junger Männer hatten von Indien und den Indern nicht mehr gesehen als das tägliche Leben auf den Straßen oder auf dem Basar und das Netzwerk der Annehmlichkeiten, das die Armee umgab: die Dienstboten, die eurasischen Mädchen, die für Sahibs und Memsahibs der letzte Dreck waren, die indischen Soldaten in der Armee, die kaum etwas mit der Armee der Weißen zu tun hatten, oder die Putzkräfte im Lager. Die jungen Männer verließen Indien ohne Reue und dachten bestenfalls, dass der Krieg ihnen einen ersten Eindruck vom Reisen verschafft hatte. Sie strömten auf das Schiff, das sie von einem Kontinent wegbringen sollte, den sie gänzlich ungesund und widerwärtig fanden. Und diese Überfahrt konnte gar nicht so schrecklich werden wie jene andere; sie war nur halb so lang, und sie fuhren nach Hause, in die Heimat, was die Entfernung verkürzte. Es war heiß, und die See war, wie erwartet, rau, besonders im Suezkanal und im Golf von Biscaya, und die Wellen tosten und stampften und warfen das Schiff hin und her, und ihnen war schlecht, aber die Heimat war in Sicht – und da waren sie endlich, die weißen Klippen, wie Vera Lynn es ihnen versprochen hatte.

»Wie war die Überfahrt?«, fragte James' Mutter, und er sagte: »Ach, ganz gut, hätte schlimmer sein können.«

In einem schmutzigen, ratternden Zug fuhr James durch ein Land, in dem es anscheinend kein Licht gab, durch Dunkelheit mit feinem Nieselregen und trüben, verschwommenen Lichtern. In seiner Heimatstadt brannten die Straßenlaternen schwach, und durch die wenigen Fenster, die nicht verdunkelt waren, fiel nur ein spärlicher Schimmer, also achtete er beim Gehen darauf, wohin er den Fuß setzte. Als er das Licht auf der Treppe einschaltete, sagte seine Mutter: »Bitte nur, wenn es sein muss«, und auf dem Treppenabsatz hing ein vergilbter Zettel: »Spare Strom und mache kein Licht.« Sein altes Zimmer, in dem er den Seesack ungeöffnet ablegte, um gleich hinunter zu seinen Eltern zu gehen, war so klein wie immer, aber jetzt war es auch noch schmuddelig. Sie aßen in der Küche zu Abend, denn wenn man die Ofentür offen ließ, heizte das den Raum. Früher hatte seiner Mutter viel daran gelegen, »richtig« im Esszimmer zu essen. Die drei saßen um den Tisch herum, auf dem eine Vase mit Herbstblumen stand, und Mrs. Reid prahlte damit, dass sie beim Metzger »unter dem Ladentisch« Leber bekommen habe, zur Feier seiner

Heimkehr. Sie servierte drei dünne braune Scheiben, die aussahen wie Lederstreifen, mit Zwiebeln und Kartoffeln. In seiner Jugend hatte James seinen Vater nicht für alt gehalten, aber inzwischen war Bill Reid ein alter Mann mit weißem Wuschelkopf und rotem Gesicht, obwohl er erst Anfang fünfzig war. James' Mutter war höflich zu ihm und lächelte unentwegt. Bei seiner Ankunft hatte sie ihn eher verlegen als warmherzig umarmt. »Du bist voller geworden«, sagte sie. Aber sie konnte nicht aufhören zu lächeln, und als er ihre Tränen bemerkte, zwinkerte sie, um sie zu vertreiben. Sein Vater schob ihm schweigend wie immer die Schüsseln mit dem Gemüse hin und nickte: Bedien dich, und obwohl auch er feuchte Augen hatte, konnte er nichts sagen, nicht einmal: »Gott sei Dank bist du wieder zu Hause« – also mussten es die Gemüseschüsseln tun. »Nimm dir Kartoffeln«, sagte Mrs. Reid. »Zumindest davon haben wir genug.« Die drei saßen in der schwach beleuchteten Küche, aßen und lächelten, und als James sagte, er sei müde, waren alle erleichtert, weil sie im Stillen und füreinander so vieles empfanden. Seine Mutter blieb unter der Lampe sitzen und häkelte, während das Radio spielte, und sein Vater ging in die Kneipe.

»Er muss seinen Kumpels erzählen, dass du wieder zu Hause bist«, sagte sie.

James stand am Fenster seines Zimmers und blickte auf die verdunkelte Stadt. In Indien strahlten die Lichter grell, und die Schatten bewegten sich dunkel mit der Sonne und zeigten an, wie spät es war. Er war in ein lichtloses Land zurückgekehrt.

Er bekam sofort eine Stelle im Rathaus und musste sich nicht einmal hochdienen, weil er in Camp X jahrelang in der Verwaltung tätig gewesen war. Es war eine gute Stelle. Zu Hause war er meistens in seinem Zimmer und las und nahm Mahlzeiten zu sich, die noch dürftiger waren als die, mit denen er aufgewachsen war: Die Rationierung kam dem Wesen seiner Mutter entgegen; sie genoss es, Speckrationen zu verlängern und Fleischrationen zu strecken. Das trübsinnige, finstere Nachkriegsengland – gut, er war zu Hause, und nur das zählte. Er dachte an Indien, und seine Erinnerungen gefielen ihm nicht. Indien war für ihn weniger ein Land als vielmehr das Gefühl, durchhalten und beharrlich sein zu müssen. Im Grunde hatte ihm dort nur etwas an Jack Reeves gelegen, mit dem er Adressen ausgetauscht hatte, und an Donald und an Colonel Grant und natürlich an dem kleinen Kind, mit dem er bei zwei Besuchen in den Bergen gespielt hatte.

Wenn er bei verschlossener Tür allein in seinem Zimmer war, las er seine Briefe an Daphne. Er verbrachte Stunden damit. Er wusste nicht, wie er sie ihr übermitteln sollte: Angenommen, sie wurden abgefangen? Angenommen, ihr Mann … nein, er würde sie ihr selbst geben. Aber wann? Sobald die enormen Kriegsschäden beseitigt waren und sich alles wieder beruhigt hatte.

Er traf Donald, der schon ein Stück auf der politischen Karriereleiter aufgestiegen war. Er besuchte Jack Reeves, und Jack kam übers Wochenende zu ihm. Er trat in einen Club ein und spielte ab und zu gern Kricket. Und er heiratete Helen Gage, die vom Land kam, was er genoss: Wenn er ihr erzählte, wie er sich nach dem Kriegsende gesehnt hatte, merkte er, dass sie ihm nicht folgen konnte, obwohl sie sagte, ihr sei es ähnlich gegangen. Helen war eine hübsche, gesunde junge Frau, die durch viele Jahre harter Arbeit energisch und stark geworden war, und seine Mutter zeigte sich entzückt. Sie hatte Angst gehabt, dass er spät oder gar nicht heiraten würde. Sie wusste nicht, warum, aber das war ihre stille Befürchtung gewesen. Sie hatte sich davor gefürchtet, noch einen Mann im Haus zu haben, den der Krieg stumm gemacht hatte, einen Mann, der nicht über seine Erfahrungen sprechen konnte. James war nicht gesprächig: Über Indien hatte er nicht viel zu sagen. Aber im Alltagsleben war er umgänglich, ganz normal. Seine Frau wachte in der Nacht bestimmt nicht neben einem Mann auf, der Alpträume hatte und um sich schlug.

Er erzählte Helen, er habe sich in Kapstadt ausgetobt und daraus sei ein Kind entstanden. Sie sei verheiratet. Sobald man wieder reisen könne, werde er hinfahren. In Wirklichkeit war er schon eine Woche nach seiner Rückkehr in London gewesen und hatte sich nach einer Möglichkeit erkundigt. Für gewöhnliche Menschen würde es eine Zeit lang keine Flüge geben, nur für Leute mit Beziehungen: Hatte er Beziehungen? Nein, also würde er warten müssen. Es lag nicht nur daran, dass noch immer Soldaten und Militärflieger nach Hause kamen, denn Schiffe standen ja zur Verfügung. Viele Leute waren unterwegs oder wollten unterwegs sein, weil sie jahrelang durch den Krieg festgesessen oder weil sie im Ausland eine neue Arbeit hatten. Er musste mit einer längeren Wartezeit rechnen. Monate – nein, eher Jahre.

Es waren schon so viele Jahre vergangen. Er hatte das Warten gelernt. Eine Liebe wie die ihre würde Bestand haben, denn sie existierte jenseits der Zeit. Daphnes weiße Arme würden ihn zur Begrüßung umschlingen, und die Jahre dazwischen würden vergessen sein.

Helen fragte ihn, wie alt sein Kind der Liebe inzwischen sei. Es war großzügig von ihr, das Wort zu benutzen, und deswegen küsste er sie, ehe er ihr das genaue Alter sagte: in Jahren, Monaten, Tagen. Helen hatte bis dahin keinen Grund gehabt, auch nur für einen Moment an ihm zu zweifeln. Dies war ihr erster Schock, und er war heftig. Sie hatte an etwas Tiefes und Gefährliches gerührt und wusste das: Es war wie im Traum, als hätte sie achtlos eine jener Türen geöffnet, hinter denen sich Häuser, Welten, Landschaften verbergen, die weiter, größer, heller oder dunkler sind als alles, was man kennt. Beinahe hätte sie auf der Stelle die Verlobung gelöst. Er nannte ihr das Alter des Jungen mit einem Gesichtsausdruck, den sie noch nie an ihm gesehen hatte, verschlossen und in sich gekehrt, gefangen in einer Welt, zu der sie keinen Zugang hatte. Dieser Moment führte ihr deutlich vor Augen, dass sie schon länger ein schwer zu fassendes Gefühl empfand, wenn sie an James dachte. Auch jetzt versuchte sie nicht, es zu fassen. Sie dachte: Ich habe ihn ja schließlich. *Sie* hat ihn nicht. Er sagt, er liebt mich. Und Helen hatte ihn wirklich gern. Sie hatte auch ihre Abenteuer gehabt. Kriegszeiten bringen es mit sich, dass man sich »austobt«, von gebrochenen Herzen ganz zu schweigen. Ihr hatte niemand das Herz gebrochen, aber unter anderem hatte sie einen Mann geliebt, wenn auch nur kurz, der in der Normandie gefallen war. Sie wusste, dass sie das überwunden hatte, aber als sie James die Geschichte gestand, brach sie zu ihrer großen Überraschung zusammen und lag in seinen Armen und weinte. Sie weinte weniger um diesen einen Mann als vielmehr um alle verlorenen Männer, um ihren Liebhaber, ihren Bruder (verschollen auf See), einen Cousin (in Tobruk), und dann gab es noch einen Freund, einen Feuerwehrmann, der bei den deutschen Luftangriffen umgekommen war – ungelebtes Leben.

Er tröstete sie und sie ihn, aber sie wusste, dass an seinem Herzen etwas nagte, von dem sie nie etwas erfahren würde. Wie alt? »Fast sechs: fünf Jahre, elf Monate, zehn Tage.«

Sie feierten Hochzeit und schränkten sich dabei ein, weil in der Nachkriegszeit vieles knapp war.

Alles war so, wie es sich gehörte. Jeden Sonntag gingen sie zum Mittagessen zu James' Eltern, und in den Ferien besuchten sie Helens Eltern, die weit weg in Schottland wohnten. Sie bekamen ein Kind, ein Mädchen namens Deirdre, nach James Stephens' Gedicht über die irische Königin. Helen mochte das Gedicht, aber sie witzelte herum, es sei von ihrem kleinen Mädchen viel verlangt, so schön zu werden. Aber Deirdre war ziemlich hübsch.

Acht Jahre nach Kriegsende sagte James zu Helen, er werde nach Südafrika reisen. Er hätte schon eher fahren können, aber dann hätte er ein Schiff nehmen müssen, und er wollte nie wieder einen Fuß auf ein Schiff setzen – niemals. Er wollte fliegen, sobald er sich das leisten konnte. Helen wusste, dass es keinen Sinn hatte, etwas dagegen zu sagen. Er erwähnte sein anderes Kind nur, wenn sie danach fragte, aber dann sagte er prompt: »Er ist sieben Jahre, drei Monate und zehn Tage alt«, oder wie alt auch immer. Manchmal wollte sie nur prüfen, ob er seinen unsichtbaren Kalender noch führte und dort markierte … aber sie wusste nicht, was. Hier ging es nicht nur um das genaue Alter eines Kindes.

James' Flugzeug landete in Kharthum, in Lake Victoria und in Johannesburg, und überall nahm man sich Zeit, um aufzutanken und die Vorräte aufzustocken. Wenn er an jene Überfahrt dachte, kam ihm selbst diese beschwerliche Reise wie ein Wunder vor. Dann lag Kapstadt vor ihm, über die Hügel gebreitet und umgeben vom Meer. Er suchte sich ein bescheidenes Hotel mit Blick aufs Meer, auf das inzwischen so unschuldige Meer mit vielen Schiffen, darunter auch ein frisch gestrichener, glänzender Passagierdampfer. Dann nahm er ein dickes Bündel Papier unter den Arm und lief durch Straßen, die er nicht kannte, bis er an eine Stelle kam, an die er sich erinnerte: zwei benachbarte stattliche Häuser in einer Straße voller Häuser mit Garten. An einem Tor hätte der Name *Wright* stehen müssen, aber dort stand *Williams*, was ihm nichts sagte. Am Torpfosten des Nachbarhauses stand immer noch *Stubbs*. Er ging zur anderen Straßenseite hinüber, stellte sich unter eine Eiche und betrachtete lange Daphnes Haus. An einige Bereiche erinnerte er sich noch ganz genau: das kleine Zimmer, das er bekommen hatte, Daphnes Schlafzimmer und die Stoep, aber alles andere lag im Dunkeln. Auf die Veranda trat eine alte Frau mit einem Buch. Sie nahm in einem geflochtenen Sessel Platz, setzte eine dunkle Brille auf und starrte aufs Meer. Sonst war niemand zu sehen. Dann betrachtete er genauso sorgfältig Bettys Haus. Er hatte nur noch den Garten vor Augen. Dann sah er, dass sich hinter den Fenstern, die auf die Veranda gingen, etwas bewegte. Ein Hausmädchen? Eine Schwarze mit weißem Kopftuch. Aber er konnte sie nicht richtig erkennen. Er ging über die Straße, drückte vorsichtig das Tor auf und stellte sich unter den Baum, der in seiner Erinnerung Tische mit Essen und Getränken beschirmte, um die sich Leute drängten – Soldaten. Das Gegenstück im anderen Garten nebenan würde ihm immer im Gedächtnis bleiben, weil zwei schöne junge Frauen, eine dunkel, eine blond, mit ihren geblümten Umschlagtüchern im Gras darunter gestanden hatten.

Jemand war auf die Veranda der Stubbs getreten. Eine hoch gewachsene Frau. Sie schützte ihre Augen vor der Sonne, um ihn besser sehen zu können, und ging langsam die Treppe herunter auf ihn zu. Er kannte sie nicht. Ein paar Schritte von ihm entfernt blieb sie stehen, ließ die Hand sinken, beugte sich vor und musterte ihn. Dann richtete sie sich auf und stand mit locker herabhängenden Armen in einer Pose da, die ihm bekannt vorkam. Eine große, dünne Frau. Sie trug ein kurzes, gut sitzendes Kleid in Blau und Gelb mit kleinem geometrischem Muster und einem schmalen, golden eingefassten Gürtel, außerdem eine Kette mit kleinen goldenen Perlen. Ihr Gesicht war hager und sonnenverbrannt, und ihr dunkles Haar lag ordentlich in Wellen. An einem dünnen Handgelenk baumelte ein goldener Armreif. Ja, jetzt wusste er es – es war der Armreif –, das war Betty. Sie sagte: »Was machen Sie hier?«

Diese Frage kam ihm so absurd vor, dass er nur lächeln konnte. Er glaubte, in diesem ernsten Gesicht – sie wirkte wie eine Schulleiterin oder eine Führungskraft – ein feines Lächeln zu sehen, aber gleich darauf runzelte sie die Stirn.

»James – Sie *sind* doch James –, Sie müssen gehen.«

»Wo ist Daphne?«

Darauf folgte eine Pause, und dann schnaubte sie kurz, so wie jemand seufzt, der lange an sich gehalten hat. »Sie ist nicht da.«

»Wo ist sie?«

Sie trat einen Schritt näher. Er dachte daran, dass diese große, dürre, wenig charmante Frau einmal das hübsche Geschöpf mit dem fließenden dunklen Haar und den losen, weiten Gewändern aus seiner Erinnerung gewesen war, und das schmerzte ihn sehr.

»Ich muss Daphne sehen.«

»Ich sagte doch, sie ist nicht da.«

»Wo ist sie?«

»Sie wohnt nicht mehr hier.«

»Das sehe ich. Es steht am Tor. Ist sie in Kapstadt?«

Ein winziges Zögern. »Nein.«

Also log sie. »Ich finde schon heraus, wo sie wohnt.« Das war keine Drohung; er machte sich nur selbst klar, dass er nicht von ihren Informationen abhängig war.

Sie war sichtlich bewegt, hob sogar die dünnen braunen Arme und drückte die langen, dürren Hände an ihre Brust. »James«, sagte sie eindringlich, flehentlich, furchtsam. »Das dürfen Sie nicht. Warum tun Sie das? Wollen Sie ihr Leben ruinieren? Wollen Sie ihre Ehe zerstören? Sie hat inzwischen drei Kinder.«

»Eins davon ist meins.«

Sie hatte offenbar nicht die Absicht, darüber zu diskutieren. »Sie tauchen einfach hier auf, Sie tauchen auf, als wäre das gar nichts, Sie kommen einfach *her* und …«

»Ich will meinen Sohn sehen. Er hat bald Geburtstag, den zwölften Geburtstag.« Und er sagte das genaue Alter seines Sohnes auf: Jahre, Monate, Tage.

Sie schloss die Augen. Ihre Lider waren weiß und standen im Kontrast zu der gebräunten Haut. Sie holte tief Luft, sie war erschüttert. Er wartete, bis sie die Augen aufschlug. Sie waren dunkelbraun, das wusste er noch, braune, freundliche Augen in einem lächelnden, leicht gebräunten Gesicht: Für ihn war sie »das nussbraune Mädchen« gewesen. Da waren die Augen wieder, und sie standen voller Tränen. Gar nicht unfreundlich, nein, immer noch freundlich.

»James, wollen Sie Daphnes Leben ruinieren?«

»Nein. Ich liebe sie.«

»Genau das tun Sie aber, wenn Sie so weitermachen.«

»Ich will meinen Sohn sehen.«

»Aber Sie müssen doch *verstehen* …« Sie hielt inne. Wieder so ein Seufzer, ein Japsen geradezu. Oh ja, sie hatte Angst. Aber sie war auf der Hut und kämpfte: Sie beschützte ihre Freundin.

»Sehen Sie sie noch?«

»Natürlich. Sie ist meine beste Freundin.«

Er zog einen dicken Packen Papier hervor: die Briefe. Er hielt sie ihr hin.

»Was ist das?«

»Meine Briefe. Wissen Sie, ich habe ihr geschrieben. Ich habe ihr immer geschrieben. Im Krieg wurden die Briefe zensiert. Und dann wollte ich keine … Probleme machen. Also habe ich sie hergebracht.«

Sie nahm ihm die Briefe nicht ab.

Er blieb unnachgiebig stehen und hielt ihr die Briefe hin, und weil er so fordernd war, konnte sie nichs anderes tun, als die Hand auszustrecken. Sie zögerte und nahm die Briefe dann. »Werden Sie sie ihr geben?«

»Ich denke schon.«

»Versprechen Sie es?«

Sie starrten einander an, und sie senkte den Blick auf das Paket.

»Ja, ich verspreche es.«

»Mein Sohn«, drängte er. »Er ist mein Sohn. Ich denke an ihn … ja, die ganze Zeit. Vielleicht kommt er uns in England besuchen?«

»Sie sind verrückt. Ja, Sie sind verrückt. Ja, wirklich.«

Aber sie drückte das Paket an ihre Brust.

»Sie haben es versprochen«, sagte er.

Sie wich ein wenig zurück, drehte sich dann um und rannte los, aber über die Schulter rief sie: »Warten Sie hier.«

Er wartete. Er sah nicht zu der Veranda hinüber, wo die alte Frau inzwischen die dunkle Brille in die Stirn geschoben hatte und in ihrem Buch las.

Nach gut zwanzig Minuten kam das Hausmädchen heraus, weiße Schürze, weißes Kopftuch, besorgter Gesichtsausdruck. Sie blieb vor ihm stehen und hielt ihm einen großen Umschlag hin. Sie rührte sich nicht, als er den Umschlag aufriss. Sie versuchte, so viel wie möglich zu erkennen. Aus dem Haus hörte man die Stimme der unsichtbaren Betty: »Evelyn, Evelyn, ich brauche dich hier.«

Das Hausmädchen ließ sich Zeit und wandte den Blick nicht von dem Umschlag, doch dann drehte sie sich um und ging weg und warf lange, nachdenkliche Blicke über die Schulter zurück.

In dem Umschlag steckte ein Blatt Schreibpapier, und darauf stand gekritzelt: »Bitte, bitte, gehen Sie weg. *Sofort*. Bitte. Tun Sie ihr nicht weh. Das ist Ihr Junge.«

Ein für einen Schnappschuss ziemlich großes Foto von einem etwa achtjährigen Jungen, der allein mit gespreizten Beinen dastand und lächelte. Auf dem Bild sah der Junge aus wie er, James, in diesem Alter. Natürlich schwarzweiß, sodass er nicht sehen konnte, welche Augenfarbe der Junge hatte. Aber wenn er James sonst so ähnlich sah, warum nicht auch die Augen? Daphne hatte ebenfalls blaue Augen.

Er ließ sich Zeit damit, das Foto und anschließend das Blatt Papier zurück in den Umschlag zu schieben. Elegant nahm er Haltung an und salutierte der unsichtbaren Betty, die ihn beobachtete, wie er wusste. Dann ging er langsam davon und hielt sich am Straßenrand im Schatten der Bäume, wie er es in Indien gelernt hatte, wo eine brüllende, sengende Hitze herrschte, die nicht so gut verträglich war wie das Klima hier.

Es war später Vormittag, ein schöner Tag am Kap, und über dem berühmten Berg lag dünne, lockere Bewölkung und schimmerte hell. Das berühmte Tischtuch. Er ging bergab und warf nervöse Blicke auf das Meer, das dort unten friedlich glänzte. Er bewegte sich unbeholfen, und die Leute starrten ihn an. Auf einem öffentlichen Platz setzte er sich auf eine Bank, stand aber gleich wieder auf und ging weiter, sah eine andere, setzte sich, zog das Foto hervor und betrachtete es lange.

Er konnte nicht stillsitzen. Er lief rasch und ziellos herum und geriet auf eine Art Markt, wo sich unter Bäumen auf meterlangen Tischen alle möglichen getrockneten Früchte türmten: Pfirsiche, Aprikosen, Birnen, Pflaumen, Äpfel, und hinter allen Tischen standen Verkäuferinnen, deren Haut schwarz oder auch braun war, jedenfalls nicht weiß. Obst in Blassgelb, Umbra, Lila, Schwarz. Obst in Rot und Hellbraun, in Gold, Rosa und Grün. Manche Früchte waren kandiert, und die Farben schimmerten durch eine eisig weiße Kruste hindurch. Ein Bild der Fülle. Er nahm sich eine Reineclaude und steckte sie in den Mund, und als er hörte, wie die Verkäuferin aufschrie, merkte er, dass er nun auch etwas kaufen musste, und verlangte ein paar Pfund gemischte kandierte Früchte. »Die wird Helen mögen«, dachte er.

Und er ging weiter durch die Straßen. Überall waren Menschen, aber er nahm sie nicht wahr. Er setzte sich immer wieder auf irgendeine Bank und betrachtete das Foto von dem Jungen, der ihm so ähnlich sah, steckte die Fotografie wieder weg, ging weiter. Der Teufel war in seine Füße gefahren, er konnte nicht stillstehen. Die Dämmerung kam. Er ging durch Straßen, in denen es würzig und scharf roch: Dies war das Malay-Viertel, aber in seiner Vorstellung bestand Kapstadt gar nicht aus einzelnen Bezirken, es war eine weitläufige, lächelnde Stadt, ein Kap der Guten Hoffnung, das so einladend wirkte wie die Briefmarken, die er als Kind besessen hatte. Er sah einen Stand, verlangte ein klebriges Brötchen und aß es im Stehen, während der Farbige ihm sagte, dass er noch bezahlen müsse. Ach ja, das ist sicher Afrikaans, dachte er und gab dem Mann eine Hand voll Münzen. Dann war es dunkel, und als er in einem öffentlichen Park eine Bank sah, sank er sofort darauf und krümmte sich seitlich zusammen. Endlich überkam ihn der Schmerz. Er fürchtete sich davor, laut aufzuschreien und damit Leute anzulocken, also rührte er sich nicht, und alles tat ihm weh, weil seine Haltung so angespannt war.

Er dachte an Betty in ihrem wenig sympathischen, eleganten Matronenkleid. Die Szene gehörte schon der Vergangenheit an, es gab sie schon fast nicht mehr, und wenn er sich vornahm, sie auszublenden, existierte sie nicht. Aber warum war diese Szene wirklicher als jene, die er vor seinem geistigen Auge so gern sah, die mit den beiden schönen Frauen unter dem Baum? Weil er sie erst vor kurzem gesehen hatte? Beide Bilder hatten leuchtende Farben, und er wusste noch jedes Detail: Aber nur eins davon zeigte seine Wahrheit. Und er dachte an Daphne, die irgendwo in dieser Stadt war, vielleicht nur fünf Minuten zu Fuß von ihm entfernt. Aber nichts und niemand hätte weiter weg sein können. Seine Erinnerungen an sie waren ihm näher.

Ihm wurde bewusst, dass noch jemand auf der Bank saß. Er sah nicht hin.

Aber sie sah ihn an: Annette Rogers hatte ihre Schicht im Fairview Hotel beendet und unterbrach ihren Nachhauseweg wie jeden Abend auf dieser Bank. Ihre Situation zu Hause war, gelinde gesagt, unbefriedigend, und bevor sie sich ihr stellen konnte, musste sie Kräfte sammeln. Der Mann da, war er krank? Sein Gesicht war weiß, die Lippen waren blass, weil er sie so fest zusammenpresste, er hatte die Augen geschlossen, und alles an ihm sah angespannt und ungut aus. »Er wird ja ganz steif, wenn er da so sitzt«, dachte sie, beugte sich vor und sagte: »He, entschuldigen Sie, es geht mich ja nichts an, aber sind Sie krank?«

Er schüttelte den Kopf, ohne die Augen zu öffnen.

Sie rückte näher zu ihm hin und nahm seine verkrampfte Hand, die in ihrer erschlaffte. Die Hand war kalt. Es war ein schöner, warmer Abend. Sie hielt ihm weiter die Hand und versuchte ihm den Puls zu fühlen, ohne dass er es merkte. Aber er merkte es doch und sagte: »Mir geht es gut.«

Gut ging es ihm ganz eindeutig nicht.

An Unglück war sie gewöhnt: Sie hatte sozusagen Talent dafür. Sie musterte ihn, um Anhaltspunkte zu finden. Seine Kleidung war gut: Das Jackett war wirklich schick und sicher nicht billig gewesen. Die Hose war aus feinem Stoff. Das Hemd – nein, der hatte genug für eine Mahlzeit. Aber sein Gesicht, das sah einfach schrecklich aus, vielleicht war jemand gestorben, wenn Geld nicht das Problem war … sie rückte näher zu ihm hin und legte ihm die Hand auf die Schulter. Irgendetwas an ihm erlaubte ihr dann, den anderen Arm unter seinen Kopf zu schieben. Sie wiegte ihn und wusste gar nicht, wie sie dazu gekommen war. Allmählich machte sie sich aber Sorgen. Ihr eifersüchtiger Ehemann, wenn der zufällig vorbeikam und sah, dass sie einen anderen Mann in den Armen hielt: Dafür würde sie garantiert mit ein paar blauen Flecken büßen. Aber sie hielt den fremden Mann weiter fest und sagte: »He, hören Sie, lassen Sie sich nicht so gehen, davon wird es nur noch schlimmer.«

Er schlug die Augen auf: blau, ein kräftiges Blau, sogar in diesem Dämmerlicht.

Er sagte: »Wissen Sie, ich lebe nicht mein eigenes Leben. Das ist nicht mein richtiges Leben. Ich dürfte eigentlich nicht so leben, wie ich lebe.«

So etwas sagen oder denken sicher alle möglichen Leute, und ihre Forderungen an das Schicksal oder an Gott sind vernünftig oder grotesk oder irgendetwas dazwischen. (»Ach, wäre ich doch nie geboren worden!« »Wäre ich doch ein Aristokrat aus dem achtzehnten Jahrhundert!« »Wäre ich doch nicht als Krüppel zur Welt gekommen!«) Aber am häufigsten hört man jene Klage, die auch Annette Rogers sofort bekannt vorkam. Das war vollkommen einleuchtend. In *ihrem* richtigen Leben würde es sicher keinen gewalttätigen Ehemann geben, keine senile Mutter und zwei außer Kontrolle geratene Kinder im Teenageralter. In *ihrem* Leben – aber es gab verschiedene Variationen ihres Traums: In ihrem Lieblingsleben kam ein kleines Haus direkt am Meer vor, eins von denen, die man sah, wenn man aus Kapstadt herausfuhr, und dort würde sie mit einem Mann wohnen, dessen Wesenszüge sie sich nicht genauer ausmalte, von dem sie aber wusste, dass er gut zu ihr war. Ein guter Mann, und sie würden dort in Frieden und wohlgelaunt wohnen und Fisch essen, Gemüse anbauen, Obstbäume pflegen.

»Es ist schrecklich, wenn man weiß, dass man das falsche Leben lebt, nicht das eigene Leben.« Und dann fing er an zu weinen, ein trockenes Schluchzen, während sie dasaß und ihn gewissermaßen zusammenhielt. Sie musste sehen, dass sie nach Hause kam, wirklich, denn sonst würde es sie erwischen, oh ja, garantiert. Aber sie wich nicht von ihrem Posten.

Annette war groß und stämmig und hatte ihr sprödes blondes Haar im Nacken zu einer Rolle frisiert – wie Betty Grable: Ihr Mann wollte es so haben. Sie trug bequeme Schuhe, weil sie sich bei ihrer Arbeit im Fairview Hotel um ein ganzes Stockwerk kümmern musste und deswegen den ganzen Tag auf den Beinen war.

Jetzt wuchtete sie den Mann mit großer Anstrengung hoch, denn er war steif, weil er so verdreht dagesessen hatte. Sie schob ihm die Hand unter den Arm und führte ihn durch die hell erleuchteten, bunten Straßen zu seinem Hotel, dem Seaview. Er konnte sich doch bestimmt etwas Besseres leisten, bei dieser Kleidung!

Das Paket mit den Früchten hatte er auf der Bank liegen lassen, und später fand es ein Landstreicher.

Sie blieb bei ihm stehen, bis er sich gefasst hatte und dann die Tür öffnete und in eine spärlich beleuchtete, schmuddelige Lobby trat. Es gefiel ihr, dass er so beherrscht war, an der Rezeption seinen Schlüssel holte und die eiserne Treppe hinaufging, die genauso gut in ein Lagerhaus gepasst hätte. Sie wusste, dass er sich nicht umdrehen und lächeln oder irgendwie zu erkennen geben würde, dass er ihre Anwesenheit wahrnahm: Er war tief in sich selbst versunken und mit etwas beschäftigt, das an ihm nagte. »Ich würde zu gern wissen, was an ihm nagt, aber das werde ich nie erfahren!« Sie erhaschte einen letzten kurzen Blick auf ein todunglückliches Gesicht.

Und dann ging sie nach Hause, zwei Stunden zu spät.

Was ihn anging, so hatte er kein Bild von der freundlichen Unbekannten vor Augen, die ihn, wie er spürte, gerettet hatte. Annette Rogers bestand in seiner Erinnerung aus zwei Armen, die ihn hielten: eine Umarmung, die seine Zuflucht war.

James und Helen führten weiter ihr vorbildliches Leben. Er leitete inzwischen eine Abteilung im Rathaus, und das Wohlergehen vieler Mitbürger hing von ihm ab. Sie wirkte führend in verschiedenen lokalen Wohltätigkeitsorganisationen mit. Er spielte Kricket. Sie unterrichtete Turnen und modernen Tanz. Sie waren Mitglieder in einem Wanderklub und oft lange mit ihrer Tochter unterwegs, die in der Schule gute Noten bekam.

James' Vater starb. Seine Mutter schaltete auf der Stelle das

Radio aus, legte das Strick- und Häkelzeug in eine Schublade und vermietete ihr Haus. Sie bereiste die gesamten Britischen Inseln und danach Europa. Mit einer Gruppe lustiger Witwen machte sie lange Kreuzfahrten oder flog auf exotische Inseln und schickte Postkarten an James und Helen. Er hatte einen ganzen Karton davon.

Auf jeden Brief, der in ihr Haus kam, warf er einen flüchtigen Blick. Helen wusste, worauf er wartete. Sie zeigte ihm, dass sie ihn verstand. Er versuchte immer, zuerst am Telefon zu sein. Er hatte ihr das Foto von dem Jungen gezeigt, und er war für sie so real wie James auf den Kinderfotos, die sie von ihm gesehen hatte.

Er plante noch eine Reise nach Kapstadt, und sie sagte, sie werde mitfahren. Er hatte nichts dagegen.

Deirdre hatte sich scheinbar über Nacht von einem netten, vernünftigen Mädchen in ein unversöhnliches, gehässiges, grausames Wesen verwandelt und war nicht wiederzuerkennen. »Die Hormone«, murmelte Helen. »Oh je!« Sie luden Deirdre ein, mit ihnen nach Kapstadt zu fahren, und sie sagte, sie wolle lieber sterben. »Verschwindet aus meinem Leben«, schrie sie, was während der Teenagerrebellion der sechziger Jahre eine gängige Formulierung war. »Ich ziehe zu meiner Freundin Mary.« James und Helen kamen zu dem Schluss, dass sie bei ihrer Rückkehr vielleicht über dieses Stadium hinweg sein würde, und fuhren erleichtert ohne sie ab.

Inzwischen gingen die Flüge über Salisbury und Johannesburg; die beiden anderen zauberhaften Zwischenlandungen gab es nicht mehr.

In Kapstadt wohnten sie in einem guten Hotel: James wollte unbedingt eines oben am Hang mit Meerblick nehmen.

Helen war, wie die meisten Besucher, entzückt vom Kap. Sie fuhren die Küste entlang, die unvergleichliche Küste, sie besichtigten Gärten, stiegen den Tafelberg hinauf und fuhren durch Weinberge. James suchte mit ihr den Platz, auf dem seiner Erinnerung nach Tische mit allen möglichen Früchten in bunten Farben standen, aber er fand ihn nicht: Wegen der strengen Hygienevorschriften gab es das nicht mehr.

Sie sah, dass er aufmerksam jedes Gesicht betrachtete: in den Gärten, im Hotel, auf der Straße. Und sie tat das auch, sie suchte nach einer jüngeren Ausgabe von James. Er musste inzwischen ein junger Mann sein, ein sehr junger Mann, wie James damals auf den Fotos in Uniform.

Die Tage vergingen: Und dann schlug James vor, zur Universität zu gehen. Es war Semesterzeit. Und sie liefen herum und betrachteten jeden jungen Mann, der ihnen begegnete: ob Jimmy Reid, ob James der Jüngere auf sie zukam, vielleicht auch mit anderen jungen Leuten oder mit einem Mädchen. So verbrachten sie einen ganzen Tag, und am nächsten wollte James noch einmal hin. Danach war es Zeit, aus Kapstadt abzureisen.

Helen sagte zu ihm: »Hör mal, James, du darfst nicht aufgeben. Eines Tages kommt ein Brief oder ein Anruf, oder wir machen die Tür auf, und dann steht er da.«

Er lächelte. Sie wusste nichts von dem dicken Packen Briefe. Er war sicher, dass Betty ihr Versprechen gehalten hatte: Sie hatte es *versprochen*. Und Daphne hatte seine Briefe gelesen, in denen er ihr sein Kostbarstes zu Füßen legte, sein Wesen, die Wahrheit, »das, was ich wirklich bin«. Sie hatte sie ganz sicher gelesen. Doch wenn sie dem Jungen davon erzählt hatte, ihrem *gemeinsamen* Sohn, dann wäre jetzt schon ein Brief gekommen, dann hätte das Telefon geklingelt, dann wäre die Türglocke gegangen. Der Junge war jetzt zwanzig. Zwanzig und so und so viele Monate und Tage. Wenn er es wusste, dann war er alt genug, um selbst zu entscheiden.

»Du wirst sehen«, sagte Helen, »eines Tages passiert es.«

Sie lagen im Bett, und sie wusste, woran er dachte, denn wie so oft starrte er in die leere Dunkelheit.

Er legte den Arm um sie und zog sie an sich, weil er dankbar war für ihre Güte, für ihre Loyalität, ihre Liebe. Aber tief im Inneren dachte er etwas, das geheim und grausam war: »Wenn man *das* Liebe nennen will.«